# 幸福速递

兰小花/著

上

台海出版社

图书在版编目(CIP)数据

幸福速递:全二册/兰小花著.—北京:台海出版社,2020.2
ISBN 978-7-5168-2484-9

Ⅰ.①幸… Ⅱ.①兰… Ⅲ.①都市小说-中国-当代 Ⅳ.①I247.5

中国版本图书馆 CIP 数据核字(2019)第 251231 号

## 幸福速递
### XINGFU SUDI

| | |
|---|---|
| 著　　者：兰小花 | |
| 责任编辑：戴　晨 | 装帧设计：米　乐 |
| 版式设计：米　乐 | 责任印制：蔡　旭 |

出版发行：台海出版社
地　　址：北京市东城区景山东街 20 号　邮政编码:100009
电　　话：010-64041652(发行,邮购)
传　　真：010-84045799(总编室)
网　　址：www.taimeng.org.cn/thcbs/default.htm
E - mail：thcbs@126.com

经　　销：全国各地新华书店
印　　刷：三河市人民印务有限公司
本书如有破损、缺页、装订错误,请与本社联系调换

开　　本：880mm×1230mm　　1/32
字　　数：250 千字　　　　　　印　　张：16.75
版　　次：2020 年 2 月第 1 版　　印　　次：2020 年 2 月第 1 次印刷
书　　号：ISBN 978-7-5168-2484-9
定　　价：98.00 元(全二册)

版权所有　翻印必究

目录 / contents

第一章
危机四伏　　/ 001

第二章
人走茶凉　　/ 025

第三章
重整旗鼓　　/ 051

第四章
一波三折　　/ 074

第五章
家长里短　　/ 102

第六章
以狗结缘　　/ 129

第七章
主动出击　　/ 156

第八章
绝处逢生　　/ 183

第九章
情愫渐生　　/ 212

第十章
旧情难忘　　/ 237

# 第一章 危机四伏

下午三点。中海市开发区电商园人来人往，一片热闹嘈杂。独占电商大楼一层的艾里克里电商公司内亦是忙碌熙攘，员工们各忙各的，只是写着董事长办公室的玻璃门仍然紧闭。透过磨砂玻璃，可以看到老板椅上空无一人。秘书丁雯焦急地在门口连连踱步，时不时跑到电梯间张望一下，期待那个高瘦的身影尽快出现。

三点五十分，电梯门"叮"的一声打开，身着一身合体藏蓝西装的宇文胜迈着不疾不徐的步子现身。丁雯赶紧踩着高跟鞋跑过去，低声道："胜总，你怎么这么晚才来？旺山辅料的人早就到了，一直在会议室等你呢……"

"我让他们等了？"宇文胜弹了弹衬衫的精致袖扣，

"约好的四点钟见面,他们非要提前来,怪我?"

"小苑,把整理好的资料给我。"丁雯转过身,接过文员小苑递过来的资料,继续冲宇文胜念叨:"那影响也不好。虽说咱们是人家的客户,可旺山是辅料界的老大,以后和咱们公司少不了合作,必须重视。"

"就你啰嗦。"宇文胜白了一眼丁雯,"我心里有谱,每次时间都把握得刚刚好。你看我哪回误过事儿?"

"上周咱们和皮料公司的会面不就迟到了?你还让我撒谎说车坏在路上了,还让我们摆拍修车的小视频发给人家。还有,之前在江苏的那个谈判……"丁雯小声嘟囔着,音量虽小,但越说越来劲。

宇文胜认为势必要止住她的嘴,决定一招制敌,"丁秘书,我前天就和你说了,不要穿这种一步裙,显得你的腿特别弯。正面像O,侧面像X,如果你上身再穿个运动服,我还以为你是要踢女足。"

"胜总,你……"丁雯说不出话了,一张俏脸涨得通红。看到大招果然起了作用,宇文胜得意地甩了甩头,向一号会议室走去。几个下属立刻从各自的工位上起身跟随。丁雯跺了跺脚,也无可奈何地跟进了会议室。小苑望着娇俏的丁秘书气急败坏的样子,不由得暗自发笑。艾里克里的胜总向来嘴不饶人已是人尽皆知,被他骂哭的人也不在少数。想到宇文胜一向对自己温和相待,小苑的心头不禁泛起一丝清甜。

约莫过了半个小时,市场部经理叶琰急匆匆跑过来,问道:"胜总呢?在开会吗?"

小苑点点头,惊奇道:"叶经理,你不是出差了吗?这就回来了?胜总在一号会议室开会呢。"

"是,回来了。"叶琰抹了抹额角的汗,"丁秘书呢?也在会议室?"

"是啊,丁秘书也在里面,今天要和旺山辅料谈下一季合作的事,几个部门经理都参加了。"

"不行,那我得进去。"叶琰拔腿往会议室的方向跑去,小苑狐疑地望着他的背影,心知一定是有什么要紧事,才让一向稳重的叶琰慌了手脚。小苑留神着会议室那边的动静,不料没过多久,叶琰就匆匆走了出来,边走边叹气。

"叶经理,到底出什么事了?"小苑关切地问道。

叶琰长叹一口气,说:"咱们上个月委托南油一家工厂代工的女包订单,被人起诉了,说抄袭了一家外国公司的设计。那批货上周已经流入市场,网店上架之后,各地的分销商都把剩下的货分了,不知为什么又出了这档子事。我也是刚知道的消息,赶紧来找胜总商量一下怎么办。"

"那,胜总说了要怎么办了吗?"小苑问。

"他……他说屁大点事,让我自己看着办就好。小苑,你说，这让我怎么做？"

"这种事儿我也不懂，可我觉着，总得找律师来看看怎么应对吧？"小苑道。

"我也这么想，可我看胜总那意思，压根儿就没打算请律师。我也不能自作主张，本来我之前还有所打算，现在可是真不知道该怎么办了……"

两人正说着，一号会议室的门开了。会议结束，一群人呼啦啦地走了出来。送别了旺山辅料的人，宇文胜走到愁眉苦脸的叶琰面前。

"叶总，还为那事儿发愁呢？多大点事，没必要这么为难吧。"

"那，胜总，下一步到底该怎么办？我听你指示。"叶琰道。

"怎么办？"宇文胜轻轻一笑，"一个字，拖。先前也有人举报过我们抄袭，说得有理有据、义正辞严，实际上无非是敲山震虎，想要讹钱。我们越是主动，对方越来劲。对于这种人，冷处理是最好的办法。眼看着得不到什么好处，他们就消停了。"

"胜总，这样行吗？"叶琰面带忧色，"据说这次被告的有十几家公司，阵势很大。想必对方肯定是要把事情闹大的，我担心……"

"不用担心。"宇文胜做了一个"停止"的手势，斩钉截铁地说："他们阵势再大，也是换汤不换药。谁要是被吓住了，那就真掉进他们的圈套了。我不会被这些雕虫小技给算计。行了，叶总，去忙吧，市场部应该有比这重要的事情等你去做。"

话已至此，叶琰只好乖乖闭嘴。宇文胜转身回到办公室，拿起车钥匙，准备走人。丁雯高呼："哎，胜总……"

宇文胜转过身，微微皱眉，问："怎么，有事？"

"明天上午要出一批大货，质检部门都过来，你可别迟到。"丁雯心知这位胜总最讨厌有人拦他去路，可又唯恐他晚上玩到太嗨导致明天耽误正事，小声嗫嚅道。

"放心。"宇文胜这回倒是好脾气，他指指自己的脑袋，"正事儿我一件都忘不了。"

说罢，修长的身影转身潇洒离去。

身后，小苑留恋的眼神紧紧跟随着这道身影，直到楼梯间已空空如也。

宇文胜驾着黑色宝马730疾驰在中央大道上。老实说，他并不喜欢轿车，家中车库里那台颜色骚气的改装牧马人才是他的至爱。然而，出入商业场合，又需要宝马730这样的车才能"提气"。加之他本身就是个懒人，着实懒得为了应付不同场景换不同的车，因此牧马人只好落得了在车库里吃灰的下场，平日里这台宝马即是他的代步工具。

电话响了。宇文胜瞥了一眼,来电人显示:曹小方。

宇文胜在大屏幕按下接听键,还未由得对方张嘴,单刀直入一句"马上到",旋即挂掉了电话。

曹小方和宇文胜算是老关系了。八年前,宇文胜大学毕业后,曾在中海市一家国企有过短暂的就职经历,彼时曹小方是他的同事。后来宇文胜辞职创业,赶上了电子商务发展的大好时机,借力于中海市箱包城的货源优势,又借助本市电商孵化园的扶持计划,成立了艾里克里电商公司,几年下来已经跻身本市电商公司佼佼者之列。而曹小方则不像宇文胜这么拼,他家就在本市,借助着父辈的人脉资源,在先前那家国企一直干到现在,如今混得是如鱼得水,三十出头的年纪,已是部门一把手。这两人虽各自发展,路径大相径庭,可私交甚笃,大抵是出于性情相投的缘故。

两人相约在一家新开的蒙古餐馆见面。和其他的新兴城市一样,这几年各式菜馆在中海市纷纷涌现,新鲜菜式层出不穷,诸如铜锅涮肉、柴鸡炖蘑菇等北方菜品在这座江南城市更是大行其道,而新开的这家"多伦蒙餐",则更是满足了南方人民对大口喝酒、大块吃肉的草原生活的向往,开业没多久已成中海市餐饮界新贵,生意甚是火爆。

宇文胜到达的时候,曹小方早就点好了菜,磨刀霍霍,正准备拆解面前的半只羊腿,一张胖脸上荡漾着喜悦的笑。曹小方对吃颇有研究,许是天分,他在点菜方面从未失手,这一点连一向挑剔的宇文胜也不得不拜服。

"说真的,你现在眼含秋波、面带春色,好似一个怀春少女。我觉得你看自己老婆的眼神都没这么深情过。"宇文胜叫服务生把西装挂好,刚一落座就开怼。

曹小方赶忙将目光从羊腿上收回,笑道:"吃喝嫖赌抽里,我只好吃上一口,因为专一,所以专注。不像你,哪个你不好?你看你,爱吃吧?爱喝吧?爱嫖吧……"

"打住!"宇文胜赶忙制止,"越说越没谱。我什么时候嫖过?那都是逢场作戏,我最多只能算是爱玩而已。再说了,我现在有女朋友,你可不能再胡说八道。"

"说起你那个女朋友,那个什么琳琳是吧?我总共就见过她两回真人,还不如我在直播上见得多呢。你不能总是金屋藏娇,该带出来就得带出来。"

"她只喜欢吃西餐。"宇文胜撇撇嘴,"人家是女神,是网红,能跟你在这儿甩开腮帮子啃羊腿?我跟她一起这一年,出去吃饭就没用过筷子,都是刀叉。"

"咱这也是刀叉啊,"曹小方挥挥手里的蒙古刀,"不比西餐差。要不你叫她过来?就光咱俩吃也怪寂寞的。这饭馆位子可不好订呢,好不容易占了个四人桌,咱们也不能浪费啊。"

"算了，"宇文胜摇摇头，"正冷战呢，叫也叫不出来。"他操起面前的刀叉，和曹小方合力切开面前的羊腿，目光中有点落寞，说："这女人啊，真是爱生气。生气了要和好，想和好就要赔笑脸，送礼物。我就纳闷了，好好的不行吗？偏偏三天两头要冷战。"

曹小方往嘴里塞进一大块羊肉，嘿嘿一笑，说："谁说女人都爱生气？你看你喜欢的，要不就是模特，要不就是网红，个顶个都是大美女。美女当然不好伺候，可好伺候的你也看不上啊。"

宇文胜觉得曹小方说得有几分道理，无奈一笑，喃喃道："对，都是我自找的。都说唯女子与小人难养，我这边是个难伺候的女子，那边又偏偏又遇到个小人……"

"小人？哪里的小人敢得罪你胜总？"曹小方半打趣半认真地问道。宇文胜便把公司被控抄袭的事情说了一遍。

"法律上的事我是外行，但我觉得最好找个律师咨询下比较稳妥。"曹小方抄起一方湿毛巾，擦了擦满手的羊油，拿起手机，"也巧了，我认识个朋友，是个执业律师。刚才她发个朋友圈，显示位置就在咱们附近。我给她打个电话，一起来聊聊。"

宇文胜冷眼看着曹小方，不置可否。根据他对曹小方的了解，若他用的是疑问语气，譬如问你："来我家吃饭吧？"那全然不是真心邀约，十有八九只是场面上的客套。但若他用的是肯定句，譬如刚才的那句"一起来聊聊"，那便是他已决定要请对方来，绝非要征求自己的意见，只是告知自己一声而已。这便是典型的老油条做派，听话听声，锣鼓听音，聪明如宇文胜，自然都懂。

没过十分钟，随着一声清脆的"我来了！"一个清瘦的身影翩然而至。曹小方乐得两眼弯弯，如一尊笑佛，大声道："来，我介绍一下。这位是绍天律师事务所的首席金牌律师简薇。这位呢，是咱们中海市的电商界老大'艾里克里'的总裁宇文胜，人称胜总。"

曹小方这一番把二人都抬高的一番说辞，若在以往，尽管两位被介绍者都会有些汗颜，但心里定是无比受用，可这位简薇律师却似乎并不吃这一套，她挥挥手，干脆利落地道："曹，你别高抬我。我就是个小律师，不是金牌，更不是首席。我听说你朋友有法律事情要咨询，哪方面的事？说说吧。"

宇文胜抬眼望了望这位简律师，只见她留着一头精干短发，着一身黑色皮衣，桌上是刚刚脱下的黑色皮手套。这副装扮帅气有余，全无女性的温柔。若不是她生了一张秀气的脸和白皙的皮肤，那妥妥就是个假小子，简直……简直比自己看上去还要阳刚一些，这让宇文胜心里莫名不爽。

曹小方见宇文胜有些发愣，赶紧打圆场，说："胜总啊，你把情况和这位简大律师说说？我们单位和她们律所有过合作，简大律师非常专业。"

曹小方一口一个"简大律师"，让宇文胜不禁暗骂他卑躬屈膝。他本就无意咨询律师，曹小方偏又热情过度，他的这副谄媚嘴脸激起了宇文胜的反感。宇文胜索性站起身，双手插兜，睥睨道："简大律师，我想请教，我出多少钱，你能保证帮我把这件事摆平？我相信你这大律师有这个能力，你尽管开个价。"

宇文胜的话让曹小方暗自一惊，他想打个圆场，却无从下嘴。这时只听简薇说道："这位胜总，虽然我还不了解你的案情，但我可以负责任地告诉你，任何律师都不可能承诺把案件摆平。我们要做的是维护当事人的合法权益，'摆平'这两个字既暴露出你对法律的无知，也暴露了你对法律的不尊重。"

简薇的几句话说得平平静静，不卑不亢，若是旁人，听听也就罢了，但傲娇如宇文胜，说他无知，那如何能忍？宇文胜的斗志彻底被激发，他一声冷笑，说："无知？我大可以告诉你，我公司这几年经历的大大小小的案子并非一回两回，我倒是听过你们律师的，配合调查，取证，打官司，可事实证明，做的都是无用功，耗费的人力物力，还不如直接和对方私了来得快些。"

"不排除你找的律师不专业的因素,否则就是你对律师行业存在偏见。"简薇言简意赅。

"都一样。"宇文胜大手一挥,"天下乌鸦一般黑,专业与否不要紧,都是为了赚律师费。"

简薇望着宇文胜,若有所思地点点头:"那我收回我刚才对你的评价。你不是对法律无知,也不是对法律不尊重。你根本就是个法盲。"

"上升到人身攻击了?"宇文胜皱眉回击,"这种情况下,如果你用你的法律知识驳倒我,我倒是心服口服。攻击我?我不接受。"

眼看着法律咨询变成了一场针尖对麦芒的论战,曹小方急得直搓手,连连道:"这是干什么嘛!这是干什么嘛!"试图调和气氛。然而,简薇已悠悠起身,朗声道:"我不攻击你,我只是想给你个建议而已。对了,别忘了尽早去中海市第六人民医院看看,兴许还来得及。"

说罢,简薇起身,轻巧利落地拔腿就走。曹小方问道:"简律师,我送你啊!"

简薇头也不回地挥挥手,说:"不用!"

曹小方呆若木鸡地望着简薇的背影,紧跟着埋怨宇文胜:"你瞅瞅你说的那些话!早知道我就不该叫人家来。你和一个女人掐什么架呀!"

宇文胜没有理会曹小方的责问,而是问道:"第六人民医院是干什么的?"

"是精神病专科医院。"曹小方垂头丧气地说,"这回好了,我以后在单位怎么跟简律师对接呀?你算是给我出了个难题,我还得费大力气好好哄这个姑奶奶。"

"让你瞎积极。"宇文胜坐回椅子上,夹起一片孜然羊肉放在嘴里,哼了一声,"说我精神病?先看看自己吧!"

第二天宇文胜倒是很早就来到公司。昨天在简薇拂袖而去之后,他和曹小方也草草结束了晚餐,各回各家。睡得早,起得也就早。今天要出的这批大货,是今年的重头戏。早在一个月前,艾里克里公司的网店就已经开始了这批女包的预售。照理说,预售的销售状况往往不会特别好,然而这款包却例外,自预售开始后,销售空前火爆,照此趋势,势必会成为今年的大爆款。按照先前承诺的发货时间,今天出货之后,一方面要给已订货的代理商发货,另外,最主要的就是把预售的订单通通发走。

一早开始,艾里克里的各部门就齐齐动员,几个小时后基本上已经忙活得七七八八。下午五点钟,合作快递"八通快递"的大货车已经停在楼下,蓄势待发。宇文胜站在办公室宽大的落地窗前,倚着一株高大的南洋杉,跷着脚望着楼下几个统一着装的快递员匆匆忙忙地搬箱装车,顺手拨通了尤琳琳的电话。"嘟嘟"响了两声后,旋即响起了清脆的女声:"您好,您所拨打的电话正在通话中,请稍后再拨。"

宇文胜苦笑,把手机放回裤兜。她是不会接电话的,他心里门儿清,但他仍想试试。吵架—冷战—他主动求和送礼物—和好,早已是一贯的套路。若是此时他给她发个微信:"亲爱的,别和我生气了好不好?是我错了,最新款LV小挎包我已经买好了,它和我都在等待主人的归来……"那么不消一会儿,尤琳琳那边会懒懒地回了一句:"好吧,看在你这么诚恳的份儿上,一会儿来接我吧!"有时宇文胜会忍不住想,若是没有他的主动示好,没有新款LV包包和法式大餐,尤琳琳还会继续爱他吗?然而想归想,每次他都会照做不误——谁让他喜欢她呢。

但今天宇文胜不打算主动示好,因为他晚上已有安排。眼下他只等丁秘书取回他送去干洗的一套阿玛尼休闲服,便即刻出发,参加本市电商企业家的一场酒会。同行的除了丁雯,还有市场部的叶琰。电子商务是快节奏的行业,尤其是和时尚息息相关的箱包业,发展速度可谓日新月异,同业交流必不可少,因此,但凡涉及同业聚会,宇文胜一般都会参加。

丁雯匆匆拿着洗好的衣服回来,和叶琰一同等着盥洗室里的宇文胜换衣服。时间已过半小时,两人无奈地对视一番后,丁雯忍不住亮开嗓门问:"胜总?你换好衣服了吗?"

"就你着急。"宇文胜迈着悠悠的步子走出盥洗室,在洗手台的镜子前左照右照。丁雯和叶琰又忍不住一番对视,叶琰憋着笑,说:"胜总,够帅了,够帅了。"

宇文胜满意一笑,说:"丁秘书,你觉得呢?"

"帅,真帅,特别帅。"丁雯忙不迭地点头。她知道但凡自己表现出丝毫不够诚恳,宇文胜会回到盥洗室再折腾半个小时。

三人到达会场时,现场已是人头攒动,有如一场展销会,可见电子商务近年的火爆势头。丁雯抱怨道:"说好的酒会呢?幸好我没穿长裙来,否则会不会把裙摆踩掉?"

叶琰亦皱眉,说:"是啊,这主办方也太抠门了,这么小的场地,哪里装得下这么多人?还有,酒会酒会,酒在哪里呢?"

宇文胜笑笑,说:"形式不重要。别忘了今天咱们是来干什么的。叶总,你就负责和其他电商公司市场部搞好联络,到时候新款研发,互通有无。丁秘书,你全程跟着我,做好记录,回去整理出来存档。"

叶琰和丁雯连连点头,三人穿过重重人墙,来到前排。丁雯看到第一排座位上,有个名牌写着宇文胜的名字,自豪道:"果然是第一排。胜总,主办方也真识趣,知道咱们艾里克里如今在中海市可是风生水起,不光让你上台讲话,连座位也在第一排。"

宇文胜冷笑,说:"鬼扯。根本原因是咱们给足了赞助费。"

叶琰笑道:"马屁拍到马蹄子上了吧?"

丁雯撇撇嘴。纵使她对自己这个毒舌老板再了解,也保不准他的哪句话会出其不意。叶琰开始到会场各处攀谈。宇文胜在第一排一就座,便立刻拥上四五人来寒暄。这时走过来一个五彩斑斓的身影,让人眼花缭乱。"哎呀,胜总!"

来人叫陈南,他爸陈庭之是中海市知名的快递老总,他本人则是中海市知名的富二代,常年染着一头潇洒不羁的黄毛,穿衣风格,好似一只妖艳家禽。这位富二代干啥啥不行,唯独电竞玩得所向无敌。陈南和宇文胜早在一次饭局上结识,算是旧相识,因为朋友圈互有交集,也时常偶遇,混个脸熟,但未曾深交。都说如今电商物流不分家,今日的电商业酒会,自然也有不少快递公司来参加,有的想开辟新客户群,有的则想维护客户关系,各怀心思。

陈南在宇文胜旁边坐下,开始东拉西扯,从时下流行的电竞比赛,渐渐扯到宇文胜公司的合作快递公司上。酒会开始,开场白过后,先是颁奖,别出心裁地颁发了"中海市十大杰出电商人"奖项,宇文胜作为获奖代表,第一个被点名上台发言,想来除了赞助费给够的原因外,确实也因为他是中海市电商界的表率。讲话向来是宇文胜的强项，果不其然，引得满堂彩，他志得意满地走下台，一个高高大大的年轻人迎了过来，向他伸出手，说："胜总你好，我是速纳快递业务部经理陈北。"

陈南……陈北？宇文胜忽然想起来，似乎听闻陈南有个哥哥，想必就是眼前这位。虽说是兄弟俩，可单就外形看，已是大相径庭，陈南如同一只活蹦乱跳的五彩鸡，这位陈北却温文尔雅，身着一身挺括灰色西装，俨然一位低调贵公子的扮相。陈南似乎对哥哥的出现很是不爽，插嘴道："今天不是说了让我来参加吗？你来干什么？我跟你说，这位胜总是我朋友，我把他公司物流签下了，到时候你可别邀功。"

陈北微微一蹙眉，说："我今天来是了解一下市场。陈南，你别擅自和电商公司签协议，你知道，咱们公司有价格标准，不能为了签大单拉低价格，那样会扰乱市场。"

"谁说我拉低价格了？"陈南不乐意了，他转向宇文胜，"我报低价了吗？我扰乱市场了吗？"

宇文胜不置可否，说："两位陈总，我公司早就有合作快递，合作也还算愉快，目前也没打算更换合作对象。如果谈合作，可以和我的秘书丁雯小姐联络。"

一旁的丁雯有些尴尬地颔首示意，陈南的脸色微微一变。他此行确实是想拉几个电商大客户，向他爸邀功，不料陈北突然出现,更没想到宇文胜非但不配合他,反倒搬出一番冠冕堂皇的说辞,直接拂他的面子。陈南不便当场发作,只好点点头,"行,说得对,我到时候找你秘书。"

陈南转身欲走,发现陈北和宇文胜二人已经热火朝天地攀谈起来,不由在心里恨恨地道:"宇文胜,你等着!之前的仇我还没找你。这回旧账新仇,咱们一起算。"

一早,宇文胜竟然是被丁雯的电话吵醒的。这在她任职秘书的两年内,是绝无仅有的情况。宇文胜还来不及发飙,丁雯的声音劈头盖脸地从手机里传出来:"胜总,不好了,咱们公司昨天发出的货,全都查不到物流。现在客服电话已经被打爆了!"

宇文胜气不打一处来,说:"查不到物流就去找快递站。找我有什么用?我是送快递的吗?"

电话那端,丁雯的声音平静了些,说:"找了,但快递站那边也不清楚什么情况,昨天两车货已经发走了,他们正在联系下一个中转站,我们在等消息……"

"知道了。"宇文胜说完便挂断了电话。

如今的电子商务日趋成熟,已经进入了比拼服务的时代,客户体验至关重要。平日里像物流这种小事,宇文胜从不关心,但今天的大批量丢件,已引发诸多投诉,事态就比较严重了。今天是来不及细细梳洗了,宇文胜草草洗漱一番便前往公司。

刚到公司,一脸愁容的丁雯便迎了上来,说:"胜总,快递那边查明了,是丢件。整整丢了一车货!"

"一车货?"宇文胜瞠目结舌,"现在丢货都流行这么大规模了?他们给出什么解决方案?"

"他们的方案就是照价赔偿,这算是快递业的行规,"丁雯愁容不减,"但问题是,我们怎么对买家交代?这批女包是预售款,很多买家都等了近一个月,拿不到手的话,一定会增加投诉率,而且,就算都退了款,我们的退货率和纠纷率居高不下也会影响搜索权重和引流,接下来的销量就会直接受到影响。"

"补发呢?"宇文胜问。

"这批货除了发出去的,其余的都分给了各个分销商,已经没有货可以补发。"

"安排再生产?"

"再生产的周期要十到十五天,更何况合作工厂现在都有订单在生产中,时间上根本来不及。"

情况确实有些棘手。宇文胜挥挥手,说:"尽快安排客服和售后,联系丢货的买家。另外,你们讨论一下,除了退款之外,对那些不配合退货的买家,采取哪些额外补偿,降低投诉率。"

丁雯刚刚走出宇文胜办公室,前台匆忙跑进来,惊慌地说:"胜总,外面来了几个人,说是消协的调查员,他们说我们涉及大批量虚假发货,有人投诉到消协,现在消协和工商部门的一起来调查这件事……"

"知道了。"宇文胜从老板椅上站起身,"让他们到小会议室稍候,我马上到。"

前台小妹点头照办,宇文胜做了几个深呼吸,脑海中反复酝酿着一会儿该有的说辞。事态发展之快,有些超出他的预期。昨天发出的货,今天就能投诉到消协,看来这一届的消费者维权意识堪称史诗级别。根据以往的经验,消协和工商局一介入,事情就比较麻烦了,必须尽快处理,否则再引来个把记者之类报道一番,会更吃不消。

宇文胜正在会议室里和调查人员说明情况时,手机响了。他看了一眼,来电人是财务部总经理朱成。宇文胜按掉了电话。然而,没过半分钟,手机又一次固执地响了起来。这亦是前所未有的情况,艾里克里的员工都了解,宇文胜最讨厌这种近乎胁迫式的反复来电,更何况是在艾里克里效力多年的财务经理。同样,宇文胜对朱成的为人亦是再了解不过,他平日里极有分寸,从不越界,行为反常,一定事出有因。宇文胜礼貌地向调查人员说了声抱歉,起身走出会议室,接听了电话。

"出事了。"电话那头的朱成开门见山,"下周到期的那笔贷款,银行拒绝续贷,让我们在到期之前必须还上。"

"拒绝续贷？开玩笑。"宇文胜一声冷笑,"他们支行的刘行长和我这么多年的关系,拒绝续贷？不可能。告诉他,今天不是愚人节,别瞎闹。"

"是银行客户经理小赵给我打的电话,我已再三确认过,就是刘行长的意思。"身为财务人员,朱成一向谨慎,他说的话,从不会出错。

"我这就给刘行长打电话。"宇文胜斩钉截铁地说。

顾不得会议室里的调查员,宇文胜拨通了刘行长的手机。近年来,政府对电子商务扶持,银行对电商公司的贷款审批不断放宽,而艾里克里出于业务规模大幅扩张的需要,三年前向中海本地的商业银行贷款了五千万,用这笔资金铺开了华北和华中的销售渠道。早在半年前,双方就已经确定续贷,只等贷款到期后走续贷流程。若是银行此时拒绝续贷,那么后果简直不堪设想。

电话接通了。宇文胜强压着心中的不安,笑言道:"刘行长,是不是下面的客户经理搞错了？咱们什么时候走续贷的手续？"

"对不起,对不起,对不起。"刘行长的三个对不起,宛若大热天里一盆冰水,让宇文胜的心瞬间凉了,"续贷不了了,我也是今天才接到的通知,赶紧让客户经理告诉了你们。胜总,下周贷款就到期了,还有十天的时间,你们赶紧筹款,把贷款还上吧。"

"十天时间,你让我到哪里去筹五千万?我就算印五千万钞票,也需要时间吧?"宇文胜急了,"刘行长,续贷这事,咱们提前半年就定好了吧?现在你跟我说不能续贷了,这是成心要搞垮我吗?"

"胜总,你别生气。我说了,是今天接到的通知,对信用不良的企业,暂停一切贷款业务。我也只是个支行行长,上头下了命令,我只能照做。"

"信用不良?我的公司什么时候信用不良?胡说八道!"

"是,开始我也不信,后来我特意去查了,说是艾里克里的设计被判定抄袭,中海市法院已经出了公示,是前两天的事。我这里还有公示截图,我发你微信,你看下。"

"抄袭"这两个字,让宇文胜打了一个激灵。几天前那桩几乎被他略过的事情浮现在眼前,他着实不敢相信,灾难的起因竟然是那件不起眼的小事。宇文胜颓然地挂掉了电话,此刻他的心里说不上是什么滋味,震惊、焦急、疑惑,种种复杂的情绪混在一起,让他的头脑一片混乱。他抬眼望了望,眼神碰巧和文员小苑关切的眼神交汇,宇文胜说道:"小苑,你去会议室和他们几个谈吧,我要出去一趟。"

"我?"小苑错愕地指指自己,"我……行吗?"

"要是应付不来,就给丁秘书打电话。"

说罢,宇文胜径直走了出去。时间紧迫,他要马上行动,弄清事情的原委,看看究竟有没有解决的办法。

情况比宇文胜设想的还要糟。几天前被他不当回事的抄袭控诉,一经发酵,竟产生了完全不可控的后果。在他看来,这简直比蝴蝶效应更甚,南美洲热带雨林中的蝴蝶扇动翅膀,引发了两周后美国得克萨斯的一场龙卷风,够神奇吧?而原本可以大事化小、小事化了的案子,偏偏赶在了政府严查电商设计抄袭的当口,于是被抓了典型。只是抓典型也不要紧,偏巧赶上了五千万的贷款到期,以至于银行拒绝续贷……这不是一只单纯的蝴蝶,这分明是一只成了精的幺蛾子……宇文胜愤愤地想。商海沉浮这几年,他也算是身经百战、处变不惊,然而此刻,他竟然没有一丝办法可想。

宇文胜坐在会议室,对面坐着市场部经理叶琰、业务部经理王可心、销售部经理陈大苏、财务部经理朱成,以及秘书丁雯。

"公司遇到的问题大家都知道了。现在账上还有多少钱?"宇文胜发问。

"账户里还有五万多,现金不到两万,具体数字,出纳有记录。"朱成答道。

"五万？你怎么不说五千？"宇文胜怒道，"公司的存款比楼下早点铺的还少？"

"之前账面余额有二十多万，这几天因为丢货事件，有十五万左右的退款，到今天早上为止，还剩五万多。"朱成说。

"也好，比五千万就差个千，差得不多。"宇文胜长出一口气。此刻，他很想撒气，又不知该找谁来撒，只好一拳一拳地砸向旁边座椅的真皮靠背。

"这两年公司扩大规模后，现金一直吃紧。每次回收的货款，付清了原料费、工费、工资、银行利息，也就不剩多少了。自从我们开始自己设计打版，研发又占了一部分费用。这批女包的原料费都还只结了一部分。如果都结了，那我们账上估计就是负数了……"业务部经理王可心说道，"现在不光咱们公司这样。咱们这栋楼里，每个电商公司现金都不多。那些垫钱给代理商铺货，年底再统一回款的公司，现金流就更紧张了。"

"那些和咱们关系不错的箱包公司呢？平时一起打版，一起出货的，能不能问他们借点钱？"丁雯小声道。

"怕是他们也自顾不暇。"一直沉默的叶琰说道，"我问过了，这次的抄袭案子不只针对我们一家。像昊天箱包、奥瑞娜女包，很多都被起诉了。现在每家都要有几十万的罚款，没有人会帮我们。再说了，我们那笔贷款数额又这么大，就算他们有心，也是无力。"

"现在我们仓库里积压的箱包，大概有多少的库存？"宇文胜问道。

"按正价来算，大概有三四百万的库存，前几天刚盘点过。"销售部经理陈大苏说道。

"尽快出清，打折，清仓，不管用什么方式。"宇文胜伸手指着陈大苏，"变现，速度越快越好。"

"现在不是促销季，我们大规模降价的话，会扰乱市场，是不是不大好……"陈大苏犹豫道。

"你告诉我哪儿不好？"宇文胜霍地站起身，指着陈大苏的鼻子，"扰乱市场？市场在哪儿呢？公司都快没了，你还担心扰乱市场？你这个脑子能不能想点正经事？"

几个部门经理抬起头，惊愕地望着宇文胜。往日里尽管他独断专行、我行我素，但从未如此失态过，可见这回当真是大事不好。宇文胜也从暴怒中冷静了些许，他转身望向窗外，率先违背了墙上贴的"禁止吸烟"标语，径自点燃了一根烟。陈大苏低下头，不发一言。丁雯轻声地哭了起来。

## 第二章　人走茶凉

此后的几天，艾里克里公司笼罩在一片高压之下。大家彼此心照不宣，谁都知道危机将至。只有销售部上上下下一片忙碌，每个人动用各种关系处理存货，尽全力回收货款。几家原材料供应商得知了艾里克里公司大势将去的消息，纷纷上门索要欠下的原料款，让丁雯等人疲于应对。几天下来，回收的货款大概有两百万，相对于五千万的贷款，可谓是杯水车薪，再加上付掉的原料款，于是杯水车薪就演变为九牛一毛。渐渐地，有沉不住气的员工开始出去找工作，堂而皇之地旷工，在办公室就彼此找工作的情况交头接耳。丁雯警告他们注意公司制度，却有人不屑一顾，甚至出言顶撞。日子一天天过去，等待艾里克里公司的命运似乎已成定局。

所有人的目光，明里暗里都聚集在宇文胜身上。然而如今的宇文胜也再无招架之力，似乎是命运给他安排好了这次滑铁卢，由于没能按时偿还贷款，几天后，中海市法院对艾里克里公司进行了查封，值钱的设备和办公设施都将拍卖，用于抵账，中海市知名电子商务公司艾里克里公司正式宣告破产。

偌大的办公室，乍一看一片狼藉，细一看空空如也。近在眼前的全都是琐碎杂物，但凡稍微值钱的大件，要么已经被拖走抵账，要么已被闻讯而来的邻里公司友好瓜分。宇文胜站在一片废墟当中，和仅存的几个昔日部下们进行最后道别。

"天下没有不散的筵席，只是这个结果，有些出人意料。"宇文胜尽力表现得潇洒无所谓，他耸了耸肩，努力地笑了笑，笑容里透着凄惨，形容可怖。

"本来吧，想给各位一些遣散费、安置费，可没想到赔得这么干净，除了把工资结了，多的也拿不出来了。大家多担待，改日等我有钱了，再补偿各位。"

"胜总，其实我舍不得离开公司，等你东山再起那天，一定要叫我回来……"丁雯说着说着，眼圈红了。

"哪里有什么东山再起，我就这么一吹，你还当真。"

宇文胜自嘲地笑笑，"丁秘书，谢谢你这几年的付出。其实吧，你的腿不弯，穿短裙也挺漂亮，之前是我眼神儿不好，跟你道个歉。"

"朱经理，我之前因为你不爱说话，冲你吼过好几次，可后来我知道，你话不多，可是做得多，是我的不是。"

"叶总，从公司一成立，你就在这儿了，咱俩一路打拼过来，可以说是一起成长。我以前总说你办事太娘们，其实我知道，你那是谨慎。你比我大，也别和我计较，多担待。"

宇文胜一一和前下属们说着体己话，这幅场景温情脉脉，不少人都在偷偷抹泪。

"好了各位！"宇文胜潇洒地挥挥手，"都走吧，这几年缘分尽了，咱们后会有期。中海市不算大，等各位都安顿好了，还可以一起约着吃饭喝酒。走吧！都走吧！"

宇文胜背过身去，望向窗外。电商园里仍是一片热闹忙碌。他听见身后一阵窸窸窣窣，接着响起了一阵脚步声，夹杂着轻声的告别，偶尔还有小声的啜泣。走了，都走了。他在心里对自己说。真到了这个时候，心里头不光空落落的，竟然还有些难过。宇文胜轻轻抹了一下眼角，深吸一口气，转过身，准备继续收拾面前的残局。转过身的那一刻他发现身后站着一个人，不由得一愣。

"小苑？你怎么还没走？"

小苑看了看宇文胜，摇摇头，又低下头，紧抿着嘴，一言不发。

"你是东西太多，拎不动，要我送你？"宇文胜难得好脾气地问，"也行，虽然宝马没了，可好歹还有个奥拓，走吧！"

小苑仍旧摇摇头，倔强地说："不，我不走。"

宇文胜明白了她的意思，心中不禁漾起了一片温情，"走吧，公司现在破产了，大家都另谋出路了，跟着我，没前途，你也得去找份工作。"

"我不走，不管有没有前途，我也想跟着你。"小苑固执地道。

"哎，我说你……"宇文胜急了，决定回归之前的风格，"公司倒闭了，倒闭了，你知道吗？就剩了一堆桌椅板凳，还都是快报废的。得亏这办公室不是买的，是租的，要不然咱们也早被轰出去了。现在我的银行卡里一分钱都没了，晚饭吃什么都是个问题。我就问你，你留下干吗？咱俩一起要饭吗？"

小苑的眼里涌出了眼泪，仍旧执拗地说："我不想走……我就想留在这儿……跟你在一块儿，要饭也行……"

宇文胜只觉心里最柔软的一块被击中了。眼前的这个女孩，个子不高，其貌不扬，在公司的一群莺莺燕燕里，几乎没什么存在感。她是什么时候来的艾里克里，平日里喜欢穿什么，和谁玩得最好，他统统没有关注过，除了工作上偶尔和她说几句话，其余的交流可谓少之又少。宇文胜仔细看了看小苑，发现她肩上的包是艾里克里去年出的一款女包。尤琳琳是从不背自己公司出产的女包的，她嫌牌子太Low。她的包最差也是LV，目标是把LV都换成爱马仕。丁雯也很少用自己公司出产的包，她的工资不足以支撑她买LV，但也都是诸如COACH这种国外品牌。放眼四周，只有小苑天天背着自己公司出产的背包，而他竟然从未注意过。

宇文胜觉得眼窝发酸，他吸了吸鼻子，再也说不出一句拒绝的话。气氛陷入了沉默，宇文胜长叹一口气，正要酝酿几句说辞，忽然听见有敲门声，一个快递员模样的人走了进来。

"你好，我是必达快递，请问宇文胜在吗？"

"在，什么东西这是？"宇文胜问，"我这儿太乱，没剪子，你帮我拆开看看。"

快递员点点头，掏出一把美工刀，划开纸箱，打开里三层外三层的包装纸，纸箱里的宝贝露出真身，竟是一尊玲珑有致的水晶奖杯，上面写着："中海市杰出电商人——宇文胜"。

宇文胜想起来了，这是上次那个酒会的奖杯，据说酒会当天没能赶制出来，稍后会快递过来，果然说话算话。

奖杯上的几个鎏金大字，在顶灯的映衬下闪闪发光，看上去就像个笑话。宇文胜点点头，说："行了，放边儿上吧。"

快递员巡视了一下，满地狼藉，用脚拨出一小块空地，把奖杯放下，起身站在原地，并没有要走的意思。

"你还不走？这不都签收完了吗？"宇文胜问。

"这是到付件，同城，运费十四。"快递员答道。

"就这玩意还到付？那我能拒收吗？"宇文胜没好气地问。

"不，不拒收。我们收下了。"小苑赶紧从包里掏出零钱，塞给快递员，"谢谢，辛苦了。"

快递员拿了钱，走了。

"你说你留这么个垃圾干吗用？"宇文胜责备道。

"我留着，做个纪念。"小苑小心翼翼地拿起奖杯，塞进背包，恳求说，"这不是垃圾，是咱们荣誉的见证，不能丢。"

宇文胜无可奈何地点点头，嗤笑道："还荣誉，还见证。现在能见证咱们的只有这堆破文件破桌椅，拉去卖废品还能卖个好价钱。"

小苑点点头，忽然莞尔一笑，说："胜总，我觉得现在的你，比以前好。以前你动不动就发脾气，就吼叫，现在可温柔多了。"

"我？温柔？"宇文胜挑挑眉毛,"是,等我要饭的时候,更温柔。"

"要饭之前,咱们先把废品卖了吧。"小苑说道,"我知道电商园北门有个收废品的,我去叫他上来。"

"哎,其实我就是那么一说……"宇文胜话音未落,小苑早已飞奔而去。

陈南坐在办公桌前,扯着满头的黄毛,回想着刚刚得知的消息,心潮翻滚。面前的超大屏显示器上,是眼花缭乱的游戏界面,几个队友正在骂他不出招,拖后腿,当心死全家,他却置若罔闻。

"宇文胜的公司倒闭了？"陈南打电话给崔北望,"不就让他丢了一车货吗？至于整个公司都破产了？他又不是开了个作坊,怎么能这么脆弱？"

"是,您知道了？就这两天的事儿,他公司破产了。"电话那头,八通快递站点老板崔北望一边指挥快递员搬货,一边说,"和咱们关系不大,我听说是因为抄袭的事,被起诉了,估计是罚了一大笔,支撑不住,然后就倒闭了。"

"哦,我说呢。"陈南若有所思,"我知道了。那个,老崔,这次的事干得不错,赔偿款我已经派人打到了你账上,你查收一下。"

"哎哟,哪儿的话,承蒙陈总您看得起我。"崔北望拿着手机，对着空气点头哈腰，放低了声音说，"那一车的包，您看我是卖了还是……"

"你看着办。等风声过了，能卖了就卖了，价钱你定。到时候把我出的钱给我拿回来一半就行，多出来的都算你的。"

"谢谢陈总，陈总大气！"崔北望笑得见牙不见眼，腰杆子快弯到了地上，"就乐意和陈总一起干事，陈……"

等不及崔北望的马屁拍完，陈南就已经挂断了电话。笑容已经迫不及待地在他脸上绽放开来，尽管电脑上队友对他的咒骂不断升级，却丝毫无法阻拦此刻他内心的雀跃。他早就看不上宇文胜的嚣张跋扈，更想不通为什么尤琳琳会放弃自己，而和宇文胜双宿双飞。原本他只是想给宇文胜一个教训，买通了电商园的八通快递代理商崔北望，故意弄丢了宇文胜一车货而已。他只是想出出气，可谁知他宇文胜屋漏偏逢连夜雨，直接被干倒闭了。真是天有不测风云，人有旦夕祸福啊。陈南悠悠地叹了口气，自言自语道：真是可悲、可叹、可惜，可是我心里还是好爽啊！"

宇文胜开着奥拓，行驶在回家的路上。他的宝马和牧马人都被开走了，幸好他的房子写的是父母的名字，让他保留了住处。这台奥拓先前是公司用来跑业务用的公车，多年来被各个业务员轮番糟践，早已破破烂烂，一直停在角落里无人问津。也正因如此,它侥幸没有被拖走抵账,而成了宇文胜的新一代座驾。启动之后,车身激动地乱颤,四个轮胎亦吱吱作响,随时游走在报废的边缘。宇文胜等红灯的时候,有创业者举着印有二维码的大牌子,在车流中挨个敲开车窗,恳求人们扫码加关注。唯独走到宇文胜的车旁,打量了他这台岌岌可危的老奥拓,许是担心敲玻璃会把车窗敲碎,便径直走开了。

宇文胜望着街边闪烁的灯光,心里百感交集。这几年来,他目睹了中海市日新月异的发展,这座新兴的商业城市如今愈发向一线城市靠齐,流光溢彩,又冷酷无情。曾经他自认也被公认为是中海市的弄潮儿,众人眼里的成功人士,可是这得来不易的成功竟像肥皂泡一样,瞬间即灭。回想这几年经历的浮浮沉沉,只觉得恍如隔世,依稀又觉得仿佛是昨日。他刚刚把小苑送回了家,看着她一脸的期待,许诺着过不了几天,就会通知她来上班。可自己到底还能做些什么?他曾踌躇满志地认为中海市处处是希望、遍地是机遇,然而真到了一无所有的时候,该如何东山再起,简直是道无解的难题。

手机响了。宇文胜点开微信,是小苑给他发来的一条消息:"胜总,加油!我是你永远的粉丝!"

粉丝?这个名称倒挺别致。宇文胜按掉手机,把手机屏幕当作镜子,照了照自己的脸,会心一笑。"看来长得太帅了也不是什么好事。可是,天生丽质难自弃啊……"他自言自语道,"不过我已经心有所属,也是无可奈何。"于是他想到了尤琳琳。半个月前,他终于忍不住主动示好,并奉上了最新款的口红套盒,终于获得了她的谅解。只是最近这几日风云突变,焦头烂额的宇文胜着实顾不上她,每日里只是通过微信视频以解相思,细细想来,两人已有一周没见面了。眼下自己终于有空了,再不约她出来,怕是又要后院起火了。

"亲爱的,出来吃个饭啊?"宇文胜拨通了尤琳琳的电话。

"哪位呀?是不是打错啦?"电话那端,尤琳琳甜度极高的声音传出来,让人血糖飙升。

"是我呀。"宇文胜好脾气地配合着她的表演,"最近太忙了,刚有了空,就赶紧约我的女神出来一聚。赏个脸吧!"

"念在你态度诚恳的份儿上,我就给你这个机会。"尤琳琳咯咯咯地笑了,笑声如小女孩一般,清脆、娇憨,宇文胜每每听见她的笑声,就会无端高兴起来。

"去哪儿吃?我去接你。"宇文胜环视了一下自己的座驾,心有点虚。

"就来我这儿吧,我家楼下新开了一家法餐,你到了给我打电话。"

"好,我马上到!"宇文胜一脚踩下油门,奥拓剧烈地颤抖着向前驶去。

尤琳琳是中海市人,家中独女,父母均为市皮革厂的职工,家住老城区的皮革厂家属楼。她不乐意与父母同住,而是花高价租住在了市中心的这幢高级公寓。与老城区相比,新近崛起的市中心俨然是中海市的网红打卡地,尤其是到了夜晚,灯光亮起,流光溢彩,煞是好看。各路潮人云集的地方,消费自然也是不菲。宇文胜到达这家法式餐厅的时候,尤琳琳已经到了,她百无聊赖地坐在沙发上,正对着小镜子摆弄自己刚嫁接的睫毛。见到宇文胜,她立刻眯起眼睛,嘟着嘴说:"亲爱的!最近你总是冷落我,老实交代,你在外面是不是有情况?"

尤琳琳的发问让宇文胜不由得暗自心惊。他定了定神,看着尤琳琳一脸的娇嗔,明白她只是在进行日常撒娇而已,于是冲她挤挤眼,戏谑道:"有情况,你就是那个最大的情况。"

尤琳琳露出了得意的笑,但显然她对宇文胜的回答并不满意,继续嘟着嘴问道:"花言巧语,你说你是不是该罚?"

"该罚,该罚。"宇文胜连连点头。他知道,准是哪个大牌又要出新款了。虽然尤琳琳来来回回就这么两三招,每回的伎俩都出奇的一致，但配上她这张好看的脸，仍然让他觉得很受用。

得了手的尤琳琳很是快活，胃口大开地点了最贵的套餐，小鸟一样叽叽喳喳地说个不停。直到服务员上了头盘菜，尤琳琳终于安静下来，像虔诚的信徒一般进行着餐前例行工序——先给菜拍照，再自拍，然后美图滤镜修饰一番，凑个九宫格，发朋友圈。看她忙得不亦乐乎，宇文胜替她累得慌。他有些犹豫，到底该不该把自己破产的事告诉她，虽然他知道，就算瞒也瞒不了多久，但当他看着她那张精致的脸，一想到她快乐的神采和闪闪发光的眼睛会因为自己破产的消息而瞬间消失，到嘴边的话就说不出来。

"对了，我听小美说，你的公司出了问题，不会吧？"餐前仪式进行完毕，刚把手机放下，尤琳琳忽然发问。

"哪……哪有的事。"宇文胜故作镇定，"别听她们胡说，捕风捉影。"

"我当然不信她们！"尤琳琳道，"那个小美就是嫉妒！她本来就嫉妒我的直播间人气高，加上她上个月刚被那个小开男友甩了，现在是空窗期，更看我不顺眼，就开始造谣。"

"对，嫉妒。"宇文胜肯定地看了看尤琳琳，"嫉妒让人造谣。嫉妒使人疯狂。"

"那她要是看到我们结婚，会不会气死了？"尤琳琳笑道,"我跟你说啊,我是想在游艇上举行婚礼的。游艇上铺满鲜花,然后我们坐着热气球出场,降落到游艇上,踩着鲜花缓缓走过……那场面,光我自己想想,就激动得不得了呢!你说她会不会气死了呀!"

"会,会气死。"宇文胜不小心被罗宋汤呛了一口,咳嗽了半天,"为了防止她被气死,游艇和热气球的组合最好再议。再说,万一降落偏了,落到海里了,出场就不美了。"

尤琳琳认真地思考了半天,郑重地点点头,说:"那到底怎么出场?我再考虑考虑。但是婚戒我可选好了,一定要卡地亚的那款哦。钻不在大,精致就好,你说呢,老公?"

宇文胜点点头,苦笑道:"你说得对,这款钻戒最能衬托你的美。"卡地亚的那款钻戒他见过,钻确实不大,可价钱却实打实地高,品牌溢价之严重令人心惊,但尤琳琳这样的忠粉又怎会在意这些?她见愿望即将达成,心花怒放,起身绕过桌子,走到宇文胜面前,给了他一个响亮的亲吻,说:"老公,你最好了!"全然不顾周遭食客的目光。

这顿精致的法餐,吃了将近三个小时才接近尾声。时间已近十点,再逛街已太晚,去看电影太累,唯有去尤琳琳香闺畅谈人生比较现实。宇文胜把信用卡递给服务员结账,尤琳琳起身,刷着朋友圈的各式评论,笑得灿若桃花。不料服务员拿着POS机走过来,俯身轻声说:"先生,您的信用卡刷不了,要不要现金结一下?"

宇文胜神色陡变,说:"现金?我哪里有……"他猛地打住了,从钱包里翻出另一张信用卡,说:"刷这个吧。"

服务员再次刷卡,说:"这个还是不行,提示被银行冻结了。"说这话时,这位年轻的服务员脸上出现了意味深长的笑,许是这种情况他早已见怪不怪,戏谑地望着宇文胜,等着看笑话。

进退两难的宇文胜忽然意识到一个问题:他的信用卡大概全部被冻结了。原因不消说,和他公司破产脱不了干系。他先前只以为把他名下的财产抵账算了,没想到银行还放了这样一个大招。气氛顿时陷入了凝滞,正在低头刷朋友圈的尤琳琳觉察到异样,抬头问道:"老公,怎么了?"

"您先生的信用卡被银行冻结了,"服务员秉持着看热闹不嫌事大的心态,快言快语,"结不了账。"

"被冻结了?"尤琳琳狐疑地望向宇文胜,忽然意识到了什么。她尖声道:"她们说的不会是真的吧?你公司是不是出问题了?"

宇文胜点点头,说:"是出了些问题,但没那么严重。你听我解释……"

宇文胜不说这句"你听我解释"还好,许是偶像剧看多了,一听到这句"你听我解释",尤琳琳便顷刻意识到大事不好，条件反射一般喊道："我不听！你刚刚还和我说买钻戒，原来都是在骗我！你这个骗子！"

刚刚目睹了两人恩爱亲昵的食客们目瞪口呆地望着这一幕，宇文胜只觉得脸上无光，他艰难地说："你能不能平静一下，让我好好和你说？"

"做梦！"受到众人目光洗礼的尤琳琳恼羞成怒，瞬间把责问的高度上升到全人类，"男人就没有一个好东西！"说着，她顺手抄起桌上的一碗浓汤，照着宇文胜的头顶浇下，动作完美，流畅，一气呵成。紧接着尤琳琳拎着小包，仿佛受到了巨大的羞辱一般，痛哭着跑了出去。

意外接受洗礼的宇文胜如五雷轰顶。他不明白，明明是自己受到了羞辱，为什么尤琳琳却表现得像个受害者。看得出来，这碗奶油蘑菇汤做得用心，料足，浓稠的汤汁洒在他的头上，让他几乎睁不开眼睛。然而，闭着眼睛的宇文胜还是感到了眼前有闪光灯一明一灭，他费力地甩了甩脸上的汤，勉强睁眼一看，一个人正拿着手机饶有趣味地对着他拍照。宇文胜吼道："别拍了！拍什么拍！你谁啊你！"

"你管我是谁。"听声音是个女的。她一边说着，一边坚持不懈地按着快门，"你是胜总吧？咱又在这儿见面了。你怎么还没去第六人民医院呢？"

原来是她。宇文胜擦擦脸，竭力维持着体面，压低声音道:"简律师,咱们往日无冤,近日无仇,我觉得你最好把手机放下。哎,你够了!怎么还拍!"

"我这叫记录生活,"简薇终于恋恋不舍地收手,拿着手机冲宇文胜摆了摆,"没别的意思。放心,照片我不外传,我留着自己欣赏。"

说罢,她转身欲走,看热闹的服务生如梦方醒,赶忙拉住她,"哎,这位小姐,既然你和这位先生认识,那要不帮他把账结了?"

"谁说我认识他?"简薇反问道,"我是拍客,知道吗?逮谁拍谁。你要是洒满头的汤,我也拍你。"

服务生讪讪地松了手,简薇大摇大摆地走了。宇文胜狼狈不堪地站在原处,只恨屋漏偏逢连夜雨,偌大的中海市,他竟然能在此偶遇简薇。扫把星,这女人真是个扫把星!宇文胜咬牙切齿地发誓,若是有朝一日再相见,一定要把今天丢掉的颜面夺回来。

那天,宇文胜不得已向曹小方求援,让他在微信上给自己转了两千块钱,好歹把饭钱结清了,才得以脱身。在他人生最疼的时候,又被人狠狠地踩了一脚,虽然这一脚不会让已有的疼痛产生什么质变,但却足够让他心灰意冷。他开着奥拓行驶在回家的路上,竟然前所未有地流了眼泪。若不是这台奥拓颠抖得厉害,一颠,又一颠,让他的眼泪迅速干涸在了脸上,他几乎都要被自己感动了。什么职场失意，情场得意，这完全是个伪命题。实质上，牵一发而动全身，事业干砸了，女朋友就得跑，这才是人生真理。失魂落魄的宇文胜回到家，看到了小苑发过来的微信："胜总，咱们明天要做些什么？"然而，他却连回复的心情都没有，一头栽在床上，只想永不醒来。

有人失意，就有人得意。这几日陈南可谓心情大好，宇文胜跌落得如此彻底，让他内心本来要熄灭的火苗再一次熊熊燃烧起来。当年明明是他先追的尤琳琳，在她的直播间里头，又是送火箭，又是送游艇，还时不时和其他出言不逊的男粉丝展开骂战，比直播间的管理员还尽心尽责，只为赢得美人芳心。孰料半路杀出个宇文胜，让他给抢了先机。心痛吗？当然。除了心痛，他更咽不下这口气。家里有个惺惺作态的陈北处处给他添堵就算了，感情上竟然又让这个有些"娘"的宇文胜出尽风头。好吧，现在是时候展现自己的博大胸襟了。"琳琳女神，我来了。只要你肯回头，我还是乐意张开双臂拥抱你，让你看看，什么叫真正的爷们儿。"陈南对着镜子自言自语，已经快被自己强大的男子气概折服了。

作为资深富二代，陈南把尤琳琳约出来，并非难事。陈南穿了一身新衣，因为一头黄发喷了太多啫喱的缘故，整颗头金光闪闪。迟到的尤琳琳在饭店门口一眼就看到了这颗金头，顺着光源找到了陈南。看得出来，她心情不大好，气色也有些憔悴。陈南明知故问:"琳琳主播，是遇到什么事情了吗？作为你的粉丝，我很愿意倾听。"

按照陈南的设想，尤琳琳会被自己的贴心迅速俘虏，对他一通倾诉，弄不好哭得梨花带雨，然后自己便可以顺水推舟地拥佳人入怀。不料尤琳琳只是淡淡一笑，摇摇头说:"没什么。只是最近压力大，没有休息好，不要紧。"

完全不按套路出牌啊。陈南有些诧异，索性直截了当地问道:"我听说了，好像你男朋友的公司出了些问题？需要帮忙的话，尽管说。"

"是有些问题。"尤琳琳点点头，"不过，帮忙就不用了，我相信他能克服。"

"现在这年头啊，创业的好时候过去了，一倒下就很难再起来。"陈南摆出一副过来人的姿态，"我毕竟也在商界这么多年，对这里面的运作有些了解。一个公司，由小到大不难，难的是从无到有。要是破产了，想要咸鱼翻身，恐怕没这么容易。"

尤琳琳面色凝重地点点头，说:"我知道这很难，但他不一样。他是从无到有，白手起家做起来的，他应该知道该怎么做。我会给他时间。"

陈南不高兴了。作为富二代，他很不乐意听见"白手起家"这四个字。这很容易让他理解为含沙射影，是在嘲讽他只会投胎，不会做事。让他不高兴的还有尤琳琳对宇文胜深厚的感情,这姑娘,哪儿都好,怎么偏偏就这么死心眼。

"我也相信他。"陈南虚情假意地附和着,一面不动声色地招呼道,"像你这么重情重义的姑娘,少,太少了。来来来,吃菜吃菜。"此刻他的心里已经开始盘算着小九九:我让你们情比金坚,让你不到黄河心不死,看来不让她知道宇文胜混得有多惨,她就不会死心。可见自己还得做点什么。

让陈南不知道的是,尤琳琳当然不是什么死心眼儿。出生在小市民家庭的她,打小就见多了大都市里有钱的好,也知晓了穷的可怕。生活教会了她趋利避害,而嫁个好人家无疑是提高生活水平的最快捷径。从买新衣,到化妆,再到整容,她的每一分投入都目的明确。直播间里那些对着她意淫的男粉丝,她甚至都不屑于用双眼皮夹一下他们。那不是她想要的,她门儿清。宇文胜这块宝,她押错了,退而求其次选择陈南,她乐得。尽管陈南从外表到性格,似乎都不是她喜欢的,但是看在钱的面子上,这些都不叫事儿。不过,她不能这么快就让他得了手。欲擒故纵的道理,她比谁都懂。

饭毕,陈南开车把尤琳琳送回家,在回来的路上,越想越气。如果说之前他对宇文胜还有些许同情,那么现在,这些同情尽数化为两个字儿:活该。"琳琳女神啊,我该怎么做,才能让你回心转意呢?"陈南一面开车,一面苦思冥想。正是梅雨季节,窗外下着淅沥沥的雨。带了伞的,走得优哉游哉;没带伞的,急急地跑着,有些尴尬。最为忙碌的则是两个送快递的,唯恐淋湿了车上的货,骑着三轮车东躲西藏,乱作一团。

陈南不由得眼前一亮,一抹笑容浮现在他的脸上。

"行啦,胜总啊,您就瞧好吧!"陈南自言自语道。

一早,简薇对着穿衣镜换衣服。不同于以往的一身黑色职业装,她穿了一条灰色工装裤,上身又套了一件灰色牛仔夹克,若不是她身姿清瘦,这身行头看起来简直像是要去工地上搬砖。

正忙着涂脂抹粉的室友姜凡,忙里偷闲望了简薇一眼,问道:"哎,你确定穿成这样去上班,你们领导不会说你?"

"不上班,我一会儿去流浪狗基地。"

姜凡看了看手机,确定今天是工作日,狐疑道:"工作时间你不上班?我的简大律师,你这是什么情况?"

"情况就是,我辞职了。"简薇转向姜凡,好脾气地说,"现在的我,往好听里说,是自由职业者。说难听了,就是无业游民。"

"辞职了?什么时候的事?为什么?"姜凡大惊,"绍天律所可是咱们中海市第一大律所，说出去多荣耀，多光辉，多……那个什么呀，你怎么说辞就辞了？"

"昨天辞的。"简薇言简意赅，"我不想干了，我真受不了总是为虎作伥，昧着良心帮那些企业钻空子，就辞职了。"

"你说你都一把年纪了，还是这么理想主义。为虎作伥又怎么了？哪份工作不得有点身不由己啊？不过说回来，还是你洒脱。"姜凡不无艳羡地说，"你家在本地，自己有房有车，还有个超级富二代对你死心塌地，可以想辞职就辞职。我就不行了，就算我昨天还想手刃领导，扫射同事，今天还是得乖乖去上班。差距啊！"

姜凡哀号着去门口换鞋，准备出门挤地铁。简薇撇了撇嘴，走过去，搭住姜凡的肩膀，说："行了，别悲伤了。这几天上班，我送你。反正我也不需要赶时间，先把你送到公司，我再去流浪狗基地，也来得及。"

"我不悲伤。有你这么个好朋友，我高兴还来不及呢！"姜凡乐不可支地说，"你看你，让我免费住你的房子，现在又给我当免费司机，这么一想，我的运气也算不错。心理平衡多了！"

两人相视大笑，搭着肩向车库走去。简薇大学毕业后，和姜凡是同事，当时她是见习律师，而姜凡是公司里的行政小妹。姜凡家在外地，一个人在中海市打拼，简薇见她过得辛苦，就把自己的房子免费给她住，两人同在一个屋檐下，一住就是六年。姜凡热心唠叨，人也勤快居家，和整日里风风火火的简薇恰好互补。姜凡有个相恋多年的男友，俩人正在攒钱买房，一想到她即将嫁作他人妇，简薇心里还真是舍不得。

很快到了姜凡上班的公司，两人道别后，简薇驾车驶向郊区的流浪狗救助基地。这个基地成立有些年头了，简薇是这里的元老，光是她救助回来的狗就有几十条，几乎所有的狗她都叫得上名字。流浪狗救助工作相当烦琐，除了日常的清洁和饲喂，简薇每次来这里都要给狗洗澡拍照，把照片和资料放到网上，以求能有好心人领养。

"你这个老家伙，一会儿我再给你拍一回照片挂网上，这回要是还没人慧眼识珠，你就在这儿孤独终老吧！"简薇一边给一条年老的杂种犬洗澡，一边和它说着话。这条狗实在是丑得过分，从外形已经看不出它的祖上究竟有哪些品种，长着一身种族荟萃的杂毛，一口地包天的狗牙，时刻都是一副面目狰狞的尊荣，难怪没人领养它。

"你再怎么给它洗，也就那副德行啦。"旁边的志愿者小杰说道，"不会有人领养它的，上回有个人带着孩子来挑狗，人家小姑娘看见它，直接给吓哭了。"

简薇叹口气，说："没办法，就算是爱心领养，也是要看颜值的。这就跟找对象一样，有几个不是外貌协会的?"她爱抚地扯了扯老狗脖子上松塌塌的皮,感叹道:"他们可永远不会知道,这家伙有多聪明,多贴心。错过了它,用行话说,那叫走宝。"

小杰嘿嘿一笑,紧跟着又叹气道:"不过,这老狗在这儿确实挺受气的。它年纪大了,吃东西慢,咱们基地这么多狗,人手有限,没办法实现单独喂养,它每天连饭都吃不饱,那些公狗还总咬它。薇姐,你身边要是有合适的人家,不嫌它丑的,还是领养了它吧。"

听了小杰的话,简薇不禁皱起了眉头。根据救助机构的原则,对于流浪狗领养,应该尽量向全社会开放,减少志愿者及亲朋好友领养。这样做,一是为了向社会推广普及"领养代替购买"的观念,二是为了减少志愿者自身的压力,让他们把精力放在救助更多的流浪狗身上。简薇从没领养过基地的狗,主要是因为她太忙,而姜凡又有洁癖。她先前并不知道这条老狗的处境这么艰难,眼下看着它瑟缩成一团,心里头生疼。她不忍心再将它放在基地混养,甚至不忍心再将它的照片挂在网上,任由人们指指点点,思来想去,也只有一条路可走了。

忙碌中一天很快过去,日落西山时,看到手机上的几个未接来电,简薇才想起今晚的邀约。她心怀歉意地回拨过去,刚想开口道歉,电话那端陈北的声音响起,温和低沉,不带丝毫责备:"我猜你一定是很忙,刚才打了两个电话,有没有打搅到你?"

简薇苦笑道:"不好意思,我给忘了时间了。我现在在郊区,恐怕去市中心不大方便。要不咱们改天再约?"

"那有什么关系,只是咱们两个人吃饭而已,晚些也不要紧。"陈北徐徐道,"其实应该我去找你才对,但我又很想带你来市中心这家新开的茶餐厅,所以你慢慢过来,不必着急,我等你。"

这让简薇再也不好推托,她只好答应下来。就在这时,她忽然想到了一个问题,忍不住惊呼道:"对了,我身边有条狗,那茶餐厅让带狗吗?"

"这……"电话那头的陈北略显迟疑,"你来了再说吧,我想,他们应该有办法安置的。"

一个小时后,简薇牵着老狗,和陈北在市中心的一处大排档坐下。简薇的一身牛仔服和大排档的人声鼎沸浑然天成,而西装革履的陈北则显得与周遭环境格格不入。

"对不起啊,"简薇示意老狗趴在脚边,充满歉意地对陈北说,"我早该想到茶餐厅不让狗进的。现在咱俩只能来这种地方凑合吃点,你不习惯吧?"

"怎么会。"陈北笑笑,"偶尔来一次大排档,也挺新鲜的。再说了,也怪我。我以为茶餐厅可以带宠物狗的,没想到……"

陈北看了眼老狗，尴尬地笑了笑。就在刚刚，原本点头准许了带狗进入的那位茶餐厅领班，在见到这条面目可憎的老狗之后，愤然反悔，对狗和人都下了逐客令。

"对了，今天是工作日，你不是应该在律所吗？怎么去了郊区？"陈北问道。

"是这样的，我辞职了。"简薇抓了抓乱糟糟的头发，"今天一整天，我都在流浪狗基地。"

"辞职了？那接下来你有什么打算？"陈北并未追问简薇辞职的原因，而是对她的下一步计划颇感兴趣。

"先不找工作。"简薇言简意赅，"流浪狗基地最近缺少志愿者，我要多去帮忙。另外，法律援助协会近期要对快递业做法律援助，我已报名参加。"

"对快递业进行法律援助？那岂不是会和我们公司有交集？"

"你们公司这种大户，哪里会需要援助？我说的法律援助，是对快递员的。相对于快递公司来说，快递员是弱势群体，不签劳动合同、没有五险一金、就业先交押金、辞职押金不退，问题很多，他们又普遍缺乏法律意识，需要好好普及。"

"我明白了。相对于在律所上班，好像做法律援助更让你有激情。"陈北凝视着简薇，笑着说，"你一直是这么善良又热情，简直像个小太阳。"

陈北的声音平静温和，望向简薇的目光中却充满灼热。这热烈的目光让简薇无所适从，她起身冲大排档老板挥挥手，高声道："老板，烤羊腰子记得要七分熟，多放辣。"

看见简薇这副大大咧咧的样子，陈北的目光中又多了一丝宠溺。

但凡有过情感经历的人，都会读懂这目光中藏着的深深爱意。陈北对简薇的感情，几乎可以说是表露无遗了。从大学起，他就对这个小师妹一往情深，这期间尽管经历了他出国留学，两人分离了几年，但感情却丝毫未变。作为速纳快递的大少爷，几乎没人能相信他在感情上可以这般执着。可简薇也说不上来，究竟是为什么，她对他，始终缺乏爱意。难怪姜凡总说她身在福中不知福，她确实为此而苦恼。

"下周二陪我去参加个饭局，好吗？"陈北好不容易在简薇大快朵颐中找了个间隙，真诚地发问。他语气中甚至带有一丝哀求的意味。

"我下周有个案子……"简薇本能地打算拒绝，这时她忽然想到自己已经辞职了，只好生生打住。

"你下周没有案子了。"陈北好脾气地冲她笑笑，点醒她，又不戳穿。

"那……那好吧。"简薇只好点头。

## 第三章 重整旗鼓

陈北所说的饭局在本市最豪华的盛世酒店,下午六点,简薇如约而至。为了不给陈北丢人,她勉为其难地化了淡妆,还穿了一条长裙,娉婷雅致。若是忽略掉她一贯疾行的步伐,倒是勉强可以称作淑女。

大堂内,已经在此等候的陈北看见简薇,眼前一亮,快步迎上来,殷勤程度比肩迎宾小哥。简薇则完全没注意到陈北的一脸惊喜,她的注意力全在陈北身后的那个包间上,简薇眉头一蹙,小声道:"这么大的包间,这得来多少人?到底是什么饭局?"

陈北笑笑,"没多少人。总共不到20人而已,你不用紧张。"

包间里，一颗金头一闪而过。简薇捕捉到了这一幕，惊讶道："我看见你弟弟了！这是不是你家里人的聚餐？你还要我来？"

陈北道："就是家里人一起吃个饭而已，我只会介绍你是我朋友，你不要有压力，就当是朋友间吃吃饭，聊聊天，好吗？"

陈北语气和缓，眼神里却带了乞求。这份乞求让简薇无法再拒绝。她本就是个再心软不过的人，尽管她知道陈北让她来的用意，也只好告诉自己闭嘴。

简薇随着陈北在餐桌旁坐下。一张电动大餐桌旁围坐着陈家的老老少少，粗略一看，缺席的大约只有陈北的父亲陈庭之。陈庭之是中海市人尽皆知的知名企业家，随着他的企业"速纳快递"越做越大，个人时间也随之越来越少，缺席这种家族聚餐实属正常。陈庭之的第一个妻子，即陈北的生母吴美安，两人白手起家。陈庭之创业初期，一心扑在工作上，完全无法顾及家庭，两人终于渐行渐远，最终以离婚收场。后来他娶了许小青，并诞下陈南，原以为就此家庭美满，不料许小青因为陈庭之终日忙于各种应酬，对他疑神疑鬼，两人时常发生冲突，没过几年，许小青的精神状况就出了问题，此后常年住在疗养院。这样一来，受影响最大的便是陈南了。母亲不在身边，他年纪尚小，唯恐失去父亲宠爱，怕自己的地位不如大哥，因此视陈北为眼中钉肉中刺，处处和他作对，以换取父亲的高看一眼。

今日的家族聚餐，既没有陈庭之参加，又没有陈夫人在场，众人便众星捧月一般地围着陈庭之的老母亲陈老太太。而简薇则唯恐引人注意，故意坐到离陈老太太最远的位置，一心期望做一个"小透明"。然而天不遂人愿，陈老太太最疼爱的就是大孙子陈北，对他带来的女孩又怎会不多看一眼，饭局刚刚开始，陈老太太就对简薇频频示意，还起身亲自给她布菜，众人的目光随之齐齐聚在她身上，让简薇好不自在。

看来简薇今日的扮相极具迷惑性，陈老太太对简薇甚为满意，言语间流露出止不住的认可和喜爱。

"陈北眼光好。这样知书达理的女孩，一看就贤惠体贴，好，真好。"

陈北微笑着回应祖母，简薇则说话也不是，沉默也不是，嘴里含着一颗麻辣鸡脆骨，如坐针毡。

"她贤惠体贴？做梦去吧。"

这个声音来自陈南，音量不大，只够坐他一旁的陈北和简薇两人听个清楚。陈南早就知道有个叫简薇的学妹和大哥之间"剪不断、理还乱"，但他并不知晓这只是陈北一厢情愿，只以为简薇是在玩欲擒故纵的把戏。阅女无数的陈南自认为识人有术，对此颇为自负，对简薇这个"拜金女"不屑一顾。

好修养的陈北微微蹙眉,不动声色。他完全不想和弟弟正面交锋,能忍则忍,打小如此。而从不吃暗亏的简薇则狠狠地剜了一眼陈南,两人目光交汇,在空中完成了一场眼神的厮杀。简薇不经意间瞄到了陈南身旁坐着的一个中年男子,看起来很是眼熟,但一时间又想不起来究竟是谁。简薇主动放弃了和陈南的眼神互殴,在记忆中仔细搜查一遍,终于成功捕捉到了和此人有关的记忆。

"陈南旁边的这个男的是谁?也是你们家亲戚吗?"简薇低声问陈北。

"他?"陈北知道简薇从不八卦,对于她的主动发问,十分诧异。"他是陈南的舅舅,也是速纳的部门经理,许百昌。你们认识?"

简薇摇摇头,心里却犯起了嘀咕。

在她离职前,这个许百昌曾数次光临她就职的那家律所。当时简薇就知道,他们没干好事,一准儿是来找律师帮忙,钻空子,打擦边球。这种事在当今已经屡见不鲜,很多大企业尽管有专门的法务,但遇到法律难题,还是习惯向各领域的顶尖律师寻求帮助。简薇业务能力一流,点名要她帮忙的人可谓趋之若鹜,但她性情耿直,不屑于和企业同流合污,律所老板也对她无可奈何。许百昌他们要办的这桩事,她多少有所耳闻,记得隐约听同事说过,是要除掉一批皮具电商公司,给自己铺路。

"你家是快递公司,和皮具电商有竞争关系吗?"简薇低头问陈北。

"以前没有,从去年开始,公司打算进军电商业务。"陈北留学归来后便进入父亲的速纳快递,对于公司业务颇为熟悉,"快递电商不分家,我们既然有自己的物流优势,顺手发展电商,算是借力。中海市又是皮革之乡,我们第一个发展计划就是打造自己的皮具电商品牌。"

"原来如此。"简薇轻声冷笑,不禁对许百昌的所作所为嗤之以鼻,"路障也扫清了,你们的皮具电商算是顺风顺水了吧?"

"这段时间有些进展,但远谈不上顺风顺水,毕竟隔行如隔山。"陈北对简薇的阴阳怪气很是不解,"你说的路障扫清了是什么意思?"

"就是把中海其他的皮具电商都除掉了呀!你们一家独大,又有资金实力,自然不愁发展。"

"那怎么可能!"陈北失笑,"我们做的是事业,又不是江湖争霸,大家分蛋糕便好,何必除掉别人。"

简薇仔细地观察陈北的表情,根据她对他的了解,确定他没有在撒谎。这么说来,他对许百昌的所作所为,应该是一无所知。简薇厌恶地瞥了一眼许百昌,心想真是一粒老鼠屎坏了一锅汤,陈家公司的招牌,就这样被他一人给抹了黑。

装潢雅致的餐厅里,曹小方独自坐在餐桌旁左顾右盼,不时站起身向门口张望。直到简薇像一阵风一样飘了进来,曹小方的一颗心才落了地。

"我的简大律师,真好,你总算给我这个面子,让我来将功补过。"曹小方一脸诚惶诚恐,语带谄媚。

"我答应了你会来,就一定会来,这么紧张做什么?"简薇不以为意地捋捋头发。

"这不是上回我那嘴贱的兄弟把你得罪了吗,我就怕你不卖我这个面子。"

"他是他,你是你。我哪是那种不依不饶的人。"简薇无比高风亮节,似乎早已把自己强拍宇文胜餐厅出丑的一幕来泄愤的事忘得精光。

曹小方一拍大腿,说:"我就说嘛,简大律师心胸宽广,自然大人不记小人过。"他拿过一瓶开好盖的啤酒,问:"来点啤的?"

简薇笑笑,说:"白的也行。"

曹小方竖起大拇指,说:"不愧是女侠。仗义!敞亮!"

"行了行了,别拍马屁了。"简薇笑笑,"对了,你那朋友后来的麻烦解决了没?他既信不过律师,想必自己手眼通天,有过人的办法。"

"别提了。"曹小方颓然地放下酒瓶,"他这回可算是栽了。我本以为上回那件事不算大,就算不找律师也不至于有什么严重后果。谁承想,他的公司给定了抄袭,还让抓了典型,偏巧又被快递公司弄丢了一车货,贷款到期也没批下来,一来二去,他那公司就倒闭了。"

"又抄袭,又丢货,又贷款到期。他也真够点儿背的。"简薇苦笑,"先前你不是说他的公司规模相当大?竟这么容易就倒闭了?"

"谁说不是呢。"曹小方叹着气,"也是他点儿背吧,原本可以大事化小,偏偏被抓了典型。不过这回受牵连的远不止他一家,中海电商园里的皮具公司,几乎是见者有份。"

"皮具公司?他的公司是做皮具的?"

"对,中海是皮具之乡,做得好的电商公司,大多是皮具公司。你不关注这个行业,所以不知道。他的公司名叫艾里克里,在电商园里那可是响当当的名号。"

简薇若有所思地点点头。她心里已经明白,宇文胜破产,定是拜许百昌所赐。老实说,虽然先前结下过梁子,但当她得知宇文胜的处境之后,内心涌起的则完全是同情,对许百昌的厌恶又增一分。

"当初他要是不那么固执,听我的劝,请你出山,估计不会死得这么惨。"曹小方摇头慨叹。

简薇无奈地笑笑。她知道,如果当时宇文胜能请她做法律顾问,他确实不会沦落到今天的地步。然而事已至此,任谁都回天无力。除了替他惋惜几句,别无他法。

宇文胜很是过了几日颓唐的生活。每日里睡到日上三竿,醒来就守在电脑前打游戏,饿到抓心挠肝时再叫个外卖,整日游走在厕所、床、电脑的三点一线。每天和他保持联系的,除了外卖小哥,就是小苑。小苑每日的问候来得很规律,宇文胜回复得也很规律,基本上秉持着想回就回,不想回就无视的原则。有时候他甚至觉得这样的日子也挺好,奋斗太累,创业太苦,搞不好一夜回到解放前,还要背一身烂账,做一条无所事事的米虫才是终极幸福。

这天宇文胜刚刚从外卖小哥手里接过一盒炒米线,回到电脑前刚扒拉了两口,就听见敲门声。想也没想,宇文胜大喊一声:"敲错了!"然而这敲门声丝毫没有停下的意思,就这么固执地持续着。

"别敲了!没完了是吗?"

宇文胜放下筷子,怒气冲冲地一把打开门,刚想破口大骂,却看见小苑楚楚可怜地站在门口。

"你怎么找我家来了?"宇文胜的表情还来不及从狰狞转换成惊讶,面部扭曲地问道。

"我怕你出事,就找丁雯问到了你家的地址。"小苑万分委屈,"你怎么不回我微信呀?"

"我,我这不是吃饭呢!还来不及回!"宇文胜有些尴尬,"我以前也不是每条都回你啊,你瞎担心什么,我能出什么事?"

"不,不一样!以前最多我发三条,你就回消息了。今天我都发了四条了,你还没回!"小苑举着手机,"我不能不多想,你一个人住,万一有个三长两短怎么办?"

"行了,我又不是空巢老人。我可是大好年纪的青年……"宇文胜低头看了看自己邋遢的扮相,有点心虚,"最不济也算是壮年。出不了事。你先回吧,啊!"

"都这么多天了,你就打算一直窝在家里吗?"小苑大声道,"你总得走出来见见阳光,哪能一直憋着,会把人憋坏的!"

宇文胜叹了口气,走到门口,踱了两步,还转了个圈。

"行了,我走出来了,阳光也见了。你回去吧!"

"你这么敷衍我可以,但你不能敷衍自己!"小苑急了,"咱们出去找找机会!总能东山再起的!"

"出去找机会?"宇文胜面带嘲讽地笑了笑,"你以为机会是废品吗?大街上一捡一个准儿?就算是废品,那也多少老头老太太和你抢呢!为一个矿泉水瓶子都能打起来!还东山再起呢,我跟你说东山它死了!它起不来了!"

"你那天说得好好的……"小苑流下了眼泪,"说要从头再来。现在怎么又这样……"

"有话好好说,你别哭行吗?"宇文胜最见不得女人哭,一看到眼泪就心急。

小苑的眼泪越挫越勇,非但没有止住,反倒流个不停。

"你告诉我怎么才能不哭?"屋里,电脑上传来"你输了"的声音,让宇文胜愈加心烦。

"跟我出去,找机会……"小苑哽咽道。

半小时后,宇文胜开着那台奥拓,载着小苑,行驶在中海市的大街上。两人没头苍蝇一样转了半天,最终还是在小苑的提议下,来到了艾里克里公司的办公楼下。

"你让我来这儿,是故意给我添堵吗?"宇文胜望着昔日的公司大楼,没精打采地问道。

"我实在不知道该去哪里了。"小苑也有些沮丧,"我想来看看这里有没有落下的东西。"

宇文胜随着小苑上了楼。空旷的办公室保持着几日前他们离开的样子,唯一的区别是已经蒙上了一层薄薄的灰。

"果然,没有人气的地方,就容易蒙尘。"宇文胜感叹。

"胜总,这个办公楼,租金交到了什么时候?"小苑问道。

"我也不记得了。当初这些事都是综合部负责的。"宇文胜漫不经心地说,"公司倒闭了,问这个也没意义。"

"怎么会没意义呢?"小苑急道,"这是钱啊。实在不行,还能把多余的租金要回来。或者转租出去也行啊!"

"我这就打电话给综合部的张姐,这些事她应该知道。"小苑说着话,开始翻看手机通讯录。宇文胜百无聊赖地望着窗外发呆。忽然,楼梯间响起了脚步声,宇文胜和小苑不由得看向楼梯间来者何人。

原来那人是八通快递站点的老板崔北望。宇文胜自然不知道崔北望和陈南合伙害他丢货的内情,和他也并无交情,见他突然露面,不由微微一怔。

"我来和旁边的绮丽女包谈合作,顺道过来转转。"崔北望解释着他突然出现的原因,"胜总,你怎么也在这儿……"

"我……我也是顺道来转转。"宇文胜有些尴尬,说起话来不禁结结巴巴。

"胜总来这儿,还需要和你交代吗?"小苑大声道,"这层楼是我们公司租的,还没到期呢,我们想什么时候来,就什么时候来!"

小苑对当初丢货一事耿耿于怀,虽说八通快递已经按规定照价赔偿,小苑还是气他们办事毛躁,给公司惹了好大的麻烦。

"是,是,这个妹妹说得是。"崔北望赔着笑,"我就是问问,没别的意思,妹妹别生气。这个办公楼还有些日子到期吧?胜总接下来有什么打算?"

"有什么打算也不关你事。"小苑生怼道,"你就这么好打听吗?"

"妹妹,你误会我了。"崔北望笑容可掬,"我是想,这么好的地方,闲着也是闲着,不如……"

"你要是想用,就拿去用吧,咱们合作了这么多年,也算是老关系了。"宇文胜道。

"凭什么呀!"小苑急了,"想租可以,交租金!再说了,这地方我们还有用!我们留着东山再起呢!"

"东山再起"这四个字仿佛是一个笑话,来提醒宇文胜,他有多么失败。他无奈地看了眼小苑,只求这姑奶奶别再提这茬,这好像一个紧箍咒一样,箍得他脑仁生疼。

"我不是这个意思。"崔北望正色道,"我是说,这么好的位置,胜总要不要考虑做快递站点?这个办公楼就在电商园里头,可以说占了天时地利,做快递是再好不过。"

"不做。"宇文胜一口回绝。

"做。"小苑一口应允。

两人几乎同时脱口而出,四目相对时,小苑的目光中满是决绝。她将目光掉转向崔北望,斩钉截铁地重复道:

"我们做！"

崔北望笑了笑，"快递这个行业虽说赚的是辛苦钱，可投入小，成本低，回钱快。要不我怎么干了这么多年也没改行呢？当然，这行赚不了大钱，估计胜总看不上……"

"他看得上。"小苑抢答。

宇文胜白了小苑一眼，却并没有反驳她。

"那就好。"崔北望笑笑，"快递这行业，一般实行的都是加盟制。比如我这个站点，就是八通快递的加盟商。你们刚开始做，就做我的下级加盟商就行，我给你们划出一块区域，立马就能收单赚钱了！"

"好的崔总！有哪些需要准备的，和我对接就行了！"小苑的态度已然来了180度大转弯，对崔北望笑容可掬。

"我那边有些旧桌椅，估计这里用得上。回头我叫人拉过来。其他的物料，也让人一起送过来。"崔北望交代完毕，向宇文胜点点头，"胜总，我就先走了。你想想哪天开业，我找人提前给你们培训一下！"

宇文胜机械地点点头，目送崔北望离开。事态发展得太快了，他甚至还没回过神来。和他形成鲜明对比的是雀跃的小苑，她已经手脚麻利地开始着手规划布局了。

"我问了张姐，说咱这租期还有大半年才到期呢，简直太好了！"

"幸好当时这套桌子他们嫌沉,没搬走,咱们还能接着用!"

"今天我得把卫生打扫一遍,咱们越早开张越好!"

小苑像一只欢快的小鹿一样跑来跑去,嘴和腿脚一样忙碌。宇文胜点燃一根烟,走到窗前,有些茫然地望着电商园里来来往往的人群。另一头,崔北望走到楼梯拐角处,看看四下无人,拨通了陈南的电话。

"陈总,办妥了。"

"这个宇文胜,这么痛快就答应了?"

"不答应又能怎么办,他还有别的出路吗?"崔北望冷笑,"他要感激我才对。"

"行,你这事儿干得漂亮。"

挂断电话,陈南忍不住坐在老板椅上转了个圈。

"宇文胜,你不是就爱臭嘚瑟吗?这回你都去送快递了,我看你怎么嘚瑟。"陈南恨恨地说,"一个送快递的,还敢跟我抢女人?做梦去吧!"

这天宇文胜将小苑送回家后,心烦意乱地开着奥拓在大街上转了许久。老实说,对于做快递站点,他纯粹是赶鸭子上架,在内心深处,他完全没有准备好。这次破产对他的打击太大了,他需要时间来平复心情,积攒勇气，面对下一次奋起。但小苑的积极主动让他没办法说不，一旦他提出反对意见，只怕小苑会立刻把他撕了。宇文胜开着车在马路上兜圈子，就在这时，他接到了哥哥宇文广的电话。

电话那端，宇文广的声音透着欣喜和激动，他说："大胜啊，我跟你说，我和你嫂子马上就回来了。我都有些迫不及待了，想赶紧回公司上班。一下子休假休了这么久，我都怕公司的人说闲话，对你影响不好。你等着啊，我下周就回去上班。"

宇文广的话把宇文胜吓了一跳，眼看小奥拓即将和前面的车亲密接触，他猛地踩了一脚刹车，才避免了一次追尾。宇文胜被惊出一身冷汗。这段时间焦头烂额，他早就把宇文广忘到了脑后。眼下大哥要继续回公司上班，可公司已经倒闭了，这该如何是好？

宇文胜两兄弟的感情不一般。两人相差六岁，宇文胜三岁的时候，过马路险些出车祸，幸好哥哥出手相救才捡回一条命，可宇文广的一条腿却被碾成粉碎性骨折，落下了终身残疾。宇文胜念大学时，赶上家里拆迁，分了两套房子。除了自住的一套，父母特地将另一套房子留给了大儿子，为他以后结婚增加筹码。宇文胜大学毕业开始创业，为了支持弟弟，宇文广瞒着父母，偷偷卖掉了属于他的那套房子，为弟弟凑了创业资金，这才有了后来的艾里克里公司。对哥哥的恩情，宇文胜自是永远难忘，他赚了第一桶金后，第一时间在中海市给哥哥买了套房，又把他安排到自己公司工作。宇文广因为身体原因，迟迟找不到媳妇，就在年初，才终于有个叫张北蓓的女人肯嫁给他。张北蓓离异，带个七岁的儿子。尽管在婚姻市场上并不受欢迎，但她自认为配宇文广也是绰绰有余。若不是宇文广在中海市有套大房子和一份体面的工作，张北蓓断然不肯屈就。宇文胜特意给了哥哥半年的假期，让他陪张北蓓好好出去玩玩，没想到两个月刚过，他就着急要回来上班。

  宇文胜很快理清了思路：稳住大哥，拖延他回来的时间。一旦宇文广得知了公司破产，那么对他新建立的小家，以及整个大家，都将是一个巨大的打击。他必须给自己争取到足够的时间，最起码让宇文广回来之后有班可上，才好给家里人一个交代。

  经宇文胜一番好说歹说，宇文广总算同意再带着张北蓓去东北玩一阵。宇文胜总算松了一口气，挂掉电话后，他把车停在了路边，点燃一根烟，茫然地望着街上来来往往的行人。路人各个行色匆匆，既不知他们要去哪里，也不知他们要做什么，然而，每个人都要不停奔忙，无法停歇，就像地球从不停转，而太阳也终将会升起。也就在这一刻起，他决定要与过去的一切，好的坏的，做一个告别。他在心里对自己说，宇文胜，你要行动起来了。

离职后的简薇比上班时还要忙。先前上班时，她几乎将每个周末都雷打不动地贡献给了宠物救助站，然而，近几日她反倒无暇顾及那些流浪狗——这次的快递行业法律援助项目让她忙得不亦乐乎，加班加点成常态，用"996"已不足以形容，用"12+12+7"还差不多。

　　而她上次带回家的那条老狗，也因为姜凡的屡屡抗议和她的疏于照顾而抱歉地送到了父母家。简薇的母亲听闻女儿归来，喜出望外，又听到她走路带响，声势颇大，还以为女儿带了男朋友，更是喜上加喜地出门迎接。孰料她一眼看到女儿身旁侬偎的面目可憎的老狗，又气又怕，几乎要背过气去。简薇吓了一跳，在确认母亲身体无虞后，她把老狗交给父亲，便脚底抹油火速溜了。母亲在身后气得大叫，要把狗扔掉，简薇则头也不回。母女俩的刀子嘴豆腐心一脉相承，简薇对自己亲妈再了解不过，她确信老狗在这里一定会得到悉心照顾。毕竟这几年经过简薇的不断努力，家里俨然已成了一个小型动物园，而母亲虽然嘴上抱怨，实则照顾得尽心尽力，甚至乐在其中。

　　在简薇的全情投入下，法律援助工作进展还算顺利。她和法律协会的志愿者们利用一周的时间，对全市快递企业的用工情况进行了基本摸查，得出的结论与预想的一样堪忧——90%的快递员缺乏基本的福利保障，他们甚至直接受雇于快递站点,"底薪＋提成"便是快递站给予他们的全部劳动回报。全市的快递企业职工,只有速纳快递是由总公司和快递员签合同,并给予他们基本的社保福利。若是快递公司都能采取速纳快递的模式,那快递员也可以脱离弱势群体。简薇决定走访速纳快递,实地考察一下他们的用人模式。

此事联系陈北最为合适。不过他此时人在国外,听闻女神有事相求,立刻联络好了速纳的人事总监,并千叮咛万嘱咐,一定要好好接待简薇,不可慢待。他又千叮咛万嘱咐,要简薇想了解什么尽管发问,还需要他联系哪个部门,告诉他一声就好。随简薇一同前去的志愿者小赵,听着电话里陈北的絮絮叨叨,面带笑意,戏谑地望着简薇。

"你老看我干吗?我脸上有东西?"简薇挂掉电话,不明就里地问道。

"他一定很爱你。"小赵引用了一句歌词,"隔着电话,都能感受到那股浓浓的爱意。"

"别扯了。"简薇有些不自在地挥挥手,"朋友而已。"

"朋友?鬼才信。"小赵八卦精附体,望着速纳公司的大楼,不无艳羡地说,"都说速纳快递的大少爷对你一往情深,看来所言不虚。哪天你嫁进来,那可就是大少奶奶了……"

"宅斗剧又看多了吧?什么大少奶奶,要当你当。"

"可惜人家没看上我，否则我可是巴不得。"小赵正摇头晃脑地兀自感叹着，忽然发现简薇停住了脚步，直愣愣地盯着前方。

"你看谁呢？"小赵问。

"你小叔子。"简薇答。

"我小叔子？谁？"小赵蒙了。

迎面走来的是陈南，一头黄毛在风中乱飞，显得格外不羁。他大概也没想到会在这里偶遇简薇，先是愣了一下，紧接着嘲讽的笑就挂在了脸上。

"哟，这不是我的准大嫂么，今天怎么有空来视察工作了？"

简薇没接他的话茬，瞪了他一眼，算作打招呼。

"你在我面前装什么清高？"陈南不爽地说，"你以为我不知道你心里打什么算盘？告诉你啊，陈北吃那一套，我可不吃。"

"你倒是说说，我打的什么算盘？"简薇的脾气，点火就着，"别含沙射影，有话直说。"

"直说就直说。"陈南故作潇洒地拍了拍手，凑到简薇面前，故意压低声音，"你不就是玩欲擒故纵那一套么？装高冷，装不屑，把陈北耍得团团转。其实你心里早急了是吧，巴不得早点嫁进来吧？别以为豪门是那么好待的，以后这逮纳搞不好是谁的呢，当心鸡飞蛋打。"

简薇发出几声冷笑,笑得陈南心里发毛。

"别以为谁都跟你一样没出息。"简薇学着陈南,也着意压低声音,"老实说,你们陈家这点财产,我还真看不上。我估计陈北也看不上,他可不像你那么 low。"

"他看不上?你是头一天认识他吗?还是想跟他合起伙来骗我啊?他要是看不上,又何苦死皮赖脸守着公司,早该全世界、全宇宙去闯了。他不是海归吗?海那么大,他上什么岸啊,海里待着得了!不就是想和我争吗!"

"我跟你说不通。别什么都争争抢抢,有你没我,有我没你,真的特 low。"简薇摇头苦笑,"你的格局敢不敢大一点?"说到这里,她忽然想起了宇文胜的事情,"我问你,借抄袭案干掉一批电商公司,是不是也有你的份儿?"

"什么抄袭案?什么干掉电商公司?我听都没听说过。"陈南梗着脖子反驳。

"别装傻了。许百昌是你亲舅舅,他干的这些坏事,你根本不可能脱得了关系。"简薇斩钉截铁。

"我有必要跟你装傻么?我一向行得正,走得直,是我做的我认,不是我做的,谁也别想往我身上撒!"陈南语气也强硬起来。

陈南的反应让简薇有些拿不准主意。她不相信陈南没参与这档子事,可陈南的语气如此笃定,让她犯了嘀咕。

简薇不再言语，挥了挥手，示意小赵跟上她，两人匆匆走进了速纳快递的办公大楼。而陈南等不及了，拨通了许百昌的电话，让他立刻下楼。他要问清楚简薇说的到底是什么事。

许百昌比谁都了解外甥的混脾气。知道他直肠子，一根筋，在他面前，狡辩远不如直来直去，他索性老老实实地承认了，自己为了给速纳快递即将上马的电商业务扫清路障，用了点手段，打垮了一批电商公司。他故意轻描淡写地说只是"用了点手段"，他知道外甥最怕麻烦，料他也不会深究。

"我知道我做的不光彩，可我这一切都是为了公司，更是为了你。我是想给你接手速纳铺路啊，你爸把电商部交给咱俩，要是不做出点成绩来，拿什么证明你比陈北强？"

许百昌苦口婆心，动之以情，晓之以理。陈南望着舅舅，良久，憋出一句话："下不为例！"

许百昌的一颗心放下来了。他知道这一关算是过了。陈南虽然看着混，但心软，最重要的一点是，头脑简单。自从许小青如愿嫁入陈家，许百昌便借着姐姐的光进了速纳快递。在外人看来，他是老板的小舅子，只消他老老实实上班，便能吃香喝辣。但许百昌不这么看。他和他姐姐一样，内心充满了危机感。许小青是担心婚姻被插足，许百昌则担心事业被破坏。尤其在许小青精神失常后，许百昌内心的危机感愈发强烈，他要为自己干出点成绩，才能保证自己在速纳立于不败之地。而他向上爬的最大助力，自然是他这个愣头青外甥陈南。

宇文胜的快递站开业了。总共就俩人，他是老板，小苑是员工。当然，也可以说小苑是老板，他是员工。小苑对创立快递站一事表现出了巨大的热情，跑前跑后，算是快递站的精神支柱，宇文胜私下里称她为"快递站之母"。两人分工明确，"快递站之母"小苑负责在站点接单、收件，"快递站之父"宇文胜则负责走出去派件和揽件。

快递站的盈利主要来自派件和收件。所谓派件，就是从中转站运回快递，在自己负责区域派送掉。总公司会根据快递数量重量等来结算派件费，大概派一个件能拿到五毛到一块左右的收入。收一个件大概能拿到五六块钱的收入，显然，大部分快递员更乐于收件。但派件亦是必须完成的任务，按照片区划分，当天要把本区域内的件派完，这是基本任务。

"电商园区是我的片区，不能给你。不过现在东边开了新的电商园区，正是抢占市场的好机会，我就把东区划给你吧。胜总，加油干！"崔北望大手一挥，好像指挥作战的大将军一样，豪情万丈，末了还冲宇文胜挤了挤眼睛。小苑看见这一幕，忍不住一阵反胃，险些吐了。

宇文胜开着奥拓，整装待发。奥拓车屁股上，被小苑贴上了"八通快递 使命必达"几个大字，下面还附着她的手机号。宇文胜刚要踩油门，小苑突然出现在车前，吓得他赶紧收回了脚，惊出一身汗。

"你碰瓷也找个有钱的，碰我这儿我也没钱赔你啊！"宇文胜摇下车窗，面带愠色。

"给你。"小苑递给他一个鼓鼓囊囊的布袋子，他摸了摸，余温尚在。

"什么年代了，还流行带饭这一套。我上学时我妈都没给我带过饭，我点外卖就行了。"宇文胜不想要。

"派一个件，远的一块五，近的五毛。你一个外卖至少要二十，相当于你送十五个远件，四十个近件。而且外卖还不卫生，不比我自己做的盒饭强。"小苑答。

宇文胜折服了。他以前怎么没发现小苑有速算的特长呢？这是个数学奇才啊！宇文胜不再言语，接过饭盒，起步出发。身后，小苑露出胜利的微笑。

## 第四章　一波三折

　　新电商园区距离不算近,开车尚且要半个小时,但这正中宇文胜下怀。在原先的电商园,胜总的大名几乎是无人不知,无人不晓,只有离得远,才能最大可能避免遇到熟人,免除尴尬。宇文胜也算是历经了商海沉浮的过来人,可派出第一个件的时候,竟然让他出了一身汗。世人放下身段并非易事,心高气傲的宇文胜自是不能免俗。
　　和宇文胜一样紧张的还有小苑,不过她的紧张大多出自对宇文胜的牵挂。开业第一天,主动上门发货的人并不多,在小苑的极力吆喝下,总算是收了七八个快递。到了下午,按说宇文胜应该派件归来,再将待发的快递统一送到发货点,然而小苑左等右盼,迟迟不见宇文胜的身影。

她打了他的手机，也始终无人接听。小苑坐不住了。直到下午六点，宇文胜的奥拓才姗姗归来，小苑的一颗心刚刚放妥帖了，立刻又悬了起来，她看见宇文胜的脸上青一块紫一块，煞是热闹。

"怎么了这是？你和人打架了？"小苑急得语带哭腔。

"今天你收的件呢？"宇文胜顾左右而言他，"现在装车，我送到发货点。应该还来得及发出去。"

"我问你呢，你脸上的伤是怎么回事！谁欺负你了吗？"

"能不提这个吗？我先去送货。"

宇文胜把包裹装进后备厢，坐上驾驶座，准备出发。小苑"砰"的一下拉开车门，坐上副驾驶。

"我跟你一起去。"小苑道，"现在你告诉我，你脸上到底是怎么伤的？"

经过这段时间的相处，尽管宇文胜对小苑的刨根问底已经产生了免疫，但他却暴怒了。

"我都说了，你别问，你有完没完？你是没长耳朵吗？你懂不懂得什么叫尊重！尊重！"宇文胜狂躁地猛凿方向盘，"都他妈欺负我！现在连你也来欺负我！欺负我很爽吗？有本事弄死我啊，来啊，你们都来啊！"

小苑被宇文胜突如其来的暴怒吓得目瞪口呆。她望着突然失态的宇文胜，惊吓之余，内心涌上了大大的委屈，小苑忍不住失声痛哭起来。

"我是担心你……"小苑呜咽着说,"我怕有人欺负你,我怕你受委屈,别人欺负你,我难受……"

小苑的哭声一下一下敲击着宇文胜的心。他用力地捶了一下自己的大腿,推开车门,走了出去,点了一支烟。熟悉的烟草味道让他渐渐地平静下来。一支烟燃尽,他转过头望了望车里仍在不断抽泣的小苑,一股愧疚和温情升腾起来,牢牢地攫住了他。宇文胜掐灭了烟头,打开车门,坐进驾驶座。

"对不起。"宇文胜低声道,"今天我心情不爽,我不该把气都撒在你身上。"

宇文胜道出原委。今天是派件第一天,最初的几个件还算顺利,因为收件人都是公司职员,只需将快件统一放到前台了事。直到他送一个家庭地址的快件时才出了麻烦。收件人执意要求他送件上门,而保安又偏偏拦住了他。宇文胜解释道,自己是送快递的,对方以脸生为由拒不放行。一番纠缠后,保安说道:"看你鬼鬼祟祟的,哪里像送快递的!我看你是做贼的!"

这句话彻底激怒了宇文胜,这么多年,还从没有人敢对他的形象进行侮辱。

即便他今天穿得破破烂烂,也丝毫没能影响他爆棚的自信心。遭到了奇耻大辱的宇文胜决定优雅地反击。

"我不计较你眼瞎,但我希望你能马上向我认错,让我进去。"

"让我认错？做梦吧你！"

保安一面说着话，一面上手推搡宇文胜。无奈之下，宇文胜抛下优雅的做派，与那保安厮打起来。小区热心的居民纷纷围拢过来，指指点点之余，有人积极地拨打了110。于是这俩人一并被请进了派出所，一直到下午，闻讯前去的曹小方将他领了回来。

"你进了派出所，怎么不告诉我呀！"小苑抽泣道，"早知道我也过去，和你一道骂他！"

"这又不是什么光彩的事，你去干什么？一起丢人吗？"宇文胜无奈道。

"我就见不得别人欺负你！他算个什么，凭什么欺负你，胜总！"

"都这时候了，你就别叫我胜总了，还不够人笑话的。"

"那我叫你啥？"

"随便吧，只要别叫胜总。我听着别扭。"

小苑认真地思考了半天，脱口道："文胜。"

"啥？"宇文胜惊诧。

"文胜啊。你小名是不是就叫文胜？我觉得这样叫亲切。你觉得不好吗？"

"照你这么说，诸葛亮的小名是不是叫葛亮啊？你不知道世界上有复姓一说吗？我姓宇文，不姓宇！"宇文胜哭笑不得。

"我真的不知道……"小苑脸红了。"那我还是叫你胜总吧，我也叫习惯了。"

两人把快件送到中转站后，宇文胜直接载着小苑，将她送回家。落日余晖，傍晚的阳光尽是一片温柔灿烂，小苑下了车，目送宇文胜离开。宇文胜按了下喇叭以示告别，车启动后，小苑忽然大声喊道："文胜，加油！文胜，加油！"

宇文胜看了看后视镜，目光里流露出一丝不易察觉的温情。身后，小苑的身影渐渐模糊，阳光照在后视镜上，视野里尽是清澈明亮。明晃晃的光让宇文胜感到既疲惫，又振奋，今天的种种不快一扫而空，久违的希望和信念重新在他胸膛中升腾起来。

一周时间很快过去了。这期间快递站波澜不惊地运营着，经营状况可以用惨淡二字来形容。在小苑的努力张罗下，快递站每天维持着几十单的收件，即便不算房租和人工，扣掉水电费和宇文胜送件的油费，利润也所剩无几。每天晚上关门后，小苑就化身精算师，掰着手指头算计当天的盈利，越算越沮丧。

"今天赚的钱，还不够点两份外卖的。"小苑哀叹，"幸好我们上班带饭，否则真是连饭都吃不起了。"

小苑的话让宇文胜有些恐慌。他今天下午派件时一时没忍住，在街边买了份鸡排打牙祭。他生怕小苑有所察觉，以她的唠叨程度，这个鸡排她至少能念叨两天。

还好，小苑并没有注意到宇文胜的异常。她攥着手里薄薄的一沓底单，若有所思。忽然，她仿佛有了什么重大发现，兴奋地说道："我知道怎么增加发货量了！刷脸！"

"刷谁的？"宇文胜警觉道。

"刷你的呗！"小苑胸有成竹地说，"电商园里这么多皮具公司，和我们交好的至少有几十家。让他们把货拿来一部分，让我们寄，量不是一下就上来了？"

宇文胜有些无奈，说："崔北望说了，我们不能在其他片区揽件，更何况这个片区还是他的。"

"让他们别告诉崔北望就行了。"小苑道，"当初咱们这些兄弟公司之间交情多好，这么点忙他们一定肯帮。我们把价格放低一些，傻子才不用我们呢。"

"那我这脸，你打算怎么刷？"宇文胜摸了摸自己的脸，似乎感觉脸皮已经被摩擦得生疼。

"不用你出面，我去跟他们谈。"小苑笃定地说，"明天我就去。"

"不过，那些和崔北望合作很多年的电商，平时发货量多少他都有数。现在我们把货截和了，崔北望一旦发现他们的出货量比平时少了，一定会怀疑。"

"这一点我当然想到了。"小苑不无得意地说,"我让他们每个公司让出一点点出货量而已。一点点,他根本怀疑不到。我们的策略是积少成多,绝无风险。"

"只要人人都献出一点爱,世界将变成美好的人间。"宇文胜心里冒出了这样一句话。

此刻,看着兴冲冲的小苑,他的心情是复杂的。小苑此举无疑会告知所有人,他宇文胜如今做了快递小哥的事实。作为一时风头无两的胜总,他自恋,清高,好面子。或许是成功太早的缘故,在他的记忆中,身边围绕的都是赞美和掌声。"求人"二字在他的字典中是不存在的,向来都是别人来求他,一口一个胜总,叫得他无比熨帖,无比受用。而今却轮到他来求别人,这滋味不好受,真的不好受。什么叫为五斗米折腰,如今他是真的体会到了。

小苑的方法确实奏效,一听说宇文胜如今开了快递点,昔日的电商同行们扼腕之余,也纷纷表示支援,几天下来,收单数立刻突破三位数,小苑乐不可支,宇文胜亦感觉到动力大增。先前他顾忌的面子问题,如今已被他通通忘到了脑后,什么面子能比赚钱更可贵呢?他俩甚至乐观地想,如果一直这样下去的话,或许不日快递站就可以扩大规模,招几个人手,那就算是走上正轨了。

然而"快递站之母"和"快递站之父"终究是乐观得

太早，几天后的一张罚单将两人的心情从高山直接推落到谷底。让宇文胜意外的是，罚款并非因为他们划片区抢客户，毕竟小苑的保密工作做得严丝合缝、密不透风。被罚款的原因，是客户投诉。

在快递业，"客户投诉"是一件非常严重的事情，其严重程度足以令人闻之色变。很多快递公司奉行"一刀切"的政策，但凡有投诉，不去追究到底是谁的错，通通算作快递小哥的错。从上到下，一级压一级，从快递站点到快递小哥，层层受罚，无一例外，可谓是"雨露均沾"。丢件要被投诉，派件延迟要被投诉，虚假签收要被投诉，林林总总，不一而足。快递公司的管理简单粗暴，有投诉，就要罚款，对于刚入行的新手来说，罚的比挣的多，入不敷出也并不罕见。

精算师小苑拿着罚单，不停地按着计算器。宇文胜看见她的脸色，由晴到多云，多云到阴，再到后来直接下雨了。

"这个月赚的还不够交罚款的。"小苑的声音里带着哭腔，"千算万算，就是没算到还有罚款这一出。白忙活了不说，还要倒贴钱。"

"有话好好说不行吗？为什么一定要投诉呢？"宇文胜愤愤不平，"投诉能让人更快乐吗？再说这里有几个投诉，我不都解决了吗？为什么还是要罚钱？不服，我真的不服！"

"不服又能怎样呢？我们是加盟站点，总公司要罚款，我们没有别的办法。"小苑抽泣道。

"就他们会投诉吗？我也会！我要投诉！"宇文胜振臂高呼，仿佛要起义一般。

"你到哪儿投诉？"小苑问。

"当然是总公司，我给总公司打电话！"宇文胜神采飞扬地说。

宇文胜的嘴皮子功夫向来是毋庸置疑的。当年的艾里克里公司，就因为有个毒舌老板而声名远播，所谓成也萧何，败也萧何，他因能言善道而给个人形象加分不少，也因口无遮拦得罪人而不自知。宇文胜握着手机，凝神屏息，预备着在言语上给对方以重重一击。

然而，宇文胜的毒舌功力尚未来得及施展半分，就遭到重创。电话里，八通快递总公司的客服小妹听说了宇文胜的来意之后，用温婉标准的普通话告诉他："您找总公司投诉系（是）没用的哦，介个（这个）规定就系（是）这样，既然干这行，就要守行规，这也是给您寄几（自己）减少麻烦，您说对伐（吗）？"然后就果决又不失优雅地挂断了电话。

电话里响起"嘟嘟嘟"的声音，碰了一鼻子灰的宇文胜呆若木鸡。

"这么快就说完了？客服怎么说的？"不明就里的小苑关切地问道。

"客服说，他们觉得对我们的罚款确实有些不合理，会和领导反映，让我们等结果。她还说了，我们的投诉非常有参考意义，他们会改进公司的罚款制度。"为了挽回脸面，宇文胜信口胡诌，"看来，咱们的维权还是有用的。"

"我听那客服就说了一句话呀？她也没问我们的联系方式，知道我们是哪家加盟点吗？"小苑半信半疑。

"那客服语速快，特别快。就像那种，电话机器人。"宇文胜心不在焉地敷衍道。他对自己受到的不公正待遇无比懊恼，着实咽不下这口气。他正在琢磨着有没有其他解决办法时，崔北望推门走了进来。

"胜总，我看见罚款单了。"崔北望叹了口气，摆出一副感同身受的样子，侃侃而谈，"别灰心，干咱们这一行，一开始都难免踩雷，等时间长了，把里面的路数摸清了，就好多了。像有些件派送迟了，客户有意见，就多说几句好话，哄客户高兴，投诉率就降下来了。"

"除去罚款和其他支出，这个月还要倒贴钱。"小苑伤心道，"真不知道什么时候能挣回这钱来。"

"恕我直言，干咱们这行，不比之前开公司，赚的是个辛苦钱，方方面面，能省则省。"崔北望如知心大哥一样谆谆教导，"像这开车派件吧，就是一笔巨大的支出。

车要加油,这汽油多贵啊,算下来,光油钱,就要小一千块……"

小苑的眼里再一次有了光。一见到这光,宇文胜就明白,小苑这是又有新想法了。

"崔总说得对。"小苑大手一挥,"胜总,依我看,以后你就别开车派件了。"

"正好我那里有台闲置的三轮车,平时也没人用。那是用电的,省钱。"崔北望适时补上,"你们可以凑合着用。就是不知道胜总他愿不愿意……"

崔北望故意把话音拖得老长,一双眼睛紧紧盯着宇文胜,眼神里带着诚恳,又带着一丝戏谑。

宇文胜笑笑,说:"我还有什么不愿意的?多谢崔总鼎力支持,不胜感激。"

"胜总不用客气,"崔北望也笑了笑,"一会儿我就派人把三轮车送过来。"

"不用。"宇文胜挥挥手,"不用麻烦你的人再跑一趟,我跟你去骑回来就行。"

"对了,胜总,你会骑三轮车吗?"小苑忽然想到一个问题。

"你见过有我不会的事情吗?"宇文胜反问道。

崔北望从仓库深处扒拉出那台破破烂烂的三轮车,目送着宇文胜骑车歪歪扭扭地远去。他先是撞翻了墙角的一堆纸箱,紧接着又直愣愣地冲着一台正在卸货的小货车驶去,惊得货车司机不住地按喇叭。

"死要面子活受罪,让你逞强。"崔北望小声嘀咕着,拨通了陈南的电话,"您交给我的任务已经完成,他刚刚把三轮车骑走了,我估计过两天他就骑着新座驾送货了。"

电话那端传来陈南的几声干笑:"怎么还要过两天?他不是把车都骑走了吗?"

"他不会骑。"崔北望憋住笑,"我估计他至少要学两天才能上岗。"

陈南笑得更欢了,说:"好好好,我等着他上岗的那天。"

宇文胜用了一天半的时间,学会了熟练驾驶三轮车,代价是两次撞了路边的行人,并被对方友好地询问身体状况,关心他是不是有病。宇文胜现在的脾气收敛了许多,尤其在他发现大部分的冲突其实都可以用"笑脸迎人"来解决时,微笑就成了他的招牌表情。很快,宇文胜就骑着他的新座驾走马上任了。小苑照例在上面贴上了"八通快递 使命必达"几个大字,还心灵手巧地用一块绿色帆布重新加固了车顶棚。宇文胜骑着这台三轮车,头顶青青,宛如顶着一片草原。

启用新座驾的第二天一早,宇文胜刚刚走到车棚,准备取车，只见一个凹凸有致的身影，婀娜多姿地站在大门口。那姑娘见到宇文胜，愣了愣，高声道："胜总！"紧接着快步走了过来。

宇文胜住了脚步，心想这人是谁？莫不是认错人了？

宇文胜身后，小苑正准备递给他盒饭，猛然发现前方的敌情，不禁两眼喷火，进入一级战备状态。

那姑娘看出了宇文胜的迷茫，说："胜总，你不记得我了吗？我是婷婷啊！天歌会所的婷婷啊！"

宇文胜"哦"了一声，方从记忆深处把这个婷婷捞了出来。"我记得你，婷婷。你来找我有事吗？那个，我在洗脚城的账都清了吧？"

这个婷婷是天歌会所的足疗小妹，当年的宇文胜曾是那里的常客，两人算是混个脸熟。宇文胜得知婷婷和自己算是老乡后，基本上每次商务宴请，他都会点婷婷的钟。宇文胜出手阔绰，隔三岔五给上一笔小费，婷婷自然乐不可支。

"胜总，我不是找你要钱的。"婷婷热络地拍了拍宇文胜的手，示意他放心，接着从包里掏出卷成一卷的几张纸币，"之前你一直挺照顾我，现在我听说你遇到困难，也没什么能帮你的，这点钱你就收下吧。"

婷婷见宇文胜不伸手，索性一把将他的手拉过来，硬是把钱塞进他手心，说："胜总，你是个好人，好人肯定有好报！这点钱不多，可也是我的一份心意，你拿着！"

宇文胜最怕和人撕扯，尤其是那婷婷扭着腰肢，一副热情过度的样子，他唯恐旁人误会，只好勉为其难地接过那几张纸币，说："我这不是挺好的吗？也没什么困难，你这是何必……"

"我都听说了！"婷婷叹口气，"你都骑三轮送快递了，还说不困难？当年你总是给我小费。现在就当我报答你的！"

宇文胜哭笑不得，他思量再三，也只是憋出一句："谢谢啊！"

婷婷笑着点点头，忽然伸出手，给了宇文胜一个大大的拥抱，说："亲爱的胜总，加油！"

婷婷冲宇文胜点了点头，优雅婀娜地走了。宇文胜呆立在原地，半天没回过神来。小苑早就气得面色铁青，她目送婷婷的身影远去，才走上前来，恨恨地把饭盒往宇文胜怀里一扔，说："胜总，别回味了！该去送件了！"

宇文胜险些没接住饭盒，他奇怪地看着小苑，嘟囔道："怎么一大早就发火？莫名其妙。"

小苑大声道："我莫名其妙？你看看来找你的是什么人！看她那副样子！多轻浮，多随便啊！亲爱的胜总，加油！亲爱的胜总，你高兴吗？"

"那是人家的职业风格，你不了解就别乱说。"

"我乱说?你是怪我没见过世面了,亲爱的胜总?"小苑不依不饶。

"行了,你就别追着问了。"宇文胜数了数手里的钱,"这五百块钱,咱俩一人一半行不行?回头我给你二百五。"

"你!"小苑气得脸都红了。

"我去送件了,你也去忙你的吧!"宇文胜丝毫不理解小苑的怒从何来,骑上三轮车,潇洒离去。小苑气得直跺脚。

这段时间,最让陈南费心思的两个人,一个是宇文胜,一个是尤琳琳。自从上次和尤琳琳单独吃饭后,陈南就对她展开了猛烈攻势。先是盛情邀请,吃大餐、送礼物,百般殷勤、关怀备至,然后在直播间里送"飞机""游艇",线上线下相结合,双管齐下。这些手段陈南早就在各位前女友身上演练多回,可谓驾轻就熟、信手拈来,他自信尤琳琳没理由不心动。

当然,对于宇文胜,他更是十足地用心——当他得知宇文胜已经开始骑着三轮车送快递时,不仅火速将这个消息散播得到处都是,更是第一时间告知了尤琳琳。

尤琳琳听到了这个消息时,哭了。

"他太苦了。他怎么受得了呢?风里来,雨里去,这么苦,这么累,他没受过这样的苦,他怎么吃得消?"

"别哭了,亲爱的。"陈南体贴地递上纸巾,"他总要生活下去,你知道,讨生活没有不苦的。他慢慢会习惯的。"

"是,我知道他会习惯,可我还是难过,毕竟我曾经喜欢过他。"尤琳琳泪眼盈盈,既表现出自己重情重义,又不忘无形中和宇文胜划清界限,"但愿他一切都好吧!"

"作为朋友,我也希望他好。可是亲爱的,现在我最希望你过得好。"陈南握住尤琳琳的手,"也希望你能给我个机会,让我来保护你,好吗?"

尤琳琳故作惊讶地张开嘴,假意要抽回手,然而,一双手却被陈南紧紧握住,动弹不得。这时窗外忽然烟花绽放,一朵接一朵,煞是好看。尤琳琳的嘴巴张得更大了,她摆出小女孩一样艳羡又喜悦的神情,轻叹道:"天呐,好漂亮的烟花!"

陈南露出一脸得意的笑容,轻声道:"这是我给你准备的惊喜,喜欢吗?"

"喜欢喜欢,我真的好喜欢。"尤琳琳眨着水汪汪的大眼睛,充满爱意地望向陈南。

"亲爱的,做我女朋友吧!"陈南温情款款地拉起尤琳琳的手,"好吗?"

尤琳琳假惺惺地思考片刻,吞吞吐吐地道:"可我怕对不起他……"

"你没有哪里对不起他，亲爱的。"陈南认真地说，"现在相爱的是我们，爱情是骗不了人的。你爱我吗？"

尤琳琳低下头，小声说："爱……"

"那你可以做我女朋友吗？"

尤琳琳猛地抬起头，仿佛下了很大决心一样，郑重其事地说："好！"

餐厅周围登时响起一片掌声，陈南的几个埋伏在一旁的狐朋狗友跳了出来，按照事先分工，撒花瓣的撒花瓣，喷彩带的喷彩带，还有两人专门负责高声大叫。一派热闹中，两个情场老手热情相拥，尤琳琳一脸娇羞，陈南则像打了胜仗一般，激动得满脸通红。

"我终于有女朋友啦！我终于有女朋友啦！我终于有女朋友啦！"

陈南如复读机一般反复大叫，心里暗爽，宇文胜，你等着！我会让你知道横刀夺爱的滋味！

接下来的几天，陈南开始带着尤琳琳出席各种场合。每个城市里，同一阶层的圈子都不会太大，且互有交叉，中海市也不例外。陈南的圈子和宇文胜交集不少，用不了几天，宇文胜就会知道他和尤琳琳在一起的事情。每当想到这一幕，陈南心里就无比舒爽。而一旁的尤琳琳则是喜忧参半。此时她和宇文胜并未分手，若是她和陈南在一起的事传出去，岂不是就坐实了她劈腿的罪名？当然，尤琳琳绝非爱惜羽毛之人,她只是害怕宇文胜对她打击报复而已。她只能安慰自己,宇文胜现在落魄潦倒,怕是只顾忙着挣钱吃饭,不会那么快知道自己另攀高枝的事情。

也真是怕什么来什么。这天的饭局上,两人甫一落座,陈南便发现对面坐着的是简薇。陈南不禁冷笑一声,动作夸张地别过头去,大声说道:"今天这局怎么回事啊,怎么什么人都有呢?"

一桌子人都愣了,你瞧瞧我,我看看你,不知道他说的是谁。

简薇笑笑,大声道:"他是说我呢。我也纳闷,怎么哪哪儿都能碰见你,是咱俩太有缘呢,还是你太闲?"

作为一个游手好闲的富二代,陈南最讨厌别人说他闲。他厌恶地瞥了一眼简薇,刚要反唇相讥,身旁的尤琳琳扯了扯他的衣袖,娇嗔道:"老公,她是谁呀?是不是你前女友?"

"我前女友?我呸!"陈南大声道,"我就算瞎了,也看不上她呀!你看她有一点像个女的吗?"

尤琳琳嘟起嘴,说:"不是你前女友就好,要不人家可没有安全感了呢。"

组局的那人看不过去了,打圆场道:"陈南,差不多得了啊!简律师是我的朋友,给我公司帮了不少忙。今天我特意让大家聚在一起认识认识,你别这么不给我面子。"

他又转向简薇，抱歉地说："简律师，对不住了，看在我的面子上，你别介意。"

简薇好脾气地笑了笑，说："没事。我和他属于陈年积怨，不怪别人。哎，陈南，你旁边这个美女，我怎么这么眼熟？我们是不是在哪儿见过？"

尤琳琳警惕地望向简薇。她对之前两人在餐厅的偶遇已经没有任何印象，毕竟当时她为宇文胜没钱买单，正在气头上，对周围的一切视若无睹。

简薇一拍脑门，恍然大悟道："哦，我知道了。你不是那个谁的女朋友吗？怎么和陈南在一块了？"

尤琳琳一时语塞，陈南挺身而出，说："谁的女朋友啊？她是我的女朋友好吗？你在这儿胡说八道什么呢，当心我告你诽谤！"

有人打圆场，说："简律师，琳琳确实是陈南的女朋友，他很辛苦才追到手的，这个我们都可以作证。"

"告我诽谤？我还真没那心思诽谤你，我只是替某些人害臊而已。"简薇鄙夷地说，"合着你这么费劲地算计，就是为了抢人家女朋啊？我之前没说错，你这格局，就是 low。"

"你才 low，你全家都 low！"陈南站起身大声说道。尤琳琳赶忙拉住他，小声说："够了！别闹了，大家脸上都怪不好看的！"

陈南气呼呼地坐下，简薇望着他，脸上似笑非笑，心里不住地回想起当日宇文胜在餐厅被一碗汤迎头泼下的场景。当时这个琳琳苦大仇深，俨然一副受害者做派，未承想如今竟已火速找了下家。想来那宇文胜刚愎自用，还遇人不淑，怎一个惨字了得。而陈南这家伙快速地接手了宇文胜的女朋友，如此说来，当日的抄袭案十有八九是陈南和许百昌合伙干的。

"男的卑鄙，女的势利，倒是天生一对。"简薇在心里嘀咕着。她抬眼瞥了瞥陈南，只见尤琳琳正在体贴地给他夹菜，俩人紧紧地贴在一起，宛若一对连体婴，不由让她一阵反胃。

简薇没想到自己会在电商园里偶遇宇文胜。法律协会的援助工作进行得如火如荼，特地开设了法律援助公众号，为需要帮助的快递员答疑解惑。一个叫雷子的快递员给公众号留言，声称自己被快递公司吞掉了一万块押金，希望法律协会能帮忙出面解决此事。正好，简薇要来电商园走访一下快递企业的用工情况，便和雷子约好了在电商园里见面。

简薇低估了电商园的规模。她下了公交车后，走进电商园，才发现，想在这个偌大的园区找到雷子先前就职的快递站点绝非易事，便拦住了一个埋头蹬车的快递小哥，想问个路。当她发现这个人是宇文胜时，不由得一愣。

"你是觉着上回看我笑话不过瘾，跑这儿找乐子来了？"宇文胜也认出了简薇，率先发起进攻，"这么大的中海市，我能遇见你两回，请问你是闻着味儿找到的我吗？"

"有日子不见了，你这素质可不见长。"简薇叹气，"你就不能理解为偶遇吗？做人可不可以阳光一点？"

"不可以。"宇文胜回答得干脆利落，"和别人，可以。和你，不行。"

"谢谢你把我看得这么独一无二。"简薇笑笑，"其实我觉得你不必这么仇视我。咱俩之间好像没有什么化不开的仇恨吧？搞不好还能做朋友呢。"

"不必。"宇文胜挥挥手，"我不缺你一个朋友，我还忙着送快递呢。"

他蹬上三轮车准备走，简薇忽然说道："尤琳琳和陈南在一起了，你知道吗？"

三轮车停下了。宇文胜转过身，迟疑地问道："什么时候的事？"

"就是最近。"简薇道，"我不是有意刺激你，我怕你蒙在鼓里，所以和你说。"

"那我谢谢你了！"宇文胜说罢，用力蹬着三轮车向前驶去。

"哎，还有……"简薇说道。

"还有什么？"宇文胜语气里透着不耐烦，三轮车又停下了。

"没什么。我是想问，你还好吧？"简薇迟疑地说。她原本是想告诉宇文胜，害他破产的抄袭案是有人从中作梗，然而，她转念一想，告诉他又有何用呢？以他现在的状况，断然没办法东山再起，既然如此，那就不必知道太多，否则反而徒增烦恼。

宇文胜跳下车，拍了拍手，说："事实证明，只要遇见你，我肯定没好事。我看你也别猫哭耗子假慈悲了，见到我这样，你心里暗爽是不是？想笑就笑出声来，别那么阴暗。"

"我阴暗？"简薇终于被激怒了，"从刚才到现在，我一直笑脸迎人吧？我好心给你通风报信，你不感恩也就算了，还说我阴暗？我都可以放下仇恨，你怎么就放不下呢？你要这么说，那我理解了，你之所以到了今天，那就因为俩字：活该！"

"懒得理你。"宇文胜跳上三轮车，头也不回地走了。

"活该！你就是活该！"简薇气得牙痒痒，先前对宇文胜的同情烟消云散，"送你的快递去吧！"

简薇在电商园里逗留了一下午才离开。和宇文胜不快而别后，她先是和雷子见了面，了解了基本情况后，她陪着雷子一同去了他先前就职的快递站点。原本简薇是想和对方聊聊，动之以情，晓之以理，让他们主动退还押金。不料她不仅没打动对方，自己却生了一肚子气。

那快递站点的老板娘五大三粗，身形彪悍，一听说简薇的来意，登时拉下一张脸，只差直接轰人了。

"退押金，不可能。"老板娘言简意赅地说，"只有干满一年才能退，他干了半年就要走，是他违约在先，凭什么退？"

"人家律师都说了，你们没资格收押金！"雷子委屈地道，"收了还不退，就是耍流氓！"

"我耍流氓？你问问电商园里哪个快递站不这么干？有本事你折腾他们去呀！"老板娘双手叉腰，高声喊道，"你欺负我一个弱女子算哪门子本事？"

"行了行了，"简薇冲那"弱女子"挥了挥手，"我们今天是来讲法的，不是来折腾人的。据我所知，你们和雷子之间并没有签署劳动合同，却构成了事实的雇佣关系，就凭这一条，你们已经违约了，凭什么说雷子违约在先？"

"除此之外，作为用人单位，无权向员工收取押金，你们违规收取押金还不退还，已经违反了《劳动法》，雷子现在就可以去劳动局起诉你。"简薇有理有据地说道。

"你们当律师的，就会吓唬人。""弱女子"有些心虚，音调降了八度，但仍不肯让步，"大家都这么干，凭啥就罚我一个？我才不信你！走走走，你们别在这儿碍事。我又不是吓大的，还能叫你给唬住啦？"

简薇和雷子就这样被赶了出去。简薇气得不轻，当即决定帮雷子维权，申请劳动仲裁。

"简律师，你用啥办法我不管，我就想知道，我的钱啥时候能要回来？"雷子问。

"如果我们采取法律维权的话，需要一个过程。"简薇道，"首先要填写劳动争议仲裁申请书，再等待开庭，一切顺利的话，大概要一个月左右……"

"一个月？"雷子惊呼，"大律师，能不能快点啊？我急着用钱，等不了那么长时间。"

"法律维权一定要走必经的程序，不是想多快就多快。我打算全程跟踪你这个案子，把它作为快递行业整顿的一个标杆。这将对整个行业有警示作用。"简薇若有所思地说，"你放心，押金他们一定会退，你只要配合我就好了。"

"那……那好吧。"雷子勉为其难地应下了，能够看出，他其实并不甘心。

"那我就先走了，一两天内我会联系你，我们一起准备下材料。"简薇冲雷子点头作别，就在这时，她的手机响了，来电人显示：陈北。

简薇愣了愣神，按下接听键。电话那端，陈北温和的声音响起，"我回来了，回国第一件事就是给你打电话。

好久不见了，要不要一起吃晚饭？"

"不要。"简薇的声音冷冰冰，把自己都吓了一跳。她意识到了自己的失态，便着意缓和了一下语气，"我现在在开发区，一时半会儿赶不到市里。"

陈北笑了，说："那正好，我现在就在机场，离开发区很近。我知道这里有几个不错的饭店，我订一下地方，咱们就在这里吃晚饭吧。"

"那好吧。"简薇懊恼得直跺脚，只恨自己不会撒谎，怎么就找了这么个蹩脚的理由呢？直接说自己晚上有约，或者说自己出差了不就行了？她并非对陈北心存成见，只是坊间的种种流言，让她不知该如何面对。每每和他在一起时，她总是背负着巨大的心理压力。尤其是当她得知陈南的不齿行径后，便总是控制不住地迁怒于陈北，尽管她知道，他和他那个同父异母的弟弟绝非同类，他其实很无辜。

半小时后，简薇来到了陈北订好的一家高档中餐馆。偌大的包间里，只有他们两个人。简薇蹙眉道："就咱们两个人，坐外面大堂就好了，何必订个包间？太浪费。"

陈北笑笑，说："不浪费，包间里安静，适合聊天。"

简薇不置可否地笑笑。高档餐厅、豪华包间，已是两人每次相约吃饭的标配。这个风格很陈北，然而却并不适合她简薇。

"对了，上次你要去我公司办事，可还顺利？该问到的资讯都问到了吧？"

"顺利倒是顺利，就是碰到一条咬人的狗，让人不爽。"简薇漫不经心地说。

"咬人的狗？"陈北惊道，"不可能吧？"

"你弟弟，陈南。"简薇无奈道，"上回好死不死地在楼下碰见他了，偏偏他回回都对我充满敌意，见面必掐，也是无语。"

"原来你说的是他。你不必和他一般见识，他一直都这样。"陈北面露不悦，"不过，如果他太为难你，你一定要告诉我。我不想你受委屈。"

"我？受委屈？这完全不会，我自己就可以摆平他。"简薇不以为意地甩了甩头发，"不过，他和他舅舅干的那些昧良心的事，你倒是有必要管管。"

"他是说公司上的事？他和他那个舅舅，在暗地里做得确实有些过火，我都知道。"陈北沉吟片刻，"毕竟他妈妈是我父亲的合法妻子，只要不太过分，我们也不会追究。"

"不太过分？"简薇冷笑道，"他们合伙干趴下一批皮具公司，把人家总裁逼得现在去送快递来维持生计，这还不算过分？你说得倒是轻飘飘的。"

"你说的这些，我确实有所耳闻，公司也已经着手调查。"对于简薇的责备,陈北有些委屈,"商场如战场,成王败寇,谁也不知道今天倒下的是哪个。很多时候,我也是爱莫能助。"

"你这个弟弟是打击报复!他不光搞得人家破产,还抢了人家女朋友,到处招摇过市。"

"还有这种事?"陈北惊诧道,"不过他换女朋友像家常便饭,我们都习惯了。只是这个送快递的总裁,是你的朋友吗?让你这么在意?"

"算是吧。"简薇含糊地道,"我也只是打抱不平而已。"

"原来这样。"陈北语带笑意,"你下午来电商园,也是为了这件事吗?"

"不是。"简薇摇摇头,"是关于我们协会法律咨询的事。我来帮一个快递员维权,他有一笔押金被扣……"

简薇忽然顿住了。她通过陈北的表情断定,他并不关心她正在说的事。身为律师,她对人的表情具备极高的敏感度,而此时陈北的表情则清清楚楚地显示着他的心猿意马。

简薇及时止住了话题,一句带过:"他有一笔押金被扣了,让我帮忙要回。"

"这样。"陈北点点头,"我给你带了礼物,我想你一定喜欢。对了,这家餐厅的水煮鱼做得地道,你一定爱吃,我已经点过了。"

"谢谢你。"简薇笑着点点头,心头却泛起了淡淡的悲哀。这大约就是她一直不能接受陈北的原因。他对她好,对她无微不至、体贴有加,但那只是他想当然地对她好,他从不在意她真正想要什么。他以为她想要的是装潢雅致的高级餐厅和昂贵精致的礼物,从未在意过她的事业、追求,她那些在他看来微不足道,但对她来说弥足重要的东西。他爱的是她这个人吗?或许只是他心里想要的那个简薇而已。那不是真正的,有血有肉的,优点很多,缺点也很多的简薇。他不是真的懂她,他甚至不是真的爱她。

## 第五章　家长里短

简薇快马加鞭，用了三天时间，将雷子的维权事宜全部理顺。按照她的计划，要把这件事作为快递员普法活动的重头戏，到时媒体介入，推出几篇报道，网络上再引起热度，整个普法活动就有了影响力。就在她联系雷子填写维权材料的时候，对方却告知她，他已经和快递点老板私下解决了。闻听此言，再看看手头厚厚一沓维权的材料，简薇气不打一处来。

"简大律师，对不起。我是真的需要钱。"电话那端，雷子诚恳地道，"打官司拖的时间太长了，我拖不起。幸亏你说了要告他们，他们怕了，才同意拿钱私了。"

"你这么需要钱，我可以先借给你啊！"简薇道，"我不是和你说了,要拿你这个案子做个典型,用来宣传吗?你怎么不和我说一声就急着私了呢?"

"我哪能随随便便就借你的钱呢!再说了,我还想在这行混,快递这行,圈子本来就不大,万一我把人家得罪了,估计也没有哪个快递敢用我了。"雷子叹气,"要是这样,我就只能喝西北风了。我冒不起这个险啊,简大律师!"

电话另一端的简薇沉默了。平心而论,她从未想到过这一点。在她的世界里,向来只有快意恩仇,只有平等法治。人情世故在她这里,是被削弱了、淡化了的存在。她认为,以雷子为代表的快递员,法律知识匮乏、维权意识淡漠,而自己的出现是对他们的救赎。那么,她一味地要求雷子按照她的要求来做,是不是不近人情,也是一种自私?相比之下,究竟是谁更需要救赎呢?

"快递员的法律知识普及,任重道远啊。"简薇在心里默默叹着气。

"好吧,我知道了。你下一份工作找好了吗?"简薇问道。

"找好了,这两天就去上班。也是电商园的一家快递站,待遇和之前差不多,不过没有押金这一说。"雷子快言快语。

"好吧,今天下午你有空吗?我和你一起去这家快递站看看。"简薇不放心地说,"看看这家快递站是不是规范,免得被骗。"

"谢谢你，简大律师。不过你可别说你是律师，免得人家以为我有戒心。"雷子不放心地叮嘱道。

"我知道。"简薇苦笑道，"不暴露身份。我就说我是你朋友，来玩的。"

下午，简薇和雷子一同来到了八通快递站。按照事先的约定，简薇以雷子朋友的身份东打听西打听，直到把快递站的打包小妹问烦了才住嘴。

"差不多就行了，简大律师。"雷子把简薇拉到一旁，悄悄地说，"这家快递站算是电商园里最大的一家了，他们家要是不正规，那就没有正规的了。"

"情况基本上和我想的差不多，"简薇悻悻地说，"正规是正规，但对快递员来说，除了工资，并没有其他的任何福利保障。"

"有钱就行，还要啥福利保障呀？"雷子嘻嘻地笑着，"干我们这行，就认钱，钱到手才是最主要的。"

"行吧，那就这样。"简薇和雷子挥手道别，起身准备离开。她经过楼梯间的时候，听见里面有人在讲电话，隐隐约约听到了"宇文胜"几个字。她不由得提起了精神，站在一旁，屏息凝神，准备听个清楚。

"您放心。"讲电话的是崔北望，他点头哈腰，仿佛电话里的人正站在他对面一般,"现在整个电商园都传遍了,他宇文胜骑着三轮车送快递呢,天天风里来雨里去的。"

"风光?那是不存在的,就连他之前总去的会所小姐,都知道他现在混得啥德性。"

"为您效劳,那不都是我该做的吗?之前让他丢了一车货,您瞧得起我,信任我,又让我赚了不少钱,我感谢您还感谢不过来呢!"

简薇听着崔北望的话,心里不禁一动。"让他丢了一车货?"她想起先前曹小方提及的宇文胜公司丢货的事,难道,难道这件事不是天灾,而是有人故意为之?

"陈总别客气!谁让宇文胜他得罪您了呢!还敢和您抢女朋友,这么收拾他都算轻的!哎,陈总再见!"

听到此,简薇便明白,原来电话那端的"陈总"就是陈南。合着宇文胜破产一事,正是陈南一手主导的!

"这个卑鄙的狗东西!"简薇在心里骂道,"枉我之前还觉得冤枉了他。现在看来,他和他那个舅舅,谁都不是好鸟。宇文胜啊,你也是倒霉,你得罪谁不好,怎么偏偏就得罪了这么个小人呢?"

简薇越想越气,索性一个电话直接给陈南拨了过去。她第一次见陈南的时候,出于客气,存下了他的手机号码,时隔许久,终于有机会拨出去。电话那端,陈南"喂"了一声,紧接着问道:"你是哪位?"

"你别管我是哪位。重要的是你都干了什么亏心事。"简薇直言不讳,"你不光伪造宇文胜公司抄袭案,还故意让快递公司弄丢他一车货,拼了命地往死里整他,陈南,你何其卑鄙呀!"

"哎,我说你怎么就阴魂不散呢?"陈南显然听出了简薇的声音,"怎么哪儿哪儿都有你,你是一块砖吗?哪里需要哪里搬?"

"你少来。"简薇冷笑道,"你就说这些事是不是你干的吧。"

"你怎么对宇文胜的事这么关心?你是不是看上他了?"陈南亦报以冷笑,"看上他就去追,反正现在也没人会跟他。我看你俩倒是天生一对。"

"你别绕弯子,请直接回答我的问题。"简薇不为所动。

"明人不做暗事,那车货是我干的,我就是不爽,想给他个教训。"陈南道,"但那什么抄袭案,和我一点关系没有。我没想把他弄破产,他破产了对我有什么好处?你爱信不信,我犯不着为这点事撒谎。我警告你少管闲事,别没事咸吃萝卜淡操心。"

简薇还来不及说话,陈南就把电话挂断了。

简薇本能地决定相信陈南。她的两次询问,陈南都否认他参与了栽赃宇文胜抄袭的事,却把宇文胜丢货的事直接揽上身。她认为自己有必要相信他。若真如陈南所说，只为了给宇文胜一个教训，那么他这个人，还没有坏彻底，尚可挽救。

宇文胜做梦也没想到，这辈子最大的一个惊喜是哥哥宇文广带给他的。这天下午，他难得早回来一次，小苑因此心情大好，特地跑去电商园门口，准备买个炸鸡排给俩人解解馋。宇文胜刚停下三轮车，准备歇口气儿，就接到了小苑的电话。电话里，小苑急三火四，仿佛天塌了一般。

"胜总，不好了，不好了！这下麻烦了！"

"急什么？"宇文胜轻描淡写地问，"是没有椒盐味儿的了？要孜然的也行，我没那么挑。"

"不，不是！什么椒盐孜然！你哥来了！还带了你嫂子，还有老的少的，好多人。"小苑语无伦次地说着，"说要看看你的公司！我在门口碰见的他们！估计马上就到！"

宇文胜只觉得脑子"嗡"的一声，心里只有一句话：来了来了，该来的迟早要来的。不是说了让他们多玩一阵子吗？这么着急赶回来做什么？现在思考这么多也没有意义，宇文胜想到，现在的艾里克里公司全都是纸箱和包裹，若是他们进来，一定会穿帮。急中生智，他撒腿向旁边的绮丽女包公司跑去。

绮丽女包的老板曾凯和宇文胜素来关系不错，当年绮丽女包刚刚起步,得到宇文胜不少的帮助,曾凯一直心存感激。此刻曾凯正坐在办公室里,给几个高管开会,宇文胜大踏步径直冲进去,把里面的人吓了一跳。

"胜总,你这是……"曾凯不明就里。

"来不及解释了。"宇文胜一把抓起曾凯的衣服,示意他起身,"我哥来了。我要在这儿装装样子,假装这是我公司,明白吗?"

曾凯懵懵懂懂地点点头。

"好了,你出去。"宇文胜向曾凯挥挥手,"我哥认得你,知道你是这儿的老板。我得说你把公司转给我了,你不能出现,明白?"

曾凯再次懵懵懂懂地点点头,起身离开。宇文胜不忘叮嘱道:"让前台把我哥他们往这儿领!别去我那儿!去了就露馅了!"

也就几分钟之后,宇文广一行人浩浩荡荡抵达。庞大的阵容里包括宇文广和新婚妻子张北蓓,张北蓓的儿子谷小杰、张北蓓的爸妈,还有两个哥哥。在绮丽女包前台的引领下,一群人拥进了曾凯的办公室,坐在老板椅上的宇文胜伪装出一副既惊喜又意外的样子,起身迎了上去。

"这么多人,是要打群架吗?难不成她家在世的人都来了?"宇文胜心里暗道,嘴上说出来的却是,"欢迎嫂子!欢迎大家!"

"胜啊，这不，你嫂子他们听说你公司做得大，非要来参观参观。"宇文广露出一脸憨厚的笑容，"公司怎么搬到旁边了？先前的地方呢？"

"公司发展得太快了，把曾老板的公司收购了。"宇文胜大言不惭道，"货太多了，之前的库房不够用，就把先前的办公室都用作库房了。"

"胜，你可真是咱家的骄傲。"宇文广骄傲地笑了，"哥替你高兴！就是这个天气，你咋穿这么少？不冷吗？"

方才在宇文广一行人进来之前，宇文胜心急火燎地将八通快递的外套脱了，一时又没时间穿上其他的衣服，在春寒料峭的三月里，他只穿了件跨栏背心。

"不冷不冷，我每天都穿这么少。"宇文胜打着寒战，"这个穿得少吧，能让人精神好。"

宇文广半信半疑地点点头，这时候门忽然开了，女秘书领着两个客人走进来，说："曾总，这是皮料厂的领导，您看看……"

紧接着，她看见了穿着跨栏背心的宇文胜，还有一屋子的闲杂人等，不由得呆住了。

"我知道了。"宇文胜从老板椅后走出来，快步走到客人跟前，伸出手，"你们好，我是宇文胜，先让秘书带你们去会议室，我马上过来。"

两个客人狐疑地望向穿着跨栏背心的宇文胜，其中一个人问道:"我们就是刚从会议室过来的,我们要见曾总。"

宇文胜刚要开口,宇文广说道:"曾总的公司被收购了。现在有啥事,都得找胜总!"

"对呀,别找曾总了,曾总说话不算数啦。"张北蓓夫唱妇随道。

"不不不,不能这么说。"宇文胜没想到哥嫂搞的这一出,唯恐给曾凯造成什么不良影响,然而他又不能说出实情,只好快点将他们支出去,"你们先出去好吗?曾总马上就到。"

皮料厂的两个人云里雾里地走出去了。宇文胜方才松了一口气,张北蓓忽然说:"弟弟啊,我爸妈他们是第一次来你公司,要不,你带他们参观参观?给他们介绍介绍?"

"这……"宇文胜支支吾吾道,"现在正是上班时间,这么多人参观,影响不好……"

"这有啥影响不好的?"张北蓓的大哥说道,"反正这公司是你的。你想咋样就咋样,谁还能说个'不'字?"

"就是就是。"张北蓓的二哥跟上,"这公司哪里不得听我们的?想干啥,就干啥,你说对不?"

宇文胜正不知如何是好,所幸小苑回来了。她见宇文胜正左右为难,表现出了难得的聪敏灵透,高声道:"胜总,您的重要客人马上就到,您该去换衣服了!"

宇文胜仿佛见到了救星,立刻附和道:"知道了!我这就来！"

见弟弟有事，宇文广赶忙说道："那你去忙！我们也没啥事，我们这就走！"

张北蓓偷偷地拽了拽丈夫，问："这就走啦？我们家人都来了，好歹要请吃个饭吧？"

宇文广赔着笑，说："这不我弟有事吗？他忙。我请他们吃饭，一样的，一样的。"

"能一样吗？"张北蓓白了一眼丈夫，嘀咕道，"都说你这个弟弟是大老板，我这才让家里人都过来的，跟你吃个什么劲儿？"

"嫂子，别急。"宇文胜发现了哥嫂的争执，赔着笑说，"等我见完客人，我请大家吃顿好的。我让秘书在浪味仙海鲜城订个桌，晚上一起热闹热闹。"

"还是你弟弟懂事。"张北蓓露出了得意的笑，不忘顺带白一眼丈夫。

此刻最难过的非小苑莫属。浪味仙海鲜城是电商园旁的高档餐厅，一顿饭没有两三千块下不来。快递站刚刚拿到第一个月的收入，这笔钱就火速地找到了去处。小苑不由得一阵心疼。

海鲜城的晚宴是在一派欢乐祥和的氛围中开始的。不再年轻的张北蓓老鸟依人地搀着宇文广走进包间，体贴地扶他落座后,就开始像一只老燕子一般满场乱飞,反客为主地殷勤招待宇文胜和小苑。这副姿态让宇文胜有些不明就里,小苑冷眼相看,也表示完全没看懂。直到酒过三巡,张北蓓一个眼神示意,大哥二哥齐齐张口,宇文胜才算明白她的这份殷勤所为何事。

"我说大胜啊,以后咱们就是一家人了。"张北蓓的大哥张北林打了个酒嗝,"我和你二哥的工作,你给看着安排安排?"

"还用他费心安排?"二哥张北昌挥挥手,"我看大胜的公司就挺好。大广不也在他公司干吗?咱都去他公司,还有个照应。"

"我看行!"张北林一拍桌子,"有我们帮衬着你,那就是左膀右臂啊。有句话咋说来着?兄弟齐心,其利……"

"其利断金!"张北昌补充道,"我跟你说。我们哥俩可旺财了!特别旺财!到那时候,你这公司肯定是芝麻开花——节节高啊!"

宇文胜看着这俩旺财你一言我一语,像是在说对口相声,不禁一声冷笑。他本就对大嫂张北蓓全无好感,如今再看看她的大哥二哥,才明白何为不是一家人,不进一家门。

"大哥二哥,我公司现在倒是有空缺,可我不知道你俩会做什么。"宇文胜按捺着脾气问道。

"我俩什么都会做!"张北林大手一挥。

什么都会做,那就是什么都不会做。宇文胜露出不屑的笑意,淡淡地道:"现在招人不比以前,方方面面都有要求。现在公司空缺的有运营岗和电商专员,要求电子商务相关专业毕业,相关工作经验两年起。不知大哥和二哥满足条件吗?"

张北蓓兄妹三人的脸色登时变得不大好看,张北林摇摇头,说:"大胜啊,咱们是一家人了,提这些要求就没必要了吧……"

"要是大哥二哥不满足条件,那估计能干的只有保洁和后勤了。"宇文胜看着张北林和张北昌愈发难看的脸色,耸了耸肩,"可是那不行啊,那太屈才啊!就算公司不是我一个人的,我不能给两位哥哥安排好的岗位,可我打死也不能让两位哥哥低就是不是!"

"这倒是……"张北林犹疑地点点头,"公司不就是你的吗?咋还说不是你一个人的?"

"公司的规模越来越大,有别的股东入股,也有了董事会。"宇文胜装模作样地正了正衣领,"凡事都听董事会的,我充其量是个表面上的代言人,实际上我自己说话不算数。是吧小苑?"

"是……"小苑迟疑道。她原本正在对宇文胜脸不变色心不跳吹牛皮的功力叹为观止,猛地听到宇文胜提到她的名字,吓了一跳。

"胜总虽然是大股东,但也要听其他股东的意见。"小苑很快拿出了职场历练过的素质,附和着宇文胜,一道开始胡诌,"等公司上了市,还要进一步规范化,到时候一切公事公办,招人的要求就更严格了。"

宇文胜冲小苑露出了满意的微笑,补充道:"是啊,到时候弄不好一切都要重新洗牌,我的位子能不能坐稳,那还不一定呢!"

张北林和张北昌兄弟俩面面相觑。张北蓓试探地问道:"那,那大广那工作,还能保住吧?"

"能。"宇文胜点点头,"我哥算是老员工了,工作经验丰富,态度也端正。这可和我这个做弟弟的没关系啊,全靠他自己的能力。"

宇文广露出一脸憨厚的笑,张北蓓也松了口气,如释重负。宇文胜见目的达成,不忘再客套一下,说:"两位哥哥找工作的事,我留意着。以后看见合适的,我第一时间联系你们。"

两兄弟只好点头,席间再也未提找工作一事。这顿晚宴平静地收尾,宇文广带着一大家子人浩浩荡荡离去,小苑和宇文胜结完账,不无忧虑地问:"胜总,你哥那工作……"

宇文胜叹口气,说:"只能让他来咱们快递站了。"

"能行吗?我怕你嫂子那里瞒不住,早晚要穿帮。"

"能瞒一天是一天。"宇文胜悠悠道,"撑到哪会儿就算哪会儿吧!"

翌日,宇文胜就将公司破产的实情对哥哥如实相告。情况基本如他所料,宇文广先是对自己未能替弟弟分担压力感到惭愧和痛心,紧接着就表示,不论未来有什么风雨,他都愿与弟弟共同面对。以前可以同甘,现在就能共苦。对于哥哥的为人,宇文胜是再了解不过。他感动地望着哥哥的脸,叮嘱道:"记住,这件事不要告诉我嫂子。"

"为什么?"宇文广表示不解,"我已经答应了蓓蓓,什么都不要瞒她。"

只怕你告诉了她,你的蓓蓓很快就成别人的蓓蓓了。宇文胜心想。

"不为什么,你记住就行了。她要是问起来,你就说公司一切都好。平时也别让她家人过来。最重要的是,别让爸妈知道我破产的事。"宇文胜知道哥哥心眼儿实,并没有和他讲道理,直接灌输结论。

"那,那我知道了。"宇文广点点头,"那我能在快递站做点什么?我知道现在肯定不能和之前一样坐办公室了,可我腿脚又不利索,干点什么不给你拖后腿?"

"这我早就想好了。"宇文胜拍拍大哥的肩膀,"你腿脚不利落,派件对你来说工作量太大,上门收件适合你。平时都是小苑在快递点收件,我主要是派件。很多大客户是需要上门收件的,但我俩人手不够,不能上门,就流失了很多大户。正好你来了,你负责这块,将来对咱们的业绩提升能有大用。"

听闻自己如此重要,宇文广激动得满脸通红,说:"那就太好了,这可比之前坐办公室有意思多了!大胜,你放心,哥肯定把活干得漂漂亮亮的!"

宇文胜冲哥哥点点头,说:"从今往后,咱们仨可就是铁三角了。咱们这组合,早晚得打个大胜仗,杀他个回马枪!"

宇文胜的这番话,虽说听上去是虚张声势的架势,可也并不完全如此。经过了这段时间的历练,他对快递站的运作愈发熟稔。如何利用有限的人手最大化创造价值、怎样规避五花八门的罚款,他心里门儿清。毕竟在商海摸爬滚打了这么多年,这些门道于他来说,可谓是一点即透,一通百通。

宇文广和弟弟感情深厚,是不争的事实。虽然他身体残疾,但这丝毫不影响他想要为弟弟分担压力的意愿。虽然宇文胜再三叮嘱,不让他告诉张北蓓公司破产的事情,但当他知道宇文胜至今尚背负着巨额欠款时,宇文广坐不住了。思来想去,他手头唯一派得上用场的,就只有一套房子了。这房子原是弟弟买给他的,如今弟弟有难,卖房支持他,义不容辞。宇文广打定了主意。他知道弟弟不会同意他卖房,他决定先斩后奏。他违背了弟弟的嘱咐,不打算隐瞒张北蓓了。他认为妻子一定会支持他的决定,宇文广志得意满地想。没想到,他才刚刚和妻子张北蓓提出这个想法,就被她一口回绝。

"卖房?卖了房,你打算让我们一家三口住在哪儿,露宿街头吗?"张北蓓大声问道。

"不是这样,蓓蓓。"宇文广好言相劝,"我会安置好咱们一家人,先租一套房子,等大胜渡过难关,我们再买一套更好的……"

"想得美。"张北蓓冷笑,"说的比唱的还好听。要不是你要卖房,你打算把这件事瞒我到什么时候?你那个弟弟也真是能装蒜,破产就破产了,还偏要装什么老总,还把我大哥二哥教育一通。"她越说越来气,"以为自己是谁呢?不就是一个破送快递的吗!"

张北蓓的言论刺痛了宇文广。他难以想象,这个昨天还温柔贤惠的女人,今天就成了这样一副嚣张跋扈的样子。他有些后悔告诉她这件事了。然而说出去的话就如泼出去的水,已然无法收回。他只好对张北蓓一再嘱咐,"房子可以不卖,但千万不要把这件事告诉爸妈,千万不要!"

张北蓓勉为其难地答应了。眼下她顾不得其他,懊恼和悔恨充斥着她的内心。她嫁给宇文广的原因很简单,就是看中了他有一个开公司的弟弟。若能让她嫁给宇文胜,那她自然求之不得，然而现实条件所限，她只好委曲求全，下嫁了宇文广。若说张北蓓对宇文广有多深的感情，怕是连张北蓓自己都无法相信。宇文广生性木讷，又有身体残疾，张北蓓连多看他一眼的兴趣都没有。此时她得知宇文胜破产了，几乎要沮丧到极致了。人，不中看。钱，没多少。自己究竟是图什么？往后的日子该怎么过？张北蓓陷入了深深的忧虑之中。

就在宇文胜为快递站日日奔忙的时候，简薇对快递业的热情也毫不逊色。她本就是行侠仗义的豪爽性格，这次对快递员的法律帮助简直是完全对了她的胃口，让她乐在其中，无法自拔。雷子和快递站老板娘的擅自私了，打乱了简薇的计划，如今她只好从最传统的普法宣传来入手，提高快递员全行业的法律意识。按照她的计划，从这个周末开始，她和法律协会的小伙伴们一起走上街头，进行普法宣传，而第一站就定在了快递站云集的中海市电商园。

简薇一大早就来到了活动场地，热情高涨地支起展架，将宣传单页一字铺开。和她一同来的志愿者小昭动作则没她这般利落，整个上午看起来都心不在焉。简薇虽然大大咧咧，可一旦涉及工作，眼里便揉不进沙子，她不悦地问道："小昭，你怎么回事？魂不守舍的，是有心事？"

小昭没精打采地瞥了简薇一眼，讷讷的，不发一言。

另一个被称作小武的志愿者倒"扑哧"一声乐了。

"姐,她能没心事吗?你也不看看今天是什么日子。她呀,到现在还没等到男朋友的消息,你说她能不急?"

小武不说还好,一说这话,小昭眼圈一红,索性跑到一棵大树下轻声呜咽起来。

"什么日子啊?又有节日了?这不刚过完建军节吗?"简薇云里雾里地嘟囔着。

"建军节?姐,你可真刚。"小武冲简薇拱拱手,"我敬你是条汉子!"

"别闹。"简薇挥挥手,拿起手机翻看着万年历,"哦,原来今天是七夕?"

"对,中国情人节。"小武揶揄道,"小情侣们都要送个花啊,吃个饭啊,制造个惊喜。你别告诉我今天你没人约,那我可不信。"

"什么七夕八夕的,都是忽悠你们小年轻的。我可赶不上你们那股潮流。"简薇笑笑,随手抄起一摞传单,走到树下,将其中的一半递给小昭,"别哭了,我跟你说,忙起来就忘了什么节不节的了,去把这些发了吧,咱俩一人一个片区,早发完,早收工,回去和你那男朋友算账。"

小昭拿着传单,心不甘情不愿地走了。简薇信步走向电商园西区,忽然瞥见一辆奔驰卧车远远驶来。那熟悉的磨砂灰色车身让她心里一咯噔,这不是陈北的车吗?她猛地想起来,昨天陈北和她在微信上闲聊时,问过她今天要干什么。如此说来,他定是有备而来,来找她过七夕节。说不清为什么,眼下她只想逃离。眼看着陈北的奔驰车越来越近,她慌不择路地四处张望,好巧不巧,一旁骑着三轮车的那个人,不正是宇文胜吗?简薇顾不得俩人之前芥蒂丛生,她小跑两步,跳上宇文胜的三轮车,说:"喂喂喂,借你车一用。快点骑!"

埋头蹬车的宇文胜吓了一跳。当他意识到跳上车的女人是简薇时,第一反应是把她撵下去,但当他看到她这副心急火燎的狼狈相,又忍不住动了恻隐之心。他把三轮骑到了电商园门口才停了下来,跳下车,对简薇说道:"简大律师,您现在是不是可以下车了?"

简薇窝在一堆快件当中,身上沾满灰尘,看上去着实狼狈不堪。她冲宇文胜点点头,起身准备下车,忽然想到了什么,又重新坐了回去,问:"你现在要去哪儿?"

"我要去哪儿你管得着吗?"面对简薇,宇文胜总是把持不住风度,"你快点下车,别耽误我干活,我要赶到新电商园,没空和你扯皮。再说了,我这三轮本来就不大,再装着你这么个庞然大物,你让我把快件放哪儿?用嘴叼着吗?"

"你去新电商园,那太好了。"简薇抖了抖手上的传单,"我正想把这些传单都发了呢。我和你一起去?"

"你就别给我添乱了。"宇文胜摇摇头,"下车吧,我一会儿还要收一堆快件,车斗里装不下你。"他今天的派送量比较大,之后还要把待发的快件送往中转站,时间上安排得满满当当,容不得半点耽搁。

"我肯定不会给你添乱!"简薇一边说,一边轻巧利落地跳下车斗,又轻巧利落地爬上了前面的驾驶座,"我都看好了,你这驾驶座可以同时坐两个人。我就坐这里,帮你送件,还能帮你看车,怎么样?"

简薇的态度诚恳,倒是让宇文胜不好再拒绝。他挠头了。他仔细想了想,觉得简薇的提议倒也不坏,看着驾驶座上兴冲冲的简薇,一股恶作剧的念头在宇文胜脑海中升腾起来。这位简大律师不是说,要帮忙干活吗?那就让你一次干个痛快吧。

打定主意的宇文胜跳上三轮车,径直向新电商园驶去。他原本想着先去派件,再去上级中转站送件,不过现在他改了主意——他决定先去送件,把这两天积压的大件一股脑送过去,让简薇好好出出力。他料想简薇一定会叫苦不迭,他准备在一旁好好地看看热闹。

宇文胜骑着三轮车开到库房,里面堆着的尽是大包裹和大箱子。他跳下车,冲简薇努努嘴。

"来吧简大律师。这些是我下午要送的货,你来搭把手?"

"没问题。"简薇轻快利落地跳下车,四下瞄了瞄,从墙角处抄起一块木板,搭在车斗后面。

"来吧,咱俩一起抬?"简薇拎起一个大包裹的一角,招呼宇文胜。

"行啊你。"宇文胜拍拍手,"你还知道从这个木板滚上去省力气,看来不是死读书的人嘛。我之前可是小看你了。"

"那还真是你把人看扁了。"简薇不以为意地说,"要论干活的经验,我只比你多,不可能比你少。"

"哟哟,我就夸你两句,你还喘上了。"宇文胜不屑地说,"你一个上班族,女白领,能有什么干活经验?军训就是你这辈子体力劳动的巅峰了吧?"

"我是国家二级运动员,特长是长跑,还有跳高。"简薇淡淡地说,"还有超过十年登山经验。就现在这些包裹,我绝对比你能扛,要不要比一比?"

"比就比!来啊,谁怕谁!"宇文胜有些心虚,但嘴上坚决不吃亏,"你可要多加小心,万一不小心把腰扭了,可别怪我欺负你。"

"还是多担心你自己吧!"简薇自信满满地说。

简薇没想到宇文胜能这么快就败下阵来。她刚刚把一个大纸箱装上三轮车,就听见了宇文胜"哎哟"一声,紧接着响起了包裹落地的声音。

"怎么了你这是？"简薇扭过头，看见宇文胜捂着腰，脸部扭曲地站在原地，保持着一个别扭的姿势，动弹不得。

"腰……腰扭了。"宇文胜苦着脸说。

"你开玩笑呢吧？"简薇疑惑道，"刚才不还提醒我别扭了腰吗？你这就演上了？"

"我没演！"宇文胜叫道，"我是真闪了腰。你要是还有同情心，就把我扶到车上……"

看得出来，此刻宇文胜确实是真情流露，简薇憋住笑，扶着他爬上了三轮车。

"剩下的货怎么办？"宇文胜唉声叹气。

"我来吧。"简薇答道，"谁让我搭了你的车呢？我这也算投桃报李，不欠你人情。"

"对了，刚才你跳上我的车，是躲谁呢？"宇文胜好奇地问道，"不会是犯了什么事，在躲警察吧？那我岂不是犯了包庇罪和窝藏罪？"

"瞎说什么呢。违法乱纪的事和我可扯不上关系。别忘了我可是律师。"简薇白了宇文胜一眼，"坐着等我吧，我把剩下的货装上就出发。"

半小时后，简薇开着三轮车，宇文胜坐在副驾驶，两人拉着一车货，风风火火地出发了。

"你还真是传说中的宝藏女孩呢！"宇文胜对简薇这

个短工很满意,嘴甜地说,"你一个土生土长的城里人,竟然还会骑三轮车?"

"那有什么难的。我在流浪狗基地经常需要运狗,每次逮到流浪狗,都要骑三轮车拉着笼子去把它们载回来。"简薇解释道。

"经常运狗?这话我怎么听着怎么别扭呢?"宇文胜嘀咕道,"一会儿送件的时候,我来负责打电话,要是客户要求送货上门,你就帮忙送一下货,好不好?"宇文胜和简薇商量着。

"没问题。"简薇好脾气地应着,"照顾老弱病残,我义不容辞。"

"其实你这人吧,还算不错。"宇文胜道,"就是这张嘴不饶人,俗话说,就是嘴欠。"

"彼此彼此。"简薇笑笑,"和你比,我是五十步笑百步。"

"半斤对八两。"宇文胜嘀咕着,脸上现出一丝微笑。这是俩人自相识以来难得的融洽氛围,这种氛围甚至罕见地延续到派件完成。暮色四合,三轮车后斗已是空空如也。在返回电商园的路上,仍旧是简薇骑车,宇文胜坐在副驾驶上东张西望。晚风拂面,吹来一股悠悠的饭香。宇文胜精神为之一振,简薇骑车的脚步也不由得放慢了。

"小烧烤!"宇文胜火速辨别出了这股异香的来源,

激动地向简薇汇报。

"要不整一顿?"简薇也兴致盎然。

"走着!"宇文胜大手一挥,准备下车。

"对了,你这腰……"简薇指了指宇文胜,"下午派件时还动不了,这会儿是突然痊愈了吗?"

宇文胜尴尬地笑笑,说:"我是轻伤不下火线。你陪我送了半天件,我无论如何也得请你吃顿饭不是?腰再疼,我也能坚持。"

简薇撇撇嘴,意味深长地笑了笑,把三轮车停放在马路边,随着宇文胜一道步入烧烤摊。夏夜微凉,按说正是吃烧烤的好时候,这家大排档却略显冷清,食客寥寥。几个服务员百无聊赖地站着发呆,看见简薇二人来到,登时两眼放光,几个人同时为他二人服务,殷勤得简直过分。

"今天是七夕节,在我店用餐,可以送玫瑰花哦。"一个服务生拿来一支不甚精神的玫瑰花,递给宇文胜,"先生可以把它送给你女朋友。"

服务生眉眼乱飞地暗示,明显是把简薇和宇文胜当成了一对情侣。宇文胜笑笑,说:"我还没有女朋友呢,谢谢。"

"啊,这位小姐不是你女朋友吗?"服务生不依不饶。

"谢谢你,我是他妈。"简薇笑容可掬地说。

"这……"服务生瞠目结舌,呆立了半天,走了。

简薇和宇文胜相视一笑。

"真有你的。"宇文胜收起了笑容,瞪了简薇一眼,"公然占我便宜。"

"行了,我也是迫不得已。"简薇冲宇文胜扬了扬下巴,"那个,你和尤琳琳,这就算分手了?"

"不然呢?难不成要等她和别人结婚生孩子,才算分手?"宇文胜自嘲地笑笑,"说到这儿,我还得谢谢你当初的助攻,没有你,我们俩兴许不会就这样分开。"

"不客气。"简薇举起手里的饮料示意,"不过这锅我可不背。你应该知道,她这样的人,爱的只是钱。你没钱了,分手是早晚的事。我充其量起一个催化剂的作用而已。你没看她和陈南腻味的样子……"

"错的是我,不是她。"宇文胜打断简薇,有些不悦,"每个人都想要更好的生活,何况她一个年轻漂亮的女孩子。是我给不了她而已,她并没有错。你又何必这样说她?难道你就不想过得更好?"

"就算我再想过得好,我也会靠我自己,而不会把希望寄托在任何人身上。"简薇被宇文胜的话气得不轻,她不明白这么一个看着灵透的人,何以如此认人不清。

"你有气节,行了吧?照我看,归根结底是因为你不年轻,不漂亮,连女孩子都够呛能算上。"宇文胜乘胜追击,欲把简薇气得人仰马翻。

"那是你瞎。"简薇冷笑道,"我和你,话不投机半句多。"

"我也没主动招惹你呀!是谁下午先跳我车上,求我帮忙的?"宇文胜翻旧账。

"是谁假装扭了腰,在一边装大爷,让我当苦力搬货送件的?"简薇跟上。

"你要这么说,那这顿饭我可不请了啊!"宇文胜不服气道,"原本我以为咱俩多少建立了一点友谊,我都打算既往不咎了,你还咄咄逼人。"

"咱俩这辈子也升华不出友谊。"简薇瞪眼道,"我也不搭你人情,这顿饭AA制,谁也别占谁便宜!"

"行!"

这半天的和谐氛围已然被破坏殆尽。两人草草吃完烧烤,唤来服务生结账,按照两人吃的内容各自付钱,算得无比精确。然后连再见也没道一句,就各自回家。

简薇到家时,已是晚九点。她一路回想着宇文胜方才的那副嘴脸,越想越气。待她走到楼下,才注意到面前的空地上停着陈北那台磨砂灰色的奔驰。简薇不由得叹了口气。

"我终于等到你了。"陈北打开车门走下来,"七夕快乐。"

他的声音是一如既往的平静温和,话语里亦不带丝毫责问。一阵愧疚涌上心头，简薇冲他点点头，说："七夕快乐。"

"送你的礼物和花，希望你喜欢。"陈北俯身从后备厢拿出一个精致的礼盒，又抱起一大束蓝色妖姬，递给简薇。

简薇不知所措地接过花束和礼物。路灯下，一朵朵蓝色妖姬闪着夺目的光，如钻石一样璀璨。这光芒似乎给了简薇勇气，她决定和陈北摊牌。她不想再耽误他的时间和深情，她承受不起。

"陈北，谢谢你的礼物。但请你以后不必这样了，你总是这样付出，我不习惯，也不需要。"简薇盯着陈北的眼睛，"你这样做，给了我很大的压力……其实我想，我们之间，并不合适。"

陈北沉默良久，悠悠开口道："是我的不对，你想要我怎么做尽管说，我可以改。我已经习惯了心里有你，生活里有你，请你试着习惯我好吗？"

"其实今天在电商园，我已经看到你了……我不明白你为什么躲着我。其实你不必这样，哪怕你没这么快接受我，也没有关系。只要你允许我一直这样付出就好啊。我不觉得辛苦，也不要求你做出同等的付出。只要你不拒绝我就好。"

陈北语调和缓，然而他说出的每一个字都让简薇感到似有千斤重。月光下，他真诚又深情的目光，像是一张网，随时准备攫住她。简薇叹了口气，感觉一个字也说不出来。

## 第六章　以狗结缘

　　宇文胜原以为自己已经波澜不惊的心田，在见到"尤琳琳"三个字的时候，还是忍不住剧烈地跳动了一下。那是一个精巧的小包裹，估计里面是内衣或者饰品一类的小玩意，收件人写着"尤琳琳"，联系方式是他熟悉的那个手机号。然而收件地址却不是她家，也不是她父母家，更不是他先前知道的她的任何一个住址。蓝波圣景，本市的一处知名豪宅，住户非富即贵，先前宇文胜曾考虑在那里置业，最终因为没有中意的户型而作罢。对于要不要亲自送这个快件，宇文胜有些犹豫，然而他最终还是败给了自己的内心。他想她，想要见见她。最重要的一点是，他对尤琳琳是否移情陈南，尚且心存疑惑，他希望可以当面求证一下，好让自己安心。

当宇文胜敲开那扇门的时候，他就知道自己错了。面前的尤琳琳一脸错愕地望着他，并下意识地遮了遮自己的小腹。尽管她的身材纤细如初，宇文胜还是敏感地察觉到了她的变化——那是一种遮掩不住的孕味，面前的尤琳琳少了些少女的朝气，整个人看起来充满了母亲的温柔和警觉。

"你……你是来送快递的？"尤琳琳注意到了宇文胜身穿的工服，犹疑地问道。

"是，这里有你的快递，请签收一下。"宇文胜竭力维持着正常的语气，把包裹递给尤琳琳，并递给她一支笔。

"好的，谢谢。"尤琳琳接过快递，签好字，迅速把笔递给宇文胜。看得出来，她很想让他离开，立刻，马上。

许是被尤琳琳这套利落的动作刺激了，宇文胜接过笔，犹豫了一下，戏谑地问道："那个，这孩子，不会是我的吧？"

"说什么呢！"尤琳琳警觉地反驳，"怎么可能！我马上就要结婚了，你能不能不要来胡说八道、胡搅蛮缠？"

"我只是问问而已。"宇文胜自嘲地笑笑，"你放心，胡搅蛮缠这四个字，无论过去、现在、将来，都不会和我扯上关系。"

"那就好。"尤琳琳暗暗松了口气，"过去的事，就让它过去吧！往后，希望你能过得好。"

"只要你过得好,我就好。"宇文胜苦涩地说,"希望他可以珍惜你。"

"他会的。"尤琳琳再次用双手轻掩小腹。"过一段时间我就搬走了,这里不是我的婚房。"她无中生有地说道,并不忘再次叮嘱一句,"以后,还是不要再联系我了!"

宇文胜点点头,神色黯然地走了。让他伤心的并非尤琳琳即将嫁作他人妇的事实,而是她时刻流露出来的厌恶与防备。难道自己在她的心中,竟是这样一种不堪的存在吗?过去的甜蜜和美好,全都一笔勾销了吗?她不爱了,他能理解。可是为什么两人的再次相逢,一定要充斥着怀疑和警觉?宇文胜是真真切切地伤心了,他记不清自己是以一种怎样的心情离开了尤琳琳的新家,又是以怎样的心情坚持完成当天的派件。他没有心情再返回快递站了,他在马路边随便找了个小饭店,用了一瓶"小二",轻而易举就将自己灌得烂醉。

在宇文胜独自买醉的时候,小苑正独自在快递站翘首盼他归来。自从上次宇文胜和客户打架之后,她就对他的安危时刻记挂在心。她知道宇文胜讨厌唠叨,不喜欢被束缚,因此很少给他打电话,而是每次都装作忙忙碌碌加班的样子,实际满心满眼都在等他平安归来。今天仍旧不例外,只是看着墙上的挂钟已经指向晚九点,小苑终于坐不住了。

接电话的是个陌生的男声，声音里满是无奈，说："等到现在，终于有人给他打电话了。请问你是他的朋友吗？能不能把他接走？他在我们店里睡了俩小时了，这个时间段位置紧张，他这样睡下去，会影响我们做生意呀！"

小苑的心里"咯噔"一下，慌忙问好了饭店的地址，骑上电动车就赶了过去。小饭店里生意正好，满是食客，宇文胜趴在桌子上睡得正香，老板和老板娘轮番守着他，愁眉苦脸。俩人见小苑到来，如同见了救星，合力将宇文胜抬到三轮车上，几乎是鼓掌欢送小苑骑着三轮车离开。

小苑出身农村，骑三轮车这种事对她来说是驾轻就熟。宇文胜瘫坐在后斗上，看样子还在酣睡。小苑唯恐将他颠簸得不舒服，一面轻手轻脚地蹬车，一面犹豫着要把宇文胜送到哪里。照他这副醉态，身旁没人照料，终究是让人不放心。思来想去，小苑决定带着他回自己家。

小苑与两个女孩合租了一套公寓，另两人如她一样，都属于老实本分的类型。对她们来说，带个男人回家，是需要鼓足勇气的一件事。在其他两个女孩震惊交杂着怀疑的目光中，小苑红着脸，将宇文胜拖回自己的房间。为了避嫌，她特意敞开着房门，目的是堵住她们的嘴，免得说闲话。对她这样的女孩来说，爱和清白，同样重要，缺一不可。

宇文胜歪歪斜斜地躺在小苑的床上,响起轻微的鼾声。小苑一边用温热的毛巾给他擦脸,一边轻声碎碎念:"你为什么要喝酒呢?喝多了多难受呀!是工作压力太大吗?你可以和我说呀,为什么偏要一个人喝闷酒呢?"

她像一个小妻子一样唠叨得正欢,熟睡中的宇文胜忽然伸出胳膊,一把环住了她。小苑不由得惊呆了,赶紧向门外偷瞄,唯恐被两位室友发现。她满脸通红,嘴上轻声说着:"你快松开呀!"然而她的内心是欢喜的。她并没有丝毫的挣扎,她甚至希望两位室友可以抬眼向屋里望一望,此时此刻,她们可以成为她的见证人。

"谢谢你,你真好。"宇文胜语无伦次地说着,"你一定要过得好,要比我过得好……"

"你在说什么呢?"小苑爱抚地摸了摸宇文胜的头发,"我和你之间,不用说谢谢。为你做什么,我都心甘情愿。"

"我舍不得,真的舍不得。"宇文胜含混地道,"我真的不想和你分开……"

"我知道。"小苑羞涩地笑着,"我不会离开你,决不会。我们好好在一起。"

宇文胜又睡着了。他环绕着小苑的双臂还没有松开,小苑轻轻地将他的两条胳膊归位,然后郑重地在他的额头上留下了一吻。这个满心欢喜的姑娘并不知道宇文胜经历了什么,更不知道他的一番醉话又是因何而说。她以为他是酒后吐真言,他的这番话让她的整个世界都明亮了起来。

第二天一早,醒来的宇文胜发现自己躺在小苑的闺房里,不由得心下一惊。他环顾四周,发现门开着,小苑半躺在客厅的沙发上,周遭是掀起的盖毯,看来她昨晚睡在了客厅,并没有睡在自己身边。

"幸好我的贞洁还在。"宇文胜轻声嘀咕着,晃了晃头。一阵眩晕感袭来,他不由得"哎哟"一声,捂住了脑袋。

"你醒了?"小苑听见了宇文胜的声音,她走过来,冲他温柔一笑,"饭我都做好了,在锅里温着呢。你先躺着,我去给你端过来。"

宇文胜狐疑地望着小苑,心里一阵忐忑。他记起了昨晚自己酗酒的事,按照常理,她一定会劈头盖脸地训斥他一顿,责备他不爱惜身体、不记挂工作,种种罪状条条列出,不一而足。然而今天的她巧笑嫣然,竟然没有丝毫的责备。

"太阳从西边出来了,"宇文胜嘀咕着,"还是憋着什么大招呢?"

他决定去找她问个清楚。宇文胜走到厨房,看着正在忙碌的小苑,问道:"喂,我昨天喝多了。我没说什么不该说的吧?"

"你说呢?"小苑抬眼望向宇文胜,幽幽地问。

"我早忘了。"宇文胜挠了挠头皮,"不过,甭管我说了什么,你都别往心里去。醉酒的人,说的都是屁话,不能当真。"

"屁话?"小苑忍不住怒火中烧,"人家都说酒后吐真言,你说你酒后说的都是屁话?"

"这么生气?"宇文胜惊诧道,"该不会我真的说什么不该说的了吧?对不起对不起,我那些浑话你千万别当真,如果有冒犯,我向你道歉。"

"晚了。"小苑望着宇文胜,目光里有一丝坚定,也有一丝忧伤,"我已经当真了。"

宇文胜尴尬地挠挠头,说:"总之你别怪我就好!都说不知者无罪,我什么也不知道!我昨晚上可什么都没说!"

小苑恼怒地把铲子甩到地上,大声说道:"是,你什么都不知道!让你去派件,你却跑去喝大酒,为了接你回来,我电动车还放在饭店门口,也不知道丢了没有。要是丢了,你记得赔我!"

她怒气冲冲地走出厨房,又转身回来,说:"粥在锅里,自己盛!"

"好的好的。这才对嘛!"宇文胜笑了。小苑终于发飙了,他的一颗心也算放下来了。宇文胜端着粥,乐呵呵地坐在餐桌旁。他自然不知道,昨晚的小苑,内心里经历了怎样的暴风骤雨。他只知道,这次宿醉对他来说,是一场解脱。他明白,他已经强迫自己彻底放下了尤琳琳,那个爱作爱闹的女孩即将为人妻、为人母,从此以后,她的人生历程不会和他再有任何关联。心自然是痛的,但是长痛不如短痛。他用一次宿醉来逼迫自己与过去告别。

尤琳琳的怀孕,给陈南带来的困扰远大于喜悦。当他平静下来审视自己的内心时,才发现自己对尤琳琳的情感并没有那么深。他爱她吗?谈不上。他喜欢她吗?那倒还有一些。随着两人了解渐深,他发现尤琳琳和他之前的那些女友,并没有什么本质上的区别。让他不愿承认,却又不得不承认的一点是,他对尤琳琳苦心孤诣的追求,其实很大程度是出于对宇文胜的报复。这么说来,他对宇文胜的用心,倒是比他对尤琳琳的用心更多一些。

刚刚得知尤琳琳怀孕时,陈南的第一反应是要她打掉孩子。虽然尤琳琳对这个孩子满心期待,但他相信,经他动之以情、晓之以理,要她下定决心放弃这个孩子,并非难事。然而让他想不到的是,不知是谁把这件事捅给了陈庭之。陈南知道自己麻烦大了。像很多男孩一样,他对于父亲有着天然的敬畏。而因为父亲中海市知名企业家的身份,这种敬畏又更深一层。他这些年的作妖,都是瞒着父亲悄悄进行的,然而即便如此,陈庭之对这个儿子的不着调亦是了如指掌。果不其然，他得知儿子女友怀孕之后，先是暴怒，紧接着就勒令他赶紧结婚。

"爸，我不想结婚。"陈南苦着脸说，"最起码我不想现在结婚。我还没长大呢。"

"多大算大？七老八十才算大吗？"陈庭之怒道，"孩子都有了，你不结婚，难道你要养一个私生子吗？"

"私生子怎么了，现在大街上私生子多的是。"陈南撇嘴道，"再说了，谁说这个孩子一定要生了？让她打胎不就行了！"

"你让人家姑娘未婚先孕，还好意思让人家打胎？你能不能像个男人一样负起责任来？事业做得一塌糊涂也就算了，生活上也扶不起来。你就算不能像你哥哥一样独当一面，好歹让我省点心行不行？"陈庭之吼道。

陈南又被触痛了。他的痛点着实有很多，而陈庭之触痛的显然是他最大的一个痛点——陈北。

"爸，你和我讲责任？那你呢？你又负责任了吗？"恼羞成怒的陈南开始揭父亲的老底，"我妈为什么至今住在疗养院？你对她负责任了吗？这些年来，你身边的女人到底有多少，你心里没数吗？我成了今天这样，那都是和你学的！"

"你不要把你妈拉出来说事！"陈庭之大手一挥，"父母的生活，你无权评价！你这些年就是过得太顺了，心智才这么不成熟！让你结婚，是为你好。成了家，你也就成熟了，不再犯浑了！"

陈庭之的本意确是如此。他认为或许陈南结婚后，能够褪去毛毛躁躁，变得成熟有担当。为了让陈南顺从，他拉来了许百昌做说客，尽管他对自己这个小舅子颇有微词，也知道他和陈南私下里净搞些小动作，但他知道在这个节骨眼儿上，能帮上忙的也唯有他了。

许百昌果然不负众望，成功劝服了陈南，甚至还帮他敲定了婚期。说服陈南也很简单，他告诉外甥，只有结了婚、成了家，父亲才会认为他收心了，才能放心地对他委以重任。到时候陈庭之再抱一抱可爱的大孙子，心花怒放之际，兴许一松手，放权就更多了。如此一来，他陈南干倒陈北，那是指日可待啊。一步领先，步步领先，饶是那陈北快马加鞭也赶不上他。

陈南为舅舅有理有据的分析折服了。他想好了，自己的婚礼，谁都可以不来，陈北和宇文胜必须要来。他这婚就是为他俩结的。一想到能成功气到这俩人，陈南的内心可以用酣畅淋漓来形容。他对婚礼开始有了强烈的憧憬和期待，恨不得明天就大摆筵席，昭告天下，他陈南结婚了，要当爹了。

就在宇文胜心情刚刚平复之际，他收到了陈南的婚礼邀请函。请柬用了骚气的粉红色,上面有新人的照片,陈南顶着一颗鲜艳的头,笑得很狰狞。宇文胜心中五味杂陈,犹豫着到底要不要去。他反反复复地摩挲着那张请柬,两位新人的脸皮都快被他磨破了。

小苑在来来回回地整理文件,实际上一直在偷瞄宇文胜。前女友结婚,送请柬给前男友,在小苑的世界观里,这就是在挑衅,赤裸裸的挑衅。她不就是炫耀自己结婚了,嘲笑他孤家寡人吗?一想到宇文胜会被当众羞辱,小苑觉得自己义不容辞。

"胜总,我想好了。"小苑走上前,一把夺过请柬,"我陪你去!不让她的奸计得逞!"

"你去干吗啊?"宇文胜惊讶道,"我还没想好去不去呢,你倒是挺积极。你要是这么想去,你自己去。"

"我……"小苑被噎得够呛,"我不是怕你被他们笑话吗!我陪你去,还能假装你的,你的……女朋友……"

她声音越来越小,羞赧地低下了头。她有点无法接受这么主动的自己。

"给我壮胆是吗?你也太小瞧我了!"不解风情的宇文胜丝毫没有体察到小苑的内心,自言自语道,"不去,不合适。我自己去就行了!毕竟我和陈南,多少也算朋友。中海市就这么大,抬头不见低头见,我不能拂了他的面子。"

小苑幽怨地望了一眼宇文胜。这一瞬间,她真想把自己手里的盒饭扔到他的脸上。他是一头猪吗？他怎么就不懂她的心呢？她几乎已经是丧失原则的主动了，还要她怎么说，怎么做呢？她甚至希望宇文胜可以一直醉下去，就像前几天一样，在她耳边说着让她脸红耳热的那些话。那对她来说，几乎就是无上的享受啊！

宇文胜选择了一身随随便便的衣服，去参加了尤琳琳的婚礼。说是随随便便，其实有些客气，他的一身装扮，用破破烂烂来形容也丝毫不过分。他不想穿得人模人样，觉得那样会显得自己太放不下，没意思。若不是天气太热，他就骑着三轮车去赴宴了。此刻的宇文胜，经过这几个月送快递的历练，早已和当年的胜总有着天壤之别。脱胎换骨，无所畏惧。

陈南和尤琳琳各自盛装站在红毯上，隆重中透着浮夸，倒是与花哨烦冗的会场布景相得益彰。新郎官陈南见到宇文胜，不禁眼前一亮，再打量了一下他的着装，则几乎乐不可支。宇文胜不在意地甩甩头，做出潇洒不羁状。而目睹这一幕的新娘尤琳琳则面沉如水。若不是陈南执意邀请宇文胜，她是断然不愿意让他出现在她的婚礼上。尤其是以这副形象出现，让她觉得丢脸丢到了极致。她冷眼看着宇文胜，那目光仿佛在看一个陌生人，而宇文胜沐浴在她的冷眼中，只觉得自己那颗已经凉了的心，一点一点地冰冻了起来。

　　作为新郎官的大哥,陈北早早就来到了会场。他身旁那个小巧玲珑的女伴正是简薇。不消说,若不是陈北的一再恳求,她原本是不会来的。简薇身着一身月白色礼服,将身体包裹得玲珑雅致,娉娉婷婷站在那里,静若处子,和平时风风火火的她大相径庭,以至于宇文胜第一眼都没有认出她来。只是简薇一动起来就现了原形,走起路来大步流星,一个不小心,险些把裙摆撕裂。简薇急忙捂住裙子,宇文胜才认出她是简薇本尊,惊讶之余,不由得笑出了声。

　　陈北听闻宇文胜放浪的笑声,面带不悦地看了他一眼,继而关切地望向简薇。简薇一面尴尬地说着"没事没事",一面狠狠地瞪着宇文胜,偏巧宇文胜也正在看她,两人目光相汇,各自的目光中都带着大写的"不服"。

　　婚礼很快开始了。和所有的婚礼大同小异,舞台上的新郎新娘开始了例行表演,台下的看客则开始倒计时等待吃饭。仪式结束后,婚庆公司别出心裁地设计了游戏环节,司仪在台上左摇右晃,兴奋地忽悠在场的宾客上台参加游戏。宇文胜正准备找个时机开溜,不料一个服务生走过来,殷勤地道:"这位先生,该你上台了,新娘子抽到了你的座位号。"

　　宇文胜一阵发蒙,回过头看看自己刚才坐的椅子,上面标着"302",再望向舞台,司仪如复读机一样,一遍遍地重复道:"302有没有?302是哪位?302上台参加游戏啦!"

宇文胜挠挠头,问道:"我可以不参加吗?"

"不参加不好吧,这样大喜的日子。何况作为朋友,上台给新人助助兴,也是应该的啦。"服务生带着一脸傻笑,不知是真的人畜无害还是心机深沉。

宇文胜硬着头皮上台了。台下响起了稀稀拉拉的掌声。

"这位先生请做一下自我介绍?您是新郎的亲友,还是新娘的亲友呢?"司仪将话筒递给宇文胜。

"我……"宇文胜接过话筒,看了一眼陈南和尤琳琳。陈南做出一股不屑的样子,尤琳琳则微微现出紧张。

"我叫宇文胜,是新郎的朋友。"宇文胜说道。

"大家不知道吧?这位就是著名的皮包公司艾里克里的董事长!总裁!我市知名的青年企业家!"陈南大声说道,并故意把皮具公司说成皮包公司。

陈南的介绍令宇文胜浑身不自在,他尴尬地笑了笑,不发一言。

"下面这个游戏叫,谁是超速手。"司仪说道,"具体的规则就是,这位宇文胜先生报出他手机号,然后现场所有宾客都给这个手机号打电话,谁第一个打进去,谁就是超速手哦!超速手可以领到一份专属的奖品哦!下面,宇文胜先生就大声说出你的手机号吧!建议速度很快地说三遍哦！"

"又不是我结婚，这样喧宾夺主真的合适吗？"宇文胜在心里嘀咕着，仍然配合地大声地报出了他的手机号。在场的宾客纷纷开始拨打他的电话。宇文胜的手机响了。

"现在请宇文胜先生接听电话，并告诉我们来电人是哪一位？"司仪亢奋地说。

超速手是一个十几岁的小男孩，他兴奋地举着手机跑上台准备领奖。司仪自然不会让他畅通无阻地拿到奖品，势必要无事生非，弄出点幺蛾子。他问道："这位小朋友，请把你的手机界面投影到大屏幕上！让我们看看，是不是拨打的这位宇文胜先生的电话。"

超速手的通话界面很快显示在了大屏幕上，宇文胜的手机号上方，清清楚楚地显示了"快递送餐"几个字。底下的宾客一阵骚动，有人笑出了声。

"他不是总裁吗？怎么成送餐啦？"

"都说了是皮包公司的总裁了，皮包公司嘛，弄不好兼职就是送餐呢。"

"那就是自封的总裁了！这年头，是个人都能当总裁。"

底下的人议论纷纷。

"感谢宇文胜先生的配合！现在请您走下舞台！"司仪处变不惊地说道。

宇文胜低着头走下了台，径直走出了会场。那些细碎的、不怀好意的议论声音仿佛一直跟着他。直到他走出了很久，那些声音才慢慢地消失。他不知道方才这一幕究竟是早就设计好的，还是纯属一场巧合。尽管他已经修炼了很好的心态，他还是有些难过。这段时间的磨炼，使得他已经很平和了——他不怨命运不公，不怨造化弄人。他仅仅是有些难过而已。

婚礼结束了。有宾客陆陆续续地跑上台和新人合影。简薇站在一旁，双手抱胸，冷冷地看着台上的陈南和尤琳琳。等到最后一个求合影的宾客走下了台，简薇径直走了上去。

"呦，简大律师，要合影吗？欢迎欢迎。"陈南显出了难得一见的好脾气，笑眯眯地对简薇说。

"合影就不必了。"简薇冷冷地道，"我说，刚才那一出，你是早就安排好的吧？"

"哪一出啊？"陈南装傻，"为这场婚礼，我筹备了半个多月，每个环节都是我安排好的，是吧琳琳？"

"别装了。我还不知道你吗？差不多得了，你害得他还不够惨吗？你做了什么事你自己知道，何必还要当众羞辱他？"简薇压低声音，"做人别太绝，给自己留条后路。"

"我做什么了我？我很无辜耶！"陈南大惊小怪地说，"大律师，你是不是觉得我结婚结在陈北前头了，就羡慕嫉妒恨啊？真是不好意思，我们俩生孩子也要在你俩前头了。抱歉啊!"

"恭喜你,我比不过你,也不想比。"简薇不屑地说,"祝你们三年抱俩,儿孙满堂!"

陈南欲还击,发现陈北走了过来,便住了嘴。简薇转身走下舞台,陈北迎上来,幽幽问道:"这个胜总,就是你之前提到的你那个朋友吧?你好像很关心他。"

"关心谈不上,替他打抱不平而已。"

"如果是陈南做得不对,我替他道歉,只希望你不要生气。"陈北真诚地说。

"错的不是你,何必要你来道歉。"简薇淡淡地说,"何况我也并不生气。"

"只要你不生气就好。"

简薇叹了口气。她忽然感到一阵孤独。她在意的、她伸张的、她为之奔走不息的,陈北都不懂。他是个生活优渥的贵公子,几乎从不沾染生活中的烟火气,他不知生活的悲苦,自然就缺乏悲天悯人的情怀。这便是她和他根本的不同,而她无法做到求同存异。

舞台上,尤琳琳问道:"老公,刚才她说的那些话,是什么意思啊?"

"没什么意思,都是瞎说的。这种女人的话还能信?"陈南道。

"刚才那个游戏环节,你是设计好的吗?"尤琳琳问。

"怎么连你也心疼那个宇文胜了？"陈南怒道，"我是故意的又怎样？你要是旧情难忘，你就去找他啊！你看看和他能过上什么日子！"

"我……"尤琳琳头一次见到陈南发火，一时语塞，心里有点苦。刚才发生的那一幕，她其实比谁都难过。她了解宇文胜，知道他是一个骄傲的人，也清楚那样的场景对他是多么巨大的打击。就算两人分了手，她也不希望他过得潦倒。她离开他，只是因为她想要更好的生活而已啊。

宇文胜没想到他和简薇很快就再见面了。这天上午，他正在前去派件的路上，忽然觉得尿急难忍。眼看四下无人，他刚准备跑到绿化带撒泡尿，瞥见绿化带里蹲着一个人，把他吓了一跳。那个人看上去瘦瘦小小，宇文胜仔细一看，觉得颇为眼熟。

"这不是简薇么？她跑这儿干什么？"宇文胜心里嘀咕着。简薇半蹲在地上，伺机在等待什么，鬼鬼祟祟，看样子没干好事。一想到平日里故作清高的简大律师也能被他抓个现行，宇文胜忍不住偷笑两声，并用力地拍了几下车喇叭。三轮车大叫起来。

"我的妈呀！"简薇大骇，失声尖叫。宇文胜心里暗爽。

只见绿化带里响起一阵窸窸窣窣，紧跟着一条惊慌失措的黑狗撒腿向马路对面跑去，几次险些被疾驰的汽车撞到。宇文胜看得胆战心惊。随后，大黑狗消失在马路对面的民房里。

简薇挣扎着站起身。看得出来，她受惊不轻，吓得腿都哆嗦。

"你有病吗？按喇叭干什么？大马路不够你骑了？你还要骑着三轮进绿化带？"简薇气急败坏地说。

"我这不是怕有人干坏事，好心提醒一下嘛。"宇文胜有点心慌，狡辩道，"你看你鬼鬼祟祟的，谁知道你干吗呢……"

"我干吗关你什么事？"简薇气得直跺脚，"你把狗吓跑了！你知道我守了它多少天吗？好不容易要逮到了，让你这破喇叭给毁了！它今天要是被车撞死了，你怎么赔？"

简薇随手抄起身旁的狗笼子，气愤地摔到宇文胜脚下。

原来她是在逮那只流浪狗。宇文胜心里有些惭愧，但他不好意思认错，嘴硬地说："那条狗不是没被撞吗？再说了，不知者无罪，我不是不知道情况嘛。你别生气了，要不我钻进狗笼子里待一会儿？"

正在气头上的简薇丝毫不吃这一套，她拍拍身上的土，拎起狗笼子，头也不回地走了。她小小的背影一颤一颤，看上去似乎在哭。有那么一瞬间，宇文胜心中满是愧疚。这股愧疚冲淡了他的尿意,他忘了自己来绿化带原本只是为了撒尿,转身骑上三轮车,垂头丧气地去派件。一整天,他都无法从自责中自拔。简薇独自离去的背影时不时出现在他眼前,让他后悔不已。

　　受了一整天良心的谴责后,宇文胜决定用行动弥补自己的过失。他特意买了口罩和手套,甚至还准备了一个渔网,来到绿化带这里蹲守那条大黑狗。宇文胜自小就对毛发过敏,虽然他喜欢猫喜欢得厉害,但家里从不敢养任何有毛的宠物。他经济独立后,为满足自己撸猫的渴望,曾花了不少钱买了一只无毛猫回来。怎奈那猫长得甚是可怖,全然没有猫咪的软萌可爱,一身皱皮,眼神犀利,说是无毛鬼倒更为贴切。在晚上几次被它吓到后,宇文胜不得已将它转手送了人。

　　宇文胜刚刚到绿化带,正盘算着如何引逗大黑狗出山,就看见一个黑黑的狗影正襟危坐在草丛里。没想到得来全不费工夫,来不及犹豫,宇文胜抄起渔网,就冲那大黑狗去了。大黑狗许是没想到他动作如此敏捷,躲闪不及,只好冲着他的手腕结结实实地来了一口。还好宇文胜早有准备,胳膊上戴着他特意准备的护肘,这才没见血。人和狗一番纠缠后,大黑狗乖乖就擒,宇文胜拎着渔网,露出了得意的笑。他满脑子都在想着应该如何向简薇邀功,却不知有人已然将他捉狗这一幕拍了下来。

这大黑狗也非等闲之辈，本来它在三轮车后斗里一路挣扎，到了快递站却出奇地安静下来。小苑看着这个不速之客，正在束手无策之际，大黑狗挣脱了渔网，兴高采烈地跑到她身边，在她腿上蹭来蹭去。

"你怎么弄了条狗回来？"小苑被大黑狗的过度热情弄得招架不住，愠怒地问宇文胜。

"捡的。都说黑狗招财，辟邪，我觉得挺好，就带回来了。你看它和你多好！那个，你俩是不是之前就认识？"宇文胜一心想让小苑接受大黑狗，不惜信口胡诌。

"你才和它认识呢。"小苑撇撇嘴，"我问你，你打算怎么养？你别说要养在快递站，这里可没地方装它。"

"过几天我会给它找个好去处，这几天你先带它回家好不好？"宇文胜笑容可掬，"你们不是三个女生合住吗？有个狗就不害怕了。让它给你们看几天家！"

"这……"小苑有些犹豫，"你怎么不养它呢？这么个大狗，我看着也怪害怕的。"

"我倒是想养呢……"宇文胜只觉鼻腔里痒得厉害，忍不住接连打了好几个喷嚏，"我对狗毛严重过敏。这不，刚摘了口罩，就有反应了。"

"那好吧。"小苑勉强应下，"可说好了啊，过几天就弄走。我们那房子是租的，房东不让养狗。"

宇文胜自然满口答应了。晚上，他用奥拓将小苑和大黑狗送回了家，心里在盘算该如何和简薇邀功。简薇这么爱狗，若是知道他救了大黑狗，一定是非常高兴的。宇文胜想象着她笑起来的样子，自己不由得也笑了起来。老实说，简薇这个人，嘴是欠了点儿，但人不算坏，值得交。做个朋友，还是不错的。宇文胜打算明天就向曹小方要简薇的联系方式。

谁知还没有等到宇文胜主动联系简薇，第二天，简薇就找上门来了。宇文胜一早就骑着车派件去了，宇文广也紧随其后出了门，快递站只有小苑自己在。简薇怒气冲冲地推门而入，小苑不明就里地招呼道："是要寄件吗？"

"不寄件。我来找人。宇文胜呢？"简薇开门见山。

"胜总他出去了。"小苑不明白来者何意，试探地问，"你找他有什么事？我可以转达。"

"你问问他为什么要偷狗？一条狗能值几个钱，能出几两肉？正路不走，偏偏做偷狗贼，很好玩吗？"简薇气愤地挥舞着手机，"幸好有人拍到他偷狗的视频了，要不然我都不知道他有这爱好！弄不好还是个惯犯！"

"找狗……"小苑忽然明白了，"你是说那条大黑狗吗？胜总说那狗是他捡的，让我帮忙养几天，就在我家养着呢。"

"在你家养着呢？"简薇转怒为喜，"他没把那条狗卖了，也没杀了吃肉？"

"怎么可能！"小苑不满地白了一眼简薇，"胜总不可能干那种事。他连个蚂蚁都舍不得踩死，怎么会去偷狗？胜总说了，过几天就给大黑狗找个好人家，他肯定会把那条狗安排得妥妥当当。这条狗是你的吗？要是你的，你快把它带走吧。"

简薇的脸上浮现了淡淡的笑意，说："看来是我误会他了。这样吧，正好明天下午我要来电商园做活动，你让他把狗送到那里就好。就在前面，电商园的小广场。"

"哦，好的。"小苑点点头。

"多谢啦美女！"简薇俏皮地冲小苑挤挤眼睛，推开门，大步流星地走了。

小苑看着简薇洒脱的背影，满是狐疑。对于宇文胜身边的女性，她时刻保持着高度的警惕性，但凡有情况，便立刻警铃大作。她犹豫了半天，究竟要不要告诉宇文胜，有一个瘦小的女孩子来找过他。思来想去，小苑决定保持沉默。她不希望为自己树一个劲敌。

宇文胜并没有找曹小方问到简薇的电话。正值电商大促前夕，快件较往日明显多了起来，派件让他忙得脚不沾地。即便宇文广也和他一起送件，当天的件也派送不完。大部分的快递公司，对于当天的派送率有着严格的要求。对于问题件，譬如收件人电话关机、电话停机，收件人改时间、电话多次无人接听等等原因，可以允许隔日派送。

即便这样,如果派件量相对于到件量比例过高、问题件过多,总部也会祭出"罚款"这一撒手锏。有时候快递员为了完成派送任务,快递还未送出,就标明"已经签收",如果被收件人投诉,基本上这一周就白忙了。为了完成当日的派件任务,快递员都埋头苦干,若逢"双十一"这样的电商大促,那更是加班加点,忙得没黑没白。

简薇带着几个志愿者,在电商园里摆摊。这是她们最后一次在电商园里进行法律宣传了,经过这一段时间的普法,效果显著,基本上所有的快递员一见到他们,都会在心里暗自嘀咕:"这帮人怎么又来了?"让快递员的法律意识提高,任重道远,不能急于一时,这是简薇总结出的心得。这天她在电商园忙碌了一下午,直到晚上才想起来,宇文胜并没有把狗送过来。纳闷之余,简薇心知大黑狗跟着小苑,想必也不会有什么差池,也把这件事暂且搁置了。

简薇没想到,几天后,当她经过电商园,顺路去宇文胜的快递站时,却发现宇文胜和小苑正在心急火燎地准备去找狗。原来是小苑室友嫌大黑狗太脏,不得已,小苑只好将大黑狗随身携带,白天随她一同到快递站,晚上再带回家,圈养在她的屋里。当然,小苑也有私心,这样一来,她可以每晚都堂而皇之地要求宇文胜开车送她回家。当他俩和大黑狗坐在那台小奥拓里时,小苑甚至经常有一家三口的感觉，这种感觉令她十分享受。不料这天因为寄件的客户太多，小苑忽略了那条大黑狗，直到下午才发现，大黑狗不见了。

"前几天我让你把狗给我送过去，你为什么不送？"简薇登时就急了，冲着宇文胜劈头责问，"你要是把它给了我，今天它又怎么会丢？你怎么这么不靠谱？"

"你什么时候让我把狗给你送过去了？"宇文胜不明就里，"你是给我托梦了吗？"

"你少装傻！那天我来找你，告诉这个小姑娘了。你别说她没告诉你！"简薇指了指小苑，气呼呼地说。

小苑心虚，不敢吱声。宇文胜冲小苑问道："那天她来过吗？还告诉你了？"

"她那天是来了，还说让第二天把狗给她送过去。可是那几天的件特别多，我一忙起来，就……就给忘了。"小苑支支吾吾地说。

"忘了？"宇文胜看看小苑，又将炮口对准简薇，"你听见没有，是她忘了告诉我了，不是我不送！你别把屎盆子都扣我头上！"

"行，就算这事是个误会。你养狗为什么不拴绳？你要是给它圈好了，它还会跑吗？你们好几个人，还看不住一条狗？"简薇质问道。

"狗是我弄丢的，是我没拴绳，是我没看住，都是我的错，行了吧！"小苑委屈地哭了，"我这就去找狗，找不到的话，我买一条赔给你！"

"是买一条的事儿吗？"简薇不依不饶，"我在意的不是狗，是你们办事的态度！"

"哎哟行了！"宇文胜不胜其烦，"都别吵吵了，我去找那个祖宗行吗？我就算掘地三尺也把它找回来！"

"大家一起找。"简薇蹙眉，"那条狗叫什么名字？"

"我给它起了个名，叫黑爷。"宇文胜没好气地说。

"黑爷？你怎么不给它起名叫黑爸爸？"简薇硬怼。

"你够了啊！"宇文胜急了，"就一条破狗，别上纲上线的。我非得找着它。找不着它，我也不回来了！"

三人各自分头找狗。傍晚时分，宇文胜垂头丧气地回来了。小苑和简薇先他一步回来，从三人暗淡无神的目光中就知道，谁都没找到狗。

"你不是说找不着它，你就不回来了吗？"简薇责问宇文胜。

"你就别为难胜总了！"小苑看不下去了，"他已经很尽力了。难道人还不如你那条狗金贵吗？"

简薇自知失言，讷讷地闭上了嘴。再看宇文胜，浑身脏兮兮，衣服上都是汗湿的白渍，简薇有些于心不忍。三人各自陷入沉默，气氛尴尬又冷场。这时大门忽然开了，宇文胜以为是宇文广收件归来,刚叫了一声"哥",就看见黑爷摇头摆尾地跑了进来。

"黑爷!"小苑惊喜地扑上去,"你自己回来啦!你这条淘气狗,去哪儿了?"

宇文胜一颗心总算放了下来,感觉整个人都松弛了,他疲惫地望向简薇,简薇亦微笑地望向他。自自然然地,两个人就这么对视着微笑起来。这一幕很快就被小苑捕捉到了眼里,她一把推开腻在她身旁的黑爷,怒气冲冲地说:"谁的狗谁带走吧,省得丢了再落埋怨!"

"那我就把黑爷带走了。"简薇将目光收回,语调又恢复到先前的平静,"我先走了。"

黑爷很不情愿地跟着简薇走了,它频频转头,望向身后,目光中满是留恋。宇文胜亦留恋地望着它离去的方向。小苑气冲冲地道:"看够了吧?看够了就干活去!今天光顾找狗了,积压的问题件还没上报呢!"

"什么态度!"宇文胜嘟囔道,"你没看出黑爷舍不得你吗?它一直在回头看你呢!"

"我没看出来。我倒看出来你挺舍不得它!"小苑话里有话,冷淡地说。

"真是薄情寡义的女人呀!"宇文胜完全没觉察到小苑的情绪,夸张地感叹道。

小苑再次被宇文胜气到无语。

# 第七章　主动出击

张北蓓和宇文广的婚姻生活算不得和美。自从得知宇文胜破产一事后,张北蓓对宇文广的态度一落千丈。她在婚后没有工作,既是为了打发时间,也是因为心里不痛快,时常为了鸡毛蒜皮的琐事主动向宇文广发起挑衅。宇文广本就不善言辞,加上他父母最近一直在他家小住,为了不让父母操心,忍耐就成了他的常态。然而他的容忍换来的是张北蓓的愈发嚣张,直到两人之间爆发了第一次大规模正面冲突。

事情的起因是张北蓓把家里的代步车拿给了前夫开。车是结婚时宇文广买给张北蓓的,方便她上街买菜,接送孩子。起初宇文广发现车不见了,张北蓓称她开回了娘家,宇文广也并未当回事。直到他目睹了一个男人开着自家的车,有说有笑地把张北蓓送回了家,再潇洒地开着车扬长而去,方察觉到了异样。男人的第六感也是极其敏锐的,宇文广本能地觉得这个男人就是妻子的前夫。宇文广忌惮妻子无理搅三分的性格,秉持着"大胆假设,小心求证"的原则,他明白当务之急是需要证明这个男人的身份。

　　求证的过程是痛苦的,一方面是宇文广需要承担着巨大的心理压力,另一方面则是他的身体原因。他拖着残疾的腿,在上班之余跟踪了数日,终于拍到了一张男人还算清晰的照片。看过那照片后,宇文广心知不必再求证了,男人的五官和张北蓓的儿子谷小杰如出一辙,一眼便知,是如假包换的亲生父子。

　　宇文胜痛苦地思考了几天,不知道该如何向妻子摊牌。他不明白,为什么事到临头,反倒像自己犯了错一样谨小慎微。宇文广纠结许久,终于在一晚入睡前,拿着前夫的照片准备向妻子问个清楚。他害怕会激怒了张北蓓,刻意把声音压低,听起来像是要进行友好商谈一般。

　　"蓓蓓,你看这是不是你前夫?你怎么把咱家的车给他开了?"宇文广轻声细语地问道。

　　正在埋头玩手机的张北蓓看到丈夫手里拿的照片,发飙了。

"你是在怀疑我吗？你怀疑我什么？我天天除了家里就是学校和超市，我能干什么？"张北蓓避重就轻，接连发出三问，企图将宇文广问蒙。

"你小点声行吗？爸妈都睡了。"宇文广被妻子的大喊大叫吓得手足无措，"我就是想问问，你为什么把车给他开？你俩都离婚了，咋还这么不清不楚的呢？"

"不清不楚？你哪只眼看见我和他不清不楚啦？"张北蓓丝毫不顾及隔壁的公婆，音调再次抬高一个八度，"我和他有孩子，能断了联系吗？你是不是嫌小杰是个累赘，嫌他碍事？"

"这是什么话！我从来没嫌弃过小杰，我是拿他当亲生儿子看的！"宇文广急忙为自己辩白。他是个老实人，吵架着实不是他的强项，很容易就被张北蓓牵着鼻子走。

"你要是嫌弃小杰了，我俩现在就走。"张北蓓见自己成功转移了话题，不禁得意，气焰愈发嚣张，"我俩不碍你的眼！你再去找个年轻的，没结过婚，也没孩子的吧！我倒要看看还有谁能看上你！"

张北蓓作势要下床，宇文广急忙去拦她。他没想到明明是妻子做错了，为何她却表现得像个受害者。张北蓓挣扎，宇文广急得满头大汗。两人的争吵和撕扯惊醒了隔壁的宇文广父母，老两口站在门外敲门，问道："你俩这是怎么了？大半夜的吵什么吵？"

两个人谁也没去开门。宇文广急得够呛，不知该如何回答。张北蓓冷冷地盯着宇文胜，悄声道："你和你爸妈说！就说没别的事，让他们赶紧睡觉！"

她见宇文广有些犹豫，伸腿踹了踹他，说："快去呀！"

她自然不愿意宇文广父母知道她和前夫藕断丝连的事实，宇文广父母都是知识分子，可不比这个老实巴交的丈夫，这么好糊弄。宇文广刚要开口，忽然门被推开了，谷小杰连奔带爬地跑了进来，一把抱住张北蓓，哭道："你别欺负我妈妈！不许你欺负我妈妈！"

宇文广父母尴尬地站在门口，宇文广愕然，张北蓓赶忙拥住儿子，说："叔叔没欺负妈妈！我俩说事儿呢，你快回去睡觉吧，啊！"

宇文广赶忙附和道："是啊小杰，叔叔真的没欺负你妈妈……"

"你要是敢欺负我妈妈，我就告诉我爸爸去！"谷小杰的目光中透着坚定，"让我爸爸来教训你。我爸爸打人可厉害了！"

听闻儿子提及前夫，张北蓓心虚地偷瞄了一眼丈夫和公婆，宇文广尴尬地垂手而立，不知说什么好。宇文广的父亲宇文智渊清咳一声："好了，没什么事就都去睡吧。大广上了一天班，也累了，明天还要早起。"

父母二人转身欲离去,谷小杰冲着两位老人的背影摆出一个击毙的动作,嘴里跟着"啪"一声,嘟囔着:"我爸爸说了,要把你们都击毙!啪!啪!啪!"

"你说什么?"宇文广的母亲岳玲秋转过身来,怒道,"把我们都击毙?你胡说八道什么呀你!"

谷小杰有点害怕地搂住张北蓓的腰,嘴里仍在说:"打死你们!"

"你这孩子,真是没教养。"岳玲秋气得浑身发抖,"张北蓓,你能不能好好管管你这儿子?有这么和长辈说话的吗?"

护犊心切的张北蓓撇了撇嘴,不咸不淡地说:"童言无忌,他毕竟是个孩子,您就大人不记小人过得了。"

"蓓蓓,孩子不能这么惯着,该教育的时候一定要教育。"宇文智渊语重心长地说。

"我知道了!"张北蓓有些不耐烦地嘟囔,"到底不是自己的亲孙子,要是亲的,老人还能和孩子一般见识?"

"你要这么说的话,那我还有句话要提醒你。我刚才听见小杰说,让他爸爸来教训我们?这些话应该是大人教他的吧?你现在毕竟成了家,和前夫是不是应该保持一些距离?多少也要注意些影响吧!"岳玲秋说。

"他是孩子的爸爸,我不能和他断绝关系吧?"张北蓓面带不悦,"他怎么教他儿子,我也管不了呀!你们是不是管得也太多了！"

"你怎么和我妈说话呢！"方才一直没吭声的宇文广反感妻子对母亲出言不逊，"妈是为你好，你还顶嘴？"

"我顶嘴怎么啦？我顶嘴怎么啦？"张北蓓见公婆合伙欺负她一个，而老实巴交的丈夫竟然也敢责备自己，不由得怒火中烧，"你们往我身上扣屎盆子，我还不能还嘴啦？有这么欺负人的吗？"

"话不要说得这么难听。"岳玲秋其实早就看不惯这个儿媳，只是碍于面子一直没有发作罢了，"我们好歹也算是市里头有文化的家庭，你既然嫁到了我们家，说话办事都得有个分寸。"

"合着你们是看不上我了吧？横挑鼻子竖挑眼的。看不上我早说呀！不用一直端着架子，看不起这个看不起那个的。什么市里有文化的家庭，我看就是绣花枕头一包草！"

"你怎么说话呢？"岳玲秋气得直哆嗦，"从你们谈婚论嫁，到你嫁进这个家，我们对你处处迁就，怎么你倒哪哪儿都不满意了？"

"迁就我什么了？说不好听的，你们这就是骗婚！"张北蓓索性一不做二不休，"婚前你们是怎么和我说的？说家里人是开公司的，有车有房，吃穿不愁，他还保证会对我孩子好！现在呢？你们对我孩子看不上眼，这我不说什么。说好的开公司的呢？合着是哥俩一起送快递呀!还撺掇着我把房卖了,早知道这样,我何苦要嫁给一个残疾?"

"张北蓓!"宇文广彻底被激怒了,他握紧拳头,怒吼道,"你瞧不起我没关系,可我没骗婚!"

"你,你说……他哥俩送快递?你这是什么意思?"宇文广的母亲狐疑道。

"对,你没听错!你那宝贝小儿子的公司,早就倒闭了!他弄了个快递站,现在他哥俩一起送快递呢!"张北蓓白了宇文广一眼,"你们也就别自我感觉良好了!"

"你给我住嘴!"暴怒的宇文广上前欲拉扯张北蓓,忽然听见父亲惊呼道:"玲秋!你怎么了,玲秋!"

宇文广回头一看,母亲已经失去知觉,软软地瘫倒在了父亲怀中。

"你妈晕倒了!快,快叫救护车!"宇文智渊急呼道。

宇文广匆忙拿出手机拨电话。张北蓓被这突如其来的一幕惊呆了,她紧紧搂着儿子,心虚地望着乱作一团的宇文广父子,盘算着接下来究竟该怎么办。

在送母亲去医院的路上,宇文广给弟弟打了电话。岳玲秋是因情绪太过激动而晕倒,在救护车上就已经醒了,只不过为了稳妥起见,宇文家人还是决定让医生检查一下。宇文胜赶到时,母亲已经完全清醒,她躺在病床上,呆呆地望着天花板,不发一言。宇文广和父亲苦着脸站在一边。

"妈,对不起。"宇文胜蹲在床边,抚摸着母亲的脸,"公司破产,是因为我经营不善,我不想让你们替我担心,所以才让大哥别告诉你们。"

"是是是,妈,不过你放心,大胜的快递站弄得挺好的,以后发展前景肯定也不错。"宇文广附和道。

"这都是命啊!"岳玲秋长叹一声,"咱家好不容易才过上舒心的日子,这才几天?就遭了这个难。钱不钱的,这都无所谓。可是那个张北蓓,她就是奔着钱来的,现在她知道咱没钱了,还能好好和你过日子吗?"

"不过了正好!我还不打算和她过了呢!"一提起妻子,宇文广不禁怒从心头起,"要不是因为她,你也不至于被气得晕倒!离了合适,清净!"

"话是这么说,可你老大不小的,好不容易成了家,不能就这么散了。"宇文智渊说道,"今天晚上,你俩到底是为什么起的争执?"

"我们……"宇文广语塞了。说老实话,他内心还是希望能和张北蓓一起过下去的,方才说的无非是气话罢了。若是把实情告诉父母,难免又让他们跟着上火着急,张北蓓在父母心中的印象就更差了。

"其实也没啥事,就是因为教育孩子,吵了几句。"宇文广撒谎。

"小杰毕竟不是你的孩子,以后他的教育,你少插嘴。"宇文智渊嘱咐,"就算他妈教得再不好,咱们也无权干涉。等你俩有了自己的孩子,咱们再好好教育他。"

宇文广连连点头。宇文胜瞄了一眼大哥,心里明白家人对大哥的婚姻还是充满期待的。毕竟为了给大哥娶亲,父母耗费了太大的心力。而这一切的始作俑者都是他,包括今天母亲晕倒,也是拜他公司破产所赐。宇文胜心里一阵焦躁,他走到走廊里,点了根烟。他在心里一百个看不上张北蓓,他相信父母亲也一定如此。但那又有什么办法呢?为了继续生活下去,人总是要做出妥协的。这也是他开快递站以来总结到的心得。

做完了各项检查,又在医院观察了半天,第二天下午,岳玲秋才从医院回到家里。张北蓓忐忑不安地坐在卧室的床上,偷偷听着外面的动静。过了许久,卧室的门开了,宇文广沉着脸走了进来。张北蓓偷瞄着丈夫的脸色,猜不透他心里的想法。结婚这么久,这是宇文广第一次给她摆脸色,让张北蓓很是没底。

"大广,妈怎么样?"张北蓓惴惴不安地问,"她没大碍吧?"

"妈要是有事,你还能好好在这儿坐着吗?"宇文广说道,"那你就是杀人!杀人偿命,要判刑的!"

这是宇文胜教给他的方法，让宇文广吓唬吓唬她，目的在于好好煞煞张北蓓的锐气。张北蓓这个人，不管是不行的，已经快要上天了。

"对不起，大广。我不是故意气妈的。"张北蓓果真被吓到了，"我也是一时生气，才胡说八道的。对不起。"

"现在知道对不起了？当初我一直让你不要告诉爸妈，你怎么就不听呢！"宇文广故意装作怒气冲冲的样子，"你既然瞧不上我，那咱们还是趁早好聚好散吧。"

张北蓓急了。离婚可不是她想要的结果。宇文广家再没钱，也比她之前的家有钱。何况宇文一家人都对她客客气气，比那个动辄向她扬起拳头的前夫强百倍。

"怎么能说散就散呢？"张北蓓计上心来，"咱们俩不比之前，是独立的两个人。现在咱可不是两个人了，就算是想散也散不了了！"

"不是两个人了？"宇文广狐疑道，"你这话是什么意思……难道，难道你……"

"是，我怀孕了。"张北蓓点点头，做出娇羞状，"我刚刚查出来的。本来想等稳妥了再告诉你，谁知道就经历了这事，我也没敢告诉你……"

"妈！爸！蓓蓓怀孕了，蓓蓓她有了！"宇文广大喜过望，一边大喊着，一边向客厅跑去。客厅传来宇文智渊爽朗的笑声。张北蓓松了一口气。她了解宇文家对于孩子的渴望，于是就编出了这个谎话，果然有效。至于万一穿帮了该怎么办，她想好了，大不了就说胎像不稳，自己流产了呗。反正这个宇文家，人人都这么好骗，姑且走一步看一步吧。她相信自己治得了他们。

宇文广的到来，对于快递站有着重要的意义。他主动上门收件，使快递站的收入上了一个台阶。宇文胜再一次见识到了大客户对于快递站创收的威力。若说散户是河里的小鱼小虾，那大户就是大海豚、抹香鲸，以一敌百，非同小可。宇文胜有了新的想法。先前的几家大客户，都是小苑打着他的旗号，一家一家求来的，不足以称道。眼下他决定自己去拓展大客户资源。他没和小苑商量，计划着在揽到新的大客户时，再给她个惊喜。

宇文胜把目标放在了新电商园，这是崔北望划拨给他的"势力范围"。狼多肉少的情况，几乎在任何一个行业都存在，快递业自然也不例外。早在新电商园商户未曾入驻时，就有快递公司早早地将触角伸过来，将一些电商大户瓜分完毕。这段时间以来，宇文胜做的只是给许多电商派件而已，收件权则被那些先下手为强的快递公司牢牢把控。宇文胜想要在这里抢蛋糕，可以说是难上加难。但他偏不信邪，因为他已经有了目标，这就是新电商园里刚搬来的一家电商公司。

对周围环境高度敏感，是宇文胜在创办艾里克里时就养成的习惯。他在派件时，周遭的风吹草动，都能被他迅速感知。这家名为诺信女装的电商公司刚搬来没两天，许是整个园区已经没有特别好的待租办公区，它并没有选择和其他电商公司做邻居，而是租下了西区Ａ座的半层楼。Ａ座云集了各家快递公司，是中海市许多电商公司的大本营。这里突然蹦出了一家电商公司，确实比较突兀，也因此被宇文胜第一时间发觉。

这天下午，宇文胜提前把当天的快件派送完毕，走进了诺信女装的大门。他递给前台小妹一瓶饮料，笑容可掬地告诉她，他想见公司发货部的负责人，希望她引荐一下。前台小妹有些惊愕，但还是告诉他稍等片刻，她进去叫人。

宇文胜不无得意地坐在了等候区。吃人嘴软，拿人手短，这是他很早就明白的道理。前台小妹完全可以谎称负责人不在，草草地将他打发走，然而他笑得诚恳，还附送了一瓶饮料，她没有理由不帮他。至于为什么送饮料，学问就更多了：公司前台毕竟是公众场合，送昂贵的礼物，怕是会有人误会他公然行贿，影响不好，她多半不会收；而一瓶饮料则不会让她有这个顾虑，收得痛痛快快，光明正大。当然，有一个最重要的原因，就是他穷，虽然宇文胜很不愿意承认这一点。

过了好半天，前台小妹回来了。她看着宇文胜，有些不好意思地说："我们发货部的曲总不在……"

饮料你都收了，告诉我负责人不在？宇文胜看着小妹躲躲闪闪的眼神，心里知道她在说谎。

"你就让我见见曲总吧，我几分钟就出来。"宇文胜恳求。

"曲总真的不在……"小妹捋捋头发，这个小动作暴露出她不纯熟的撒谎技能。

"曲总要是不在的话，你应该早就出来了，不会让我等这么久。"宇文胜决定戳穿她，"你放我进去，就说是我硬闯进来的，不让他们怪罪你。怎么样？"

"这……"小妹犹豫了一下，给宇文胜指了指曲总所在的办公室，并扭了扭身子，让出一条路让他过去。

宇文胜感激地冲小妹点了点头，大步向前走去。身后，小妹声音浮夸地喊道："哎，你别硬闯啊你……"

宇文胜走进了曲总的办公室，一个四十岁左右的中年男子坐在座位上，似乎在看材料。

"曲总，抱歉，我冒昧来访。"宇文胜言简意赅，"我是八通快递的，想和您谈谈代理贵公司发件的事情。"

"我们已经有合作公司了，"曲总头也不抬地说，"你请回吧。"

"经过我观察，贵公司并没有合作的快递公司。"宇文胜直言,"我连续三天在贵公司楼下守着,没有发现有来取件的车。"

"我们有没有合作的快递公司,还需要和你汇报吗?"曲总愠怒地说道。他抬眼看了看宇文胜,又缓和了一下口气,"公司在之前的办公地已经有签约的快递公司,合作得挺好,打算继续用他们。"

"您当然可以选择续约,可为什么不借着迁址的机会,给我们一个机会呢?我们的服务和价格,一定比他们更有优势。"

曲总沉吟片刻,决定采用推托战术,说:"这个我决定不了,需要请示我们公司的董事长才可以。"

"不,曲总,你决定得了。"宇文胜斩钉截铁地说,"请您务必给我个机会。"

"我能不能决定,是你说了算的?"曲总又急了,"你怎么听不出好赖话呢?"

"我之所以这样说,是因为我之前也是一家电商公司的老总。"宇文胜苦笑道,"所以我很清楚这里的运作。选择哪家快递公司来合作,发货部完全可以全权决定,不需要请示上级领导。曲总,都是电商人,请给我个机会。"

宇文胜见那曲总脸色缓和了些,似乎有些被打动,决定乘胜追击,说:"价格您尽管放心,只会比之前那家更低。服务上也不用担心,由我亲自负责。您看行吗?"

"好吧。"曲总笑了笑,"既然你都这么说了,那咱们约个时间,细聊一下合作的事。如果服务和价格真如你所说的那么有优势,相信我们可以确立合作关系。对了,八通快递,好像这座楼里没有你这家快递吧?你是哪里的快递站?怎么做到这么快就盯上我们的?"

"我的快递站在老电商园。"宇文胜如实道来,"之所以盯上贵公司,除了我一直密切观察这里之外,还有一点原因就是……"

"有句话是,最危险的地方就是最安全的地方。贵公司所处的这栋楼,里面有各个快递公司,他们会想当然地认为,早就有快递公司和贵公司谈了合作,不会想到或许你们的合作快递虚位以待。我不甘心,想要试试,所以被我抢了先。"宇文胜坦诚地说。

"小伙子不错!用心!有前途!"曲总开怀大笑,站起身拍拍宇文胜的肩,"很高兴能认识你。"

宇文胜百感交集地笑笑。在他多年的创业路上,有过很多次更大的、更辉煌的成就,然而没有哪一次的成功可以让他如此心潮澎湃。他原本以为自己无法再振作了,然而这一次的胜利让他内心的火苗再一次升腾起来——那是关于事业、关于梦想的希望之火,这让他明白自己还有东山再起的能力,前方的一切都充满了希望。

宇文胜从曲总办公室走出来时,诺信女装已经下班,前台小妹坐在那里等着他,神情很是幽怨——因为他耽误了她的下班时间。宇文胜抱歉地冲她拱拱手,说:"今天多谢你帮忙。以后咱们打交道的机会很多,咱们就是老熟人啦。"说罢,他在前台小妹惊讶的目光中,潇洒地转身离去。

两天后,宇文胜经过充分准备,一举拿下了诺信女装的快递代理权。对于宇文胜取得的巨大胜利,小苑表现得情绪高涨,几乎要欢呼起来。然而她还没来得及高兴,很快就陷入了忧虑之中——宇文胜告诉她,他准备招聘几个快递员。

"咱们自己多干点儿,还是先不要招快递员的好。"小苑担忧地说,"我们现在月利润就那么几千块钱,多招几个快递员,连工资都不够付的,何必呢……"

"这你就不懂了。"宇文胜笑笑,"花不了多少钱的。我想好了,就用低底薪+高提成的模式,每一单,至少给快递员提50%,增加积极性。"

"50%?这么高?"小苑惊呼,"那快递员岂不是赚得比我们都要多?"

"我们要的是量,是付出少量的成本,获得最大化收益,积少成多。何况,快递员赚得再多,那也是羊毛出在羊身上,是因为他们业绩好。业绩不好,就无钱可拿。"

"那……那好吧,"小苑点点头,"那总共要招几个人呢？"

"先招三个，一个负责派件，一个和我一起跑市场，一个收件。招人的事，你来负责，这两天就开始。"宇文胜凝望着前方，心里默默盘算，"如果一切顺利的话，我们的快递站形成规模，指日可待。"

因为张北蓓怀孕，宇文广一家沉浸在喜悦的气氛中。这里头唯一笑不出来的那个人就是张北蓓，因为她发现自己真的怀孕了。按说这正好可以圆了她撒的谎，然而关键的问题是，她知道这孩子十有八九不是宇文广的。

"怎么办？怎么办？"张北蓓心里乱成一团麻，公婆的殷勤、丈夫的关爱更是让她不胜其烦。眼下肚子里的孩子是去是留、是宝贝还是祸害，都是未知。她抚摸着尚未隆起的小腹，决定去找罪魁祸首寻个意见。

导致张北蓓怀孕的"元凶"是她的前夫，名叫谷一奎。谷一奎是中海市土著，家住中海市老城区最破的一片住宅区，被当地人戏称为中海市的贫民窟。谷一奎的父亲至死都盼望着可以做拆迁户，然而谷一奎翘首以盼了半辈子，这个理想仍未能实现。但这丝毫不影响谷一奎为自己的土著身份而骄傲，几十年来他四体不勤，五谷不分，好逸恶劳，日子穷得叮当响，然而他内心的骄傲丝毫未减。

尽管他家附近的高楼大厦鳞次栉比地涌现出来，几处高档小区几乎将贫民窟团团围住，他仍秉持着土著的自豪，抬眼望向周遭的高楼大厦，吐出一口老痰，狠狠地道："呸！你们这些臭外地的。你们有户口吗，就买房？"

除此之外，谷一奎还有一个爱好，就是打老婆。张北蓓和他过日子的这几年，不知被他打了多少回。张北蓓终于不堪忍受，提出离婚，带着儿子谷小杰再嫁给了宇文广。然而两人离婚后，或许是距离产生了美，又或许是张北蓓好了伤疤忘了疼，她觉得自己在情感上并不能放下前夫。因为儿子的缘故，她和谷一奎难免时常接触，在此过程中两人之间沉睡多年的爱情竟又再度燃烧起来，这让张北蓓也无法理解。

张北蓓坐着出租车回到当初她和谷一奎的家，歪歪扭扭的胡同口，停着的正是结婚时宇文广买给她的那台轿车。谷一奎称自己最近跑业务，没车不方便，就暂借张北蓓的车用一用，这才引发了先前宇文广和张北蓓之间的那场风波。张北蓓走进房间，已经上午十一点了，谷一奎还躺在床上呼呼大睡，张北蓓气恼地抄起一个枕头，使劲儿砸向他的头。

"哎，谁啊！"谷一奎被砸醒了，火冒三丈地跳起来，"找死啊，敢搅老子清梦！"

"都快中午了，你还睡！"张北蓓怒气冲冲地说，"你说你要跑业务,是在梦里跑吗?那你借我的车干什么?"

谷一奎看清了面前站的人是张北蓓,一声长叹后又栽倒在床上,用被子蒙住了头,"跑业务哪里有这么容易啊?天天都能有业务跑?人家马跑累了还得喂点草呢,我就不能歇一天吗?你就是一点都不心疼我。"

"我心疼你,谁心疼我呀?"张北蓓委屈得掉下了眼泪,"我有了,是你的。你说我怎么办呀我!"

"你有了?你有啥了?"谷一奎猛地坐起身,"你有了我的种了?"

"十有八九是你的。"张北蓓抽泣道,"上个月咱俩几乎隔天就在一起,我和他充其量只有一两回。现在他家人都知道我怀孕了,对我特别好。可这孩子我不能要啊!"

"不能要?为啥不能要?"谷一奎脸上现出了兴奋的笑,他一把环住张北蓓的腰,把嘴巴凑近她的耳根,"是我的种,我就要。我让你再给我生个闺女,我就儿女双全了!"

"你瞎说什么呀!"张北蓓试图挣开谷一奎,"我现在和他是两口子,我要是给别人生个孩子,他们家人不得杀了我吗!"

"只要你不说,他们就不可能知道。就让他当自己孩子养着。你不说他家条件不错吗?到时候让我闺女跟着吃香喝辣,那多好!"谷一奎恬不知耻地说。

"那万一露馅了呢？万一那孩子越长越不像他怎么办？万一他家去做亲子鉴定怎么办？"张北蓓心乱如麻，"我还不如现在去打了，省得以后麻烦！"

"你敢！"谷一奎吼道，胳膊发力，紧紧地将张北蓓箍进自己怀里，"不许你不要咱俩的孩子。再说了，我能让咱闺女和咱儿子一直认别人做爹吗？这都是暂时的。你不说他有套房子，写的是他自己的名嘛。现在你怀孕了，你让他把房子加上你的名。等生了孩子，过一阵子，找个理由把婚一离，房子、孩子、票子，咱都有了。到那时候，咱一家三口……不，一家四口，那就过上好日子啦。"

"你真是这么想的？"张北蓓的眼里露出希冀的光，"你想和我复婚？那你能不能把打人的毛病改了？"

"能能能，当然能。"张北蓓身上的肉弹弹滑滑，让谷一奎有些意乱情迷，他侧身将张北蓓压在身下，含混地说，"以后我都听你的。你让我干什么都行……"

"现在不能那个！胎儿还不稳呢……"张北蓓小声惊呼。

"放心，我的种，肯定稳……"谷一奎猛地把被子撑开，将两人罩在了下面。老旧的木床吱吱呀呀地叫了起来。

前夫的话无疑给张北蓓吃了一剂定心丸。她愈发觉得谷一奎的计划万无一失，不仅放宽了心，在宇文广家也愈发坦然起来。宇文广一家对她的照顾可谓是无微不至，张北蓓觉得，哪怕让他们为了这个孩子去死，他们也心甘情愿。在这种皇太后一般的待遇中，她心中的愧疚渐渐消散，甚至觉得他们的付出是理所应当。

这边，谷一奎也难得地展现出了好丈夫的一面，许多年来，他头一次主动给张北蓓买了两盒孕妇的营养品，还有两条孕妇裙。张北蓓感动万分，只觉得前夫浪子回头金不换，在心中不断地勾勒着今后生活的幸福模样。她和谷一奎的交往日益频繁，毕竟如今不管她去哪里，干什么，宇文家人也不敢过问，她甚至以住在娘家为名义，几次夜宿在前夫家里。两人就像一对恩恩爱爱的夫妻，毫不避讳地出双入对。

张北蓓做梦也没想到，她会在大街上偶遇小叔子宇文胜。当时她正站在一家商场门口，和谷一奎亲亲热热地挽着手，共享一只油乎乎的轰炸大鱿鱼。两人你一口，我一口，很快将一只鱿鱼分尸完毕，顾不得各自都是满嘴酱汁，余味十足地来了一个油腻腻的亲吻。柔情蜜意的两人吃得太投入，完全没注意到宇文胜站在了面前。他拿着手机不住地拍照，"咔咔咔"的快门声惊动了难分难舍的两个人，待张北蓓看清来人，吓了好大一跳。

"张北蓓，可以啊。"宇文胜面无表情地继续按着手机，对着嫂子直呼大名，"这刚结婚多长时间，一点都没闲着。"

"大胜，大胜，你别误会。"张北蓓赶忙摆摆手，示意宇文胜住手。她唯恐宇文胜知道她出轨的事实，慌忙解释道，"他是我娘家表哥，今天没事，陪着我一起来逛逛。"

"娘家表哥都动作这么亲密，你是不是生活在表哥表妹可以通婚的年代呢？"宇文胜看了看手机里的相片，语带嘲讽。

"你是谁啊？瞎拍什么你！"谷一奎上下打量着宇文胜，见他身着八通快递的制服，不屑地问道，"你一个送快递的，管这么宽干啥？"

"我管这么宽，是因为她是我哥的老婆。你是谁，男小三？现在做小三对颜值一点要求都没有了吗？"宇文胜还击。

"我说呢，原来是那跛子的弟弟啊。"谷一奎露出嘲讽的笑，"实话实说吧，我是她前夫，今天约着见面，是有孩子抚养费的事要商量，你别误会。"他倒也算理智，明白此刻让宇文胜察觉奸情，对自己百害而无一利，赶忙自证清白。

"聊赡养费的事？那还至于抱在一块亲？"宇文胜摇了摇手机，"我不管你们聊的是什么，这些照片就是证据。张北蓓，我觉得你有必要和我大哥解释。"

"取证"这一招，是他和简薇学的。宇文胜心知哥哥对张北蓓的宠爱程度，不拿出实际的证据来，怕是没办法让他相信。眼下他懒得和这对狗男女纠缠，把手机放进裤兜，准备骑上三轮车走人。

"不能让他把照片拿走！"张北蓓惊呼，"那咱们就完了！"

谷一奎一个箭步冲上去，拦在宇文胜前头，伸手准备抢手机，"你别跑！把手机交出来！把照片给我删了！"

"想得美。"宇文胜轻蔑一笑，避开谷一奎的争夺，坐上三轮车。谷一奎急了，一个虎扑，将宇文胜连人带车掀翻在地。他伸手去掏宇文胜的裤兜，宇文胜则拼命护着，两人躺在地上，扭打起来。

宇文胜身姿清瘦，从外表上看，全然不是人高马大的谷一奎的对手，但他多年来一直坚持健身，战斗力并不弱。两人厮打了半天，也未分出伯仲。张北蓓惊慌失措地站在一边，不知如何是好。很快，周遭围了一圈看热闹的人过来，饶有兴趣地指指点点。有好事者举着手机，幸灾乐祸地拍着视频。

这场斗殴引得商场的两个保安走了过来，将激战正酣的二人分开。谷一奎被一个保安拉住，仍在不依不饶地让宇文胜交出手机，宇文胜拍了拍身上的土，瞥了他一眼，一言不发，准备离去。张北蓓忽然走上前，叫住了他。

"大胜，你何必呢！你哥能成个家不容易，我现在又怀了孕，你非要把他的家拆散吗？"张北蓓压低声音说道。

宇文胜奇怪地望着面前这个女人。他无法理解她的逻辑，分明是她要拆散自己的家，何以冠冕堂皇地栽赃到他身上？

"我和他毕竟夫妻一场，一起过了那么多年。"张北蓓看了一眼谷一奎，言语中透着无奈，"有时候，没办法分得那么清。你就别告诉你大哥了。那不是给他找不痛快吗？"

"我还非得给他找不痛快了。"宇文胜一字一句地说道。说罢，他头也不回地骑上三轮车，走了。

"死心眼吧你！要是影响到了我肚里的孩子，有你们家人哭的时候！"张北蓓恶狠狠地喊道。

就在宇文胜准备把手机里的照片发给宇文广的时候，他却犹豫了。张北蓓说过的那番话，反复地在他耳边回响。他感到一阵迷茫，不知自己这样做究竟是错还是对。如果真如张北蓓所说，哥哥的家被拆散了呢？那是他想要看到的结局吗？"投鼠忌器"是什么滋味，如今他算是彻底感受到了。宇文胜坐在办公桌前一阵犹豫，忽然见宇文广走了进来。他慌忙关掉了手机屏幕。

"大胜，这是咋回事啊？"宇文广举着手机，慌里慌张地问道，"朋友圈都传遍了，你和别人在大街上打架！这个人不就是蓓蓓她前夫吗？"

宇文胜定睛一看，才知是有人将他和谷一奎扭打的视频发到了网上。宇文胜不禁长叹一声,都说好事不出门,坏事传千里,看来张北蓓的奸情,注定是瞒不住了。

"哥,是这样。"宇文胜决定如实招来,"我碰见我嫂子和她前夫在大街上……我就……算了,你看照片吧。"他把手机递给宇文广,忐忑地观察着他的表情。如他所料,宇文广面如死灰,嘴角止不住地抽搐起来。

"哥,哥,你要挺住。"宇文胜有些心慌,"我本来不想跟你说的,结果谁知道叫人发网上了……哥,具体怎么办,咱们一起想办法,哥……"

宇文广哭了,两颗眼泪顺着他的脸颊流下来。如果说先前的借车事件,他还认为是妻子只是出于对孩子的考虑,暂借给前夫一用,他可以大度一些,那么如今这个实锤,则彻底摧毁了他的幻想。他捧在手心里、如珠如宝呵护的妻子啊,她竟然那么公然地和前夫藕断丝连。宇文广没有勇气多看一眼那些照片,然而那些画面已然刻在了他的脑子里,挥之不去。

宇文胜被哥哥的眼泪吓到了。同样吓到的还有小苑,都说男儿有泪不轻弹,在她心中,宇文广向来老成持重,若是宇文胜哭了,她倒还可以接受,她无法接受宇文广流泪的场景。三人都在沉默时,崔北望来了。他眉头紧蹙地盯着手机,一进门就问道:"胜总,你怎么回事?"

"我怎么了?"宇文胜一脸不解,"这两天没有丢件,也没有延误吧?"

"比那个还严重。"崔北望恨铁不成钢地说,"你说你送个快递,怎么还和客户打起来了?你穿着八通快递的工作服打架的视频,现在网上都传遍了!这多影响我们的声誉啊!"

"我打架也不是和客户打架啊,我是和……"宇文胜望了一眼哥哥,把后半句话咽了下去,"我不是送件的时候和人打起来的。我那是送完了件,回来的路上。打架也是因为私事!"

"不管因为什么事,你穿着工作服打架,那损害的就是我们的名声。"崔北望痛心疾首,"你看看这些评论都是怎么说的?八通快递人员素质低,送件晚了不道歉,还殴打客户!这以后谁还敢用我们啊!"

"诽谤,绝对的诽谤。"宇文胜道,"这就是信口雌黄!他们知道事实吗,就胡说八道!"

"不管怎么说,现在这个视频已经在本地朋友圈传遍了,影响十分恶劣。总公司决定,对你的快递站罚款三千元作为处罚,直接在这个月的利润里扣掉。"崔北望说。

"三千?这不合理吧!"小苑哀叹,"凭什么啊?我们这个月岂不是要喝西北风?"

"出门左转就是银行,他们怎么不直接去抢呢?"宇文胜冷笑道,"欲加之罪,何患无辞。总公司为了创收,也真是无所不用其极了。"

崔北望并没有反驳,大约也是认可宇文胜的看法,向他点了点头,匆匆离去。宇文广悲戚地望着弟弟,伤心地说:"大胜,因为我的事,又连累了你被罚款……"

"这都无所谓。"宇文胜不以为意地挥挥手,"这不怪你,要怪,就怪总公司太黑心了。小苑,让你招的人,招得怎么样了?"

"已经确定了几个人选,不过他们都要在之前的快递站做到月底才能过来。"小苑说。

"好,越快越好。"宇文胜望向窗外,若有所思。这是他之前在艾里克里公司时最喜欢站的位置,窗外的风景可以让他迅速地平复心情,作出思考和判断。眼下他明白,为什么简薇热衷于帮助快递员维权了。中国的快递业近十年才兴起,飞快的发展速度,导致规范和制度远跟不上其发展程度。行业极其不规范、罚款名目众多、莫名其妙的条条框框,种种问题不一而足,这是整个快递行业腾飞的巨大障碍。而他必须做大做强,才有底气、有资本和上面的总公司相抗衡。宇文胜几乎是迫不及待地要按照自己的思路,尽快将快递站点做起来。

## 第八章 绝处逢生

张北蓓想了很多种方法来应对宇文广的质问，但她唯独没想到他会直接提出离婚。

"离婚？大广，你是说真的吗？"张北蓓难以置信地说，"我还怀着你的孩子啊，你忍心让孩子出生就没有家吗？"

"你说实话，这孩子到底是不是我的？"宇文广红着眼睛问道，似乎下了很大决心的样子，"咱俩，咱俩上个月，总共就在一起一回，你就怀孕了……"

"宇文广！你说啥呢！"张北蓓尖叫起来，"你怀疑自己的孩子不是亲生的？你怀疑我偷人？你有没有良心呀！"

"照片我都看见了，你和他走得那么近，就像，就像两口子一样。"宇文广叹了口气,"这孩子,是他的吧?"

"你胡说!"张北蓓心虚地大叫,"你信不信,我现在就去把这个孩子做了?我让你们家断子绝孙!让你们亲手杀了自己的孩子!"

"你犯不着把孩子做了。"宇文广冷静下来,"我知道现在有一种技术,可以抽羊水来验DNA。如果孩子是我的,咱俩就还继续过。如果是他……咱俩必须离婚。"

张北蓓的眼珠骨碌碌转了几转,一屁股坐在地上,喊道:"我不可能去验什么DNA!我肚子里的孩子,他是我身上掉下来的肉,我不能让任何人伤害他!这孩子就是你的,你敢不认他,我就去告你!"

宇文广叹了口气,想要伸手把地上的妻子拉起来,犹豫了一下,又缩回了手。张北蓓见状,索性大哭起来。这个小动作让她伤心了。这段时间以来,她已经习惯了宇文广对她的宠爱,对她的呵护备至,对她的唯命是从。而他的这一个小动作,让她猛然明白了一个事实:他对她的爱,已然消散了。是她亲手葬送了这份爱。尽管她从没爱过他,但这份爱意的突然消逝仍然让她倍觉感伤。

让宇文广下定决心提出离婚的,除了对张北蓓腹中孩子的质疑,另一个重要原因就是宇文胜。那日在宇文胜和谷一奎当街斗殴后,晚饭,两兄弟心照不宣地各自开了一瓶"小二"。细想想,他俩已经很久没有一起喝过酒了,这份新奇的体验让两人既心酸，又倍觉温暖。宇文胜的态度明确，如果大哥决定离婚，他第一个义无反顾地支持。

"大胜，其实你心里是希望我离婚的，对吧？"宇文广盯着弟弟的脸，问。

"对。"酒精给了宇文胜说实话的勇气，"她配不上你。大哥，你值得更好的。"

"可是爸妈……"

"爸妈希望的只是你过得好。你现在，过得好吗？"宇文胜一针见血。

宇文广摇摇头，眼窝有点酸。

"还有。她肚子里的孩子，确定是你的？"宇文胜补刀，"我怕，是她前夫的。"

宇文广迟疑了。宇文胜说出了他心底的疑虑。他就在这时决定了，他要和张北蓓离婚。骨子里，他和弟弟的感情观如出一辙，宁缺毋滥，该放手时就放手。

张北蓓的拒不配合，让宇文家犯了难。长吁短叹和相对无言成了岳玲秋和宇文智渊二人的招牌状态，整个宇文家从喜气洋洋迅速演变成了愁云惨雾。张北蓓在宇文家拿出了撒泼打滚的架势，谁敢和她提离婚，她就不惜和谁拼命。几天下来，宇文智渊夫妇的心态发生了骤变，从最初希望张北蓓怀的是宇文家的骨肉，到后来甚至希望她怀的是她前夫的孩子，这样就可以名正言顺地结束这桩门不当户不对的婚姻。然而如何能让张北蓓配合，来证明这孩子不是宇文广的，成了摆在一家人面前的难题。这时宇文胜忽然想起了简薇。他记得曹小方一直称简薇为智多星，既然如此，找她帮忙是再合适不过。自从上次的丢狗事件后，宇文胜很久没有和简薇联系了。他翻出手机里特意存的她的电话，拨了出去。

"本来你的事情吧，我是不想管的。"简薇用她一贯的揶揄的语调拖着长音，"不过看在黑爷的面子上，我还是帮你想想办法……"

"好好好，多谢多谢。"宇文胜满脸堆笑，简薇隔着电话都能感到他语调里的谄媚，"事情办成了，我给黑爷买一年的狗粮。给你也买好吃的！"

"行了，先别巴结了。现在的情况是，你们怀疑这孩子不是亲生的，但是她拒绝配合检查，那事实明摆着，这孩子肯定不是你大哥的嘛！要不然她早就主动张罗着去医院了，谁不愿意自证清白呢？"

"谁说不是呢。但现在她不承认，我们也没办法。都说秀才遇到兵，有理说不清，要论撒泼，我们一家人都不是她的对手。"宇文胜忧愁地说。

"这样的人，多半都是纸老虎，欺软怕硬。她撒泼，你比她更泼，就行了。"简薇笑道，"我问你，你大哥和她共有的财产都有哪些？你大哥婚前自己的财产又有哪些？"

"夫妻共有财产就是一台车。房子是我大哥婚前买的，应该属于他的个人财产。"

"那就好说了。把你大哥家的地址发给我，这两天我就带人过去。"简薇干脆利落。

"带人过去？你是要打群架吗？"宇文胜不解。

"开什么玩笑，我可是律师。法治社会，打群架那是犯法。对这种人，我有招儿对付她，你配合着就行了。"

宇文胜半信半疑地挂断了电话，他心里忽然觉得很踏实。不得不说，虽然他并不知道简薇的招数究竟是什么，但简薇的自信笃定给了他极大的信任和安全感。他有些期待简薇放个大招，狠狠给张北蓓一点颜色看看。

这天张北蓓正无所事事地躺在床上，忽然听见门外一阵嘈杂。她以为是宇文广家哪个亲戚来了，忽然听见有人大声喊着："宇文广在哪儿？还有他老婆！他老婆呢？让她出来！"

张北蓓满腹狐疑地走了出去，只见客厅站着一群五大三粗的男人，将原本就不大的空间挤得满满当当。岳玲秋和宇文智渊惊慌失措地站在一旁，大气也不敢出一口，看样子是被来人的气势吓坏了。

"他出去上班了，我是他老婆。"张北蓓底气不足地回答道。

"行，他不在，你在也行。"说话的是个戴墨镜的瘦削女人，身穿一身黑皮衣，看上去精干利落，"你老公欠我们的钱不还，这套房子我们要收走。你俩名下还有哪些财产？有车吧？都得拿来抵账！"

"他欠了你们的钱？什么时候？我咋不知道？"张北蓓一脸惶恐地问。

"他替他弟弟做了担保，现在他弟弟破产了，担保人要承担还款责任。这些欠款就属于你们夫妻共同债务，要一同偿还。"女人将墨镜往下拉了拉，露出眼白，看着张北蓓，目光中隐隐透着嘲讽。

"没，没有车。"张北蓓摇头，"凭什么要一起还钱？我根本不知道他给人做担保啊！这根本不关我事！"

"不关你事？"女人冷笑，"你知道也好，不知道也好，既然你们是夫妻关系，按照法律规定，必须承担共同债务，别想赖账。"

女人转头冲着她的同伴说道："阿辉，他俩名下没车吗？"

一个男人应声答道："怎么会！我们都调查过，房，车，都有。"

女人耸了耸眉，说："一会儿把车开走！"

"你们要干什么!"张北蓓尖叫起来,"你们这是抢劫!入室抢劫!我要报警!"

"报啊,需不需要我帮你?"女人笑道,"到时候直接查封你俩的财产,反正我们也需要报警,一起吧?"

张北蓓惊慌失措地望着公婆,然而让她失望的是,公婆比她看上去更加六神无主。宇文智渊一看就是在强作镇定,岳玲秋已经哭了。

"对了,看样子,你是怀孕了吧?"女人盯着张北蓓的肚皮,"你老公欠的钱,可不是一套房和一台车就能还清的。等你的孩子生下来,他也要负担债务,父债子还嘛!总之,你们一家三口人人有份,谁也跑不了。"

"我和他离婚了!"张北蓓大喊道,"我们正在谈离婚!马上就要离婚!"

"蓓蓓!你不能和大广离婚啊!你俩要是离了婚,孩子可怎么办?"岳玲秋哭着问。

"离婚?离婚也没用。你跑得了,你孩子跑得了吗?"女人冷笑,"父债子偿,天经地义。他要还他爸欠的债,你又是他的监护人。孩子成年之前,这些账都要你来还。"

"这孩子不是他的!"张北蓓涨红了脸,"是别人的!凭什么要替他还这些烂账!"

"蓓蓓,你在胡说什么呢!"岳玲秋哭喊着走过来,抓住张北蓓的手,"你肚里的孩子,那可是我们宇文家的孙子啊!"

"你们宇文家什么都没了,还有脸要孙子?"张北蓓气得咬牙切齿,"你们害我还不够惨吗?说好的公司,倒闭了!买的车和房,现在又要成别人的了!我凭什么给你们家生孩子?我告诉你,这孩子是我和别人的,和你们家一毛钱关系都没有!想要孙子,你们做梦去吧!"

"我知道你对我们有意见,这都是我们的错,孩子是无辜的啊……"岳玲秋哀叹。

"我的孩子当然是无辜的!他压根儿就不是你们家的种!"张北蓓一把甩开岳玲秋,冷冷地说道。

"你!你怎么能做出这么厚颜无耻的事!你怎么好意思啊你!"宇文智渊痛心疾首地说。

"先问问你们家怎么好意思骗婚吧!"张北蓓不客气地还击。

女人露出幸灾乐祸的笑,似乎很乐意看见宇文广一家子内讧,说:"那我们先把车开走。这套房的房本在我们手里,很快就要拍卖。告诉你老公,别躲着,我们明天还来。"

女人一声令下,几个人走出大门。门口,女人转过身,告诉张北蓓:"你一天没和你老公离婚,就别想从这里头择干净。别想跑,跑也没用。我们能追你到天涯海角。"

门"砰"的一声被关上了。短暂的安静后,张北蓓凄厉的叫声响起来:"离婚!离婚!这日子我一天也过不下去了!"

张北蓓第二天就和宇文广领了离婚证,随后火速搬出了宇文家。效率之高、行动力之强,令人咂舌。宇文胜对简薇设计策划并出演了这出好戏表示十分感激,对父母亲的卓越演技也高度赞赏。岳玲秋和宇文智渊已经迅速调整了心情,对于失去这个儿媳并无太多惋惜。唯一感到难过的人是宇文广,他毕竟对张北蓓付出过真心,她的突然离去,令他怅然若失,终日郁郁寡欢。宇文胜本想带着哥哥一同设宴感谢简薇,但哥哥的一张苦瓜脸,让他决定自己宴请简薇,并叫上了曹小方来作陪。

作为陪客,曹小方比俩人到得都早,足以见他对此二人的重视程度。宇文胜和简薇前后脚抵达,曹小方揶揄道:"你俩是不是一起来的?怕我多想,故意一前一后?这是避嫌呢,还是欲盖弥彰?"

曹小方明显话里有话,简薇自然心如明镜,她摇摇头,说:"这种伎俩,我不屑于做。"

宇文胜瞪了曹小方一眼,说:"说什么呢!人家可是大公子陈北的女朋友,你造谣也不能掂我这级别的呀!让人家跌份儿。"

"你是要感谢我,还是要给我添堵呢?"简薇没好气地说,"会不会说话?不会说就闭嘴。"

"行啦，算我多嘴。"曹小方哀叹道，"我不知道你俩这状态，还和仇人似的。早知道我造什么谣啊！"

"你说的不对。"简薇摇头道，"不是和仇人似的，而是我俩，就是仇人。"

简薇看似说话不留情面，实则眼带笑意，嘴角也流露出一丝丝微笑。宇文胜也不禁笑了，他已经熟悉了简薇的说话风格，看似夹枪带棒，实则透着别样的亲和。而曹小方则完全不解此中深意，他唯恐两人再次掐起来，赶忙岔开话题来缓和气氛，说："对了，大胜。你是什么时候开始送快递的？有多久了？"

"有三个多月了吧，公司刚破产没多久，就开始了。"宇文胜不以为意地问，"怎么了？"

"那这传播的速度是不是忒快了点？"曹小方嘀咕道，"照这么说，你刚开始送快递，消息就已经传遍了。连我们机关的人都知道，一个叫宇文胜的老总公司破产，不得已开始做快递小哥。"

"有什么不对吗？"宇文胜反问，"他们说的是实情啊！"

"实情是实情。就是消息传得太快了。"曹小方意味深长地说，"你不觉得，这里面是有人故意为之？"

"故意为之？故意散播消息吗？那说明我以前太出名了呗，人怕出名猪怕壮，难免有人议论。"

"话是这么说。"曹小方小心翼翼地想着措辞，"我是怕有人没安好心。虽然你送快递是个正当营生，但比起之前来，肯定是不体面。所以我怕是有人故意抹黑你。你多加注意。"

"抹黑我？那大可不必。"宇文胜笑笑，"我和别人，往日无冤，近日无仇，白费那个力气来抹黑我，有必要吗？"

宇文胜的油盐不进，让曹小方一时语塞，而简薇听不下去了。她觉得这个胜总几乎幼稚得可笑。说好的商场沉浮，多年打拼呢？为什么愣是一点戒心都不长，单纯得像个孩子——不，像个傻子一样？

"对了胜总，上次陈南结婚，选了你上台做游戏，是因为你和陈南关系好吗？"简薇决定提醒一下宇文胜注意陈南，旁敲侧击地说。

"关系好，谈不上，算是泛泛之交。"宇文胜道。

"还好。没把陈南当成贴心好友，还没有傻到不可救药。"简薇在心里说。

"不过我想，他应该是特别崇拜我，所以选我上台的吧，给他的婚礼提提气。"宇文胜补充道。

简薇几乎要把刚喝的茶水喷出来。崇拜？他恨不得搞垮了你，你还觉得这是崇拜？

"那你觉得陈南这个人怎么样？我指的是人品。"简薇再次暗示。

"人品不错，就是看起来有点吊儿郎当，爱玩，没什么事业心。富二代嘛。"宇文胜漫不经心地说。

这天是没法好好聊了。宇文胜的单纯,再次刷新了简薇的三观,都说防人之心不可无,能做到像宇文胜这样全无防备的,算是绝无仅有的品类。

"对了,黑爷现在过得怎么样?"宇文胜一边啃着骨头,一边问。

"想要给它找个好人家领养,还没找到合适的,现在就在流浪狗基地养着。"

"还在你们基地?那我给它买的狗粮,岂不是要被其他狗抢着吃?"

"那自然是难免。在基地,我们没办法单独喂食,都是一群狗吃大锅饭。所以它最好的结局就是被人领养,可是又没有那么好的领养人。"简薇蹙眉。

"这么好的狗,怎么就没人愿意领养呢?"宇文胜愤愤不平,"要不是我……唉,我一定领养它。"

宇文胜的本意是想说,若不是自己对狗毛过敏,一定会领养黑爷。但他唯恐被简薇嘲笑自己矫情,便生生咽下了后半句话。谁知简薇完全会错了意,她笑吟吟地说:"我知道你有苦衷,要不是你身边的那个小秘书怕狗,你一定会领养黑爷,我懂。"

宇文胜尴尬地笑了笑,说:"这和她有什么关系……"

"当然有关系。她对你的感情,不一般,你看不出来吗？"简薇意味深长地看着宇文胜。

"对啊，那个小秘书叫什么小苑是吧？"唯恐天下不乱的曹小方补刀，"她对你真是忠心耿耿，鞍前马后，一往情深……"

"行了行了，别瞎说。"宇文胜喝住曹小方，"我们俩只是同事关系而已，不是你们想的那样。以后这种话别乱说，对女孩子影响不好。"

难得见宇文胜如此义正辞严，曹小方只好乖乖闭上嘴，和简薇对视一下，耸了耸肩。宇文胜的心却乱了。坦白地讲，他对小苑的心思，并非不懂。他只是始终不敢确信而已，或者说，他不愿去相信。他很清楚自己对小苑的感情，有老板对员工的信任，创业伙伴的惺惺相惜，甚至哥哥对妹妹的爱护疼惜，但唯独没有爱情。若是别人，怕是很乐意享受这种被人暗恋的感觉，但他不乐意。他听出了简薇和曹小方语气里的调侃，他不喜欢他们这样议论小苑，他要对自己的感情负责，同时也要对小苑的感情负责。小苑是个好姑娘，他不允许这样的好姑娘被人看轻。

就在小苑为了快递站扩大规模忙得不亦乐乎的时候，一件意想不到的事情发生了。这天她正在快递站忙着，一个中年男人走进了快递站点，一副气势汹汹，来者不善的样子，手里挥舞着一份文件。

"我跟你说,你们这快递站不能开了啊!你们得马上关门!马上停业!听见没有!"男人不客气地大喊。

"这是个神经病吗?不像啊,穿得人模人样的,难道是刚刚才发病的?"小苑在心里嘀咕着。她瞥了一眼来人,没接他的话茬。

"你是听不懂我说话吗?"男子对于自己受到的慢待很是不忿,"你们是非法加盟的快递站,非法,你可明白?不能继续经营了,否则我就举报你们!把你们查封!"

"凭什么呀?"小苑不服气地说,"我们开快递站都好几个月了,哪里非法?我们是正儿八经的加盟站,不信的话,你去问崔北望!他那是我们的上级站点!"

"凭什么?就凭我手里的这份合同。"男子攥得紧紧的那份合同终于派上了用场,他"啪"的一下将它拍到桌上,"你好好看看!我才是这个片区的加盟商,是合理合法的!你们没签合同,那就是非法!"

小苑半信半疑地拿起那份合同。那是一份《快递站加盟协议》,上面罗列着加盟事项,在加盟区域那里,写着新电商园区和新北街,正是宇文胜现在负责收件和派件的区域。合同最后,甲方那里签着崔北望的大名。乙方的落款处则写了几个乱七八糟的字,依稀能看出前俩字是"刘三"。

"这个刘三,就是你?"小苑问道。

"什么刘三。我叫刘三根!你没见后面还有个字儿吗?"男子白了她一眼,"你别管我叫什么了,现在你知道了吧?我才是这个片区合法的加盟商。我限你们三天内关门停业,否则我就去举报你!"

刘三根收起合同,大摇大摆地走了。小苑云里雾里,好半天才醒过神来,赶忙给宇文胜打电话。宇文胜正在诺信女装收件,和前台小妹相谈甚欢,听闻小苑所言,也是一头雾水。他紧赶慢赶地收完件,急忙奔崔北望那里去了。

"崔总,怎么回事?我们干得好好的,突然来了个人,说我们违法?这是从何说起啊?"宇文胜问道。

"是吗?我怎么不知道?"崔北望装傻,"没人和我说这回事啊!"

"那个人拿着合同,上面白纸黑字写着加盟协议,还有你的签名。"宇文胜观察着崔北望的表情,"怎么,这份合同不是你签的?"

"哦,我想起来了。"崔北望做出一副如梦方醒的样子,"是有这么回事。可我不知道他能拿着合同去找你们……"

"如果这件事属实,那就是说,我们现在确实是非法加盟,他才是正式的加盟商。是吧?"宇文胜问。

"你这么说,倒也对。"

"崔总,你能不能给我一个清楚的说法?我之前加盟快递站的时候,你从来没提过签合同的事,现在突然冒出一个签了合同的。你让我怎么办?"宇文胜看着装疯卖傻的崔北望,心里直蹿火。

"哎呀,胜总啊,我也是没办法。你说现在做快递,哪儿哪儿都要钱。你一个仨人的小快递站,还经常被罚款呢,我们做得大,罚的更多。再说了,房租水电人工,哪里不是钱?"崔北望大吐苦水,"这个刘三根,非要加盟,我开价十万加盟费,想吓唬吓唬他,谁承想他一下就应了。没办法,我只好和他签了合同。我这也是无奈之举啊!"

"你也不能因为他给的钱多,就把我们翘了吧?按先来后到,那也是我们在先。咱们都是做生意的,基本的诚信得有吧?"宇文胜强压怒火,试图和崔北望讲理。

"这件事是我不对,可我也确实没有办法。就算我不跟他签,也会有别的人拿着加盟费来找我。不说十万,五万总有吧?这是快递界的行规,没有谁可以不交加盟费,就做加盟商的。依我看,你们一分钱没拿,做了三个多月,也算可以了。"崔北望厚颜无耻地说。

"你的意思是我们还占便宜了是吧?"宇文胜急了,"你现在让我们怎么办?我们没黑没白地干了几个月,好不容易积攒下的客户资源,就这么作废了吗?"

"不会作废。你去和刘三根谈,问他要点钱,把客户资源卖给他就行了。"崔北望漫不经心地说。

"好。算你狠！"宇文胜气得语无伦次，转身离开了崔北望的快递站，大步往回走。他试图用走路来平复自己的心情，不断告诫自己要冷静、再冷静。待走到了自己的快递站点门口，望着办公桌旁忙忙碌碌的小苑，宇文胜站住了。他没有勇气去面对小苑。他此刻的心情，就仿佛一个考砸了的学生无颜面对自己的母亲，不敢正视她伤心失望的脸。宇文胜站在原地愣了半天，掏出了车钥匙，钻进了奥拓车，拨通了简薇的电话。

"找我何事？"电话那端，简薇干脆利落地问。

"你在哪儿呢？"不知为何，简薇的声音让宇文胜心里莫名一酸，好像给了他温暖和依靠一般，他的声音也随之轻微颤抖起来，"我在网上给黑爷买的狗粮到了，我给你送过去吧。"

"现在？"简薇有些意外，"好，我在华贸广场，你过来吧，我等你。"

宇文胜赶到华贸广场。面前的简薇和之前的形象相比，几乎是大相径庭：她身着一件浅灰色衬衫，下身是一条碎格纹短裙，俨然一副白领丽人的装扮，宇文胜险些没认出她来。

"穿成这样，你是在干什么呢？"宇文胜左右手各提着一大袋狗粮，只觉得自己和周遭的环境格格不入。

"我来找工作。这不，刚刚结束了一个面试。"简薇笑笑。

"找工作？早知道你忙着面试，我就不来麻烦你了。"宇文胜不好意思地说。

"那有什么。说吧，遇到什么难事了？"简薇好脾气地笑道，"我知道你不是为了送狗粮来的。"

"这你都知道了？"宇文胜更加不好意思了，"我确实是遇到些难事。你看看，刚把我家的事解决了，我这边又捅了娄子，我心里真是……"

"你还说不说？"简薇大手一挥，盯着宇文胜的眼睛，"不说我走了。"

"说，我说。"宇文胜狼狈地点点头，不敢再客套，将快递站点被强迫歇业的事情原原本本地告知了简薇。

"这件事，我也帮不上忙。"简薇略一沉吟，说出的话让宇文胜心凉了一半，"你加盟快递站点，却没签合同，法律并没有认可你的加盟，你的快递站根本不受法律保护。说白了你就是咎由自取。你这相当于把希望完全建立在对方的诚信上，可偏巧对方没有诚信，所以你就落得了今天的这个下场。"

简薇的话直戳宇文胜的痛处，让他觉得格外刺耳，心里一阵不爽，不由得反驳道："我加盟快递站的时候，也是没有经验。根本没人提什么签合同，交加盟费。我也是受害者啊！"

"胜总，你也是商场混了这么多年了，加盟这么大的事，怎么可能不签合同呢？"简薇丝毫不留情面，"要是刚入社会，这么单纯，我可以理解，但你在社会打磨这么多年了，竟然还这么幼稚，抱歉，我真的无法想象。"

"简薇！我是来找你取经的，不是让你来嘲笑我的！"宇文胜感觉自尊心严重受挫，恼怒地说，"你何苦把我贬得一文不值？你是觉得取笑我很有意思吗？"

"你仔细想想，我哪句话不是实话？哪句话又有贬低你的意思了？"简薇不急不躁，"这分明是你缺乏法律意识造成的恶果，你还没意识到吗？"

"够了！"宇文胜大手一挥，"我不是来听你训话的，我走了！"

说罢他转身欲走，忽然又想起了脚边的两袋狗粮，"你的车在哪里？我把狗粮给你装上，省得你批判我不够绅士！以后咱们就各走各的路，江湖路远，不必再见！"

宇文胜准备伸手去拎狗粮，简薇却一个转身，坐到了一袋狗粮上面，定定地望着他。

"你这是干吗？碰瓷吗？"宇文胜嚷嚷。

"我知道这些话让你不爽，但我一定要说，今天我索性就把想说的都说了。"简薇盯着宇文胜的眼睛，"你一意孤行，盲目自信，只爱听好话，不爱听坏话，这些问题，你都没意识到吗?先是公司破产,现在快递站又被人坑,你真的以为这一切都是偶然事件?"

宇文胜愣住了。他想要反驳,又不知从何驳起,愣愣地看着简薇。

"要不是你不按流程办事,快递站怎么会被人顶了?要不是你听不进劝,盲目自信,你的公司又怎么会倒闭?经历了这么多,你还不打算好好反省?"

"公司倒闭是因为我们的设计抄袭,和我听不进劝又有什么关系?"宇文胜还击。

"当年的设计抄袭案,我是不是劝你要早做准备,积极应对?而你却根据自己所谓的经验,丝毫不当回事。结果呢?不是把整个公司都赔进去了?"简薇说道。

"应对又怎样?事实摆在那里,当时我公司已经成了被告,没有回天之力。"

"笑话,对方本来就是在利用法律漏洞打擦边球,只要你们证据足够,扳倒对方绝非不可能。"

"对方?对方是谁?你认识?"宇文胜警觉道。

"我认识!对方就是陈南的亲舅舅,速纳快递的高管许百昌。他想扳倒你,给速纳快递进军皮具电商铺路,所以故意设了抄袭案来对付你。"

"是这样?"宇文胜大惊,"原来这都是他们算计好的?"

"是！除此之外，你还认人不清。你可知道你为什么会在这个节骨眼上丢了一车货？那是陈南找人干的。他气你可以和尤琳琳谈恋爱，故意整你，就和快递公司合伙弄丢你的货！其实那车货根本就没丢，他们拿去低价卖了也说不定。"

"陈南？他何苦要这样？枉我一直拿他当朋友。"宇文胜抬眼看了看简薇，"你说的这些，都是真的？"

"我没有骗你的必要。就是你这个所谓的朋友，坑你不浅。后来你去送快递，往外散播消息的人，十有八九也是他。他的婚礼上，故意让你出丑。可你认人不清，竟然一直拿他当好人。"

"这些我是真的不知道……"宇文胜心如死灰，"他何苦这么对我？我和他往日无冤，近日无仇，就算曾经是情敌，他也不至于这么整我吧？"

"你单纯没心机，不代表别人也这样。当然，单纯不是你的错，可认人不清，拿坏人当好人，就是你的错了。我相信之前不止一人劝诫过你，但你一定是没听进去。"

"这些事，你是一早就知道？那你为什么从来没有告诉过我？"宇文胜问道。

"我以前只认为你是时运不济，遭人暗算。木已成舟，说了也没有意义。可现在我觉得，这里面何尝没有你自己的问题？我拿你当朋友，把这些告诉你，不希望你继续在这上面栽跟头。"

宇文胜木然地点点头,转过头就要走。简薇从狗粮上跳下来,大声道:"你要走?你这是什么意思?"

"我哪有什么意思。我就是觉得没意思,什么都没意思。"宇文胜心如死灰,语无伦次地说道。

"那你好歹把狗粮帮我装上再走。"简薇把车钥匙递给宇文胜。

宇文胜拎着狗粮,向停车场走去。看着他落寞的背影,简薇忽然觉得一阵心疼。此时的宇文胜,和她第一次见到的胜总,几乎是判若两人。彼时他意气风发,此时他颓唐沮丧。这样不好吗?其实这样并没有什么不好。她甚至更加欣赏这样的宇文胜,褪掉毛躁和张扬,在人生的谷底完成一场蜕变。作为朋友,她希望他有所改变,希望他可以越变越好。


尽管这次宇文胜被崔北望坑害一事与陈南并无关联,纯属他见钱眼开,然而崔北望仍不忘给陈南打电话报喜。他已形成这样的思维定式:只要宇文胜倒霉,陈南就高兴。然而电话那端的陈南并未随他一道幸灾乐祸,而是大发雷霆。

"这就是你不地道了!他做着你的加盟站,你却又把片区包给了别人,你这种行为叫缺德,你知道吗?"陈南斥责道。

　　崔北望听得是云里雾里，心想要论缺德，那你可算是祖师爷级别的人物，怎么偏就教育起我来了？他试图为自己辩解两句，陈南怒气更甚，说："你就一丁点商业道德都没有吗？之前你没提签合同的事，现在你又用合同来坑他，这是造孽，没有良知！以后谁还敢和你这样的人合作？"

　　陈南怒气冲冲地挂掉电话。他确实被崔北望的行为激怒了。老实讲，他为人并没有那么坏，先前他三番五次地折腾宇文胜，仅是想小小地报复一下他而已，在他的概念里，那些行为无伤大雅，小恶而已，算不上大害。在他的婚礼上，当他看到宇文胜被戏弄，然后黯然离场时，心里是有些自责的，内心谴责自己太过火了。他只好用"自己太爱尤琳琳了"这个理由为自己开脱。然而这个理由并不能说服他自己，这段时间以来，他时常回想起简薇对他的质问，忍不住怀疑自己真是她口中那个"low 爆了"的坏人。正因此，当他听闻崔北望又一次出手祸害宇文胜时，不禁怒气冲天。

　　让陈南感到不爽的另一原因，则是他不甚美好的婚后生活。蜜月还未出，他已然深切地感受到了婚姻的枷锁。尤琳琳仗着自己有孕在身，对他颐指气使，呼来喝去，陈南不服气地顶撞几句，她竟然大呼小叫地要打电话给陈庭之，让他评理。她明白陈庭之就是陈南的软肋。陈南几次三番地问自己："这是何苦呢？争来争去，就是为了娶这么个祖宗回家吗？"然而木已成舟。陈南有时候会认为，这大概是自己对宇文胜落井下石得到的报应。这个念头令他无法从沮丧中自拔。

在刘三根的软硬兼施下，宇文胜的加盟点不得已关闭了。刘三根扬言，但凡发现他以八通快递的名头在他的片区开展业务，一定会告到他消停为止。小苑心有不甘地将办公区和三轮车上所有"八通快递"的标识取下，心痛得几乎要落泪。相比之下，宇文胜则没有那么难过。这两天，他似乎比之前还要忙碌，早出晚归，宇文广和小苑几乎看不到他的影子。这天他回到加盟点，天已经黑透了。他一推门，就见到小苑和宇文广齐齐坐在前台处，把他吓了一跳。

"你们俩这是干吗呢？"宇文胜不明就里，"大晚上的，为什么不回家？"

"没心思回。快递站现在关门了，以后怎么办呀？这两天也见不到你的影子，咱们总得坐下来好好商量商量吧！"小苑的声音里，满是幽怨和无助。

"回家也是自己一个人，更发愁。"宇文广离婚后，父母也回了老家，如今他进进出出都是形单影只，好不凄凉,"还是大家坐到一起商量一下比较好。"

"合着你俩是专门等我呢?"宇文胜支起了一个马扎,一屁股坐下去,"你俩现在有什么想法?"

"我……"宇文广被问蒙了。他犹豫了一下,瓮声瓮气地说,"我没什么想法,反正不管你让我干什么,我都干。"他憨厚老实,与之配套的是头脑简单,和机敏灵透的弟弟大相径庭。

"我想的是,咱们再找一个快递品牌加盟。这回一定要签合同,有了保障之后,再慢慢做起来。咱们好歹有了一些客户基础,就算再困难,总比之前要容易。"小苑小声说道。

"那加盟费呢?我们有吗?"宇文胜笑眯眯地望着小苑,似乎高深莫测的样子。

"这几个月我们有一些盈利,还有我的工资,我都攒着没花……"小苑嗫嚅道,"我有个表姐也在中海市,要是不够,我再去问她借点……"

"我手里也有点钱,不够的话,我来补。"宇文广说道。

宇文胜又笑了。"你俩的好意,我心领了,可你们想过没有,这加盟费,往少了说要几万,往多了说要十几万,甚至几十万,就算咱们仨倾家荡产地凑够了,把钱拱手给了人家,何年何月能把这些钱赚回来?"

"那不给加盟费,我们还是不合法的呀!难道我们就这样不干了吗?"小苑道。

"干,我们当然要干。但我要不给加盟费,也能合法地干。"宇文胜志得意满地说。

"不给加盟费?那人家怎么可能同意呢!"宇文广不解地问道。

"这几天我早出晚归,忙的就是这个。据我了解,基层快递站的加盟费收多少,全凭上级站点一张嘴,并没有确切的收费标准。所以只要我们有足够的优势,再去和快递公司谈加盟,就能少交,甚至不交加盟费。"

"足够的优势?"小苑不解地问,"我们有吗?"

"我已经找到了。对于快递站点,优势就是客户资源。谁握着大把的客户资源,谁就掌握了话语权。客户资源掌握在谁手里呢?快递员。因此,我们只要挖来足够优秀的快递员,掌握足够优质的客户资源,就有了和快递公司谈加盟的资本。我这几天做的一件重要的事,就是挖来了罗本……"宇文胜说。

"你是说那个快递员罗本?你能把他给挖来?"宇文广惊呼,"都说他一年赚的比老板都多,他跳了无数家快递公司,走到哪儿,就能把客户带到哪儿。他会跟我们一起干?"

"只要给足了他钱,他当然可以和我们一起干。"宇文胜笑道,"他的目的是赚钱,而我们恰好能满足他。我许诺他了，但凡他的客户资源，我一分不提，所有的钱都是他自己的。他当然求之不得。"

"这个罗本既然这么厉害，他为什么不自己单干呢？"小苑好奇地问道。

"不是每个人都乐意自己当老板的。像他这样，做一个高薪的打工仔，难道不更好？"宇文胜说道，"他需要一个平台，那我们给他这样一个平台，我们需要他这样一块招牌，这样互惠互利，是他的最佳选择。"

"然后呢？然后我们加盟哪家快递公司？"宇文广迫不及待地问。

"这几天我谈了几家快递公司，罗本这块招牌还真是好使，附近的快递站都知道有这么一号人物，最后终于有一家快递公司同意让我们免费加盟。"宇文胜故意放慢语调，仔细观察小苑和宇文广的表情，"你们说，这算不算是一个好消息呀？"

"当然算了！"小苑雀跃道，"你快说！是哪家快递公司？"

"风驰快递。名气比不了八通快递，但服务品质还不错。正好他们在新电商园片区没有加盟站，我们算是冲在了前头。加盟事项已经谈妥了，这两天就去签合同。"宇文胜冲小苑挤挤眼，"本来想等合同签了，给你们带个惊喜回来，谁知道今天一下子都说了，惊喜也没了。"

"够惊喜了，够惊喜了！"宇文广兴奋得直搓手，"真没想到这么快就谈成了。大胜啊，你可真行啊！"

"你说的都是真的？"小苑唯恐白高兴一场，"这个罗本，他真的有这么大的魔力？我怕，我怕……"后面的话，她没好意思说出来。她知道宇文胜好面子，她怕宇文胜为了哄他们高兴，故意夸大其词，让他们白高兴一场。

"是真的。"宇文胜郑重其事地说，"当然，我们的优势也不止一个罗本。他们对我的思路也比较赞同。我跟他们说了，我们下一步计划向华贸广场的写字楼推广，拿下那些公司的收发单，这一点，他们很认同。"

"我们在华贸广场没有人脉资源，去那里推广应该没那么容易。"小苑提出质疑。

"以前没有，现在有了。"宇文胜的脸上露出一抹笑意，"简律师现在去那里上班了，等我们签了加盟合同，她会帮我们的。"

"简薇？"一听到简薇的名字，小苑的眼神立刻黯淡了下去，她掩饰着心里的不快，努力不让自己的失落表现出来，"什么时候签合同？我和你一起去吧。万一他们在合同里弄什么猫腻呢？咱们一起去，心里踏实。"

"这你就不用担心了，简律师她可是专业的。"宇文胜丝毫没有察觉小苑内心的不悦，得意地说，"让她和我一起去，保证万无一失。"

又是简薇。小苑的心里沮丧得厉害,全然不复刚才的雀跃欢喜,只觉得自己一无是处,卑微极了。神经大条的宇文胜终于察觉到了小苑的情绪变化,不禁有些后悔自己刚才一时话多。宇文广的神经粗线较弟弟有过之而无不及,他完全未能感受到气氛的微妙变化,兴奋地说:"咱们出去吃一顿吧,庆祝我们马上加盟新品牌了!"

"好啊!小苑,咱们一起去吧!"宇文胜如蒙大赦,精神不由一振。

"你们去吧,我还有事,我先走了。"小苑匆匆地跑了。她的眼泪直在眼眶里打转,一不小心,就要流出来了。

"大胜,她这是怎么了?刚才不还好好的吗?"宇文广后知后觉地问道。

"我……我也不知道。"宇文胜无奈地摇了摇头。

实际上,他当然知道为什么,他只是不知道该怎样做而已。宇文胜呆呆地望着小苑已经消失的背影,心里满是迷茫。那个一心为他付出的傻姑娘啊,宇文胜对她,第一次有了心疼的感觉。

## 第九章　情愫渐生

几天后,宇文胜正式和风驰快递签署加盟合同,他的加盟站换了门庭。在小苑的细心准备下,所有的标识通通换成了风驰快递,看上去焕然一新,充满生机。小苑已经和之前的客户一家一家打过招呼,尽最大的努力留住了绝大部分客户。三人的分工和之前基本一样,新来的罗本还是负责他先前的客户收发件,保持着高度的自由,宇文胜则将重心放在了华贸广场。那日他和简薇在那里见面时,凭借他对周围环境高度的敏感性,他已经注意到了那里的商机:作为中海市新兴的商业写字楼群,这里的大部分企业都是新近入驻,由此可知,合作快递公司应该尚未满额,甚至有很多是虚位以待。

简薇虽然尽力帮忙,但她实则并不认同宇文胜的想法。

"大公司对合作快递的要求,和电商公司完全不一样,价格不是他们主要考量的因素,效率和服务才是。这一点,你应该比我更明白。"简薇顺利通过面试,已经入职一家外资企业法务部,宇文胜以考察业务为名,三天两头地在她身边晃悠。

"我知道,大公司不差钱,所以不介意价格低不低。他们寄的快递以文件居多,要安全,又要快,这些我都懂。"宇文胜保持着彬彬有礼的笑容,"但我还是想试试。"

"你这就是典型的道理都懂,就是不听,对不对?"简薇无奈地说。

"对。"宇文胜毫无愧意地点头承认,"而且我还知道,你肯定有办法。"

"我能有什么办法?"简薇感到好气又好笑,"事实就在这儿摆着。比如我们公司吧,我一入职就注意到了,合作快递是速纳。你了解的,速纳的价格在全国都是最高的,但他们丝毫不在意,因为速纳的服务有保障,寄重要文件也放心。还有一点就是,如果我们用速纳给客户寄材料,他们会觉得我们公司规范、有实力,也会觉得自己受到重视,这就是它的品牌效应,而其他快递就做不到。"

"速纳快递做得是好,可就是陈南那个少爷心不太好。"宇文胜自嘲地笑笑,"不过那个陈北倒是真的不错,对你忠心耿耿,你就不打算考虑考虑?"

"别往我身上扯。"简薇脸一红,"现在的问题就是这样,你代理的快递品牌,具备的只有价格优势,而价格优势在这里完全没有用武之地。"

"你说公司寄的都是重要文件,那除了文件呢?难道这些公司就没有不重要的东西要寄吗?"宇文胜有些泄气,但仍旧不依不饶,"我就不信,从你们公司寄出的每个快件都是重要物品。再说,除了公事,员工私人也要寄快递吧?"

"你说的这一点,倒是值得深挖一下。"简薇若有所思,"或许,可以和公司建议,合作快递分两家?一家快递负责寄送重要物品,一家快递负责不那么重要的物品,以及员工私人寄送快递?"

"可以呀!"宇文胜眼睛一亮,"员工私人寄快递,要花自己的钱,对价格自然敏感,选我们的快递就再合适不过了。我就说嘛,你一定有办法!"

"你就别奉承我了。"简薇推脱着,嘴角却挂着淡淡的笑意,"不过这样的话,每家公司的收件量未必有多少,但是还要逐家公司去上门,收件任务比较重。这样的投入产出比,你能接受吗?还有,你们现有的人手够不够?"

"这不要紧。"宇文胜大手一挥,"万事开头难,慢慢地，收件量就多了。人手方面，正好我的一个初中同学刚刚从部队退役，我打算让他来快递站，由他负责这个片区，正合适。"

"这样就再好不过了，你们可以用扫楼的办法一家家来谈合作，这个方法简单粗暴，不过行之有效。"

"谈合作，怎么少得了你呢？"宇文胜惊讶地说，"你可不能就这么甩手不管了……"

"喂喂喂，胜总，现在是你在做生意，不是我。能不能别什么事都找我？"简薇无奈道。

"你好歹把第一个合作单位帮我谈妥了。"宇文胜耍起了无赖，"就从你公司开始谈吧！主场作战，心里有底。"

"那我要是不同意呢？"

"那我就不走了。"

"……好吧。"简薇气结。宇文胜乐颠颠地跟在她身后，心里暗爽。


不得不承认，简薇的谈判能力确实了得。在顺利拿下她所在外资公司的快递合作权之后，宇文胜决定请简薇吃顿大餐作为报答。然而两人研究了半天去哪里吃，最后还是定在了宇文胜经常去的那家烧烤摊。

"先说好了，这可不是我抠门。我是诚心要请你吃大餐，但是你并没有珍惜。"刚一落座，宇文胜就急着为自己辩白。

"行行行,是我不珍惜。"简薇爽快地道,"大餐对我真没有吸引力,而且那种环境太拘束,放不开,不如这里吃饭,舒服。"

"陈北请你吃饭,应该从不来这种地方吧?"宇文胜看着菜单,不忘八卦,"难不成你和他每次约会,都放不开?"

"你别说,还真是。"烧烤摊热闹的氛围让简薇卸下心防,"我和他在一起,确实没有放松过。就像是有着与生俱来的距离感,没有办法克服。"

"所以你并不是很喜欢他。那你还和他谈恋爱?"宇文胜大惊小怪地喊道。

"谁和他谈恋爱了?"简薇瞪了宇文胜一眼,"再说了,我和他谈不谈,关你屁事。点菜吧你!"

宇文胜讪讪地点点头,说:"我就是关心一下而已……"

"谁要你关心。你还是好好想想和那些公司签代理合同的事,一定要趁早签,免得夜长梦多。合同需要你们自己来起草,你弄完了可以发给我,我给你把关。"简薇语重心长。

"知道,明天我就能把合同弄出来。"宇文胜踌躇满志地说,"咱们谈得这么好,不可能有什么变故。我已经把这两天的进展和上级快递站点说了,他们表示十分惊讶,没想到我们站点刚开业,就拿下这么大的单子。"

简薇含笑注视着宇文胜,忽然问道:"你之前开公司的时候,比这大得多的单子,都没让你这么高兴过吧?"

"那是。这不是落魄了嘛!不过,这样也挺好。做人得审时度势,到哪儿说哪儿,光想着过去,那其实是自甘堕落,更何况你也教育过我,改掉自己的缺点,和过去告别,向前看。"宇文胜夸张地做了一个"向前冲"的手势,末了自己先笑了起来。

简薇也笑了。她头一次觉得宇文胜如此可爱。虽然他毒舌、傲娇、自视甚高,但骨子里,他还是一个率真的大男孩,带着不加掩饰的真实。这份她所看重的真实,其实并不稀奇、并不罕见,但很多人不具备,比如陈北。简薇悠悠地叹了口气。

就在宇文胜刚刚起草完合同,他得知了一个晴天霹雳般的消息:有人抢先一步,去华贸广场签了代理合同。消息是简薇传出来的,据说签约机构也是风驰快递。

"怎么可能?"宇文胜迷惑不解,"这家风驰快递,十有八九是李鬼!是山寨的,骗人的!"

"不可能。"简薇言简意赅,"他们确实是风驰快递不假,材料齐备,一看就是有备而来。"

"难道,是其他的风驰快递加盟站?他们这消息得到得也太快了吧！谁告诉他们的？"宇文胜想不明白。

"你那天说过，你和上级快递站点说过和华贸广场签约的事？会不会是他们传出去的？"简薇警觉道。

"要是这样，那他们也太孙子了吧！"宇文胜气愤地道，"都是它的下属加盟站，不管谁签约，他们都能拿提成，何必厚此薄彼呢？没理由啊！"

"不管怎样，你马上调查清楚这件事。刚才他们来我公司签约，被我发现的。我借口要看合同，拖住他们很久了。你越快越好，否则他们一家一家地签约，一旦签了，就不好再挽回了。"简薇低声说。

"好，我马上。"宇文胜心急如焚地挂断了电话，驱车前往风驰快递的上级加盟站，他要问个清楚。事情倒不如他想的复杂，很快，他弄明白了情况，然而事实却让他惊呆了：和他抢签代理合同的，不是别人，正是他的上级加盟站派人干的。

"你们这是为什么啊？"宇文胜费解地大喊道，"我是你们的下级加盟站点，我既是为自己赚钱，也是为你们铺开业务。你们突然闹这么一出，是嫌我这单来得太容易了吗？"

"你别生气。"风驰快递的负责人姓蒋，戴着一副眼镜，白白净净，说起话来文文气气，"你确实是我们的下级加盟站点，可咱们签约的片区不包括华贸广场。你并没有权限在华贸广场开展收单业务。"

"可问题是华贸广场也不属于其他加盟商对吧?"宇文胜气结,"我没有侵犯别人的权益。我把合作谈好了,再把华贸广场签成我的片区不就行了吗?"

"正因为华贸广场不属于任何加盟商,所以我们上级加盟站打算直接签下来。"姓蒋的那个人理直气壮地说,"总公司对每级站点都有业绩考核,我们也一样,都很难做。能签下华贸广场的那些公司,对我们来说,很重要。"

"你这是一本正经地胡说八道!钱对你很重要,你怎么不去抢银行呢?女人对你们很重要,你可以明抢别人的老婆呀!"宇文胜气得够呛,"业绩重要,就是你们厚颜无耻抢我的业绩的理由?"

"严格说来,我们不算抢。就算咱们公平竞争,你觉得对方会和你签,还是和我们签呢?"姓蒋的人认真地说,"论规模,论资历,我们都比你强了不是一星半点,他们没有理由放弃我们,而和我们的下一级加盟站签约,你说是吧?"

"是,你说得是。你可真是无耻啊。"宇文胜"噌"的一下站起身,"能和自己的下级站点竞争,亏我当时千挑万选,选了和你们这家快递合作。"

"你的眼光和能力,我们都是认可的。"蒋姓男子秉着气死人不偿命的原则继续说道,"希望我们共同把风驰快递做得更好。"

"我会的。"宇文胜微笑着回了这句话,转身大踏步走了出去。他在心里已经想好了应对策略,必须、一定、决不能让他们得逞。宇文胜径直向崔北望的快递站驶去。

因为心里有鬼的缘故,崔北望对于宇文胜的突然到来,显得十分惊慌失措。他坐在办公椅上,狐疑地望着宇文胜,不知他葫芦里卖的什么药。

"崔总,你以前做的那些下作事,我都可以既往不咎。"宇文胜开门见山,"我现在有个合作想和你谈,互利共赢的事,你要不要干?"

"说来听听。"崔北望半信半疑地点点头。

"用你的快递站的名义,签下华贸广场的快递收发权。具体的合作事宜我已经谈好,只需要用你公司的资料,现在和我去签约。"

"用我的快递站签约?为啥要用我的?"崔北望问道。

"还不是因为你的快递站规模大,资历老,难不成会因为你心眼好,人品正?"宇文胜无奈道,"我这也是无奈之举,放在眼前的钱,你看看要不要赚。不过,事成之后,你们要把一半的业绩转包给我们。也就是说,你几乎不费任何力气,从我这里拿走50%的业绩。你要同意,我们现在就签协议。"

"可以是可以,不过你要着急的话,咱们可以先去,协议等回来再签。"崔北望说道。

"不急于这一时一刻。"宇文胜示意崔北望将电脑借他用一下,"先签了协议再去不迟。"

"行啊,吃一堑长一智,之前的亏没白吃啊!"崔北望尴尬地笑笑。

"那是。我还要感谢你,要不是你这么无耻,我也没这增长智慧的机会。"宇文胜冲崔北望笑笑,"上次被你坑,就当是我交给你的学费,这次合作,就算我出师了。"

崔北望无比尴尬地笑了。

风驰快递的人没想到,宇文胜会带着崔北望现场截和。论资历、规模和口碑,快递新秀风驰全然不是八通快递的对手,更何况还有宇文胜的加持。他先前逐家公司谈合作的时候,已经和各公司相关负责人混了个面熟,很容易就和之前谈好的公司顺畅地签了约。

简薇人在公司,一颗心却七上八下,时刻担心着宇文胜那边的情况。好不容易挨到下班时间,简薇急匆匆地跑了出去,见到宇文胜双手插兜站在楼下,一脸悠闲地望着自己,她的一颗心才算放了下来。当她得知他是借崔北望之力,扳倒风驰快递时,不由得笑了。

"可以啊,胜总,有长进。我之前还真是小看你了。"简薇道。

"还要多谢简律师教诲。"宇文胜彬彬有礼地说,"要不是简律师处处提醒，这个单子早就飞了。"

"我可不敢邀功。老实说，我最多也就是提醒你注意防范，这么好的点子我可想不出来。"简薇由衷地说，"你在商业这方面确实有天分。我自愧不如。"

"天分不敢当，只要把对方该有的利益让出来，其实世上没有谈不成的合作。"宇文胜飘飘然地说。

"说起来，你也够大手笔的。你只不过是借用他的公司来签约，就直接给了他一半的业务量，会不会觉得有点亏？"

"亏？那不会。"宇文胜一挑眉，"重赏之下，必有勇夫。不喂饱了他，他怎么肯帮我这个忙？我不会计较这点得失。快递这个行业到底是个靠走量的行业，就算我让利再多，只要总的快件量上来，还是大有赚头。"

"你说的有道理，但我总在想，如果你只让他30%的业务量，或许他也会同意呢？那你就可以占70%……或许我没有经商的天分，但我确实觉得给他太多了。"

"该争的地方争，该让的地方让。"宇文胜摆出一副高深莫测的样子，"有舍才有得。我用最高的提成，拉来了最优秀的快递员。多少快递站口口声声说要抢他，又不拿出实际行动来，结果被我抢了先，这就是因为我让的足够多。接下来我打算继续用这个方法，再招上几名优秀的快递员，迅速扩大规模。就算我们从中拿的提成再少，那也都是'睡后收入',这样很值。"

"'睡后收入'？你倒是很潮,现在衡量一个成功人士,都以是否有'睡后收入'为标准。"简薇道。

"说是'睡后收入',其实是夸张的说法,我离成功人士还有十万八千里的距离。只不过,按照我的计划,让新招的快递员承包片区,取消固定工资,给他们高提成,让他们自己为自己打工,而我赚的钱,只是因为我为他们提供了一个平台而已。"宇文胜志得意满地说着,忽然发现简薇微微蹙眉,赶忙转换了口气,忐忑地问道,"我是不是又犯了自负的毛病了？"

宇文胜诚惶诚恐的样子让简薇不由失笑,她赶忙摆摆手,说:"并没有,准备充分的自负,其实就是自信,这样很好。"

宇文胜松了口气,说:"能得到简大律师的肯定,我就放心了。"

"承蒙胜总赏识,不胜感激。"简薇俏皮地冲宇文胜拱拱手。

"你不知道,你的意见,对我很重要。"宇文胜说着这句话,忽然没了底气,声音越来越小。而这句话显然已被简薇捕获了去,她看着一脸忐忑的宇文胜,忽然脸红了起来。两人各自都没有了直视对方的勇气,尴尬地各自望向远方。良久,简薇冲宇文胜点点头,转身离去。而宇文胜呆呆站在原地,望着简薇的背影,心里一片迷茫:我这是怎么了?我紧张什么呀我!

　　有道是塞翁失马,焉知非福,谁都没想到,在被崔北望坑了之后,宇文胜的快递事业非但没有一蹶不振,相反,竟然迈上了一个新的征程。都说穷则思变,变则通,宇文胜放开手脚背水一战后,快递站的规模迅速扩大,不出一个月,快递员的数量迅速突破了十名,他所负责的片区版图也一再扩张,速度让人咋舌。

　　当然,高速扩张也随之带来了许多问题,譬如节节攀高的投诉率。为了在有限的时间里多创收,这些快递员里的"老江湖"个个使出浑身解数来增加收件量,对于派件则敷衍了事。派件时,能放在楼下的,坚决不送上楼;能放到菜鸟驿站的,坚决不送货上门。这些年,全国各地涌现出大量的菜鸟驿站,其主旨是为不方便收件的人提供代收服务,快递员在经过收件人允许后,将快递放在菜鸟驿站,待收件人时间方便时再自行取件,图个方便。显然,对于快递员来说,与送货上门相比,将快件直接放在菜鸟驿站,会节省大量的派送时间,因此不少快递员在未得到收件人允许的情况下,擅自将包裹放在菜鸟驿站,时间长了,自然难免引得收件人怨声载道。

　　高投诉率带来的就是高罚款率,快递站成立伊始,宇文胜就被迫交了一笔"储备金",总公司直接从里面扣除罚款。没过多久,这笔储备金就要见底了。小苑算了算账,愁眉苦脸地说:"这样下去可不行啊,现在咱们人多了,业务量是上来了,可罚款也多了。这一个月,被顾客投诉就罚了两千,再加上运了一个违禁品,又罚了两千,这么一算,就是赚多少钱也不够罚啊!"

"谁被投诉,谁自己承担!不能给站点添负担,这叫一人做事一人当。"文斌拍着胸脯说道。文斌是宇文胜的初中同学,刚刚退伍。许是拜部队多年锻炼所赐,他个子不高,却十分健壮。他和宇文胜因为上学时一起打过群架,结下了深厚的友谊,从部队归来后他第一时间加入了宇文胜的队伍。

"你说得轻松。"小苑嘟着嘴,"你以为这些快递员这么好挖来呢?当初就承诺了,如果有了罚款,快递员个人和快递站各自承担一半。这钱总不能全让快递员自己掏了呀!"

"我上个月有两个投诉,这钱我自己付。"文斌豪爽地说道,"别人我管不了,以后我的罚款,我都自己掏,给组织减少负担。"

"行了吧你!不就仗着自己有点安置费吗?"小苑白了文斌一眼,"你那点钱,还是留着娶媳妇吧!买车买房养孩子,有你受的。"

文斌嘿嘿一笑，挠了挠头，说："那不急，我要先帮着大胜把事情做好，再想娶媳妇的事，先立业，后成家！"

"说什么呢，这么高兴？"宇文广正准备出门，看见文斌和小苑相谈甚欢，过来打趣道。

"大哥，你现在天天派件，受得了吗？"小苑关切地问道，"你那个片区都是居民楼，少不了要爬楼上高的，你的腿……"

"没问题！"宇文广大手一挥，"你可别小瞧了我，这声大哥，可不能让你们白叫。现在大胜总在外面跑业务，咱们的片区又比以前大了，我不能总是干点上门收件的轻省活，必须帮他分担。"

"我知道，可你得注意，量力而行啊。"小苑叮嘱。

"放心吧！"宇文广冲小苑和文斌做了一个"大力士"的手势，精神抖擞地走了出去。

一般来说，快递员最为中意的片区，首先是写字楼，其次就是大学城。写字楼里多是公司，寄件量大，派件量少，并且派件也相对轻松，直接放在前台了事。大学城则同理，大多数学校都禁止快递员进门派件，统一放在门口的菜鸟驿站，再群发短信通知一下收件人，省事省心。而居民楼则相反，寄件量少得可怜，派件任务却繁重，并且大部分都要求送货上门，若是再碰到个没有电梯的老旧居民楼,那就更麻烦了。为了赚那一块钱,爬十几层楼,这笔生意怎么想都不划算。风驰快递这方面很是精明,用"捆绑销售"的方式来推销这些没人乐意承包的片区,不得已,宇文广也只好承担了一个居民区的派件任务,宇文胜对大哥跑上跑下很是心疼,好在他乐在其中。

宇文广没想到,就在他开始派件后的第三天,他的爱情突然降临了。

这天的派件量比较大,眼看着到了下午四点,车里还有大半快件没有送出去,宇文广不由心急。他五点钟就要去大客户那里上门取件,算了算时间,一个小时之内派送完这些快件,决计是不够的,他决定铤而走险,将这些快件都放到菜鸟驿站。

这个居民区的菜鸟驿站规模不大,整日里只有一个年轻姑娘坐镇,人忙上忙下的,很是勤快,就是话少,两人打交道也有几天,宇文广愣是没听见她说过一句话。她帮着宇文广,把快件一个个放进菜鸟驿站的柜子。宇文广正打算告辞,突然间,一个小个子男人快步走进来,带着一脸来者不善的怒气,大喊道:"老板呢?你们老板呢?让他出来!"

宇文广一惊,站住了脚步。年轻姑娘一脸惶恐地跑到男人跟前,一句话也说不出来,只是不住地弯腰鞠躬。

"你别在这儿弯腰作揖的,叫你们老板过来!我买的活物，就这么一言不发地给放到快递柜，让我自提，你们就是这么对顾客的？"男人不依不饶，"特意雇了你这么个哑巴，就是为了躲事儿的吧？"

哑巴？宇文广心里一惊，看了看那姑娘，只见她的眼睛里蓄满了泪水，却仍是不发一言，只是拼命地鞠躬。

"行了，我不跟你个哑巴计较。你快去找你们老板，谈谈怎么赔偿！不然我就不走了！"男人拉过一旁的藤椅，径自躺在了上面。

"到底是给你造成了什么损失？这件事，怪不了菜鸟驿站，就算有问题，你也应该找快递公司去解决。"宇文广忍无可忍，决定挺身而出。

"你是干吗的？你不就是个送快递的吗？"男人上下打量了宇文广一番，"风驰快递！就是你们！来吧，看看你们干的好事。"他掏出手机，打开短信界面，"看见没有？我刚收到的，'您的快递已经放到自提柜。'我这里面是活物，生鲜！放自提柜，死了怎么办？再说了，你经我允许了吗？"

原来此事是因自己而起。宇文广明白是碰见找碴儿的了，赶忙道歉："对不起，是我的失误，我不该擅自把您的快递放到自提柜，不过要是您过了今晚还没来取件，我明天会把快件亲自送到您家里的。"

"过了今晚上！你知道我这里面是什么吗，就今晚上？过了今晚上要是死了，你负责吗！"

"您稍等，我这就把快件取出来。"宇文广匆忙跑到自提柜旁，输入密码，取出了一个方方正正的纸盒。正如他所料，纸盒上并没有"生鲜"或者"活物"的标记，否则按照行业要求，他会优先派送这个快件，而绝不会将它放进快递柜。

"您确定这个纸箱里是活物吗？这上面没有任何标识……"宇文广问道。

"找碴儿是吗？推卸责任是吗？不信你就把它拆开看看！拆啊！"男人叫嚣道。宇文广略一犹豫，那姑娘顺手拿起身旁的剪刀，走过来，小心地把纸箱划开。

忽然，那姑娘猛地一颤，手里的剪刀"啪叽"一声掉在地上，纸盒子也随之掉落。宇文广赶忙一看，只见两条小蛇从纸盒里缓缓地游了出来。

"你怎么把箱子摔了！摔死了怎么办！"男人忙不迭地过去察看自己的爱蛇有无异样。那姑娘已经吓得哭了，肩膀不住地耸着。

"幸好我这蛇没事，否则我投诉到底！你们谁都别想跑！"男人正在喊叫，忽然意识到自己的脖领子被拎了起来，宇文广的声音在一旁响起："有什么冲我来！别为难人家一个小姑娘！弄两条破蛇吓唬女人，你还算是个男人吗！"

"破蛇？我这是宠物蛇！你们赔得起吗？我告诉你啊，我马上投诉你！"男人不依不饶地大喊着。

"两条菜花蛇，还当宝贝了。这还当宠物？这么小，买来吃都嫌麻烦。投诉吗？随便你！可我告诉你，投诉我之前，你必须和姑娘道歉。"宇文广揪着男人的脖领子，示意他赶紧道歉。

"凭什么？凭什么呀？你算老几啊？"

"我不算老几，就凭你吓到了人家，就该道歉。"宇文广稍微加大了手上的力道，几乎将男人提得双脚离地。男人被勒得喘不过气，不住地咳嗽起来。宇文广右腿残疾之后，曾着意练过臂力，因此手劲儿比一般男人都要大，更何况面前这个男人又干又瘦，完全不是他的对手。

"我……我……"男人一边挣扎一边咳嗽，勉强说出一句完整的话，"放我下来……"

宇文广轻轻松了下力道，男人的双脚好不容易落在地上，立刻好死不死地说道："道歉？做梦！"

很快，男人又被提起来了。他后悔自己翻脸太快，挣扎地说道："我道歉……"

男人果真道歉了，虽然看着不情不愿，但再也没敢炸刺，乖乖地冲着姑娘鞠了个躬。小姑娘眼圈又红了，这回大概是激动的。男人拎着纸箱子走了，宇文广只觉得豪情满怀，转过身看着小姑娘，一种行侠仗义的感觉油然而生。

"你没事吧?"宇文广问道。他忽然想到小姑娘不会说话,又觉得自己的问题有些唐突,不好意思地挠了挠头。

姑娘微笑着摇摇头,拿出手机,在微信界面打出几个字,再把手机举到宇文广面前:"谢谢你!"

"不用谢,举手之劳,举手之劳。"宇文广挺喜欢这种交流方式。

"他会不会投诉你?"

"随他去!投诉我也不怕他。"宇文广大手一挥,"我一个大老爷们,不怕他!只要他不为难你就好。"

姑娘羞涩地一笑,打出一行字:"我叫小鹿。你叫什么名字?"

"我叫宇文广,你叫我大广就行。"宇文广殷勤地问道:"小鹿,我可不可以加你的微信?"

小鹿羞涩地点点头,宇文广赶忙掏出手机,心里暗爽。

"连投诉都不怕了,可以啊。都说酒壮人胆,你这是被爱情撞了一下腰,就天不怕地不怕了?"宇文广回到快递站后,一直保持着捧着手机傻笑的姿势,宇文胜忍不住打趣他。

"不是不怕,而是我相信,他不会投诉。"宇文广作出一副严肃的样子,"你不知道他被我吓成了什么样子!我告诉他,以后我每天都会来这个地方,让他自己掂量着办。"

"大哥,说回来,这件事归根结底是你做得不对。未经客户允许就把快件放到菜鸟驿站,客户投诉的话,是百分百要罚款的。"小苑说道。

"我不是着急嘛!下次不会了。不过他也真是可以,网上买蛇,还不写明了是活物。幸好那包裹还算严实,要是把小鹿咬了,那他就摊上事儿了。"一提到小鹿,宇文广的情绪就跟着激动起来。

"行了行了,都知道你的小鹿比你命都重要。"宇文胜揶揄道,"你不会是真看上人家了吧?"

"说啥呢。我问了,她今年才二十岁,我比人家大十好几岁,哪儿能动这心思。"宇文广的声音里透着些落寞。

"说的也是。"宇文胜理解地点点头,"这个居民区派件量太大了,你上午派件,下午还要去收件,确实忙不过来。不然就这样,你和文斌换换,去他的片区,那是条商业街,不用爬楼……"

"不,不用换,不用!"宇文广慌忙打断宇文胜,"我已经适应这个居民区了,我现在挺好,不用换。"

"不怕人嫌你岁数大了?"宇文胜盯着大哥因紧张而发红的脸,乐不可支。

"万一人家不嫌呢?我总得试试。"宇文广不好意思地低下头。

"回头你俩成了,就算她只有十八,我也会管她叫大嫂。"宇文胜拍拍大哥的肩,以示鼓励。

"看见喜欢的就去追,大哥,你真勇敢,是个纯爷们儿!"文斌也拍了拍宇文广的肩,三个人都笑了。小苑忽然"哼"了一声,掉头就走。

"咋了小苑?有情绪啊?"宇文广不明就里。

"我没情绪,只是觉得有些人吧,一点儿都不爷们儿。"小苑转过身,话里带刺。

宇文广和文斌不知所措地望向宇文胜,夹在两人的目光中,宇文胜只好装疯卖傻地用同样迷茫的目光来做回应。

小苑瞪了宇文胜一眼,走了,她的心里窝火。这个宇文胜,难道就是块木头吗?表白这种事,非要一个女孩子主动才可以?她认为宇文胜心里是有她的,她坚信这一点,他只是不知道该如何表达而已。她因为他的羞怯而气到发狂。

尤琳琳怀孕已过五个月,身材仍旧轻盈,若是忽略她腹部的微凸,则完全看不出她是个孕妇,外形与少女无异。不得不承认,她的这副皮囊的确深得老天垂怜,在孕激素的作用下,皮肤吹弹可破,看起来容光焕发,更加动人。然而陈南却已经看腻了她的这张脸,如今他不知天天在哪里潇洒,看着哪张脸意犹未尽。当然,尤琳琳也没闲着,本着夫唱妇随的原则,她和假脸姐妹团们日日欢聚,狂欢到深夜亦是常态。当然，她的内心是凄苦的。她想不通的是，自己好歹也是陈南千辛万苦追到手的，为何他竟如此不知珍惜。

终于，尤琳琳肚子里铁打的胎儿没禁得住她的彻夜狂欢，她在清晨醒来时，发现了床上触目惊心的一摊血。尤琳琳慌了，凭她对丈夫的了解，心知他此刻不在家。她匆忙拨了他的电话，得到的回应竟然是对方已关机。

彻底慌了手脚的尤琳琳没选择拨打120，而是鬼使神差地拨了宇文胜的手机号。电话那端响起了熟悉的一声"喂"，尤琳琳没能控制住奔腾而下的眼泪，哭着说："我流血了！快来救我呀！"

约莫半小时后，尤琳琳被推进了手术室，门外等待的是宇文胜和简薇。接到尤琳琳电话时，宇文胜正迎着霞光准备出门派件。正如尤琳琳不知为何，鬼使神差地拨了他的电话一样，宇文胜也鬼使神差地迅速接听了她的电话。电话那端，尤琳琳的哭声让他的心都乱了。他问清了尤琳琳的住址后，替她拨打了120，在这个间歇，他的理智回归了。他顾忌自己的出现会引发陈南的误会，有个异性在场显然比较好，于是他联系了简薇，让她迅速赶来医院。

直到上午十点多钟，陈南才姗姗来迟。他在网吧包夜组队打游戏，激战正酣时唯恐有人打扰，于是就关掉了手机。许是手术室周围的氛围吓人,陈南明显害怕了。他瞥了一眼坐在长椅上的宇文胜和简薇,一言不发地靠着墙,缓缓地坐在了地上。

灯灭了,尤琳琳被推了出来。一名医生面带沉痛地走了过来,一看他的表情就知道,肯定没好事。

"孩子没保住,家属好好照顾大人吧!"医生沉痛地说道,他的语气和悲痛的表情相得益彰。

尤琳琳面色惨白地躺在车上,双目紧闭,脸上两道泪痕清晰可见。宇文胜俯身看了她一眼,她的憔悴让他感到自己的心被用力地揪了一下。他猛然转过头,狠狠地瞪着陈南。陈南没能看到宇文胜此刻的凶相毕露,此刻他正双手抱头,懊恼地看着地面,不住地叹气。

尤琳琳被推走了,陈南站起身想要跟着她回病房,不料被宇文胜牢牢抓住了衣领。

"你干吗?你疯啦?你抓我干什么?"陈南吓了一跳。

"是你!是你没能照顾好她,你算什么男人?"宇文胜咬牙切齿地问道。

"用你管?她是我老婆!关你屁事!"陈南大声叫道。

"你丢下你怀孕的老婆,跑去网吧开通宵,有你这样做丈夫的吗?"宇文胜质问道。

"轮得到你管吗?我怎么对她,是我们两口子的事。你算老几呀!"陈南反唇相讥。

简薇站起身,冷冷地道:"是他把你老婆送到医院的,说他是你老婆的救命恩人,也不为过,你这样对你老婆的救命恩人,是不是不太合适?"

"救命恩人?我看他是惦记着别人的老婆吧?他心里想的,你以为我不知道?"陈南一声冷笑。

"我不和你一般见识,好好对她。"宇文胜松开了手,眼神漠然地望了一眼陈南,转身大踏步走了。陈南哼了一声,亦转身离开。简薇抬眼望向宇文胜的背影,发现他的身体似乎在微微颤抖。她忽然觉得心里一阵酸楚。她无从解释这股心酸的缘由,只是叹了口气,在心里默默地对自己说:"原来,他还爱着她……"

## 第十章　旧情难忘

一周后，尤琳琳出院了。以她的情况，原本只需要住上两三天院，而她执意住这么久，实则是因为她无处可去。她不想回家，那个偌大的家只能称之为"房子"，整日里只有她自己，形单影只。老实说，她对自己未出世的孩子并没有什么深刻的感情，而流产本身也不足以让她伤心欲绝。她只是觉得她和陈南之间的纽带断了。从今以后，她在他面前，必须察言观色，谨言慎行。陈南只在医院伪装了一天好丈夫，就匆匆回到了网吧，和队友在游戏里上阵厮杀，美其名曰"用游戏来抵御失子之痛"。尤琳琳对他已不抱有任何期望，她婉拒了陈庭之欲帮她请保姆的好意，木然地回到她和陈南的婚房。

她甚至不顾母亲对她"小月子里不能多用眼"的警告，回到家的第一件事，就是打开电脑，登录了她先前最常玩的一款游戏。在游戏的聊天界面，她反反复复地翻看着她和一个 ID 为"齐天大胜"的聊天记录，看到入迷，看到流泪。这个"齐天大胜"就是宇文胜，这款游戏是两人恋爱时最常玩的游戏，共同作战之余，这里留下了俩人不少打情骂俏的聊天记录。先前两人分手后，尤琳琳决绝地删掉了宇文胜的微信号、QQ 号，自然也包括所有的聊天记录，唯独忽视了这个游戏。她庆幸自己当初的疏忽，让她的思念还有可以寄托的地方。

　　她夜里时常做梦，梦到最多的，就是自己身处周遭一片洁白的手术室，一旁都是忙忙碌碌的医生和护士，没有一个人理会她。在她用目光寻找依靠的时候，迎上的是一双细长的眼睛，目光里满是关切和惦念。这双眼睛属于宇文胜，曾经这炙热的目光由她一人独享，如今她却只能在梦里久久地回忆。每每从梦里醒来，她总会觉得怅然若失，心里空空的，一如这空空荡荡的大房子。

　　陈南每隔三五天会回来一次，对她不咸不淡地问候两句，就一头扎进电脑前，畅游游戏世界去了。尤琳琳对此已见怪不怪，但心里是委屈的。有一次她忍不住责问他："游戏就那么好玩吗？你能不能多关心我一下？"

　　正在游戏中厮杀的陈南，手指按动鼠标的频率都未曾减一分，头也不回地说："游戏当然好玩啊。你不是也喜欢玩吗？不分黑白地各种玩，坚持玩，把孩子玩没了，你满意了吗？"

陈南的话让尤琳琳哑口无言，她便明白，他在心里是怪她的。这本就同床异梦的婚姻，因他的恨，如今更是岌岌可危。她是一个时刻需要被关爱的人，她的身边不能缺少温暖，她认为，现在这温暖只有宇文胜可以给她。

尤琳琳做了一个决定。她拨通了那个烂熟于心的手机号，和宇文胜相约在了两人热恋时常去的一家咖啡厅。她精心打扮了一番，薄施粉黛，已是楚楚动人。她对自己的形象十分自信，更何况她还有另一个"撒手锏"。

宇文胜穿着工服走进了咖啡厅。风驰快递的工服普遍肥大，辅之以橘黄的配色，三分像快递员，七分像在押犯。宇文胜在服务生的侧目中风风火火地走了进来，他是在送快递的间歇抽空来见尤琳琳的，还有不少包裹要派送，时间上十分紧张。

尤琳琳看上去丝毫不介意宇文胜的着装，她冲他点点头，羞涩一笑。尤琳琳的笑容都是特意演练过的，她知道此刻的自己一定很美，她明白这笑容可以让任何男人心神荡漾。

"咱们能坐门边的桌子吗？"宇文胜虽然看着尤琳琳，却似乎并没有注意到她的招牌笑容，"坐外面一点，我能看见我的三轮车，里面还有货呢，我怕丢了。"

"好的。"尤琳琳用微笑掩饰着内心的失望，起身随着宇文胜换了座位。

"怎么样，身体恢复好了吗？"宇文胜把手机掏出来，放在桌子上，认真地问道。

"好很多了，只是还需要好好休养才行。"尤琳琳敏锐地察觉到，宇文胜的问候里满是客套，全无温情，这让她的心里充满了落寞。

"那就好。你找我来，是有什么事？"宇文胜问。

又是冷冰冰的语气。劈头盖脸的挫败感使尤琳琳决定不能再矜持了，她要主动出击，立刻，马上。

"是有事……大胜……"尤琳琳哀婉地说，"我只想问你，你愿不愿意再给咱俩一个机会？"

"机会？什么机会？"宇文胜惊讶道。

"我已经很努力了，但我还是放不下你。我很后悔之前的放手，你觉得，咱们两个还能不能在一起？你还愿意接受我吗？"尤琳琳问道。

尤琳琳的直白让宇文胜有些无所适从，他尴尬地摸着鼻子，不知该如何回答。尤琳琳决定乘胜追击，说："我只问你，你心里现在还有我吗？有没有？"

她见宇文胜还不回答，再次发问："我只要这一个答案，你心里，还有我吗？"

宇文胜叹了口气，俯身向前，深深地看着尤琳琳。根据对他的了解，尤琳琳明白他的这个动作代表着他认真了。

"琳琳，咱们回不去了。过去的就过去吧，和陈南好好过日子，再生个孩子，就都好了。"宇文胜缓缓地说。

"我不好！没有你，我一点都不好！"尤琳琳哭了，"我现在才知道，我心里只有你一个。我知道现在晚了，但我还是想回去！只要你同意，大胜，我马上和他离婚！"

宇文胜摇摇头，说："我不同意。"

"为什么不同意？是你心里真的没有我了吗？"尤琳琳再次回到之前的话题。

"我给不了你想要的生活。"宇文胜自嘲地笑笑，仍旧对尤琳琳的问题避而不谈，"我们不合适。"

"你是说你没钱是吗？没关系，我有啊！"尤琳琳拿出了准备好的"撒手锏"——一张银行卡，推到宇文胜面前，"这张卡里有二百万，是我这段时间的积蓄，还有结婚时他给我的……彩礼钱。我们可以拿这个钱去创业，去东山再起。我相信你，我们会有很好的生活！"

宇文胜愣了愣，忽然笑了笑，说："女神，你这是要包养我吗？"

尤琳琳愣了，说："你说什么呢！我是想把这些钱给你！你再创业，好吗？"

"我可没那么容易被包养，干我们这行的，卖力气可以,卖身,不行。"宇文胜站起身,冲尤琳琳点点头,"我还有好多件要送,我先走了。包养的事,还是找别人吧!"

尤琳琳目瞪口呆地望着宇文胜骑车离开,大眼睛里蓄满了泪水,喃喃道:"为什么,为什么?你心里是不是还有我?你心里是不是还有我?"

这天文斌收件归来,情绪不高,话也少了很多。细心的小苑注意到了他的低落,还以为他和客户发生了冲突,特意给他倒了杯水,关切地问他怎么回事。

"你看我像是那么容易打架的人吗?"文斌心情不佳,对小苑说话的语气也生硬了些,"难道在你心里,我就是个只会打架的愣头青?"

"不是不是,我这不是怕你受欺负么。干咱们这行的,挨欺负是常态,有几个快递员没被客户刁难过?"小苑柔声细语地说。

"这还差不多。"文斌心里稍稍好受了些,"这几天有好几家大客户说要终止合作,我为这事儿,郁闷得很。"

"你的客户都是之前胜总谈下来的,和咱们关系不错,也合作了有段时间了,不至于要突然终止合作啊?"小苑满心疑惑。

"谁说不是呢。昨天有一家说暂停合作,我没当回事,可今天又冒出了两家,我就纳闷了。"文斌猛地喝了一大口水，呛得直咳嗽。

"你没问问为什么终止合作吗？"小苑急忙问，"是价格，还是服务？总归是有原因的吧？"

"我问了，都说是领导决定的，我也不认识人家领导啊。我也就认识他们前台的人，还有几个干活的，他们都说不知道，只说是上面的意思。"

"不认识归不认识，你也可以主动找领导去问个清楚呀！"小苑对于文斌的"一根筋"很是头疼，"你要是问不到，就让胜总去问，这都是他谈的客户，他应该能和领导说上话。"

"这么点事，就别麻烦大胜了。"小苑的话让文斌更加心烦，他拍拍胸脯，"我去问！我明天保证问出来。"

"那你加油。"小苑漫不经心地说道。老实说，她对文斌并没什么好印象，他的身上虽然有着军人普遍的优秀特质，但缺点也十分明显——譬如脑子不灵光、思维太直接，并且还是个急脾气，极易冲动，像个炮仗，一点就着。

第二天下午，文斌归来后，兴冲冲地跑到小苑面前邀功，说："我问到了！我就按你说的，找了他们领导！说是有别家给了更低的价格，所以他们不跟我们合作了！"

宇文胜看到文斌欢呼雀跃的样子，走过来问道："商户不跟我们合作了，你这么欢天喜地是为什么？能不能给我个完美的解释？"

"我……"文斌语塞,"我不高兴,我心里着急啊,这几天丢了好几个客户,我急得都上火了……"

他自然不能说,他是因为向小苑邀功,所以才这么情绪高涨。也不知为何,虽然小苑平时对他的态度与旁人无异,他却觉得小苑十分可亲,她的嗔怪,她的责备,在他看来都别有一番味道。昨天小苑随口和他说的话,在他心里却宛如圣旨一般,得到了消息的第一刻,他就想立即和小苑分享。

"行了行了,看你美的。"宇文胜此刻心乱如麻,自然是懒得和文斌计较。和文斌那里的情况一样,他直接负责的几个电商客户也表现出了终止合作的意向,若不是看在他的面子上,怕是早就直接说了拜拜。宇文胜了解过了,这番变故的起因是新电商园片区的飞达快递率先降价,用低价策略挖走了不少其他快递的固定客户。为了留住客户,不少快递已经出现了价格松动的迹象,看来一场价格战在所难免。

"这什么行情啊这是?没法干了!没法干了!"罗本骂骂咧咧地推门而入,一屁股坐在地上的纸箱上,大声道,"降价降到裤衩都赔完了!都赚不到钱了,还在降,我看不要做快递了,让这帮人去做慈善好了!"

"消消气,消消气。"小苑拿出纸杯,倒上一杯温水递给罗本。正在气头上的罗本对小苑的殷勤置若罔闻,既没抬眼皮,也没伸手,只顾低头抽烟。小苑伸出的手在空中尴尬地停留了半天,讪讪地收了回来。

"人家给你倒水呢。你没看见吗?你知不知道什么是尊重?"文斌看不惯罗本对小苑的轻慢,大声质问道。

小苑用力地扯了一下文斌的衣服。罗本仗着自己业绩好,对谁都是一副爱答不理的样子,偏偏文斌又是个不怕惹事的愣头青,她唯恐两人因为自己起纷争。

"大哥,都什么时候了,你还为这点破事叽叽歪歪?"罗本无奈地站起身,"火上房了呀!你的客户没有流失吗?你还不想想该怎么办,还有心思跟我计较这个?"

文斌原本摆出了一副要为小苑出头拼命的架势,听了罗本的话,他没话说了。客户流失成了眼下横在所有人面前的难题。热热闹闹的快递站忽然安静了下来。

"罗本,你想怎么办?"宇文胜打破了沉默,"咱们也降价?"

"不降价,还有别的办法吗?"罗本把烟头掷在地上,"前两年就这么搞过一回,结果到最后怎么样?每家都平均降了五毛钱,斗来斗去,合着都为电商公司服务了。这帮孙子,真是好了伤疤忘了疼,现在又来这一出!"

"我就不明白了,这价格要降到什么时候才是个头?本来就是靠量才能赚钱的,再降价,那咱真是要赔本赚吆喝了。"宇文广插嘴。

"你还没明白吗?这样价格战的后果只能是便宜了电商公司。飞达快递那群人想得太简单了!他们以为降低些利润,就能抢占市场。实际上呢?你降我也降,降价是没有止境的!等降到没利润了,都傻眼了,只好一起往上抬价!可是价格下来了,就不可能再回到原来,到最后谁都得不了好,折腾了一圈,只是自降身价而已!"罗本又点燃一根烟,愤愤不平地说。

"这是何苦呢?"文斌惊讶地问道,"这样的话,咱们就不降价!不能和他们一块犯傻!"

"只能降价,否则没得选。"罗本冷笑,"降价才能保证客户不被撬走。你不降价,客户全流失了,到时候再一家一家追回来吗?"

"除了价格,我们就没有别的优势了吗?"小苑忧伤地说,"只能随波逐流?一点办法都没有?"

"我在这么多快递公司干过,可以这么说,除了价格优势,其他的优势,真的一点都没有。"罗本脸上浮现一丝嘲讽的笑,"论服务,每家都差不多。快递费就那么些,派件没几个钱赚,谁不是急着派件,派完赶紧收件,好多赚点?论效率,也没什么区别。发货流程都是一样的,从揽收,到分拨,再到各个网点,派件,谁能比谁快多少?除非有自己的货运飞机,否则速度都一样。你挂着风驰的牌子,就是风驰快递。摘了风驰的牌子,换上飞达的人马,那就是飞达快递。你能看出区别吗?反正我是看不出!"

"看来我们只能降价了。降多少啊?本来就没多少利润,又要往下降,我真是舍不得。"文斌颓唐地说。

"这个要问胜总的意见了!"罗本冲宇文胜努努嘴,"我的看法是,对手降多少,我们就多降那么一点点。只要先留住客户,其他的事,以后再说。"

"那就按你的意思来吧。"宇文胜叹了口气,"这里面你是老人,最有资历。眼下我们只有把这个难关闯过去再说。"

罗本点点头,原本就颇为自负的他,对于老板的认可,显得颇为得意,说:"我下午就去和客户说降价的事,要主动,比被动挨打要好。对那些不属于我们的客户,也可以去争取一下……"

"那不成抢单了吗?"宇文广惊讶道,"撬别人客户,不合规矩啊。"

"别人撬你客户的时候,讲规矩了吗?"罗本不客气地说,"既然要打价格战,还讲什么规矩?现在是三国混战,你以为是现代化战争呢?"

"好!明白了!"文斌用力地点头,不住地搓着手,"主动出击,不能挨打!我这就去和商户说降价的事!"

虽然应对策略已定,但宇文胜心里完全无法轻松。按照他之前的商业经验，他明白在任何领域，价格战都是百害而无一利的事，诚如罗本所言，基本上相当于杀敌一千，自损八百。作为快递加盟站，难道只有被这股降价浪潮裹挟着被动应对，就没有其他解决办法了吗？他感到一片迷茫，在心里重重地叹着气。

没想到几天之后就出了事。罗本说到做到，跑去挖别人的客户，被对方的快递员碰了个正着。对方正为快递战的事焦头烂额，一肚子火气无处释放，三言两语不合，就动起了手。罗本是个老油条，善于动嘴，肢体的战斗力却不行。原本一场战斗就要偃旗息鼓，谁知文斌正好经过此地，他一看有人和罗本打架，唯恐罗本吃亏，放下三轮车就加入了战斗。

正是下午，快递员一天之中最忙碌的时光，对方也有好几个快递员在忙着派件，索性都加入战斗中来。文斌以一敌三，仗着他身强体壮，又懂些拳脚功夫，并没吃亏，但胳膊和腿上都挂了彩。一场战斗下来，天色已黑，几人才想起还要收件的事，骂骂咧咧地自动结束了战斗。

文斌带着伤回到了快递站，伤口不深，但因为沾着血的缘故，看上去颇为恐怖。小苑被吓了一大跳，紧张地为文斌查看伤势。

"没事，不疼！"文斌唯恐小苑担心，豪情满怀地说，"男人嘛，受点伤是常有的事！我在部队的时候，那伤口可比这严重多了，照样眼都不眨一下！"

"你为什么要打架？"小苑怒道，"你是在送快递，是在工作，在赚钱！打架有什么意义吗？能带来收益吗？"

"我……"文斌没想到小苑会给他劈头盖脸的一通责备，心里泛上一丝委屈，"我不能让自己人吃亏，说什么也要帮他。"

"你帮罗本可以，但为什么要动手呢？你看见有人打他，报警不就得了？你身上穿的是风驰快递的工服，万一被人拍下来，举报了，还要被罚款。你想过后果没有？"小苑对之前宇文胜穿着工服打架一事记忆颇深。

"我没想到这些。"文斌颓唐地说，"我一着急，就动手了。"

"光顾打架了，今天的件是不是没派完？打架能有什么好处？现在你已经走上社会，参加工作了，和你在部队不一样。以后做事，要用脑子，不要光用拳头。"小苑一边苦口婆心地说着，一边拿出纱布，准备给文斌进行简单的包扎。

"你说的对，小苑。我做错了。"文斌看到小苑为他细心包扎，心里满是感动，声音都带了哽咽，"只有你对我好……"

"我对谁都一样,大家在一起工作,既是同事,也是朋友。"

"我妈说过……"文斌吞吞吐吐地想要说什么,却被小苑打断了:"都这么大人了,张嘴闭嘴还我妈说、我妈说,幼不幼稚呀你!"

包扎完毕,小苑转身,准备将包装材料收起来。文斌看着她的身影,用只有自己能听到的音量,喃喃道:"我妈说过,找媳妇就得找管得住我的才行……"

一家粥铺里,宇文胜正襟危坐,对面坐着简薇。自从尤琳琳流产后,这是他和简薇的第一次见面,不知为何,两人都有些尴尬。一阵沉默后,宇文胜主动开口了。

"你可别说我每次请你吃饭都在烧烤摊啊,这回我可是特意换了家你没来过的。"

"嗯,认识到你的良苦用心了,粥铺,挺好。"简薇莞尔。

"最近还好吗?"

"行了,你就别假了。是不是又遇到什么困难了?"简薇不改直来直往的本色。

"你怎么知道?未卜先知吗?"宇文胜故意大惊小怪。

"没有困难的时候,你也不会想到找我呀。"简薇揶揄道,语气里带着一丝不易察觉的失落。

"说实话,也算不得困难。就是心里有些迷茫,想找你这个明白人聊聊天。"宇文胜将价格战的事情一五一十地道来,期待着简薇可以给他一些思路和想法。

"老实说,这不是你一个人的困惑,应该算是全行业的困惑和痛点。在全行业同质化严重的前提下,势必会引发价格战。其实价格战一直都在进行着,只不过在你们这个片区集中爆发一次而已。"简薇说道。

"我也是最近开始思考这个问题。就和我之前去跑客户一样,我能提供给客户的竞争优势,除了长得比较帅之外,好像也就只剩价格优势了。"宇文胜时刻不忘自恋一把。

"你还好,毕竟有非常明显的颜值优势,这在基层快递站中是非常有利的竞争点,可是放眼全行业,在服务品质差异不大的前提下,价格就成了唯一的竞争点。"简薇高度配合着宇文胜的自恋,"快递业的营收每年都在增长,可行业利润却越来越低,甚至还出现了亏损。这个事实很能说明问题。"

宇文胜叹了口气,说:"这次价格战,我们不光动了武力,最可怕的是,我们现在所有大商户的收单价都降下来了。我们比之前还忙活,赚的却少了,眼下必须找个解决办法啊。"

"快递行业是个多方联动的产业,你做的只是个基层的快递站,是这个环节中的最后一环和最初一环,对整个行业的影响其实并不大。"简薇若有所思地说,"现在不比你之前自己开公司的时候,你不在决策层,扭转不了这个行业的大势,只能顺势而为。"

宇文胜点点头,环视了一下四周,缓缓道:"你看这家粥铺,生意之前特别好,后来对面又开了一家粥铺,也是主打冰粥和养生粥,然后这家的生意就没有以前那么好了。"

"嗯?"简薇感觉有些莫名其妙,她向窗外望了望,对面果然有一家粥铺,看起来生意不错的样子。

"抢生意的吧,人不就是这样吗?看见什么好做,一窝蜂都来做。"简薇苦笑。

"一开始我也这么认为,直到后来我才知道,那两家店,其实是同一个老板开的。"宇文胜神神秘秘地说,"所以我有了一个新的想法。"

"同一个老板,在一个地段开两家类似的店,可以造成一种同类饭店已经饱和的假象,避免同行来抢生意。哪怕生意不比之前那么好,但两家店总体的利润还是有所提升。这倒也是一种经营思路。所以你也想效仿?"简薇问道。

"对。我想按照这种思路,再多加盟几个快递品牌。"宇文胜看着窗外,悠悠道,"这样,一方面可以多创造些收益,另外,如果再有价格战,最起码我们内部有价格同盟,不至于完全被人左右。"

"这个做法可行。"简薇赞许地点点头,"不过,在你负责的片区,稍微有些知名度的快递品牌应该都有加盟站了吧?"

"对,所以我只能找知名度低一些的品牌加盟,这也是没办法的办法。"宇文胜踌躇满志地说,"这个阶段,先把利润做上来是第一要务。"

简薇点点头,说:"现阶段,赚钱是要紧事。假以时日,或许你可以考虑创立自己的品牌,那时候就是另一番天地了。"

"创立自己的品牌?开玩笑。"宇文胜自嘲地笑笑,"是我之前跌得还不够惨吗?我不可能再蹚这趟浑水了。"

"你的顾虑我理解,不过我觉得加盟站并不是长久之计,这只是快递业最基层的一个层级,能达到的目的也仅仅是赚钱而已,你应该去更高的平台上,有更好的发展,而不是一味地考虑将加盟站做大做强。"

"你说这话,我就不爱听了啊。"宇文胜面露不悦,"基层怎么了?基层的人民也是人,基层的钱也是钱啊!你话里话外是觉得我这快递站格局太小,看不上眼是吗?"

"你这么想,那可真的是想偏了。我哪句话提到你格局小了？我是希望你有更好的发展而已，这也有错？"简薇也有些不爽，说话的语气也生硬了起来。

"谢谢你，恐怕让你失望了，我还就想做快递站了，往高了做，我够不着，我也不想够。"

"那你就尽情地在你这一亩三分地可劲儿撒欢吧！祝你玩得开心！"简薇恼了。她只顾低头吃饭，再也不愿看宇文胜一眼。

眼看着轻松的氛围又让自己搞砸了，宇文胜的心里充斥着自责。他知道，自己是在和自己怄气，简薇只不过是无辜躺枪而已。他又何尝不想谋求更高的平台，更好的发展呢？他只是被自己先前的失败吓怕了。他不想面对那个怯懦的自己，而简薇却偏要一遍遍地重温他失败的过去，时刻提醒着，他曾经是个失败者。这种感觉太差了，他迫不及待地要从这里面跳出来。

按照宇文胜的计划，很快，他又加盟了两个其他品牌快递，一个综合性的快递站点初现端倪。再次扩张后，宇文胜又陆陆续续招了几个快递员，细细算来，他手下的快递员已有十人之多。他的发展速度令很多快递站点羡慕不已，就连崔北望也一再对宇文胜表示佩服。自从上次他和宇文胜合作拿下华贸广场的业务后，两人表面上已是恩怨全消，崔北望隔三岔五甚至还会找宇文胜坐一坐，谈谈人生。直到有一天，崔北望发现他手下的快递员忽然跑到宇文胜的快递站上班了，不禁吃惊。

"行啊你，昨天我还见你在库房搬货呢，今天就跳槽了？效率够高的。你叫什么来着，是不是叫什么什么雷？"崔北望问道。

"是是是，崔总，我就是雷子。"雷子点头哈腰地说，"我这个人性格比较野，在一个地方待长了就难受，就想换个环境，这不就来胜总这里了。您可别介意！"

"我介意什么呀，我有那么小心眼儿吗？"崔北望假惺惺地说道，干笑两声，"人往高处走，水往低处流，这都是常有的事儿。胜总给你的工资高吧？年轻人想要多赚钱，我自然理解。"

"谢谢崔总理解！谢谢崔总体谅！"雷子不住地给崔北望鞠躬，"希望崔总发大财！事业更上一层楼！"

"行啦行啦！"崔北望转向宇文胜，"胜总这是给开了多少钱啊？把我手下的精兵强将都给挖过来了？"

"没多少。只不过我自己把提成让了让，我少点儿，让他们多提点儿就是了。"宇文胜含糊地说。

"让了多少提成？你要是让得太多了，那可就破坏咱这市场规律了。"崔北望皮笑肉不笑地说。

"要说破坏市场规律，崔总称第二，我可不敢称第一。之前我加盟的时候……"宇文胜准备翻旧账，崔北望一看自己的黑历史又要被刨出来，匆忙打断宇文胜的话。

"行啦，每个人想法不一样，别管自己提得多还是少，自己觉得合适就行。也算是造福咱这些兄弟们。"

"是是是，崔总说得对！崔总英明！"雷子再次鞠躬，隆重得好像站在选秀舞台上。这是他做快递员这些年养成的低姿态，说是招数也好，战略也罢，目的是把这些比他层级高的人哄开心，哄快乐，不和他计较，能放他一马。先前简薇帮他要回押金的时候，他之所以阻止简薇起诉对方，用意也是如此。快递员的生存环境本就恶劣，他才不愿为自己再凭空树立几个劲敌。能赚到钱就是他的最大目的。当然，他也不愿意得罪简薇，至今他还和简薇保持着联系。在他跳槽到宇文胜的快递站时，也不忘给简薇打个招呼，以示对她的重视。

"又跳槽了？"电话那端，简薇诧异的声音传来，"你这换工作的频率也太高了点吧？"

"这行业就是这样，姐。"雷子对简薇的称呼，已经从"简大律师"变成了"姐"，显得极为亲近，"快递员跳槽太普遍了，我不也是适应环境，为了多赚点钱嘛。"

"行吧，你自己多注意点就是了，这回的快递站规范吗？"简薇还是有些不放心。

"规范规范，虽然规模不及我之前干的那家大，可这家的老板大方，给的提成特别高，最近招了不少快递员，有几个我都认识，不会有问题。"雷子快言快语道。

"老板大方？这家的老板是不是叫宇文胜？"

"对对，好像是叫什么语文、什么数学的。姐你认识他？"

"算是认识。"简薇的脸上露出淡淡的笑意，"好好干吧，他那里不会有问题的。"

挂掉了雷子的电话，简薇主动给宇文胜发了一条微信，告诉他，新来的快递员雷子和她认识。这本是一条毫无意义的消息，由此可以说明，简薇只是想用这个由头和宇文胜联络而已。自从前几天两人在粥铺不欢而散后，这几天基本处于冷战状态。简薇是个聪明的姑娘，她当然明白宇文胜其实并非和她怄气，他生气的根源在于理想和现实的不匹配，或者说，是对自己无力感的愤怒而已。很快，简薇收到了宇文胜的回复，只有简单的几个字："必须特殊关照。"简薇笑了。寥寥几个字，但可见他的心情是欢快的。简薇对此心知肚明，大约他也在期待她的主动联络吧。她不矫情，朋友之间，简薇从不介意主动示好。

有句话是说者无意，听者有心。简薇原本只是顺嘴提了一下宇文胜，没想到雷子就上了心。入职后没几天，他就主动找到宇文胜，有意无意地提了提他和简薇姐的关系，再过几天，就直接挑明了自己的诉求：他想做电商园以东的那个片区。宇文胜几乎是想也没想就答应了。且不论雷子和简薇的特殊关系，他其实并不在意谁负责哪个片区，或许每个快递员想法不一，但对他来说，都一样。而电商园以东的片区，除了代收货款的单子多一些以外，倒也并没什么特殊的地方，他不懂雷子为何对那里情有独钟。

  代收货款，顾名思义，是由第三方快递代为收缴款项的一种服务形式。买方把货款交给快递公司，再由快递公司统一转给卖家，有效避免买卖双方非面对面交易带来的信用风险。代收货款最初是电视购物普遍采取的形式，随着网上购物的遍地开花，这一形式愈发普遍，也有越来越多的快递公司相继开通了代收货款的服务。

  对于发货方来说，最关心的问题无疑就是货款的返还。各快递公司对此的规定不尽相同，有些快递公司会在收货人提货交款后二十四小时之内就返款给发货方，而有些公司则会将时间拖延至三至七天才会返款，风驰快递就属于后者。先前，按照公司规定，当遇到代收货款的快件时，要在当天晚上就将货款统一交由小苑，放入保险柜，登记在册，以备过几天返款给发货方。雷子只是在最初几日坚持了每天上交货款，后来就开始隔三岔五地漏交忘交，再到后来，甚至连续好几天都没交货款。小苑催促他时，也以"派件太忙，没时间过来"为理由搪塞过去。眼看着一晃七天的货款都没收上来，已经有客户开始催款，小苑急了。这是涉及信用的大事，她决定今天务必要让雷子把货款交回来。谁知当天雷子迟迟没有露面,小苑打电话过去催,发现他竟然关机了。小苑忽然觉得有些不妙。

"胜总,你那里有没有雷子的其他联系方式?他的手机一直关机。"小苑找宇文胜汇报情况。

"关机?是不是手机没电了?你急着找他吗?要不再等等?"宇文胜连发四问,每一问都像是毫无意义的废话。

"他每天都要派件,怎么可能手机没电呢?我当然是急着找他,他手里有两万多的代收货款没交上来,我要是等得及,也不会来问你呀!"小苑无奈地说道。

"两万多的代收货款?你是怕他私吞吗?"宇文胜也意识到情况不对,不过紧跟着,他摇摇头,"雷子不可能做这样的事。他是熟人介绍来的,知根知底的,不可能来坑我们。"

"熟人介绍?要是这样就太好了,你联系下你那个熟人,让她帮忙找找雷子。"小苑激动了起来,"哪个熟人呀?"

"简律师。"宇文胜沉吟片刻,"那个,要不咱们再等等?万一他家里有什么突发情况呢?要是让他知道我们这么不信任他,影响不太好。"

"哦,是简律师的关系啊,那自然没的说了。"小苑冷淡地回应。自从知道了宇文胜和简薇过从甚密后,潜意识里,小苑已经将简薇当成了情敌,每当听到她的名字,敌意总是不知不觉地喷涌而出。

到了第二天下午，雷子的手机仍然关机，宇文胜坐不住了，情况确实反常。不得已，他拨通了简薇的电话，告诉她，雷子跑了。

"跑了？能跑哪儿去？"简薇蹙眉，"还拿了两万多的代收款？"

"对。眼下，只有你能找到雷子。他不是你弟吗？"

"我弟？我什么时候有过弟弟？开玩笑。"简薇莫名其妙。

"雷子说的啊！他说你是他姐，他是你弟。再说了，你不也说这个雷子是你的熟人吗！我就以为你俩是远房亲戚之类的……"

"他说我是他姐，我俩就是亲戚？他一直管我叫姐，但那都是客套的叫法。你去商场买东西，售货员是不都叫你帅哥，管女的叫美女？你觉得这能信吗？"

"别的不说，叫我帅哥，我是相信的。"宇文胜时刻不忘自恋，"那你的意思是，你俩根本不是亲戚。你也联系不上雷子？"

"对，你要联系不上，我也一样。对于雷子，我们掌握的信息是对等的。先前我让他准备起诉的资料，里面会有他的个人信息，但是他一直没给我。我甚至连他姓什么都不知道……"简薇无奈地说道。

"要是你都联系不上,那真没有人可以联系上了。"宇文胜叹口气,"眼下,也就只有报警一条路了。"

"不行就只好这样。对了,这件事毕竟有我的责任,是你误会了雷子和我的关系,才会掉以轻心。如果那笔货款追不回的话,我来补给你。"简薇道。

"哪能让你来补?"宇文胜一口回绝,"现在事情还没有最后落定,我先找其他人问问雷子的下落再说。就算这笔钱追不回了,也和你没关系。"

宇文胜挂掉电话,转身发现小苑正在背后,目光幽幽地看着他。

"你不出声地站在这里干什么?你吓我一跳!"

"就算钱追不回了,也不怪她,那这笔钱找谁要?我们就活该赔钱吗?"小苑的声音里透着委屈。

"那货款不是还有可能追回来吗?现在想这么多没用。你去把所有人都叫过来,问问到底有没有人知道关于雷子的更多信息。"宇文胜说。

小苑倔强地站在原地不动,宇文胜诧异道:"快去呀!"

"你喜欢她,是不是?"小苑流泪了,"我早就知道你喜欢她,什么事都爱和她商量,她说的每句话都是对的。现在她犯了错,你也不怪她!"

"你瞎说什么呢?"小苑过激的反应让宇文胜感到莫

名其妙,"人家简律师有什么错?再说了,人家主动提出承担这笔货款,但我觉得这钱咱们不能拿。这有问题吗?你别总弄些有的没的。"

"她大气,她明事理!她可以大手一挥,说这钱她承担,她多有钱呀!"小苑激动得声音直颤,"我还妄想和她比,我真是想多了!我俩分明就是一个天上,一个地下!"

"小苑,你冷静一下,不要这么激动。"宇文胜试图抚慰小苑的情绪,"你们各有各的优点,没有必要做这种无意义的比较。这样不是徒增烦恼吗?"

"是我给自己徒增烦恼,不碍你事!是,我喜欢你,我没和你商量就喜欢你,所以我碍着你了。我就不该动这个心思……可我又控制不住我自己……"小苑用双手捂住脸,泪水从指缝中汩汩地流出来。

宇文胜手足无措了。虽然他早就觉察出小苑对自己的情意,可是这么直接的表白,还是令他无所适从。到底要不要和小苑说清楚?如果说清楚,又会面临怎样天翻地覆的境况?宇文胜如坐针毡。小苑的眼泪,就像一根根细碎的银针一样,密密麻麻地扎在他的心上。良久,宇文胜叹了口气,他觉得势必要和小苑说明白。

"小苑,我……"宇文胜刚刚酝酿好的情绪,突然被打断了。崔北望推门而入,小苑抹了抹泪,低头跑了出去。崔北望一屁股坐在椅子上，大声嚷嚷道："胜总，咋了？我听说雷子跑了？还卷走了货款？"

真是好事不出门，坏事传千里。宇文胜叹口气，说："是啊，跑了。崔总这是送祝福来了？要不要跟我喝点庆祝庆祝？"

"哪儿的话，你能不能别老拿我当坏人？我这回真不是看笑话来的。"崔北望正色道，"我那儿的一个快递员和雷子走得挺近，他知道雷子的家庭住址。你可以去雷子老家找他，反正他跑得了和尚，跑不了庙。"

"真的？"宇文胜精神一振，"他家在哪儿？远吗？"

"好像在安徽还是湖南的农村，不算远。"崔北望冲门口招招手，"小胡，你过来！雷子老家在哪儿来着？"

一个年轻的小伙子走了进来，说："在安徽芜湖的乡下。之前我帮他给他妈寄过中药，系统里有他家的详细地址。"

"那就对了。把地址发给胜总。"崔北望指挥道，"你还知道关于雷子的啥消息，都和胜总说说。"

"雷子他妈身体不好，常年吃药，他每个月的工资，大部分都给他妈买药了，自己就留点吃饭钱和买烟钱，还老蹭我的烟抽……"

"你说这些没用的干啥？"崔北望打断他，"雷子大名叫啥？万一真去他家找他，可别连他名字都不知道。"

"雷晚生。他上头有三个姐姐,他妈生他生得特别晚,所以叫这名字。我知道的就这些了。"小胡不敢多说了,生怕哪句说不对,又遭崔北望嫌弃。

"小胡,你说雷子平时经济特别紧张?"宇文胜问道。

"是,特别紧张,平时从没有什么大的花销。对了,前一阵他妈好像住院了,要手术,得花不少钱,然后他就跳槽了。"

"哦,那我知道了。"宇文胜若有所思地点点头。

"行啦,胜总,我也算是帮你个忙了。这个事要是解决了,你告诉我一声,我也就放心了。我就先走了。"崔北望给自己脸上贴了贴金,随后带着小胡走了。

小苑看样子还在生气,她坐在椅子上,背对着宇文胜的办公室,一言不发。宇文广见崔北望离开,赶忙走进弟弟的办公室,关切地问:"大胜,有雷子的消息了?"

"可以说有,也可以说没有。"宇文胜叹口气,"这件事,就这样吧。"

"就这样?就哪样啊?"宇文广一脸蒙圈,"到底是有消息还是没消息啊?咱还用起诉他吗?"

"不起诉了,没必要。"宇文胜摇摇头,"真要是起诉了他,他以后在中海市快递圈子也没法混了,何必呢?"

"他自己先不仁不义,咱又何必对他客气呢?那不成了任人欺负了吗?"宇文广不解。

"任人欺负就任人欺负吧,咱妈不是总说吗,吃亏是福。"宇文胜望着窗外,淡淡地说。

"行,你行!"宇文广对弟弟这副漫不经心的样子直窝火,"我给你头上画一圈佛光,你去当佛祖吧。你这副菩萨心肠,窝在这儿干吗,这不屈才了吗?"

"佛祖留给你当吧,不过我怕你舍不得你那头美丽的小鹿。"见大哥急了,宇文胜忍不住火上浇油,继续调侃他。这回宇文广真生气了,把门一摔,走了。

此后雷子再未在宇文胜的快递站出现过,他是真的携款潜逃了。宇文胜选择不再追究,是出于对雷子的同情。刀子嘴豆腐心这个形容词,放在他身上其实再合适不过,尽管他不愿意承认,但骨子里,他柔软善良,是个标准的"滥好人"。另一个滥好人则是简薇,在她听说宇文胜对雷子一事不再追究后,表面上波澜不惊,实则心里暗自开怀。她认同宇文胜的选择,如果换作是她,必然也会这样做。从某种程度来讲,简薇和宇文胜,其实是同一种人——这个念头曾经数次在简薇脑海中闪过,而今她更是笃信这一点。

# 幸福速递

兰小花／著

下

台海出版社

图书在版编目（CIP）数据

幸福速递：全二册 / 兰小花著. —北京：台海出版社，2020.2
 ISBN 978-7-5168-2484-9

Ⅰ.①幸… Ⅱ.①兰… Ⅲ.①都市小说-中国-当代 Ⅳ.①I247.5

中国版本图书馆 CIP 数据核字(2019)第 251231 号

## 幸福速递
XINGFU SUDI

著　　者：兰小花

| 责任编辑：戴　晨 | 装帧设计：米　乐 |
| 版式设计：米　乐 | 责任印制：蔡　旭 |

出版发行：台海出版社
地　　址：北京市东城区景山东街 20 号　邮政编码：100009
电　　话：010-64041652（发行，邮购）
传　　真：010-84045799（总编室）
网　　址：www.taimeng.org.cn/thcbs/default.htm
E-mail：thcbs@126.com

经　　销：全国各地新华书店
印　　刷：三河市人民印务有限公司
本书如有破损、缺页、装订错误，请与本社联系调换

开　　本：880mm×1230mm　　　1/32
字　　数：250 千字　　　　　　印　　张：16.75
版　　次：2020 年 2 月第 1 版　　印　　次：2020 年 2 月第 1 次印刷
书　　号：ISBN 978-7-5168-2484-9
定　　价：98.00 元（全二册）

版权所有　翻印必究

# 目录 contents

**第十一章**
最后一公里　　/ 267

**第十二章**
加入速纳　　/ 298

**第十三章**
大刀阔斧　　/ 322

**第十四章**
明争暗斗　　/ 349

**第十五章**
猜来猜去　　/ 376

**第十六章**
年会闹剧　　/ 398

**第十七章**
成王败寇　　/ 424

**第十八章**
冷库遇险　　/ 448

**第十九章**
穷途末路　　/ 477

**第二十章**
不忘初心　　/ 502

## 第十一章　最后一公里

离简薇二十八岁生日还有一周，简母就开启了"每日播报"模式，天天提醒女儿，务必要把生日当天空出来，一家人一起吃个饭。简薇对这种大家族的聚会一向颇为抵触。知女莫过母，简母一再强调，仅仅邀请了几个常来往的亲戚到场而已，让女儿务必卸下思想包袱，准时前来。

然而当简薇走进饭店包间时，就知道自己错了。在场的亲戚确实不多，除了简父简母，来的只有简薇的大舅和小姨两家人。可简母身边坐着的那位却是陈北，一见到他，简薇心里莫名发慌，她特意坐到母亲斜对面的位置上，离陈北的直线距离已经尽可能地达到了最远。

"你过来坐呀！"简母嗔怪道，"坐得那么远，我都听不清你说话！"

"没关系，反正我也不打算说话。"简薇对母亲私自请来陈北的行为非常不满，硬邦邦地回绝道。

"你这孩子，人家陈北特意过来给你过生日，你怎么就不领情呢？"简母冲陈北努努嘴，"你去坐她旁边的空位吧，你俩多聊聊天！"

众目睽睽之下，简母的用意已经再明显不过。简薇脸红了，她将自己内心的愤怒通过眼神原原本本地传达给了母亲，又被母亲愤然回瞪，当场射杀。陈北坐到了简薇身边，悄声说："今天白天我一直没联系你，就是想给你个惊喜。生日快乐！"

简薇笑笑，说："谢谢你来给我过生日。"

"最近怎么样，在新的工作单位还适应吗？我最近有点忙，所以没能经常联系你。你没生我气吧？"陈北贴心地问道。

简薇明白，陈北这是给了自己一个台阶下。最近一段时间，分明是简薇以工作忙为理由，屡次拒绝陈北的邀约。她看着陈北一脸温柔的笑意，心里忽然有点酸。他原本不必这样的。他应该是个多么骄傲的人啊！有那么一瞬间,简薇忽然恨自己。

"我不生气,新工作还好,我挺喜欢。你呢?最近忙哪些业务?"简薇亦欢快地回应陈北。

"我最近……"陈北刚要开口,却被突如其来的大声音打断了。这个声音来自简薇的小姨邵欢。

"薇薇,还不快给大家介绍一下?"邵欢冲简薇挤挤眼,"你旁边这位,是谁呀?"

她的话音一落,所有人都带着心知肚明的微笑,意味深长地笑着,简母更是笑开了花。

"他是我的大学师兄陈北,现在在他家族的快递公司工作,我和他的关系一直不错。"简薇避重就轻地说。

"只是大学师兄吗?薇薇,你可不要骗小姨啊。"邵欢露出一脸标准姨母笑,"是不是还有其他的特殊关系?"

简母姐弟四人,简母行大,邵欢排行最小,两人年龄相差近十五岁,邵欢只比简薇大八岁而已。私下里,邵欢和简薇更像姐妹,说起话来也百无顾忌。

邵欢的提问使得陈北紧张起来,他期待地看着简薇,希望得到她肯定的回答。不过他还是失望了,简薇沉默半晌,笑着说:"我俩从大学时关系就很好,到今天,已经是十年的老朋友了。"

邵欢无趣地"噫"了一声,说:"没劲,你没劲了啊!"

简薇冲小姨撇了撇嘴,又故意向母亲扮了个鬼脸,把简母气得够呛,话也不愿意多说,只是低头一味地吃菜。

简父平日里喜欢喝点小酒,不多时已经和简薇的大舅喝起来,陈北不想错过和简父沟通感情的机会,也端起酒杯加入到了喝酒的阵营当中。简母则和妹妹、弟媳妇交流起了各自跳广场舞的心得体会,不知不觉,饭桌上结成了几个小团体,简薇孤独地坐在当中,有些落寞。手机里不断有朋友发来的微信祝福,简薇一遍一遍地按开手机,又一遍一遍地按黑了屏幕。她觉得自己心里有些企盼,又不知在企盼什么。

"来,说吧,是不是心里有人了?"不知何时,邵欢凑了过来,坐在了简薇旁边。

"小姨,我和他真的没什么。"简薇压低了声音说道。

"我知道。我还不了解你?你不喜欢他,我早看出来了。你心里是不是有别的喜欢的人了?"邵欢快言快语地说。

"没有啊,一直在我身边的,只有陈北,没有别人了。"简薇怅然地说。

"那你抱着手机,在等什么呢?别告诉我,你一直等着抢红包。"邵欢意味深长地笑笑,"你心里有事。"

"我没有……"简薇张口否认,这时手机传来微信的提示音,简薇低头一看,是宇文胜发来的消息:你在哪儿呢?

简薇笑了,邵欢也笑了。

"我就说吧!来吧,交代一下,这人是谁?"邵欢问。

"交代什么呀!一个朋友而已。"简薇一边说着,一边快速地把饭店名称发给了宇文胜。

"啧啧啧,连我也瞒着,我看你能瞒到什么时候。"邵欢不甘心地站起身,继续和简母聊天去了。

"方便下楼吗?有个礼物要送你。"宇文胜发来消息。

简薇扫视四周,发现没有人注意到自己,起身溜了出去。

走到了电梯口,她忽然感到一阵紧张。这个宇文胜,该不会是要向自己表白吧?如果是这样,她该如何回应呢?她并不否认自己内心的期待,但是一想到这一刻即将到来,惶恐远大于激动,几乎让人手足无措。

简薇走出饭店大门,看见宇文胜抱着一个盒子站在前面,隐约还能看见盒子上有一朵用红丝带折成的玫瑰花。

"你……这是什么意思……"简薇结结巴巴地问。

"祝你生日快乐,简大律师。"宇文胜微笑着把盒子递了过来。

"这里面,该不会是……"简薇停住了。她原本想问的是,这里面会不会是戒指一类的物件,但很快她意识到,不可能,戒指盒子没这么大。

"拆开看看。"宇文胜笑着歪歪头。

简薇小心翼翼地扯开那朵丝带玫瑰花,打开纸盒子,面前赫然出现了一本蓝皮的《法律文书一本通》。

"小小礼物,不成敬意。"宇文胜欢快地笑了,"书店的人说了,这本是最新版,上周刚上市,新鲜热乎的。祝简大律师业务更精进!成为律师行业的佼佼者!"

"谢谢你,我争取不让你失望。"简薇抱着书,努力绽出一个笑。此刻她的心情,用五味杂陈来形容再合适不过,既有失落,也有些恼怒,还带着些如释重负。

"那我先走了,你们继续吃。"宇文胜向简薇拱了拱手,走了。他脚步轻快,像一只轻盈的兔子,很快就消失在了夜色里。

简薇叹了口气,抱着书转身,猝不及防地撞上了一个高大的身影,她抬眼一望,迎上的是陈北幽深的眼睛。

"你怎么下来了?你不是在喝酒吗?"简薇慌乱地问。

"我喝不惯白酒,刚才和你爸喝了两杯,有点晕。"陈北平静地说。他平日里确实从不喝白酒,即便是应酬中迫不得已，也会用红酒或一些果酒应付了事。为了哄简父高兴，他今天已是破了例。

"你喜欢他吧？我刚才都看见了。"陈北望向简薇的眼睛，问，语气里仍然是不带情绪波动的平静。

"是，我喜欢他。"简薇不想撒谎。如果说在此之前，她对自己的情感还有所怀疑，那么此刻，她笃信这个事实：她真的喜欢宇文胜。她为人一向坦荡，既不想骗自己，更不想骗陈北。

"好，好。"陈北笑得有点苦，"我之前说过，如果你有了喜欢的人，我就放手。但我不明白，为什么会是他？我可以接受你找任何一个优秀的人，怎么会是他？"

"为什么不能是他？"简薇勇敢地反驳，"我又不是招录学生，不用择优录取，优不优秀不在我的考虑范围之内。并且，你了解他吗？如果不了解，又怎么知道他不优秀？"

"他的情况我大概了解，他现在只是个基层最普通的快递员，这样的快递员在中国何止成千上万，而你的层次远不止于此。"陈北痛心疾首地说。

"层次？在我看来，只有精神才分层次，而职业并没有高低。"

"我不是说他的职业层次低……"

"你就是这个意思。陈北,你含着金汤匙出生,在物质条件上优于大多数人,这种优越感已经渗入你骨子里。不管你意识到没有,你看一切东西都是俯视,对这世界的很多事情,你没有办法感同身受。尽管你在很努力迁就我,但我和你实在有太多不同,我们其实是两个世界的人。不管有没有宇文胜,我和你,都不可能。"简薇盯着陈北,索性把一切都说明白。

"或许你说的对,但我是真的很爱你……"酒力作祟,陈北的眼睛发红,他打了个趔趄,勉强支撑自己站稳了。

"可能你爱我,但你却并不懂我。我们之间,总归是缺少了那么些默契,不是吗?"简薇直白地说道,"你是我最敬重的师兄,以前是,现在是,我希望永远都是。我祝你幸福,你也祝福我吧!"

"我祝福你。"陈北颓然地弯下腰,喃喃道,"我的幸福不重要,你幸福就好……祝你生日快乐,祝你天天快乐,薇薇……"

雷子事件给电商园附近的快递站敲响了警钟。各个快递站点开始了对快递员个人信息采集,防止再次出现快递员携款跑路现象。这对快递业来说,不失为一个利好消息，先前简薇他们为了推动快递员签订劳动合同，可谓费了九牛二虎之力，而此时竟然有快递站主动要求和快递员签订合同，法律意识集体上了一个大台阶。

然而让人意想不到的事还是发生了。有快递站瞄准了这一漏洞，大肆铺开代收货款业务，前前后后代收了几百万的货款，利用给发货方打款的时间差，在一个月黑风高的夜晚，全员悄然跑路。此后的几天，此快递站门口围了大批前来要账的人，在得知快递点的老板确实杳无踪迹，甚至连经常在快递点门口晃悠的狗都一并消失了之后，愤怒的人群围攻了这家快递的上级公司，欲讨个说法。

老话说："事不关己，高高挂起。"然而，尽管事不关己，评论一番还是不可少的，很快，这件事成了许多人的饭后谈资，如崔北望之流更是喜出望外，整日里关注着进展，比自己的事情还上心。宇文胜倒不如崔北望那么幸灾乐祸，但架不住崔北望如同一个流动广播，三天两头跑来八卦最新消息，以致宇文胜一干人对事件进展也了如指掌。

"完了，完了完了。"这一日，崔北望又跑来找宇文胜，一进门就反复念叨着完了，世界末日一般。

"谁完了？你说话能不能不夸张？"宇文胜已经习惯

了崔北望一惊一乍的说话风格，很烦他喜欢夸大其词的毛病。

"那个跑路的快递站，你猜怎么着？"崔北望丝毫不以为意，继续一惊一乍，"它那上级公司也跑了！原来他们从总公司，到快递站，都是一家的。这公司从里到外就那么几个人，早就打算骗一笔大的，然后跑路呢！"

"竟然这样？"宇文胜蹙眉道，"合着这就是个彻头彻尾的皮包公司，这件事早有预谋？"

"可不是。要不说这年头，真是撑死胆大的，饿死胆小的！我们这正正经经做生意的赚不到钱，一心骗人的反倒能捞个大的。"崔北望啧啧啧地感叹着，"我听说那帮人要起诉他们。该，就得逮着他们，狠狠地罚！"

"你是真这么正义呢，还是眼气人家赚得多？"宇文胜调侃道，"我认识你时间也不短了，还从来没见你这么正义感爆棚。"

"天地良心，我就是纯正义！他们赚多少，我也不眼红。行啦，这事儿算翻篇了。这颗老鼠屎清出去，咱们还继续老老实实做生意！"崔北望大声说。

让所有人都没想到的是，这颗老鼠屎余威未消，竟然坏了他们一锅汤。愤怒的发货方们为了讨回货款，将这家快递公司以及中海市的快递业协会一并告上了法庭，并将此事告知了多家媒体。正巧,快递业的不规范性早已引起媒体关注,几天后,中海市电视台在黄金时段,以"消失的快递公司"为名,对此事进行了专题报道,一时间街头巷尾议论纷纷。

紧接着,事态再度发酵。许多公司、企业听闻了快递业乱象,对合作的快递公司开始了清查,与不规范的快递公司纷纷解除了合作关系。而宇文胜加盟的几家快递公司,除了风驰快递有些历史,其余几家都是新晋的快递公司,自然被列入"不规范"的名单,几天下来,客户流失了近一半。城门失火,殃及池鱼,这场无妄之灾来得太快,让人猝不及防。

"好像一夜回到了解放前,我们用了几个月谈下来的大户,几天的时间都来解约,流失得差不多了。"小苑眉头紧蹙,"大部分电商公司还好,他们只对价格敏感,除了几家做高端天猫店的提出更换快递公司,其他的继续用我们。可是那些企业客户,我们就完全留不住了。"

"这几天收件量少多了,就那么几家要上门,我派完件,没多一会儿就收完了。"宇文广叹气道,"虽说我和小鹿待着的时间多了,可总是这样也不行啊,咱们得挣钱啊!"

"那些和我们终止合作的公司,都签了什么快递了?"宇文胜问。

"速纳快递、中荣快递,我问过了,大部分都签了这两家。"小苑答道。

"这两家快递都是贵的,和我们不是一个路子。"宇文广皱眉道,"他们还真有钱!只选贵的,不选对的!"

"你这话说得不对。你怎么知道人家没选对?"宇文胜反驳哥哥,"他们价格高,仍然有人买单,这就说明他们背后的优势,这才是制胜的关键。你不能光看到人家价格高了,就对人家的优点选择性失明。"

"你才眼瞎。你别光损我,倒是说说你有什么办法呀!"宇文广念叨。

"现在的快递业,已经分成了梯队。在我们这个梯队,同质化太严重了。先前的价格战你也看到了,打成一锅粥,因为我们除了比价,根本没有其他的可比。我们要是想突围,势必要从这里面跳出来。"宇文胜严肃地说。

"跳出来?你怎么跳,想跳哪儿去?"宇文广迷惑地问道。他的脑容量不足以支撑他弄懂弟弟讲的话,充其量只能弄个一知半解。

"我撑竿跳,从咱这办公室,直接跳到外面大马路。"

宇文胜对哥哥的头脑简单很是无奈,"行了,我不跟你说了。反正咱们不能坐以待毙,必须想办法。"

实际上,自从上次的价格战开始,宇文胜就已经意识到了快递行业当下的问题所在,而雷子的跑路,更是让他对行业问题有了更深的认识。普遍来说,这些快递公司同质化竞争严重,所提供的单纯是物流服务而已,其他的服务则无从谈起,加之管理粗放,多为加盟制,人员素质和安全性都得不到保证。而他的快递加盟站,仅仅是快递这个产业的一环而已,他无力改变行业生态。简薇说的对,他的确是不甘心只是做一个快递加盟站,无论在哪一个行业,他都希望自己可以做一个改变者。

这次的变故,最终促使宇文胜下定了决心。几天后,他把快递站的几个人都聚集在一起,告诉大家,他有重要的事情宣布。

"这么严肃,什么大事宣布啊?大胜,你不会是要结婚吧?"文斌打趣道。

一听到"结婚"俩字,小苑的心不禁"咯噔"一下。担忧和期待两种情绪同时涌上心头,她唯恐宇文胜要宣布的是他和简薇的婚讯,另一方面,她隐隐地期待,宇文胜要说的事和她有关。

没想到事情果然和她有关,然而却不是关于结婚。

"承蒙大家一直以来的关照，以后快递站就要各位多费心了。"宇文胜煞有介事地冲着大伙鞠了一躬，"我决定了，我要去大学里深造一年，就在中海财经大学的物流系。等我出来了，再和大伙儿并肩作战！"

"什么？深造？"最先提出异议的是文斌，"送快递有啥可深造的？深造怎么派件才能又快又好？"

宇文胜强忍怒火，准备耐心向文斌解释，不料宇文广率先一步，发出了直击灵魂的三问："大胜啊，你这就去上学了？你账还完了吗？学费攒够了吗？咱爸妈同意了吗？"

"这些不用你操心！你好好上班就行。"宇文胜被大哥噎得够呛，气到眩晕。

"胜总，现在业绩本来就不好，你走了，那快递站以后怎么运营呢？"小苑忧心忡忡地问。

"正因为业绩不好，我才要去深造，看看有没有什么出路。我们之前打下的基础还算不错，现在快递站每个月的利润也还可以，维持正常运转不成问题。"宇文胜说道。

"可是，可是我心里没底……"

"别怕。以后快递站就由小苑负责，大家直接向小苑汇报工作就好。小苑是咱们快递站唯一的姑娘，各位可要多照顾她。"宇文胜环视四周,诚恳地说。

"放心吧大胜!我肯定照顾好她!"说这话的是文斌。他对小苑的情意已是人尽皆知,听见他话里有话,周遭顿时爆发出一阵笑声。唯一感到不爽的是小苑,她白了文斌一眼,对宇文胜说:"你放心地去吧,胜总,快递站有我呢,你不用担心,走好。"

小苑这话说得通情达理,只是说话的口吻让人不寒而栗。

"我是去上学,又不是去送命。"宇文胜无奈道,"我在那边有了新思路,会第一时间告诉你们。大家各自努力!"

一阵稀稀拉拉的掌声响起,每个人脸上都挂着不情愿的表情。宇文胜一走,他们即将面临群龙无首的境地,心里自然难免慌张。唯一不那么难过的是小苑,她庆幸宇文胜宣布的不是他和简薇的婚讯,那就意味着她还有希望。

临近入学,宇文胜才将自己要去物流系深造的事告诉简薇。果不其然,简薇连连点头赞同。

"现在,有没有觉得我深不可测?"宇文胜得意扬扬地说,"我故意等到事情办成了才告诉你,想给你个惊喜。"

"从你送我那本《法律文书一点通》的时候，我就觉得你深不可测了。"简薇道，"一般人干不出你这种事来。"

"行了，你就别夸我了。"宇文胜浑然不觉简薇的话里有话，"咱俩算打了个平手，之前你换新工作的时候，不也没告诉我吗？"

"原来你是在和我较劲。"简薇笑得欢快，"我保证，下回不管有什么大事小情，第一时间告诉你。"

"那好。不瞒你说，我已经把你当成最好的朋友了。"宇文胜兴高采烈地说，"好像我的每一个想法，你都懂。你这样的朋友，值得交。"

"你高兴就好。"简薇淡淡地说。她抬眼望着仍在没心没肺笑着的宇文胜，心里一遍遍地问："难道在你心里，我真的只是朋友而已吗？"

宇文胜报名的这个课程，是中海财经大学物流系对外进行的培训，已经开办了三年，旨在提升物流从业者的专业素养。中海财大物流系成立迄今大约已有十几年，是国内最早开设物流专业的学校之一，这大抵与中海市蓬勃发展的物流企业脱不了关系。鉴于物流系的强大背景，此次培训要求严格，参与者是全国各地的物流业翘楚，宇文胜还是托了曹小方的关系，才得以被录取，否则以他仅在基层快递站的从业经历，估计在简历一关就已经被砍掉了。

物流业其实是个相当复杂的概念，涉及运输业、仓储业、装卸业、包装业、加工配送业等诸多行业，单从配送业来讲，又分陆运、海运、冷链运输等等，林林总总，不一而足。培训班的学生也来自物流业的各个相关行业，几堂课下来，这些学生们根据不同的行业，自觉地分成了几个帮派，而和宇文胜一样，同属于快递业的学生之间自然格外亲近些。

这些学生里，最为引人注目的当属速纳快递运营部总监李询。李询四十出头的年纪，个子高挑，保养得宜，举手投足都是一副标准女强人的做派。速纳快递堪称中海市高端快递界的老大，而李询又身居要职，想要和她套近乎的学员自然不在少数。在这些学员里，宇文胜当属一股清流，他虽然毒舌，偶尔话痨，却也十足地清高，几乎从未有过向人主动示好的举动，和李询也仅在课堂讨论时说过几句话而已。

两人正式的交流，是从一堂课开始的。

这堂课上讨论的是快递"最后一公里"的问题。

这是快递业一直以来的行业痛点，因为末端市场的需求多元、情况复杂、环境混乱，最后一公里配送一直都存在着价格高、配送困难的瓶颈，多年来一直无法突破。尽管这几年陆陆续续有快递代收点、众包模式、无人机配送等多种方式出现，却始终没有真正的行业巨头产生。

"把快件给那些驿站就好了嘛！完全没必要再用些七七八八的模式，浪费时间。"说这话的是一家小快递公司的 CEO，他拍着桌子，不无得意地说，"我是潮南县人，我们做生意，讲究大家都来分一杯羹，你总不能把所有的钱都赚了，像他们搞快递驿站，就由他们去搞！让他们赚几个小钱，也给我们方便！"

潮南县是中海市下属的一个县城，经商之风古而有之，出来的商人最喜欢拉帮结派，很是为自己的家乡而自豪。

"我和焦总是同乡，我同意他的看法！"另一个快递公司的小老板举起手，"前几年不是流行过一阵众包模式？搞得花红柳绿，各行各业都来送快递，可到了最后，钱烧了一堆，事情做得乱七八糟，到后来派送问题还是依靠快递驿站来解决。这不是瞎折腾嘛！"

在场的快递公司高管、老板纷纷点头，一时间议论声一片。李询面带微笑,四下望望,不发一言。讲台上的讲师高声问道:"有谁有不同意见吗?有什么想法,都可以提。"

宇文胜站了起来。讲师看了他一眼,说:"这位同学有话说,大家安静一下!"

"既然老师说了,有什么想法都可以提,那我就来说说。根据我的从业经验,快递驿站确实节省了派送时间,可也有很大的隐患。很多快递员为了省事,把快件直接放在驿站,不管收件人乐意不乐意,强行让收件人自取包裹。这相当于把最后一公里的成本转嫁到了收件人身上。看上去似乎派送成本降下来了,但这并不是我们解决最后一公里问题的初衷。"宇文胜说。

"我们的初衷不就是为了节省人力物力嘛!现在人力物力确实节省了,怎么就不是初衷了?"先前发言的那个焦总问道。

"根据快递条例规定,免费派件是企业必须履行的义务。现在很多快递员违背了这个义务,这当然不是应该提倡的。"

"那是你不了解现在快递有多难做,又要派件,又要取件,每个件都要送到手上,那是要累死人的。这个小兄弟,你是哪家公司的管理层啊?你怕是不懂快递小哥的疾苦吧！"

"我不是管理层，我是开快递加盟站的，自己也是一名快递员。"宇文胜坦诚地说。

"你是快递员？那就有意思了。你不替快递员说话，反倒来挑快递员的不是。你这个小兄弟可是真有意思！"焦总露出揶揄的笑。

"是呀，你既然是做基层的，那更该知道驿站蛮好，给兄弟们省了不少时间。"有人附和。

"我并不这样看。对快递员来说，其实是在冒着被投诉的风险强行放件在驿站，最关键的问题是，驿站不是傻子，他们想赚的不止眼前派件的这点提成，而是要把'派送上门'这项免费服务做成收费服务。要是真有这么一天，派送费全让驿站赚了，那其实是快递员在帮驿站砸自己的饭碗。"

"别扯啦，他们赚就赚好啰！反正收件的大头在我们手里，管他呢？小兄弟，要学会分人一杯羹嘛，不要什么都想赚！"一个小老板语重心长地教育宇文胜。

"就是就是。我们把前面的部分做好就可以了，后面的部分，确实心有余力不足，随他们去吧！"焦总附和。

"我倒觉得他说的有道理。"一个清脆的女声响起，来自李询，"驿站不是慈善机构，也不会满足于赚一点点小钱,它在潜移默化中改变用户的收货习惯,等时机成熟,就是他们出手收割的时候了。不过,我想知道,你有没有什么好的建议?"

李询望向宇文胜,目光中带着期待和鼓励。

"我的建议就是,不要过分依赖代收驿站,如果有条件,可以发展自己的代收驿站,解决最后一公里的难题。"宇文胜说道。

"自己建驿站?怎么可能!这就好比你买一架飞机,还要自己建个机场,那要多大的投资?简直是无稽之谈!"有人站出来公开反驳。

"所以我说的是,在有条件的前提下。"宇文胜平静地说,"对大快递公司来说,自购飞机已经成现实了,自建代收驿站并不难实现。"

"你说的那毕竟是少数,国内也就只有一两家公司能做到,对于我们大部分快递企业,没有参考价值。"焦总说道。

"长久来看,快递业的发展一定会走上规范化道路,这里面大吃小是必然的。"宇文胜说。

"你这么说,我可不爱听了啊。你这是说我们早晚会被吞并?"焦总不满地说。

"行啦,你爱不爱听,我不管,反正我爱听。"李询笑呵呵地打圆场,将目光转向宇文胜,"你的观点,和我的不谋而合,找个时间,咱们可以深入地聊聊。"

几天后的一个傍晚,李询和宇文胜相约在中海财大的一间校园餐厅内见面。虽是校内餐厅,环境却安静雅致,不时有年轻的学生走来走去,显得氛围活力十足。

二人落座,李询一直望着宇文胜,面带微笑。

"李总,请问我脸上是出现了什么不该出现的吗?值得你反复地看?"宇文胜被盯毛了,心虚地发问。

"不是。我应该先向你道个歉,我在来之前,特意查了你的资料,知道了一些你的历史。"李询认真地说。

"那没关系,历史就历史吧,不是黑历史就行。"宇文胜松了口气,忽然又觉得不对劲儿,"我的历史有那么好笑吗?我可不可以理解为你是在嘲笑我?"

"不是不是,你误会了。"李询不禁笑出了声,"我只是觉得,你年纪轻轻,就经历了大起大落,心里很是感慨,没有别的意思。"

"人生不就是这样吗?起起落落,都是常态,我也习惯了。"宇文胜知道李询指的是他公司破产的事,不以为意地说。

"平心而论,你对快递行业的看法,很多都和我不谋而合,我很好奇,想不到你跨入这个行业只不过一年多的时间,认识得却很深入。"

"思维惯性吧,我喜欢思考,看事情习惯由表及里。"宇文胜开始自我吹捧。

"这两年,我们公司也一直在寻求突破,比如为了打破最后一公里的束缚,在全国各地开设了自提站。同时,为了利用我们物流方面的优势,也开始进军电商行业。但问题是,效果都不是很理想。"李询苦恼地说。

"我大概了解过你们速纳快递的一些情况,我的直观感受就是,太过盲目求快,导致没把握好方向,遇到问题也不能及时调整。"宇文胜一边说着,一边在心里暗想,就冲你们用的那些人,这些突破也成功不了。

"开弓没有回头箭,你说的有道理,一旦开始了,再调整方向,就很困难。"

"别的不说,就说你们新建的电商,选择皮具品类,就是定位错误。皮具类对时效没有太高的要求,以你们的物流速度,那就是高射炮打蚊子,典型的大材小用。以你们的物流优势,完全可以选择对时效要求最高的生鲜电商,这才能做到物尽其用,不浪费。"

"你说的对。"李询连连点头,"其实一开始我就不看好这个领域，可我又阻止不了……"

"我理解。"宇文胜风度翩翩地笑笑，"很多事情都是心有余力不足，职位越高，反倒越是有这种体会。所幸我现在只是个快递点的挂名老板，没有这些苦恼。"

"说到这儿，我有个提议，不知你愿不愿意？"李询观察着宇文胜的表情，"如果你想在快递行业内做出点名堂来，那么来速纳快递锻炼一下，绝对是最好的选择。正好我身边缺一个有能力的助理，如果你愿意，这个位子留给你。"

这个消息来得有些突然，宇文胜一时间不知该如何回应，他迟疑地说："这个，我从没想过。能不能给我点时间……"

"你当然有权拒绝，不过可有大把的人想给我当助理，你好好想想，要不要错过这个机会。"

"老实说，我很想去速纳快递，见识一下大企业的运作流程，但是……"宇文胜迟疑了。

"但是你不愿意做我的助理？"李询问道。

"当然不是。我也是经营过公司的人，我知道想要全面了解一个公司，助理是最适宜的职位。更何况你的级别高，做你的助理起点更高，等于站在巨人的肩膀上，我求之不得。"

"那你的顾虑是什么?"

"我的顾虑是……"宇文胜决定和盘托出,"你知道我经历过公司破产,可你知道我是为什么破产吗?"

"听说你当时是卷入了什么官司,具体情况,我并不了解。"

"和你们公司有关。是你们那二少爷和他舅俩人合伙干的好事。他们为了发展你们的皮具电商,干掉了一大批发展不错的皮具电商公司,我的公司就成了炮灰之一。"宇文胜一五一十地将事情的经过告诉了李询。李询无比诧异,但良好的职业素养使她很快又将情绪恢复如常。

"陈南和许百昌合起伙来做这种事?如果是这样的话,你就更应该来速纳快递。"李询坚定地说,"别告诉我,这件事你就打算忍了。只有你来了速纳,了解到这里的内情,才能知道自己输在哪里,给自己扳回一局的机会。你要给自己之前的公司讨个公道啊!"

"讨个公道?"宇文胜嗤笑,"公道这东西,已经消失很久了。"

"你先别泄气。我知道你心里是不服气的,你要相信,来速纳,一定是你最快的成长机会。错过这个机会意味着什么,不需要我多说。并且,速纳公司这么大,即便你来任职,也不会和他们扯上什么关系,这两人完全不必成为你的顾虑。"

"谢谢李总厚爱,我还是要考虑一下。"

"不必考虑了,很多事情都是毁在无意义的考虑上。如果你同意,现在就告诉我。如果你不同意,就当这件事我从没说过。"李询干脆利落地说道。

宇文胜抬头望向李询,只觉得她目光如炬,他还从没见过哪个女性可以有这样具备强攻击性的眼神,既让他心里有些颤,却又莫名觉得心安。

"我答应你。什么时候来上班?"宇文胜问。

"明天来报到。速纳的上班制度遵循法定节假日安排,原则上来讲,周末双休。另外,每周的课程你继续上,不用请假。毕竟你除了是我的助理,还是我的同学。"

"好,李总,成交。不胜荣幸。"宇文胜举起杯子,杯里是他为自己点的珍珠奶茶。他平日里酷爱奶茶,因此屡次被曹小方嘲笑,但他始终不服气。奶茶做错了什么?奶茶为什么要被嘲笑?

"宇文助理,合作愉快。"李询举杯,杯子里是苏打水,冒着欢乐的气泡。

## 第十一章 最后一公里

饭毕，宇文胜脚踩棉花一般，走出了中海财大的校园。他的奥拓今天限号，所以他此刻无车可开。他没有打车的意思，就这么走在大街上，思维飘飘忽忽，脑子里反复琢磨一件事：我晚上没喝酒啊，为什么这么晕呢？难道那奶茶里放酒精了？

突如其来的工作机会让他一时间无法接受。他认为此刻自己需要找人倾诉一番，于是掏出手机，下意识地按出了简薇的手机号，刚刚准备拨通，手机唱起了欢乐的来电音乐，来电人显示的正是简薇。

"真是默契度爆表啊。"宇文胜在心里嘀咕着。他接通了电话，欢快地说道："大兄弟，别来无恙！咱俩真是心有灵犀啊！"

电话那端，简薇准备好了的话，就被这样一声"大兄弟"给噎了回去。过了半天，她问道："这位大兄弟，何出此言？"

"我正想给你打电话，结果你的电话就过来了。"宇文胜喜滋滋地说，"我有件事想要和你说……"

"什么事？"

"我找到了新工作。这回可真的不是我没有提前告诉你，而是来得太突然了。速纳快递的运营部总监助理，刚刚谈下来的，明天我就去上班。"

"这……"简薇沉吟半晌,"这消息还真是够突然的。我现在是不是应该恭喜你进入大企业,马上就要到达人生巅峰?"

"你可以恭喜我。虽然我离人生巅峰还远,但这毕竟是我了解快递行业的好机会。老实说,速纳快递是个再适合不过的成长平台,除了有陈南和许百昌那俩货之外,一切都很好。对了,你给我打电话,是不是有什么事情?"

"是的。我想说的是,我也换工作了……"简薇的声音里透着些许犹豫,"很巧,也是今天下午刚刚确定下来的。"

"我们果然很默契!换到什么单位了?公司还是律所?我是不是又能跟着你开拓新片区了?你要是再换上几份工作,我们快递站就能把整个中海市都拿下啦。"宇文胜兴致盎然地说道。

"这次我恐怕不能帮你做业务了,不过咱俩做同事倒是可以的。"简薇嘿嘿一笑,"就在今天下午,我答应了陈北的邀约,正式任职速纳快递法务科经理,很巧,也是明天报到。"

这回轮到宇文胜语塞了。他过了好半天才反应过来,追问道:"那就是说,咱俩从明天开始就是同事了?并且,你的级别还比我高?"

"正是这样。"简薇"扑哧"一声笑了。"不过你也不要有心理压力。我和你从属于两个部门,不涉及上下级关系,也不会有我来领导你的情况出现。"

"我没有心理压力。只是,这也太魔幻了……"宇文胜喃喃道,"是什么促使你来速纳工作?是因为那个陈北,还是因为咱俩之间的缘分?"

"自然是因为咱俩的缘分了。"简薇拿宇文胜开涮,"冥冥之中,咱俩总能遇上,这不是缘分是什么?就算是孽缘也好。孽缘也是缘呀!"

简薇说的倒也并非完全是玩笑话,她来速纳快递任职,确实有宇文胜的原因。早在半年前,陈北就屡次邀请简薇去速纳任职,只不过当时她从律所辞职,暂时无心踏入职场,同时也怕和陈北共事,会有诸多不便,于是一直没有答应。后来她去了华贸广场的一家外企做法务,一段时间下来,对法务工作兴致颇高,再因受到宇文胜的影响,对快递行业亦产生了浓厚的兴趣。于是当陈北再次诚挚邀请她出任速纳快递法务科经理时,她几乎没有犹豫就答应了。

第二天,宇文胜特意提早到了公司。他百无聊赖地坐在李询办公室门口,等着她出现,然而上班时间已过半小时，公司里依然没有李询的身影，宇文胜坐不住了。

"明知道我今天来报到，竟然还迟到，到底有没有把我这个助理放在眼里？"宇文胜嘀咕着，打算走走转转。他唯恐会和陈南偶遇，特意冲着前面的行政部走去。打眼望去，行政部一片莺莺燕燕，想必陈南也不可能出现在这里。

陈南确实没有出现，出现的却是尤琳琳。宇文胜正在东张西望地从一片工位中穿过，只觉前面坐着的一个姑娘似乎有些眼熟。他凑上前欲看个清楚，碰巧那个姑娘也抬头望向他，目光相遇之际，两个人都大吃一惊。

"你你你，你是在这上班吗？"宇文胜率先反应过来，尴尬地问道。

"是啊！"尤琳琳点点头，表情有些复杂，"你呢？你怎么来这里了？是来办事情？"

"巧得很，我也是来上班的，我在运营部。"宇文胜尴尬地笑了笑，"以后咱就是同事了，还请多多关照！"

一丝惊喜从尤琳琳脸上掠过，很快，她的神色恢复如常，只是说话的声音明显轻快了些，"你刚来，很多东西不熟，有需要帮忙的，随时叫我。"

尤琳琳是上个月来到速纳工作的。让她来上班是陈庭之的意思，他得知儿媳流产后经常郁郁寡欢，儿子又常年不着家，便让她来公司做个闲职，一来打发时间，排遣下心里的寂寞，二来也是希望儿媳和儿子天天同进同出，可以加深感情。尤琳琳的工作内容十分简单，主要负责对后勤物品的统计和发放，无事可做的时候，就逛逛淘宝、看看直播，几乎没几天，她就适应了这样的工作节奏。

# 第十二章　加入速纳

离开了尤琳琳的工位，宇文胜唯恐再遇到熟面孔，他再也不敢到处乱转，乖乖地坐在李询的透明办公室前，耐心等着她到来。速纳简直太危险了，在这里撞见熟人的几率简直比自家小区里还要高。宇文胜忍不住怀疑，莫非和自己相熟的人都来这里上班了？李询直到上午十点钟才姗姗来迟，看到独自等待的宇文胜，她抱歉地一笑，并没有为自己的迟到做任何解释，只是径直拉着宇文胜站到工位区正中间。

"大家把手里的事都放一放！放一放！"李询大声说，"这位是我新来的助理，宇文胜。以后一切需要我做决策的事情,都要先知会宇文先生。"

宇文胜紧张得汗都要下来了。他从不是怯场的人,这些年,大小场面他经历的多了。让他紧张的真正原因是,李询拉着他,是真正意义上的拉着他——她是拉着他的手,向在座各位进行的介绍。上次享受到这种待遇,似乎还是他上幼儿园的时候,由女老师拉着小手,步履蹒跚地走向教室。宇文胜心里七上八下,无暇注意那些员工的目光和神情,也就无法体会到其中的意味深长。那些目光中,有戏谑,有诧异,还有些见怪不怪的淡然。

速纳快递财力斐然,独占一整座大楼,据说还是自己的产权。从外形来看,这幢大楼科技感十足,倒更像是互联网公司。这也和速纳快递这几年的发展轨迹两相呼应,随着物流领域大数据的应用,陈庭之加大了在科技方面的投入,花费了大量资金,进行智慧物流的研发,研究范围包括智能分拣系统、航空运力平台,并计划开展无人机计划,不夸张地说,速纳快递在此领域的水准,在全国范围内都处于领先地位。

李询负责的运营部是速纳最庞大的部门,下设企划科、业务科、网络技术科三个科室,人数众多,占据了五楼、六楼、七楼,足足三层楼的位置,并且将部分无处安放的人员放在八楼,其中还包括李询的超大办公室。作为新晋助理的宇文胜,自然不能离领导太远,他的办公区域就被安排在李询的玻璃办公室后面的工位上。而尤琳琳所在的行政科,从属于综合部,主要的办公区域集中在八楼,她和宇文胜处在同一楼层,且直线距离不超过十米,两人抬头不见低头见,令宇文胜无比尴尬。

综合部下设两个科室,行政科及法务科。简薇所负责的就是法务科,人数不多,偏居八楼一隅。若用直线来连接,简薇、尤琳琳和宇文胜三人的工位偏巧可以连成一个等边三角形,可以说是十分巧合。除此之外,便是财务部和操作部两大部门,共同占据了一层办公区域。许百昌负责的部门是电商部,成立至今刚刚两年时间,一直持续不断地为速纳制造亏损,陈南则是电商部的副总经理,和许百昌堪称两台亏损制造机。电商部盈利全无,人员却不少,独自占据一整层办公楼。剩下的几层楼则全是科技部的天下,陈庭之对物流科技发展的重视程度,由此可见一斑。

做李询的助理并非易事,运营部下的几个科室,堪称速纳快递最赚钱的核心部门,每天都有各种报表、计划、方案,排着队等待李询的意见,而这些全部都汇总到宇文胜手上,由他统筹一遍,再交由李询过目。速纳快递

**是为数不多的采用直营形式的快递公司**，各种企划推广方案都由总公司统一制订，再交由各分公司执行，总公司既要集权，事情最多，宇文胜每天即便什么都不做，光是传达各科室的诉求，也已经忙到脚不沾地。几天下来，他对速纳的公司架构了然于胸，如果说先前他对于快递行业的研究仅限于纸上谈兵，如今实践出真知，可以说，一扇通往新世界的大门正在向他缓缓打开。

宇文胜头脑活络，心思也颇为细腻。在和运营部各科室对接的过程中，他隐隐觉出了一丝不对，却又说不出来。如果用一个词来精确地概括，那大概就是"别扭"。每个人对他都客气微笑，毕恭毕敬地称他为"宇文助理"，然而在细枝末节上又对他并不配合，但凡宇文胜多问一句，对方就立刻露出一种讥讽混杂着鄙夷的微笑，让他十分不解。

宇文胜来到速纳上班一周有余，许百昌才获知了这个消息。自从他自作主张创办电商部以来，可以说就没过上一天好日子，连日的亏损已让陈庭之颇有微词，许百昌为此更是焦头烂额。他原本想通过在电商部做出业绩，让自己成为速纳的大功臣，不料功臣没当，现在快成了罪人。他猜不透宇文胜何以来速纳工作，但他知道，这个消息不能不告诉陈南，于是当即就打电话叫陈南回来，说是有要事商量。

作为电商部的副总,陈南的表现和终日里没头苍蝇一样乱转的许百昌相比,更像是无为而治。天天不着家的他,同样也天天不着公司,顶着副总经理的名头,每日在网吧精耕细作,电竞更像是他的主业。许百昌对外甥的感情很复杂,他既恨铁不成钢,又不敢得罪他,他心知肚明,陈庭之是看在陈南的面子上,才会纵容他把电商部做得乱七八糟,否则以陈庭之雷厉风行的个性,怕是早就将他逐出公司也说不定。

"宇文胜来我公司上班了?是你听错了,还是他是哪根筋错了?"接到许百昌的电话时,陈南正在游戏里厮杀,周围一片嘈杂,他对着电话大声喊,把许百昌的耳朵震得嗡嗡响。

"我没听错,我都看见他了,就在八楼,给李询当助理呢!"许百昌苦口婆心地说,"依我看,你赶紧回来。我知道你媳妇跟他好过,现在俩人就在同一楼层办公,你还有心在外面打游戏?"

陈南没听清许百昌的话,只知道他絮絮叨叨说了一大堆,但他确认了一点,那就是宇文胜真的来速纳上班了。陈南满腹狐疑,他让许百昌别挂电话,继而快步走出网吧,找了个僻静地方。

"我跟你说,你最好赶紧回公司。这个宇文胜,我怕他是来者不善。先前毕竟是咱们把他的公司弄垮的,万一他来是为了报复,再把这件事捅给你爸,咱就全完了!"许百昌说道。

"你等会儿。咱俩把他公司弄垮的?那事儿好像是你一个人干的吧,别把屎盆子扣我头上。"陈南头脑倒是清醒,时刻不忘记和舅舅掰扯。

"那事儿是我干的不假,可你故意让他丢货的事儿,你以为我不知道?咱俩之间就别计较这个了,现在咱是一条绳上的蚂蚱,万一他有点什么动作,谁都好不了!"许百昌趁机揭外甥的老底,拉他入伙。

"我就不明白了,他那快递站不是开得挺好的吗,来这上什么班啊!真是看热闹不嫌事大!"

"对了,我还得告诉你,你哥的那个女朋友,叫什么简薇的,也来这儿上班了,是法务科的经理。这摆明了是你哥要扶持自己人上位啊!你要是再这么吊儿郎当,到时候咱们怎么死的都不知道。你要还当我是你舅舅,就趁早赶紧回来!"许百昌动之以情、晓之以理,力争把陈南拉回来。

"这是什么情况?一来来一窝,陈北也太急着上位了吧?他是不是以为我不存在呢?"陈南火了,"我这就回去！老虎不在家，猴子称大王，他还反了天了！"

陈南雷厉风行，开着他的小跑车，一溜烟赶到了公司。他计划着，先去看看尤琳琳，再去给宇文胜和简薇一点颜色瞧瞧。不料他刚刚到尤琳琳的工位旁边，就注意到了她和简薇、宇文胜的等边三角形队列，一不小心，三个人他都看到了。

"真是庙小阴风大，池浅王八多。"陈南阴阳怪气地念叨了一句，转身冲妻子说道，"几天不见，变化不小啊？这下心情愉快了吧？不天天念叨郁闷了吧？"

尤琳琳原本期待着久未露面的丈夫能给她两句问候，不料等来的却是这么一句话，气得够呛。她压低音量，说："你能别胡说八道了吗？他来这儿上班，关我什么事？"

"还不是你天天跟我爸念叨，说你烦，说你无聊？这回可不无聊了，天天看见老情人，心里多充实！"陈南无处泻火，冲着尤琳琳一通狂喷。

"你赶紧给我滚！"尤琳琳怒了。她唯恐同事听见两人吵架，被人笑话，着意控制着音量。陈南看尤琳琳气得不轻，也觉得无趣，没有践行他准备给宇文胜和简薇点儿颜色瞧瞧的誓言，滚了。尤琳琳伏在办公桌上，无声地哭了。

宇文胜一早就看到了陈南，但他并不以为意，也完全没注意到他们两夫妻之间的纷争。此刻他正忙着准备资料,李询告知他,晚上要他陪她共同出席一场商务宴请。晚宴时间将近,李询从办公室款款走出来,宇文胜不禁眼前一亮。李询身着一身水粉色礼服,将她窈窕的身材衬得更显娉婷。李询显然对自己的形象十分满意,她走到宇文胜面前,优雅地转了个圈,含笑问:"好看吗?"

宇文胜明显感受到了旁边众人的侧目。办公区的人,无一不在偷瞄着他们俩。平心而论,他觉得李询的行为着实过于暧昧,让他十分尴尬。宇文胜没有直视李询的目光,他勉强笑了笑,轻声说:"好看。"

"既然你觉得好看,那我就穿这件了。"李询朗声笑了,走上前挽住宇文胜的胳膊,"咱们走吧!"

众目睽睽之下,宇文胜硬着头皮,和李询一起向外走去。他感觉周围热辣辣的目光,像是一群箭,四面八方地向他射来,他不确定这些箭里有没有简薇向他射来的一支。从办公室走到电梯间,宇文胜从没有觉得这条路如此漫长。

而当宇文胜后知后觉地觉察出周围人目光的异样时,关于他和李询之间关系不一般的传闻,已然是沸沸扬扬。聪明灵透的宇文胜,在某些方面却自带"天然呆"属性,他始终无法参透,那些明明刚刚还热火朝天的讨论声,为何在他出现后就戛然而止。他甚至没有注意到,最近简薇对他的态度颇为疏离。他太忙了,他以为简薇和他一样忙于工作,所以对两人之间越来越少的交流,并不以为意。

　　陈南后悔极了在这个节骨眼儿回到公司。按照速纳的惯例,每年三、六、九月是例行财务清算季,既要对上一季度的财务支出进行盘点,同时要对下一季度财务支出进行规划和拨款。作为年底之前的最后一次盘点,九月份的财务清算,既要对第四季度进行规划,同时亦要对整年的支出大致进行总结。因此,九月份的财务大会较以往更加隆重,中层领导要全员出席。简薇作为法务科的经理,虽然和财务大会不甚相关,但因为她刚刚加入速纳,旁听一下会议内容,有助于更快熟悉各部门业务,她也出现在了大会的会场上。

　　宇文胜随着李询一同步入会场,和各个中层的助理们一起坐在后排。不久,陈庭之在助理的跟随下走了进来。他的现身足以说明高层对这次财务盘点的重视,在场的各个中层不约而同地都挺直了身子,提起了十二分的注意力。人人都知道,陈庭之对数字极其敏感,一个数字上的小错误,都极有可能被揪出来。这里头最紧张的人莫过于许百昌。他和那些担心数据出错的人不一样，他明白，自己只要一开口就都是错。电商部从一季度开始就一直亏钱，到了第三季度，已经亏到了登峰造极的程度。他不知道该如何面对陈庭之的问责，坐在椅子上，惊出了一身汗。

果不其然，尽管许百昌在介绍电商部的三季度的财务报表时，企图避重就轻地略过末尾的几个数字，但在数十双眼睛的注目礼下，显然是徒劳的。陈庭之一声"停"，大屏幕上一直转动的滚轮应声停下，电商部的财报清清楚楚地呈现在了所有人面前。

"我没记错的话，年初的时候，你向我许诺，说到了年中一定会盈利，到了年末，至少会有20%的毛利，没错吧，许总？"陈庭之问道。

"是，是是。"许百昌点头，汗如雨下。

"一、二季度连续亏损，我没说什么。现在三季度结束了，你亏出了一、二季度的总和！四季度你打算怎么办？把前三个季度的亏损加一起，再亏一遍吗？"陈庭之掷地有声地问道。

"陈总，经营形势实在不好。"许百昌绞尽脑汁给自己开解，"我们款式的市场反响不太好，并且这个季度有几批货出晚了，一来二去就耽误了回款。并且我们有个款式，明明是自主设计的，上面却硬说我们涉嫌抄袭，不让出大货，还开出巨额罚单，这林林总总的加一起，就赔得多了……"

一听到"抄袭"俩字，宇文胜登时精神了。他忘不了面前坐着的这个人，这就是那个害得他倾家荡产的人，眼下他看出许百昌十有八九在说谎，他只想看看他这个谎言到底怎么圆。

"抄袭？罚单？"陈庭之怒了，"你能别总用这一个理由吗？当初你就是用这招坑那些公司的吧？结果自己的电商没做好，先把别人弄倒闭了，你觉得这样影响很好吗？你说巨额罚单，有多巨额？韩秘书，去打电话问管理局的，把这个罚单调出来！"

许百昌彻底慌了神。巨额罚单一事纯属子虚乌有，全是他编出来的。他也委屈，他保证自己没有贪污一分钱，亏损的原因仅仅是经营不善，他只是不愿意承认而已。一旦承认了，那就彻底证实了他的无能。

韩秘书站着没动。一涉及许百昌，那就是陈庭之的家事，她不知道自己该不该家事公办。看见她在犹豫，许百昌认为自己抓着了一线生机，他大声说道："陈总，亏损的原因还有一个，就是营销没到位，严重影响了电商部的业绩。"

"营销不到位也是你的责任,你怪谁?"陈庭之没好气地说。

"这要问李总了。"许百昌流露出些许得意,"当初可是说好了,电商部的营销,一开始要由运营部代管的,现在运营部的营销跟不上,我们也没有办法。"

李询瞪了许百昌一眼,她知道自己算是被讹上了。电商部成立伊始,考虑到运营部在营销方面经验丰富,许百昌提出由运营部协助电商部进行营销,陈庭之应允了,但李询一直持默认态度,具体如何分工、代营销要持续到什么时候,双方统统没有说明。这一年多来,电商部的发展一直没有清晰的脉络,东一榔头西一棒子,许百昌自己都搞不清下一步棋究竟该如何运作,亦没有和运营部沟通过营销计划,李询自然也乐得无事,她才不会闲得主动去关心许百昌是否需要营销支援,没想到在这个节骨眼儿上,自己和运营部会被许百昌拎出来挡枪。

"这归根结底,都是你自己部门的事,怎么能怪运营部?"陈庭之了解这件事的原委,更了解许百昌的性格,明白他这又是在公然耍无赖。

"怎么不能怪运营部了?运营部说不得是吧?凭什么呀!不是她们说好要代管吗,她们管哪儿了?"陈南站出来大声嚷嚷。他说话不像许百昌那样唯唯诺诺,底气十足,大嗓门一亮,引得在座各位纷纷侧目。

"你喊什么?你们把业绩做成这样还有理了?你坐下!"陈庭之斥责儿子,但能听出来,他已经刻意控制着音量和语气。

"陈总,您别总是厚此薄彼,两头都是私人关系,抬一个,踩一个,多没劲啊。"陈南阴阳怪气地说道,似乎意有所指,同时意味深长地看了一眼父亲。陈庭之没有抬头正视儿子的眼睛,但明显感觉到他的气势弱了下来。许百昌得意扬扬地看着这一幕,长舒了一口气。

"之前我们运营部有做得不到位的地方,这点我们注意。"李询说道,"两个部门的确需要加强配合,不过当务之急是电商部先把产品搞上去,营销方面,我们再一起想办法。"看得出来,她是在给了电商部一个台阶下。许百昌显然领悟到了她的用意,一言不发地听着。而陈南,他不屑一顾地"哼"一声,把头扭到了一边。李询对此并不以为意,她示意宇文胜打开运营部的数据,含笑望着在座的各位,朗声说:"接下来我们一起看看运营部的三季度数据吧。"

许百昌终于逃过一劫。散会后,他脚底抹油,第一个潇洒地走了。中层领导们纷纷散去,宇文胜收拾了半天会议资料,一抬头,发现人已散尽,只有简薇还没走。他走上前去，拍了一下简薇的肩膀，说："嘿，这个许百昌可算是得了点教训，可惜啊，还是没能让他吃大亏。也不知李总怎么想的，就这么纵容他给运营部扣帽子，完全不是她平时的风格啊。"

出乎意料地，简薇并没有热情回应他，而是冷冷地甩开他的手，似乎根本没听见他的话，大步向会议室外走去。宇文胜急了，他快步走上前去，说："你这是怎么了？你没听见我说话吗？"

"听见了。"简薇冷淡地说，"你们李总的风格，自然没人比你更了解。还有什么事吗，宇文助理？"

"你叫我宇文助理。"宇文胜敏锐地察觉到简薇对他的称呼变了，"我明白了。你现在是法务科的经理，你膨胀了，你不屑于和我这小助理说话了是不是？"

简薇哭笑不得，她摇摇头，叹了口气，沉默着走开了。身后，宇文胜一头雾水地望着她，百思不得其解。

一波未平，一波又起。尽管陈南仗着自己声音大，暂时替电商部解了围，然而亏损问题仍是横在许百昌面前的大问题。当初电商部是陈庭之重点关注的项目，为了获得陈庭之欢心，许百昌拼了老命争取到了电商部负责人的职位，如今他算是肠子都悔青了。当年几乎同时上马的智慧物流体系，如今已经做得风生水起，大大提升了速纳在分拣效率上的表现，而电商部整体仍是半死不活。除此之外，先前为了解决快递"最后一公里"问题，速纳快递曾斥巨资在全国一线城市建立了数十家"速纳小栈"，集快件代收代发、商品零售为一体，而这些速纳小栈的管理权，也被许百昌要死要活地弄到了自己手上，如今这些小栈也为电商部的亏损做出了不可磨灭的贡献。每每提起这些小栈，都无异于给许百昌的心头再添一把烦心事，食之无味，还有毒，弃之可惜，还不敢，就是许百昌心境的真实写照。

此番事情亦是因速纳小栈而起。速纳小栈建立之初，本着速纳一贯的快速扩张原则，确定了招募加盟商的形式，在全国各地开疆拓土，迅速网罗了大批加盟商。在原有的五十万加盟费基础上，许百昌私下将加盟费抬高至一百万，尽管天价，但因为速纳快递的品牌效应，还是吸引了相当数量的加盟商加入。然而理想很丰满，现实很骨感，转眼两年时间过去，小栈经营状况堪忧，不少加盟商萌生退意，只想要回加盟费及时止损，别无他求。而许百昌赔得一塌糊涂，根本无力退还加盟费。他料想对方只是平头百姓，不会将他怎么样，于是心一横，干脆置之不理，希望对方知难而退，放弃要回加盟费的想法。

可这毕竟是人家的血汗钱,怎会轻易放手,更何况当年速纳白纸黑字承诺,如果对方退出加盟,速纳快递全额退还加盟费。因此几家小栈老板一合计,索性将速纳告上了法庭。

作为法务经理,简薇第一时间获知消息后,问了下案情,就已知速纳必败无疑。她还未想出对策,就得知了一个更坏的消息:已经有几家媒体报道了这一事件。思来想去,也只有一个对策:由许百昌或者陈南出面,澄清此事仅为自己的个人行为,与速纳无关,从而将速纳从舆论漩涡中解救出来。

鉴于许百昌和陈南都是速纳中层,此事只有陈庭之解决最为合适。简薇将此事汇报给了陈庭之,希望他出面劝说。听闻简薇的意思,陈庭之有些犹豫。作为父亲,他无论如何不希望陈南站出去顶这罪名,那么合适的人选只有许百昌,并且此事确实因他而起,由他出面也的确应该。陈庭之派人叫许百昌过来,准备当面和他说清楚此事。

"什么?让我出头,说这事是我一个人干的,把公司择出去?"许百昌听明白了陈庭之的意思,大呼小叫起来,"我好歹也是公司中层,这不把脸都丢尽了?"

"都什么时候了,你光想着自己的面子。这件事本来就是因你而起,你不站出去,想让谁站出去?"办公室里只有陈庭之、许百昌和简薇三人,陈庭之说话亦不必顾虑,"要换作别人,早就开除了!现在让你做个形式上的道歉,你还好意思推三阻四?"

"那所有人不都得看我笑话?以后我还怎么管电商部?还有人服我管吗?"许百昌瞥了一眼简薇,愤愤不平地说,"反正只是个形式,那随便找个别人不就行了!我又不是大明星,没人知道电商部总经理长什么样。"

"人家服不服你管,和你的个人能力有关,和道不道歉无关。你也做了这么多年管理层了,连这点道理都不明白?还顾及个人形象,你看你个人还有形象吗?"陈庭之气得口不择言。

"反正我不想道歉。要不我就从电商部找个人去道歉。把形式走了得了呗!"许百昌嘟囔道。

"许总,是这样。你的这个道歉,不光是走个形式,还有一个意义就是对那些小栈商户的安抚。当年他们加盟小栈,不少人都是冲着你许总的面子来的,如果此时你不出面,那显得我们敷衍了事,安抚不到位,很可能引发后患。"简薇平心静气地分析道,"最好就是您亲自道歉,如果实在不行,只好由陈南代为道歉,他是电商部的副总,多多少少也有些说服力。"

"这……"许百昌犹豫了。他了解陈庭之舐犊情深，明白他无论如何也不会愿意让陈南以这种形象出现在大众视野中。更何况，如果陈南的公众形象受损，必然影响到他以后和陈北的接班争夺战，这可是许百昌不愿意看到的结果。

"行吧行吧，我去道歉。"许百昌垂头丧气地说道。他不忘睥睨简薇一眼，阴阳怪气地说，"但愿这不是公报私仇。我可是为了公司，脸都豁出去了。"

"是不是公报私仇，咱们仔细想想就知道了。如果许总不道歉，那么我们只能和小栈商户私了。在此过程中，法律风险极高，一旦对方不接受私了，并把事情捅出去，速纳的声誉将会受到极大影响，一损俱损，到时候，就不是把脸豁出去的问题那么简单了。"简薇不急不躁地说。

"行行行，为了公司，我道歉，我道歉！"许百昌明白，越说下去，情况对自己越是不利，草草结束对话，匆忙离开了陈庭之的办公室。

宇文胜决定约简薇出来好好聊聊。他不明白简薇为何突然之间对他冷若冰霜，他想不明白。在公司聊，肯定是不合适的，速纳那么多人，保不齐就被哪双眼睛盯上了，引来不必要的麻烦。他想找个周末，把简薇约出来。以什么理由呢？宇文胜绞尽脑汁，编造了原因。他声称自己的快递加盟站又一次被人起诉了，急切地需要简大律师的法律援助，希望可以和她面谈。他知道简薇不会坐视不管。果不其然，简薇干脆利落地回复了一个字，"好"。宇文胜心花怒放。

　　面谈地点定在了市郊的一个湖畔公园。这是一处新开发的休闲区，餐饮游乐设施一应俱全，而游人甚少，极适宜聊天。宇文胜心想，聊完之后，可以请简薇吃个饭，一饭泯恩仇，从此两人芥蒂全消，继续做好哥们、好同事。约定时间快到了，他美滋滋地等着简薇到来，盘算着一会儿话该从何说起。就在这时，他忽然看见了一个熟悉的身影快步走过，宇文胜心里不禁一动，赶忙跟了上去。

　　他看得没错，那个快步走过的身影正是李询。只见她穿过公园里的一条小路，径直向前走去。宇文胜远远地跟在后面，满腹疑惑。前面有一排簇新的木质别墅，正是刚刚投入使用的湖畔客房。李询走进了最里侧的一栋别墅，消失了。

　　"李总这是来找谁呢？这里有大片的停车区，她完全可以开车过来,为什么非要把车放在远处,然后走过来?"李询的神秘激起了宇文胜内心的侦查意识,他扫视了一下周围,只见偌大的停车场空空荡荡,并没有任何一辆车。宇文胜走到里侧别墅的内墙,找了个视线好的隐蔽角落蹲了下来。他决心要等李询出来,一探究竟。

手机响了,是简薇打来的电话。宇文胜没敢接,他把电话按掉了。他知道李询随时可能出来,他怕自己暴露。宇文胜给简薇发了条消息:"有情况,等等。"

消息发送完毕,宇文胜就一门心思地投入到了对李询的监视当中。方才随着李询走进别墅,一个窗口隐隐亮起暗淡的灯光,随后又暗了下去。想来那个地方应该是楼梯间的感应灯。若是这样,李询出来的时候,那个灯光应该会再次亮起,宇文胜紧盯着那个小窗口。也不知过了多久,他的脚都蹲麻了,忽然听见了有人说话的声音。宇文胜登时精神了,他悄悄看去,只见李询和一个男人一前一后地走出了别墅。那个男人个子不高,走路带着明显的外八字,宇文胜顿时断定了男人的身份,就是陈庭之。

空旷的广场上时不时吹来阵阵秋风,李询脖子上的丝巾险些被刮走,她慌忙按住。陈庭之伸出手来,帮她把丝巾在脖子上缠了一缠,又充满爱意地抚了抚她的头发。

两人继续前行,在前面的岔路拐弯,消失在了宇文胜的视野中。此刻的宇文胜,心中完全被惊诧填满。这样的时间和地点,这样暧昧的动作表示,他就算再迟钝,也明白了李询和陈庭之两人的特殊关系。过了好半天,宇文胜平静了心绪,才发现手机有几条未读微信消息。他点开细看,消息来自简薇,内容分别如下:

"你在哪里?想让我等到什么时候?"

"你故意的吧?"

"滚。"

得,这下宇文胜明白,自己算是把简薇得罪透了。本来就是想化解误会,却弄巧成拙,结了个更大的梁子。这突如其来的信息量实在是太大,宇文胜一时间想不出来该如何求得简薇的谅解。此刻,他满脑子都是李询和陈庭之出双入对的样子,而先前那些让他不曾注意的场景纷纷浮现在他脑海:同事们意味深长的目光和私底下悄悄地议论;李询故意带着他在公共场合高调亮相,引得同事们纷纷侧目;陈南对陈庭之阴阳怪气地说,两头都是私人关系……他明白了,他瞬间什么都明白了。他明白此事不仅关系到李询和陈庭之,并且也关系到他宇文胜。宇文胜按捺不住内心复杂的感情,他恨不得立刻、马上、即时找李询问个清楚。

宇文胜到底是控制住了冲动，理智告诉他，周末并不适合兴师问罪。周一上午，在部门经理们刚刚结束了中层例会之后，宇文胜走进了李询的办公室。李询正埋头于一堆等待签署的办公文件里，头也不抬地说："这些文件要一会儿才能签好，你过半小时再进来拿吧！"

"我不是来拿文件的，我有事要问你。"宇文胜尽量控制着情绪，使自己看上去显得平静理智。

"什么事？你说。"看得出来，李询亦控制着自己的情绪，极力掩饰着对于宇文胜强行闯入的不满。

"你招我进来当助理，其实是为了打掩护的吧？"宇文胜开门见山地说，后半句的音量放得越来越低，"你用我来做障眼法，实际上是掩饰你和陈总的情人关系？"

李询手里的笔停了下来。片刻后，她抬起头，直视着宇文胜的眼睛，不加掩饰地说："你是怎么知道的？"

"偶然看到你俩在一起。"宇文胜亦不想掩饰，"至于你利用我来混淆视听，是我猜出来的。我应该没猜错吧？在我之前，你已经换过 N 个助理了，都是男的，都年轻帅气，你别告诉我这都是巧合……"说到"年轻帅气"几个字，宇文胜忍不住会心一笑，甚至还轻轻地抚了下自己的脸。

李询没说话，似乎是默认了宇文胜的猜测。过了半天,她问道:"所以你想怎么办?是继续做我的助理,还是把这件事大白于天下,为自己被利用好好出一口气?"

宇文胜被问住了。老实说,他还真不知道自己究竟想怎么做。对于李询的行为,若说他有多生气,似乎也并没有。说是李询利用他,其实也谈不上。他也只是被"利用"的众多小鲜肉助理之一而已,当情绪平静下来后,宇文胜甚至还为自己被贴上"小鲜肉"的标签而沾沾自喜。

"当然,你还有第三个选择。"李询站起身,盯着宇文胜的眼睛说道,"你知道,我招你来做助理,就算我有私心,但归根结底还是因为你的能力。这段时间以来,你的工作能力我非常认可,所以,如果你愿意,我可以推荐你去终端部……"

"终端部?这是个什么鬼?"宇文胜心里纳闷地嘀咕。

"对于电商部这两年的表现,大家心里其实都有数,董事长心里已经非常不满。尤其是经历了这次小栈事件,我们在终端代收领域所做的布局可以说是彻底失败,这和许百昌工作不力绝对脱不了干系。"李询缓缓地说,"我们对于小栈已经投入了大量资金,不可能就这么放弃。因此董事长决定,要把终端代收从电商部分离出来,成立单独的终端部,这几天就会宣布这个事情。如果你同意,我会推荐你做终端部经理候选人。"

"我?推荐我?"宇文胜一时竟反应不过来,"这件事有点突然,这算什么?算我用美色和你做交易吗?"

"你长得是不错,可还没美到能做交易的高度。"李询无奈地说,"我认为你有这个能力,当初在课堂上,就是你关于最后一公里的发言吸引了我。这是今后几年各个快递公司发力的主要领域,也会是你大展拳脚的好机会。"

"我答应。"宇文胜忙不迭地说,"请李总放心,我一定会好好干,不给李总丢人。"

"行了行了,别表忠心了。"李询嘴角含着笑意,"当然,这样做,也是为了堵住你的嘴。委屈了你这些日子,你终于能解脱了,我呢,也该物色新的小鲜肉了。"

"那……这意思是不是,我因为伺候李总伺候得好,就顺路高升了?"宇文胜开始耍贫嘴。

"应该说,你被李总嫌弃了,所以李总对你始乱终弃。"李询笑着回应宇文胜,"行了,出去工作吧!不出意外,本周内就会有消息。"

# 第十三章　大刀阔斧

　　李询所言不虚，周四一早，公司就公开了通知函，告知全体员工，将终端代收业务从电商部剥离出来，成立终端部，并由宇文胜出任终端部的总经理。消息一出，全体哗然，既因为陈庭之公然叫板小舅子，更多的还是因为宇文胜的大踏步晋升。一时间，关于宇文胜背景的猜测甚嚣尘上，果不其然，有人说宇文胜因为备受李询宠爱，因此被她一手扶植，但也有更多的人认为，宇文胜是因为和陈庭之的特殊关系，才能得此重用。

　　对于宇文胜的晋升，最不爽的自然是许百昌和陈南。许百昌对于电商部被拆分没有任何防备，这个消息对他显然是个巨大打击，而宇文胜的火箭式晋升对陈南更是当头一棒。说好的要努力赶走宇文胜，结果却被他踩到了头上，陈南气不打一处来。他自然是不敢去质问陈庭之，只好在家里摔摔打打来泄愤。尤琳琳冷眼看着丈夫这副窝囊又躁狂的样子，心里愈发为自己当初的选择而后悔不迭。

宇文胜这几天一直伺机接近简薇。经历了上次一事，简薇对宇文胜的态度已经从"爱答不理"进化到了"冷若冰霜"，即便两人有过几次迎面相遇的机会，她也会第一时间迅速转头，以避免相遇，让宇文胜无可奈何。简薇就像一块冰，聪明灵透，既可以帮宇文胜拨云见日，让他瞬间清醒，此刻，又让他无论如何也焐不热，疏离得要命。宇文胜决定无论入何也要向她当面解释清楚，他要寻找一个机会。

没想到机会很快来了。周五下午，宇文胜从简薇要好的女同事那里得知，简薇周末要去流浪狗基地做义工的消息，当即就上了心。他顾不得自己新官上任，周末有诸多事情要处理，周六一大早，就开上车，直奔郊区的流浪狗基地。

宇文胜成了基地的看门大妈迎来的第一个志愿者。待简薇几个赶到时，他已经在犬舍里忙活了半天，清理粪便、收拾卫生，忙得不亦乐乎。简薇并没有认出面前这个全副武装的人就是宇文胜,直到临近中午,志愿者们凑在一起吃午饭,宇文胜卸掉面部装备之后,简薇才赫然认出宇文胜那张脸。在众多志愿者面前,简薇不好发作,她只是不着痕迹地抱着饭碗,坐到了离宇文胜最远的那张椅子上,不料宇文胜也端着碗,紧跟了过来。

"你总跟着我干吗?"简薇没好气地问,"这么大地方还不够你坐?"

"我来给你道歉。"宇文胜态度诚恳地说,"上周末那事儿,是我不对。可当时我确实有意外情况……你猜我发现了什么?"

宇文胜故意打住话头,观察简薇的表情。他料想简薇会感兴趣。果不其然,简薇嘴上虽然说着毫不关心,但她屏气凝神,那神情分明是在等待宇文胜告诉她真相。

"我撞见了李询和陈庭之,然后发现他们俩是那种关系……"宇文胜凑近简薇的耳朵,压低音量,"那天我太急于验证真相了,所以我就没顾得上你……"

"他们?他们怎么可能?李询不是和你……"简薇狐疑地望着宇文胜。

"原来你就因为这个才不理我?"宇文胜哭笑不得,"我就说呢!好端端的,给我脸色看!你可知道我是被利用的那个?要不是我,他俩的关系能一直藏得这么严严实实?"

"这也不能怪我。你知道整个速纳传得沸沸扬扬的,谁不以为你和李询是那种关系?"简薇的脸微微发红,"我打心底看不上这种事情,所以……"

"就算我俩真有什么,那也碍不着咱俩继续做好朋友啊!"宇文胜大大咧咧地拍了拍简薇的肩膀,"这算私生活,私生活就得被尊重是不是?"

一听到"好朋友"几个字,简薇的心里不禁漾起一阵苦涩。原来他一直不懂,原来他还是不懂……简薇轻轻甩开宇文胜的手,抱着碗,将身体往一旁挪了挪。宇文胜丝毫不理解简薇心中所想,他故意往简薇的方向坐了坐,冲着简薇仰起头,灿烂一笑。简薇气到无话可说。

志愿者们忙碌了一天,直到傍晚,才陆陆续续有人离开。宇文胜手边的活计已经完成得差不多,他一边和许久未见的黑爷沟通感情,一边留神着简薇那边的动静。简薇正在和一个志愿者统计基地近期接受的募捐物品,身旁堆满了大大小小的纸箱和包裹。黑爷对宇文胜感情颇深,它站起身抱着宇文胜,一颗狗头亲昵地在他脸旁蹭来蹭去,宇文胜左躲右闪,一人一狗开始博弈,场面颇为滑稽。有两个志愿者小姑娘看着宇文胜斗狗,边看边笑。忽然有一个小姑娘惊呼道:"胜哥,你的脸是怎么了?"

"我的脸怎么了？我的脸太迷人了呗！不管是人是狗，哪个都抗拒不了我颜值的诱惑。"宇文胜正在自我吹嘘，忽然也觉得不对劲儿。他掏出手机照了一照，发现自己的脸上星罗棋布，开满了红殷殷的疹子。先前他只顾了躲避黑爷的亲昵举动，此刻方觉痒得厉害，伸手一抓，更是痒得钻心，且随着这一抓，似乎是触发了"痒"的机关，全身各处都随着痒了起来。

简薇瞥到宇文胜扭来扭去，觉察到了他的异样，放下手里的工作簿，走了过来，看到了一个小红人宇文胜。简薇既好笑又心痛地问道："你这是过敏了吧？先前是不是有过敏史？"

"我对狗……狗毛过敏。"宇文胜艰难地说道，"严重过敏的那种……"

"那你还让黑爷对你抱来抱去？"简薇嗔怪道，"你这个反应也太强烈了，来吧，我带你去医院！"

简薇把手里的统计简单做了标记，便和宇文胜一同离开了。为了节省租金，流浪狗基地都安置在最为偏远的郊区，旁边尽是破旧的民房和零零散散的耕地，莫说医院，想要找个小诊所都颇为不易。简薇皱着眉头在导航上东查西看，发现十公里外有一家规模尚可的民营医院。

"你还能不能坚持了？"简薇看了看瑟缩在副驾驶的

宇文胜,"大概十分钟左右就到了……"

"不能坚持有什么办法?你能就地结果了我吗?"尽管难受,宇文胜也时刻不忘怼人。

简薇莞尔,开起车直奔那家民营医院而去。他们的选择没错,到了医院,医生手脚麻利地给宇文胜输上液,不消十分钟,奇痒难忍的感觉就消失了。只是宇文胜仍旧浑身通红,他无力地躺在病床上,看上去好像煮熟的大虾一般。

"你既然对狗毛过敏,怎么不提前说?犬舍这种地方就应该少来。就算不直接接触狗毛,空气里飘浮的那些毛发皮屑,也足以引发过敏了。"简薇絮叨。

"我以为捂得够严实了,应该就没事了。谁承想黑爷太热情了,一张狗脸直接贴我脸上,这我还忍得了!这不,瞬间破功,马上就发作了。"宇文胜语气里满是无奈,瓮声瓮气地说道。那声音听起来就像蚊子嗡嗡一般。

"之前我还抱怨你为什么不领养黑爷,看来是我不了解情况,误会你了。现在看,你是真的很喜欢黑爷,大老远的,跑来看它。"简薇说道。

"我大老远过来,并不是为了狗,而是为了你,好吗?咱俩之间的误会,总要解开才行。我容易吗我?"宇文胜嘟囔。

听闻宇文胜的话,简薇的心里不由得一动。天已擦黑,护士打开了病房的灯。简陋的白炽灯泡发出微弱的光,整个房间散发出黄色的暖意,让人心里也随之柔软起来。

"真的是我误会了你。其实我一开始应该去找你求证的,而不是别人说什么,我就信什么。"暖洋洋的灯光让简薇周身放松,她倚在墙角的一把竹椅里,破天荒地开始主动检讨。

"你能有这个觉悟,我还是很欣慰的。智者应该勇于站在谣言的对立面,你简大律师冰雪聪明,那就更应该离谣言远远的。"宇文胜一本正经地说。

"我……其实你也该反省一下自己。你不觉得你留给人在感情上很随意的印象吗?所以……这些先入为主的印象占了上风,也并不奇怪。"简薇的语调里,带了一些嗔怪的味道。

"我?我很随意吗?印象不是我想留就能留的。至于为什么给人这种印象,我倒是还想问个清楚。"

"你和尤琳琳分手,这怪不得你,我知道,可是你对小苑这样,你不觉得有点过分?"

"我?我对小苑过分?我怎么过分了我?"宇文胜感觉受到了污蔑,他努力挣扎着想要站起来,扯得输液瓶直乱动。他只好再次躺倒，盯着简薇，死活要个解释。

简薇被宇文胜异常激烈的反应吓了一跳。看着他一副不依不饶的样子，简薇不得已，只好吞吞吐吐地说："我知道小苑一直喜欢你，可你对她不冷不热，让她伤心不说，你还，你还……"

"我还怎么了？这是多伤天害理的事，让你说出来这么困难？"宇文胜逼问简薇。

"小苑她之前给我打过电话，专门说起过，说你拈花惹草，到处留情，让她很伤心。她还说，以后你和我就是同事了，让我一定要小心，别被你坑了。"简薇吞吞吐吐地说。她原本不想告诉宇文胜这些，觉得有搬弄是非的嫌疑，奈何他一直追问，她也只好把小苑供了出来。

"这个小苑，我就说呢，你怎么视我如洪水猛兽，原来是她在背后捣鬼。"宇文胜叹口气，"小苑喜欢我，我知道，但我不喜欢她，所以我没办法给她什么回应，这是人之常情，不难理解吧？"宇文胜问道。

"是，这我理解。"简薇点头。

"那我倒要问你了，小苑一边说着我是渣男，一边还要死要活地喜欢我。你不觉得这前后矛盾吗？难道是小苑缺心眼儿？你觉得她像吗？"宇文胜无奈地问道。

"我……我没想到这个，她说了，我就信了。"简薇自知理亏。

"这些事，过去就过去了，也不能全怪你，不说别人，就连曹小方，和我这么熟的人，有时候都误会我。大概是因为我长得太帅了，太帅的人总是难免遭人诽谤，引人嫉恨。"宇文胜一本正经地分析着，"以后呢，多长点心。"

简薇红着脸点点头，只觉得宇文胜认真的样子颇为可爱，忍不住笑了。宇文胜好不容易得了理，得意地一甩头，不料用力过猛，碰到了手背上扎的针头，登时疼得龇牙咧嘴，狼狈得捂住了手。见此一幕，简薇不禁哈哈大笑起来。

宇文胜接手终端部并非易事。电商部对于两个部门的交接表现出极其不配合的态度，另外一点最重要的就是，电商部在对速纳小栈的管理上一塌糊涂，对于交接工作，他们短时间内亦难以理出头绪。陈庭之先前欲把电商部的两个人拨给宇文胜，被宇文胜拒绝了，他知道伺候这些祖宗的难度，比起理顺历史数据的难度不低。宇文胜招了两个物流系毕业的新人，一个做自己的助理，一个做运营专员，算是初步把终端部的框架搭了起来。在两个新人为了获取小栈的历史资料屡次碰壁，甚至小助理为此哭了鼻子之后，宇文胜决定亲自去找许百昌一趟，把事情说个清楚。

许百昌一人独占一间巨大的办公室，单论面积，甚至比陈庭之的办公室还要大一些，可见他在速纳的日子，倚仗着姐夫的地位，过得相当逍遥。此刻他正一人孤零零地坐在办公桌前，优哉游哉地剪着指甲。宇文胜突然出现在门口，把他吓了一跳。

"许总好，我来呢，是特意来麻烦你，问一下关于速纳小栈的统计数据。"宇文胜开门见山，自顾自地坐在了许百昌对面的办公椅上。

许百昌没说话，放下指甲刀，一双眼睛贼溜溜地盯着宇文胜，看样子是在思考该如何应对。他智商不高，做不到一边思考一边说话，容易顾此失彼。就如此刻，他所有的头脑活动都摆在了脸上。

"数据有，"许百昌思考完了，开始说话，"不过不够清晰。你也知道，我们之前一个部门负责这么多方面的事，统统记得一清二楚，太难。"

"那许总的意思是……"

"我正在安排人统筹之前的数据，你别急。"许百昌公然撒谎，"等统计明白了，我会让他们把数据给你们拿过去。"

"等统计明白了？那我们恐怕是等不及了。"宇文胜不想再和许百昌绕弯子，"许总，咱这么说吧，这些数据我们并不是非拿不可，只是这样比较省时高效，同时我也认为，这是你们部门应尽的责任。如果你们一味拖沓，我们当然可以通过别的途径拿到数据，只是……"

"只是什么？别的途径？你要去董事长那边告我黑状？"许百昌的脑子里内容不多，他第一时间想到的就是宇文胜会不会打小报告。

"这么点事情，就不值得麻烦董事长了。"宇文胜笑了笑，"实在不行，我只好去联系各省的分公司，让他们帮忙跑跑腿，收集一下小栈的情况。只是这样的话，我们为什么要关闭小栈，又为什么开设新的部门，怕是他们都要知道了……"

宇文胜的意图很明显，就是以此吓唬吓唬许百昌，给他施压。速纳快递实行全国直营模式，在各个省市都设有分公司。速纳小栈成立之初，就是由各分公司出面帮忙组建，而后再交给电商部管理。如果现在再去找各个分公司咨询小栈的事，那么小栈是由于经营不善而导致关闭的事实就会全部暴露，届时许百昌苦心维护的个人形象也会全部坍塌。

"行了行了，我知道你什么意思了。"许百昌大手一挥,"没必要为了这么点事儿,再去麻烦分公司。资料呢,我就先不让他们整理了,你们想要,拿去就是了。只是资料太乱了,你们多担待。"

"没问题。"宇文胜笑容可掬地说,"我们不怕乱。既然这样,我们和哪个人对接?这种小事就不麻烦许总了,你安排个对接人就好。"

"对接人?"许百昌的眼珠开始骨碌碌乱转,一看便知,他的头脑活动又开始了。

"就和陈南对接吧!陈副总先前一直负责小栈项目,这里面的事情,他最清楚不过了。"谁都知道,能让陈南负责的只有电竞事业,许百昌这分明是睁眼说瞎话。

"陈南?"宇文胜心知,这一定是许百昌故意给自己下套。谁不知道和陈南打交道最费劲?

"对,没错,就是陈南。"许百昌的脸上浮现了淡淡的微笑。他比谁都了解这个外甥的性格,知道谁跟他合作,都得不了好。他就是故意让宇文胜不痛快。

果不其然,第二天,宇文胜的助理文珊就气呼呼地跑进来,把手里的资料"啪"地一摔,大声道:"这陈南是什么人啊!我刚问了没几个问题,就鼻子不是鼻子,脸不是脸的。我再多问两句,他就让我自己去翻资料!有这么对接工作的吗?"

"行了行了，消消气。"宇文胜劝道，"现在我们手上的数据差不多了吧？还有哪部分的资料缺失？"

"财务信息差不多了。小栈历年的财报、资产统计，这些基本都全。现在缺的就是供货商信息，还有一部分销售渠道信息。"文珊迅速平复心情，对着电脑一项一项地查数。

"你再去找陈南了解一下资料，算了，还是你去吧。"宇文胜示意新来的运营专员小蔡，"虽然之前我们的小栈运营是失败的，但毕竟是前车之鉴，我们了解得越多越好。就算供货商信息问不到，也无所谓，毕竟我们以后的发展路径和之前并不一样。"

"好的，正好我现在手头没什么事情，我现在就去找他。"小蔡雷厉风行，起身上楼。宇文胜翻阅着文珊刚刚拿来的数据，啧啧感叹。速纳小栈的投入完全是超大手笔，完全不止一个代收站点的概念。按照最初的发展理念，是集社区服务、生鲜自购、海淘自提等多种功能于一体的综合性社区，基础投入巨大，甚至还有最前沿的3D设备。这些巨大的投入显然不是加盟商承受得起的，因此大部分是由速纳承担，而只向商户收取了统一数量的加盟费。一年多下来，不仅加盟商没赚到钱，速纳更是亏得一塌糊涂，账面看起来简直就是触目惊心。

宇文胜正看得认真，忽然听见外面传来一阵纷杂的说话声。他抬头一看，一个女职员慌里慌张地跑过来，紧张地说道："胜总！小蔡和陈总吵起来了，你快去看看吧！"

宇文胜一惊，和文珊交换了一下眼色，两人起身，快步走向电梯间。电梯门徐徐打开，面前就是电商部的工位，只见陈南和小蔡身边各拥着几个职员，神情紧张，嘴里都在不停地劝说着。

"你们有完没完？有完没完？来了一个人，又来一个。就那么点破数据，翻来覆去，折腾人没够是吧？"陈南怒气冲冲地冲着小蔡吼道。

"是我们折腾人吗？按规定，这些数据都是你们应该直接提供的。现在是你们工作没做到位，凭什么怪我们？"小蔡当仁不让。

宇文胜走了过去，小蔡见到宇文胜，似是见到救星，一把扯过他，道："胜总，我只不过是有个报表多问了他几嘴，他就冲我大声嚷嚷，还骂人！"

宇文胜看了看像只斗鸡一样的陈南，正在琢磨自己应该如何措辞，陈南不屑地哼了一声，轻蔑地说："哟，胜总这是监工来了？怕我们这活儿干得不利索，不放心是吧？"

"哪儿的话。"宇文胜尴尬地笑笑,"我是怕其中有什么误会。我们部门是新成立的,小蔡又是初来乍到,我们的工作还需要陈总多指导……"

"行了!别说得这么好听。你不就是来没事找事吗?先是把电商部拆得七零八落,然后再按着这点陈芝麻烂谷子问个没完!你准备什么时候收手?你就这么记仇吗?"陈南怒火中烧。

"陈总,你这话说得就过分了。"宇文胜竭力维持着众人面前的体面,"我们也是得到许总授意的,关于两个部门的对接,就和你来联系。是吧许总?"

"对对,是这样。"许百昌一直窝在一旁,偷偷看热闹。今天的局面,正是他想要达到的效果,他心里正暗爽,忽然听见宇文胜提及他的名字,不禁心下一慌。

"行了!别打着工作的幌子报复我了行吗?"陈南不屑地摇摇头,向前凑近一步,讥讽地说,"你不就是觉得我抢你女朋友了吗?有本事别在这儿使阴招,你再抢回来呀!"

"陈南!你胡说八道!"一个尖利的女声响起。众人惊讶地循声望去,只见尤琳琳大踏步走了过来,"啪",一个巴掌甩到了陈南脸上。她刚刚听说丈夫在和别人吵架,急着上楼来看个究竟,不料刚走过来,就把陈南说的这番话听了个正着。

"你干吗呀你!"陈南捂着脸,气急败坏地说,"你是疯了吗?你敢打我?"

"打你是让你别再胡说八道!"尤琳琳怒道,"这是在公司,你说话能不能有个正形?"

"我哪句话说得不对了?他不就是还惦记着你吗?既然这么放不下,那就光明正大地和我竞争,再把你抢回去啊!使阴招算什么本事!"陈南狡辩。

"你能不能住嘴!我可是你老婆!"尤琳琳羞辱得眼泪都下来了。她用力跺了跺脚,转身跑了。

人们开始交头接耳,议论纷纷。宇文胜不知如何是好,尴尬地立在原地。小蔡也顾不得生气了,默然地望着这一切。陈南也意识到这一出已使得自己颜面尽失,他跺了跺脚,一把抓起桌上的车钥匙,脚底抹油,溜了。

这次争吵很快传遍了整个速纳办公大楼,并传到了陈庭之的耳朵里。陈庭之大为光火,他无论如何也没想到陈南会混到这个程度。工作上不行就算了,如今竟然在公司为鸡毛蒜皮的琐事吵个不停,委实有损公司形象。他当即让秘书叫陈南来他办公室,打算好好教育下这个不成器的儿子。

陈南正开着跑车奔驰在前往网吧的路上，接到了小秘书的电话，他的心里窝着一肚子灭不掉的火，但他不敢公然违逆父亲，只好不情不愿地掉头，骂骂咧咧地往回开，偏巧又赶上堵车，这股怒火燃烧更甚，待他赶回速纳，已近下班时间。陈庭之在等待之中亦满腹怒火，父子两人一相见，即成剑拔弩张的态势。

"长出息了啊你！工作干得一团糟也就算了，现在让这么多人看笑话，你什么意思？你是太需要关注度了吗？"陈庭之率先发力。

"我怎么了我？别人欺负我，我还不能反击了？再说了，我又没动手！我就是还嘴而已，这也有错？"陈南梗着脖子还击。

"自己家的事情，你自己都不如别人上心，你还好意思说！再说了，你讲事情归讲事情，扯自己媳妇儿干什么？你把她放在了什么位置？"

"让宇文胜来公司，是你的主意吧？"陈南自嘲地笑了笑，"你一直嫌我没出息，嫌我不上进，特意让他来公司刺激我，催我上进，是这个意思吗？"

"你少来。"陈庭之大手一挥，"他是作为运营部助理被招进来的，这是李询的意思。中层有权招聘本部门的人，我从不干涉。"

"李询的意思,那不就是你的意思吗?"陈南苦笑,"你俩的关系,我不是不知道。你又何必多此一举,强调是李询的意思?"

"你胡说八道什么?"陈庭之反驳道。他目光闪烁,声音里透着一股心虚。

"你就别掩饰了!相对于那些乱七八糟的女人,你找李询,我可以接受。但你能不能别对我的事指手画脚?"

"我对你的事,那不叫指手画脚!我管你,天经地义!我是你老子!"陈庭之吼道。

"你现在知道管我了?看我没本事,看我废了,来管我了?之前你干什么去了?"陈南目光幽幽地望着父亲,"四岁开始,我妈就进了疗养院,你又天天不着家,我每天都是自己上学,放学,睡觉!除了给钱,你又给过我什么?现在我已经定型了!定型了,你知道吗?我废了,你怎么管都没用了!"

"我承认,你小的时候,我的确对你疏于管理。"陈庭之望着陈南颓唐的样子,语气放软了些,"但你现在已经成年了,工作上的事可以慢慢来,我找人带你上手。至于家庭方面,你已经结婚了,就要承担起做一个丈夫的责任来!不要走我的老路!"

"我哪点责任没尽到?"陈南苦笑,"吃喝玩乐,每一样我都满足她吧？钱随便花，包随便买，家务不用干，我对她还不算好吗？她还有什么不满意？还有什么不知足……"

陈南说着说着，声音忽然低了下来，语调也放缓了。他猛地意识到，自己的所作所为，其实和当年的父亲并无二致。他方才对父亲的一条条控诉，又何尝不是对自己的控诉呢？多年来他对父亲耿耿于怀，认为母亲是天底下最大的可怜人，可如今，他岂不是正在一步一步将妻子变成一个相同的可怜人？陈南沉默地望着天花板，深深地叹了口气。陈庭之望着儿子，没有再责备他，而是伸出手来，重重地拍了拍他的肩膀。

窗外，夕阳正好，速纳大楼沐浴在一片金色中。陈庭之父子俩在这片阳光中成了两个金色的剪影，若有所思。

经过了半个月的摸索，宇文胜开启了终端部大刀阔斧的改革方案。首先是"速纳小栈"的更名计划。先前的名字，三分像代收点，七分像客栈，集思广益后，"速纳优品"成为新的品牌，并采用统一的门店装修，计划择一日，所有小栈集中更换品牌名称。另外，全面取消各地无秩序的加盟店，全部改为直营模式。先前许百昌怕麻烦，自作主张地采用了加盟模式，如今加盟模式既然行不通，那么回归到速纳最擅长的直营模式，势在必行。此外，先前小栈的定位存在着先天问题，既然选址为各个社区，但又定位高端，商品价格远非居民所能承受，因此一直"雷声大、雨点小"，看热闹的众多，掏钱买东西的寥寥无几，因此调整业务模式也成当务之急。为了避免和其他快递品牌的代收站同质化，宇文胜大胆地决定，砍掉之前杂七杂八的各种零售业务，将经营品类放到生鲜和时令水果，实现社区专业化经营。宇文胜的激进改革让很多人为之侧目，有等着看笑话的，也有等着叫好的，总之，几乎是所有人都在拭目以待。

其中，最为关心的两个人，一个是李询，一个是简薇。李询的关心，是因为她引荐人的身份，宇文胜的改革成败，与她在速纳的地位息息相关；而简薇则完全是牵肠挂肚。上次自从两人在医院敞开心扉，她对宇文胜芥蒂全消，心中亦满是温情。她虽然并不能完全理解宇文胜的改革措施，但她固执地认为他一定能成功。她知道自己爱的男人不会差，她坚信这一点。

宇文胜倒是不急不慌，一是因为他心里有底，二是他明白，眼下小栈的盈利不是重点，重点是要让人们看到希望。根据他这两年奋战在快递一线的经验，他知道，解决最后一公里问题的关键在于专注。决不能妄图每一样都占据，只有专注才能带来收益。只要把握好了这一点，改革的成功只是时间问题。没想到他的改革措施迅速取得了成效，两个月时间刚过，"速纳优品"的客流量就已经突破了当年"速纳小栈"在电商大促阶段的年度最高峰，可谓成效显著。对此感到最难过的当属许百昌了，他原本盼着宇文胜可以早日关门大吉，谁知他却做得有模有样，简直让许百昌寝食难安。

　　许百昌思来想去，决定自己主动出击。眼下速纳优品备受瞩目，公然做手脚，很容易引起注意，弄不好还会搬起石头砸了自己的脚。如何四两拨千斤地使坏，成了他当下的主要议题。他也算是商海浮沉数年，若是有意给人设局，并非难事。网络时代，花小钱、办大事，最容易造势的非媒体莫属，许百昌决定借助自媒体的力量，搞点花活。

　　一个看似平淡无奇的下午，距离市区最近的一个速纳优选站点，正在如往常一样忙忙碌碌。外面，一个年轻的小伙子，拎着一个已经拆开的包裹，脚步匆匆地跑进站点，把包裹往玻璃台上用力一扔，大喊道："你们的负责人呢？快出来！都来看看，这到底是什么玩意？"

　　两个女员工闻讯，匆忙放下手里的活计，急匆匆地跑了过来，抖开包裹一看，里面是几条明显腐烂的带鱼，臭气熏天，不由掩鼻。

"做最好的生鲜搬运工，是你们的口号吧？这可是我早上刚从你们这儿自提的海鲜，就因为信任你们，我都没开箱验货就拿走了。结果呢？你们就搬运一些垃圾是吗？"小伙子怒不可遏地说。

"对不起，对不起，如果这是我们的问题，我们会负责任。"两名女员工交流着眼色，各自的眼神中都带着狐疑。如果说海鲜不够新鲜，那倒还可以理解。可这几条带鱼臭气熏天，换作谁都无法相信，这是两小时前出自速纳优品的商品。

"这位先生，我们的每一份生鲜产品到站，都会开箱检验的，我们将调取今早的验货视频，确认一下这是否是我们的商品……"一名女员工正说着，小伙子忽然大声打断她，他说："你们还想找托词是吗？自己的问题不想承认？来吧，看看，这就是速纳优品的服务质量，有问题找借口，从不为消费者考虑！"

这时，两名女员工才注意到，门口一直站着两个人，各自拿着一部手机，似乎在录着视频。方才小伙子喊了几声，这俩人索性越走越近，甚至走到玻璃柜前，对着包裹里的带鱼和墙上"速纳优品"的标识拍个不停。

"你们在拍什么？别拍了，马上停下来！"其中一名女员工警觉起来，她试图伸手挡住手机镜头，"我们这里不能随便录像！"

"事情调查清楚之前，不能随便录像，请你们马上停止！"另一个女员工义正辞严地说道。怎奈这两个人置若罔闻，他们旁若无人地继续录着视频，这时那小伙子把装着带鱼的纸盒高高举起，"啪"地摔在地上，大喊一声："骗人的速纳优品！坑害消费者！卖的都是垃圾！"

说罢，小伙子大踏步走了出去，两个男子也停下了手中的拍摄，恋恋不舍地随之离开。两名女员工瞠目结舌地望着他们的背影，犹豫着此事究竟该如何向上级领导报告。

不远处的一片树荫下，许百昌头戴鸭舌帽，鬼鬼祟祟地站在一棵树下。他见小伙子和那两个方才拍视频的人走了过来，迎上两步，问道："怎么样？"

"圆满完成任务。"小伙子冲许百昌做了一个"OK"的手势，紧接着就问旁边的两个人，"视频够清楚吗？店标都可以看清吧？"

"应该可以。"两人翻看着手机，"外面的店标，里面的店标，都挺大，也都能看清。"

"拿来我看看。"许百昌伸手拿过一个人的手机，仔细看了看，脸上渐渐浮现出微笑，"行，我看行。你等着吧，宇文胜，我看你这回还能怎么嘚瑟？"

"你说啥？"那小伙子忽然问道，"宇文胜？这件事和宇文胜有什么关系？"

"这件事，我就是为了宇文胜才做的，要不然我能费这劲？"许百昌得意扬扬地说着，忽然他意识到了什么，警觉地问道，"你认识宇文胜？"

"我当然认识！你找我做这事，是为了坑他是吗？那我不干了！"那小伙突然爆发，冲着另外两个人说，"你俩把视频都删了，删了！别给他！这活儿咱不接了！"

"哎，我说，你这人是不是脑子有病？"许百昌感到莫名其妙，"你只管干活拿钱就行了，这钱马上到手了，你说你不接了？赶紧把视频给我，我把钱结了，你爱干吗干吗去。"

"不给！不能给！把视频删了，咱再去找别的活儿！"小伙子急了，伸手要抢那俩人的手机。两个人面面相觑，其中一个人边躲边说："雷子，何必呢？这活儿多轻省，再说，不马上完事了吗？咱定金都收了，不能不干了呀！"

"我不能再干对不起他的事，我发过誓！"雷子咬牙切齿地说，"定金我会还给他，我再给你俩找别的活儿。

快删了,这钱咱不挣了!"

"我说你这人还真是一根筋。"许百昌叹口气,"你和宇文胜有什么过节,我不感兴趣。可这事儿,你不干,我大可以找别人去干。有钱能使鬼推磨,只要我出钱,还怕找不到干活的人?这视频呢,你们想删就删,随便。"

雷子愣了愣,继而果决地说:"这活儿我真的干不了,视频我这就删,定金我现在还给你。"

许百昌气结地望着雷子,忽然又想到了一个问题,他狐疑道:"你不会去找宇文胜告密吧?"

"这你就管不着了。"雷子迅速地转账给许百昌,"定金转过去了,咱们现在两清。"说罢,他招呼着两个男人,头也不回地匆匆走了。许百昌恼怒地站在原地,心想自己真是偷鸡不着蚀把米,要是这小王八犊子当真去向宇文胜告密,自己可该怎么办?

诚如许百昌所料,雷子几乎没有耽误时间,安抚完两个同乡之后,他立刻联系了宇文胜。原本在他的计划中,是要等到自己赚到两万块之后,再去见宇文胜的。当年他在母亲重病,又凑不够手术费的情况下,卷走了那笔代收货款,实属无奈之举。他心里满是歉意,却又没有道歉的勇气。他一心想等自己凑够了钱之后,再堂堂正正地站在宇文胜面前,大大方方地向他道个歉。然而没想到,他在重返中海市之后，接的第一个"活儿"，就事关宇文胜，他无法坐视不理。

雷子拨通了宇文胜的电话。这个号码他已经烂熟于心，这段时间来，几乎每过一个月，他都会有拨通电话，向他认错的冲动。雷子在电话里做了自我介绍，言毕，他提心吊胆地等着宇文胜的批判。

"你母亲的身体现在怎么样了？"出乎雷子预料，电话那端，没有责骂，没有讽刺，传来的是宇文胜轻声的问候，如多年老友一般，亲切又熟稔。

这声问候让雷子的眼泪都要掉下来了。"我妈不在了，因为术后并发症，她去世了。"雷子语带哽咽，"我刚安顿好了家里，又来中海打工了。"

"雷子，节哀顺变。其实你走后，我就已经猜到原因了，你一定是有了难处，否则以你的为人，不会不告而别。现在你找到工作了吗？"宇文胜问道。

雷子的内心更加惭愧，他哭着把来意告诉宇文胜，让他对许百昌多加留意。说罢，雷子轻声说道："胜总，再见！替我向薇姐道歉！等我赚够了钱再来找你！"就准备挂断电话。

"雷子，别急着挂电话。"宇文胜关切地问道，"你工作还没落定，需不需要我帮忙？"

"胜总,我哪里还有脸麻烦您帮我找工作呢?"雷子带着哭腔说道,"我已经够对不起你了。因为之前卷走货款那件事,我已经进不去快递圈子了,现在我就在人才市场打点散工。不过您放心,我一定会尽快把钱凑齐……"

"雷子,其实你可以来我公司继续做快递员。你在这一行都干这么多年了,还是继续干这个吧。"

"胜总,我,我不好意思……"雷子推辞道。

"不用不好意思,这样你才能更快还钱,不是吗?"宇文胜说道。

"那,谢谢胜总!谢谢胜总!"雷子语无伦次地说,"您的大恩大德,我永生难忘!对了,许百昌那里,他一直憋着使坏,您可一定要小心!"

"这个我心里有数。"宇文胜淡淡一笑,挂断电话。他早就料到许百昌会有动作,但没想到他的小动作会阴差阳错地被雷子知晓。这段时间以来,他多多少少地了解了许百昌,他有小聪明,没有大智慧;不聪明,又没有蠢透;想要做坏事,但前提不忘自保。凭借他对许百昌的这些认知,他知道许百昌近期会消停一阵儿。至于以后,见招拆招吧。

# 第十四章 明争暗斗

此后的一段时间，许百昌果然没有动作。时光飞快，很快就到了速纳第一季度财务大会，因为改革初见成效，宇文胜受到了陈庭之的点名表扬，作为引荐人的李询，和宇文胜一起，受到了集团嘉奖。台下，李询凑近宇文胜，小声说道："好好干，以后啊，兴许不止这一个部门是你的。"

李询的语气半玩笑半认真，宇文胜心里不由得一动，但他仍装作一副懵懂无知的样子，悄声道："李总开什么玩笑，我能把终端部做好，已经不错了，全托李总的福。"

"有些部门效益太差,年底十有八九要换人。"李询似是自言自语,又转头望向宇文胜,笑笑,"你呢,也就别和我装模作样了。你和我之间,不用这些客套。"她冲宇文胜挤挤眼睛,两人心照不宣地笑起来。他知道李询的用意,是在感谢他没有把她和陈庭之的关系散布出去。同时他也知道,李询为人何其谨慎,她说出的话,绝非空穴来风。宇文胜明白,公司的又一场部门变革,即将到来。

财务大会后,宇文胜婉拒了李询共进晚餐的邀约,等着简薇一起去吃饭。这段时间以来,两人之间已经形成了一种默契:每周几乎都要抽出一两次的时间,一起吃饭、喝茶,谈天说地。两人之间虽然谁也没有捅破那层窗户纸,然而共同语言却是越来越多,每每谈到高兴处,两人便不顾周遭的眼光,手舞足蹈,相对大笑。他们不知道,这些目光中,有一双眼睛内容复杂:里面既有羡慕、嫉妒,也饱含着悔不当初,这双眼睛属于尤琳琳。她了解宇文胜,她早就看出了宇文胜对简薇的情意渐生,这让她心头一片酸涩。她太嫉妒简薇了,她嫉妒宇文胜的目光总是在简薇身上驻足。曾几何时,她独享这份炙热的目光,而如今,这份炙热却被她亲手送走了。尤琳琳望着宇文胜和简薇有说有笑的背影,忽然产生了一个强烈的念头:她要把曾经属于她的爱,再次夺回来。

几天后就是尤琳琳二十九岁生日。作为一个格外注重"仪式感"的女人,生日对她的重要性不言而喻,而这个生日于她而言,更是多了一份别样的期待。一整天,她坐在工位上,心神不宁。既时不时瞥着宇文胜,也时不时瞄着陈南。到了傍晚,果不其然,陈南发来一条消息,告知尤琳琳,他晚上有约,不回去吃饭了,显然把她的生日忘了个精光。尤琳琳气恼地把手机扔到一边,在心里默默说道,"陈南,别怪我,这都是你逼我的……"

同事们一个个起身,陆续回家。尤琳琳默默看着忙碌的宇文胜,悄然走了过去。

"还没下班?"尤琳琳明知故问。

"是啊。"宇文胜有些诧异地点点头,"你怎么也没走?加班吗?"

"我在等你。"尤琳琳决定主动出击,"今天,是我的生日……"

"你的生日?"宇文胜不由得一怔,继而生硬地说道,"生日快乐……"

"我不要听这个。"尤琳琳扫视了一下,周围的员工已经走得差不多了。她向前走一步,一双魅惑的大眼放肆地盯着宇文胜的眼睛,"你能陪我一起过个生日吗?"

"这……"宇文胜犹豫了。

"只需要陪我吃个饭就好。"尤琳琳落寞地说,"你就当帮帮曾经的朋友吧。可以吗?"她明白心软是宇文胜的弱点,面对主动示弱的她,他没理由拒绝。

话说到这份儿上,宇文胜的确再也无法推托,只好随她去了。尤琳琳随着他一道走出办公楼,心里暗笑。宇文胜还是那个宇文胜,他一直没变,他只是不再属于自己了而已。一想到这里,尤琳琳心里又不禁满是酸楚。

两人心照不宣,径直来到了一家西餐厅,是他们之前经常去的地方。熟悉的氛围,熟悉的装潢,甚至还有熟悉的侍者,种种一切,让尤琳琳百感交集,几欲落泪。她面前的宇文胜倒是一副波澜不惊的样子,表情里带着隐忍,似乎还有些尴尬。没关系的,不要紧,我给你回心转意的时间,尤琳琳暗想。她手握刀叉,用力切着面前的牛排,每一刀,都仿佛在强化一遍自己的决心。

这顿饭的氛围,几乎可以用淡而无味以及满是尴尬来形容。吃到一半,尤琳琳借口要去洗手间,起身离席。她走到旁边的另一桌,躲在一把椅子背后,掏出手机,把宇文胜的背影拍了下来,紧接着,她把这张照片发到了朋友圈,设置为只有简薇可见,配文:谢谢亲爱的陪我过生日。

这件事,尤琳琳蓄谋已久。她了解男人的固执,明白让一个男人回心转意的难度。与其死守着宇文胜回心转意,不如双管齐下,先去瓦解简薇。她在这个领域无师自通,心知趁着两人内部纷争时,自己介入,会取得事半功倍的效果。

不得不说,尽管简薇聪明灵透,但在感情方面,和身经百战的尤琳琳比起来,她只能算是个幼稚的小学生。因为同在速纳任职,尤琳琳以同事的名义主动加上了简薇的微信,对此她没有理由拒绝,更不知道尤琳琳心怀鬼胎。在看到尤琳琳发在朋友圈的那张照片后,正如尤琳琳预料,简薇又怒又气,她本就是个直脾气,能隐忍一晚上不发作已是极限,第二天一大早,她直接找到宇文胜,要问个清楚。

宇文胜对于即将发生的一切浑然不知,他望着一脸兴师问罪状的简薇,不明就里。

"我觉得你需要给我一个解释。"简薇把手机扔到宇文胜面前。

"我什么也没看见啊!解释什么?"宇文胜拿起手机左看右看,递给简薇。简薇以为他在装傻,待她仔细一看,才发现原来手机黑屏了。

"再看,仔细看,看看这是谁!"简薇按亮了手机,没好气地说。这下宇文胜看清了,他有些心虚,亦有些委屈,轻声道:"这是我……"

"你能不能解释一下,你和尤琳琳到底是什么关系?她一个有家庭的人,为什么和你一起过生日?"

"也算不上过生日,就是一起吃顿饭而已。她来找我吃饭,我总不能拒绝吧?"宇文胜内心的委屈溢于言表。

"仅仅是她来找你吃饭?那她这一口一个'亲爱的',又是什么意思?"简薇不依不饶。

"她说亲爱的,那就亲爱的了?手机在她手里,她要发什么东西是她的自由,我管得了吗?"宇文胜无奈道。

"是啊,你管不了。就像我凭什么来管你呢?你和谁吃饭,吃什么饭,也只是你的自由而已,我又能管什么呢?"简薇气恼地说道,话尾带着浓浓的落寞。

宇文胜望着失魂落魄的简薇,心有些疼。他见惯了她雷厉风行,见惯了她的朝气蓬勃,好像她从不会被什么事打倒,不管高兴还是生气,激动还是愤怒,都是直来直往,有一说一。他从未见过她被打败了的样子,然而此刻的她,却实实在在地像是被打败了。

"我真的是不好意思拒绝她,并没有别的意思。人家都结婚了,我还能怎么样?你别多想,真的不要多想。"宇文胜的一张巧嘴如今毫无用武之地,他明知道简薇此刻需要的不是这种解释,却仍旧在笨嘴拙舌地费力解释着。

简薇深深地望了一眼宇文胜,没有再说话,低头离开。老实说,宇文胜的理由并不能让她信服。尤其是当她一想到小苑之前曾讲过的话,想到宇文胜和尤琳琳之间的甜蜜,她的心就一扎一扎地疼。那些她见都没见过的场景,此刻却像放电影一样,一幕幕出现在她眼前。她无法劝说自己不难过。

此后的几天,宇文胜满脑子想的都是该如何向简薇解释。那日,她那个伤痛的眼神,让他的心狠狠地疼了。他痛恨自己的懦弱,话到嘴边,却不知该如何说。他很想再找简薇说清楚,解除误会,做出表态。这天,他趁着简薇下班前收拾东西的空当,悄悄走了过去。

"我觉得我要和你解释清楚,尤琳琳那件事……"宇文胜开门见山。

"那件事不是已经说清了吗?"简薇眼神漠然地问道。凭宇文胜对她的了解,他知道她此时余怒未消,仍在为之前的事耿耿于怀。

"我承认是我的错……我犯了心软的毛病。我总是犯这个毛病……她叫我去,我就去了。但我对她真的没感情了,请你相信我,你一定要相信我!"宇文胜诚恳地说道。

简薇抬眼望了望宇文胜,没表态。她的嘴角动了动,似是有一丝笑意,又像是什么都没有。

"你放心,没下回了,我保证。"宇文胜受到鼓舞,举起一只手,作出保证的姿态,"她再怎么叫我,我也不出去,我用咱俩的关系来保证……"

"咱俩的关系?咱俩是什么关系,需要你来向我解释?"简薇勇敢地问道。她感觉自己的脸一片热辣辣,两颊一片绯红。她在感情方面向来怯懦内敛,如今可以主动提出这个问题,已是用尽了全部勇气。

"咱俩,咱俩是……"宇文胜原本鼓足的勇气,像一个饱胀的大气球,在简薇热辣的目光注视下,忽然被灼伤了,漏气了,积蓄的勇气统统作废了。

"咱俩是最好的朋友。"宇文胜说道。

"好,谢谢你的坦诚,我知道了。我下班了,好朋友,再见!"简薇轻飘飘地回应道,顺手拎起放在桌上的背包,转身走了。

宇文胜愣愣地站在原地,悔不当初,心里满是懊恼。他到底是该怪这该死的爱,还是该怪自己这该死的嘴?他和简薇的关系,明明只隔着一层窗户纸,一戳就透,然而就是这层薄薄的窗户纸,在他的木讷和迟疑下,有如万水千山,似乎永远也走不到尽头。

尤琳琳知道自己得逞了。她从不怀疑自己的伎俩会无效,从不。她知道自己能得手,一切只是时间问题而已。她像一个狡猾的猎手,极具耐心地等待宇文胜钻进她撒好的情网。在男女情感问题上,只要是她想要的,她都能得到。二十多年来,她一直保持着不败的战绩,唯一的失败,就是她错失了宇文胜。她一定要把他夺回来。她会寻找合适时机,再度追击,直至成功。

而促使她下定决心要追回宇文胜的,则是她岌岌可危的婚姻。尽管陈南已经开始反思他和尤琳琳的夫妻关系,但实际上,他并未采取什么手段来改善两人行将就木的婚姻,一个靠谱丈夫的责任感离他还很远。两人生活在同一个屋檐下,却更像是两个合租的室友,时常相对无言,倒也算得上和平共处,相敬如宾。直到陈南在家里举办Party,两人之间和谐的局面终被打破,爆发了一次大规模争吵。

陈南爱玩,这一点在圈子里人尽皆知。这天适逢他的一个朋友生日,陈南义气,虽然对自己老婆的生日全无印象,对朋友的大事小情却格外上心。他特地纠集了一帮狐朋狗友来家里给朋友庆生,鲜花、彩带、氢气球、礼炮、K歌、桌游,玩得不亦乐乎,声音震天响。偏巧尤琳琳当日头疼得厉害,一整天没有出门,窝在家里休息。外面的鬼哭狼嚎激起了她的熊熊怒火,她蓬着头发,从二楼走下来,对陈南等一干人怒目而视。

狂欢的人们里,有人安静下来。陈南正抱着一瓶啤酒对瓶吹,忽然觉得气氛不对,才注意到了楼梯上的妻子。他对尤琳琳的突然出现很意外,妻子脸上的愤怒又让他有些慌神。

"你没出去?你窝在家里干什么?"陈南问。

"你不看看几点了!大晚上,十一点了,谁不在家准备睡觉了?"尤琳琳没好气地说,"你带着一帮人来家里折腾什么?外面不够你玩的?不知道打搅别人休息吗?"

陈南平素最爱面子,对于尤琳琳这种不给他留面子的行为十分不爽,登时就有些急眼。

"用你管?这些都是我朋友,你说话能不能注意一点?"陈南不悦地挥舞着双手,"再说了,这是我家,我愿意干啥就干啥,你嫌烦,你滚啊!"

"你!"尤琳琳气得喘不上气,"明明是你不对,你还让我滚?你还是不是个人?"

"行了行了,两口子何必生气呢!我看要不咱们今天就先散了,改日再聚?时间确实也不早了。"有人觉得尴尬，连忙出面打圆场。

"不散！我看谁敢走！谁要走，谁就是和我陈南过不去！就别再跟我当朋友！"陈南的混劲儿上来了。他走到门口的酒柜，拿出四五瓶红酒，排成一排，再逐个打开，"今天不把这些酒喝完了，谁也不能说散场！"

说罢，陈南走到楼梯口，对着尤琳琳说："要走，你走！"

尤琳琳觉得颜面扫地。她心如死灰地望了一眼陈南，一言不发地穿过人群，缓缓走出门去。有人伸手要拦她，陈南大叫："别拦她！让她走！"

尤琳琳流着泪走在大街上。时间已近夜里十一点半，陈南家所在的高档住宅区离热闹的市区尚有距离，此刻已是人声罕至。她不知道自己该去向何方，好容易打到一台出租车，司机问道："姑娘，去哪儿啊？"

尤琳琳擦了擦眼泪，她的脑袋在飞速运转着。

"师傅，稍等。我打个电话。"

尤琳琳拨通了宇文胜的电话。说不上是蓄谋还是本能，她第一时间想到的那个人就是宇文胜，又或许，作祟的只是两人相恋时养成的习惯而已。

不多时，宇文胜的电话接通了。

"我和陈南吵架了，我被他轰出来了。现在我无家可归,我能去你那儿避一避吗?"一听到宇文胜那个熟悉的声音,许久未见的安全感再次回归,尤琳琳的眼泪不禁夺眶而出。

"大晚上的,这样不太好。你在哪里呢?我给你开个房间吧。"宇文胜客气地回绝。

"我能不能先去找你?我现在在出租车上,我害怕。"尤琳琳娇滴滴地示弱,"等我到了之后,咱们再商量?"

"那……好吧。你就来我家里,还是之前的地址。"宇文胜无奈道。

尤琳琳收起眼泪,笑了。她自然知道,等到了宇文胜家里,主动权就全到了她手上。宇文胜不可能轰她去住酒店,他的心软,她门儿清。

尤琳琳果然如愿在宇文胜家里住了一夜,然而事情的走向却并没有如她所愿。宇文胜把主卧让给她,自己抱着被子去了客厅。他甚至没有住次卧,而是径直躺在了客厅的沙发上。客厅宽大的空间,减少了故事发生的几率,可见他心里对尤琳琳,的确是毫无非分之想。尤琳琳躺在卧室里,又急又气,一夜未眠。

天刚刚亮,宇文胜就早早起床,做好早饭,等着尤琳琳起床。待她走到客厅,除了见到准备充分的早餐,更是感到了宇文胜明显的逐客意图,他衣着整齐地坐在沙发上,身旁是装备妥当的背包,一副随时准备起身出去的架势。

"你要出去吗?"尤琳琳明知故问,"这么早?"

"是,出去有点事。这不是周末嘛,约了朋友,出去转转。"宇文胜摸着头发,有点不好意思,"你慢慢吃,不着急。"

逐客的意思再明显不过了。尤琳琳心里酸得要命,很显然,宇文胜约了人出去玩,而那个人,十有八九是简薇。

"你约的人是简经理吗?"尤琳琳坐到餐桌旁,漫不经心地问道。

"嗯,是她。"宇文胜不善于撒谎,他点头承认。

"好。等我吃完,咱们一起走。"尤琳琳明白,此时此刻,死缠烂打绝非上佳之选,她必须表现得懂事明理,云淡风轻。

尤琳琳草草吃完早饭,走到门边换鞋。宇文胜站在大门口,耐心地等着她。朝阳抚在他身上,映照出一个修长挺拔的身影,投射到门边的鞋柜上。尤琳琳心酸地望着他的身影,忍不住伸手摸了摸那道影子,喃喃道:"曾几何时,你也是这样耐心地站在门口等我啊!"

一阵眩晕袭来,尤琳琳软软地倒在了地上。幸好她脚下是门边厚厚的地毯,故免于因此而受伤。一声沉闷的"砰"惊到了宇文胜,他急急忙忙地跑过来,抱起尤琳琳,并第一时间拨了120。

医院里,原本就尴尬的氛围,因为简薇的匆匆赶到,则变得有点诡异。她原本今天和宇文胜相约一起去看书展,在家左等右等他而不得,才给宇文胜打了电话,不料就获知了他和尤琳琳一起在医院的事实。

尤琳琳正虚弱地坐在椅子上,等待检查结果。宇文胜靠墙站着,努力躲避着简薇目光的询问。简薇则满腹疑虑地保持着沉默。三人各怀心事,一言不发,直到一个小护士走来,打破了沉默,同时带来了喧嚣。

"谁是尤琳琳?你怀孕了,恭喜。"小护士明知故问地看着一脸憔悴的尤琳琳,伸手递给她一张化验单,又意味深长地望了一眼宇文胜,轻声道,"恭喜哦。"

说罢,小护士轻飘飘地走了。她大概不会想到,她的这一番操作会掀起怎样的狂风巨浪。宇文胜惊慌失措地望向简薇,他的目光正好和简薇的目光在空中交汇,那里面蕴藏的怀疑、伤心、失望,种种复杂的情感,让他不寒而栗。他把希望寄托在尤琳琳身上,希望可以由她亲口说出,孩子的父亲并不是他。

"琳琳,你都怀孕了,那是不是把陈南叫来?"宇文胜问尤琳琳。

"孩子和他没关系。"尤琳琳模棱两可地说道。她这样说，一是故意引发简薇的误会，二也确实是在说气话。这次怀孕太突然了，她完全没做好准备，此刻，她心里乱得厉害。

"别说气话了，孩子不是他的，是谁的？我给他打电话，让他过来，好吗？"宇文胜耐着性子规劝道。

"不，不要！"尤琳琳气恼地说，"不告诉他。我说了，这孩子和他没关系！从昨天他让我滚开始，我对他就心死了！整整一晚上他都没有联系我，现在我为什么要主动联系他？"

尤琳琳的话，让宇文胜彻底乱了阵脚。现在不光孩子的父亲身份成谜，昨晚尤琳琳夜宿他家里的事实也昭然若揭。简薇冷冷地笑了一声，走到宇文胜面前，轻声道："好朋友，恭喜啊！"说罢，她转身，大踏步走了。

宇文胜木然地望着简薇的身影，知道自己这次又栽了。尤琳琳亦是面无表情，这个消息太劲爆了，眼下，她方寸大乱，完全不知怎样做才好。

陈南当天下午得知了尤琳琳怀孕的消息。老实说，这个消息将他吓得也不轻，过了好半天，他才回过神来。许是曾经失去过一个孩子的缘故，陈南对自己即将当父亲的事实，竟然有了隐隐的憧憬和期待。因为头一天晚上喝得有点多的缘故，宿醉的他有些头晕，他用力摇晃着脑袋，借着这股幸福的眩晕，打电话给陈庭之，报喜。

"太好了！这次你可一定要注意，无论如何也要保住这个孩子！"陈庭之在电话那端给陈南下命令，"好好照顾琳琳，不能让她累着。这几天记得去趟家政市场，有合适的保姆，赶紧找一个。"

上次尤琳琳意外流产，心灰意冷之际辞掉了保姆，眼下她再次有孕，再请一个保姆是当务之急。陈南应允了父亲，紧接着他想到，眼下最为着急的事情，应该是把离家出走的尤琳琳接回来。再一回想，他方意识到，刚刚告知他妻子怀孕的那个电话，似乎是宇文胜打来的。是巧合吗？尤琳琳两次怀孕，竟都是宇文胜第一个知道。陈南气呼呼地拨通了宇文胜的电话，张嘴就是质问。

"我刚才忘了问你。我老婆怀孕，为什么是你先知道的？"

"这要问你自己。"宇文胜关上办公室的门，"昨晚上不是你把她赶出来的吗？"

"是我赶的，可这跟你有什么关系？"陈南有些心虚，"难不成她从家里出去，是去找你了？"

"现在别较这个劲了,没有意义。"宇文胜言简意赅地说,"我觉得你现在应该考虑的问题,是从哪里把她接回家。"

"你……行了,我不和你计较。"陈南自知理亏,仍然嘴硬,"你是不是知道她在哪儿?快告诉我。"

"她回娘家了,她现在需要休息,只好去她妈那里。如果你想要挽回她,我建议你放低姿态。"宇文胜极力压制着对陈南的不爽,故意不去计较他颐指气使的态度。

"行了,我知道了!不用你教育我。"得到了需要的信息后,陈南毫不客气地挂掉了电话。他盘算着到了那里的说辞,告诫自己只许成功、不许失败,否则父亲断断饶不了自己。

尤琳琳躺在出嫁前的闺房里,一脸木然地望着天花板,发呆。她的母亲在厨房和客厅之间走来走去,时不时絮叨,"你到底想怎样?他家这家大业大的,你现在又怀了孕,还不赶快回去好好过日子?"

"他对我不好。"尤琳琳被母亲念得烦了,低下头,"我不想和他过了……"

"不想过?"母亲把手里的不锈钢盆敲得哪哪响,"那你怀孕干什么?既然怀了孕,就要好好过。你都掉过一个孩子了,还想掉第二个?"

一想到肚子里的孩子，尤琳琳忍不住悲从中来，轻声啜泣起来。见女儿落泪，尤母心软，说："我看他要是来接你，你就给个台阶下，跟他回去，看他表现了！男人都一样，有了孩子，慢慢就成熟了！你看你爸当年不也是……"

母女俩正说着话，忽然听见了敲门声。尤父应声开门，陈南拎着大包小包走了进来。尤母心中一喜，高声道："琳琳，陈南来接你了！快起来了！"

尤琳琳心里不禁一动。就在这时，她意识到，自己在潜意识里，对陈南的到来充满了期待。他能来，她是高兴的。尽管她仍然躺在床上，一言不发，但眼睛里有了活泼的神采，整个人也跟着有了活力。

陈南顺利地将妻子接回了家。一路上，他心情很好，一边开车，一边哼着歌，一颗毛茸茸的头随着节奏转来转去。尤琳琳望着丈夫，忍不住笑。两人之间这样的温情时刻，似乎已经很久没有出现过了。陈南腾出一只手，轻轻握住了尤琳琳的手。他手心里传来的温度让她觉得安心，短短的车程，她竟然睡着了。

尤琳琳再次怀孕，成了陈家的一大喜事。另一桩喜事是，陈北从国外归来了。因为他多年的海外留学背景，一个月前，他作为带队领导，带领下辖部门的一干资深员工，与位于欧洲的一家中资物流装备服务商深度交流，并深入考察了当地的物流市场。此番他考察回国，陈庭之自然是无比欣喜，他破天荒地没有公事公办，而是将在速纳任职的陈家人和速纳的中层领导召集一起，既是为了给陈北一行人接风，也为了庆祝儿媳有孕，双喜临门。

简薇无精打采地坐在角落里，为了避免和宇文胜的正面接触，她特意选择了一个和他大调角的位置。同样无精打采的还有许百昌，他所负责的电商部本季度业绩仍然堪忧，他很努力地避免和陈庭之的近距离接触，平素看见他也是能躲就躲。今天不得已坐在一起吃饭，他恨不得能身着一件隐身衣，只盼陈庭之可以忽略他才好。让他欣喜的是，陈庭之满面春风地忙着说话敬酒，似乎完全顾不上他，许百昌多多少少放下心来。

"陈北，来，说说你这次去欧洲的收获。去了这么久，我们大家对你都很期待啊！"陈庭之笑容满面地说。看得出来，他对培养出陈北这个儿子极其骄傲，此刻的他满面红光，兴高采烈的程度，堪比那些儿子考了一百分的家长。

"说起收获，概括起来就是，广阔天地，大有作为。"陈北款款起立，仍是他一贯不疾不徐的和缓语调，"不去不知道,一带一路倡议实行的意义太大了,我们和欧洲的联系日益紧密,除了这次和对方谈的跨境物流方面的合作,日后在跨境电商方面,我们速纳都大有前景。"

陈北只是简单提及一些内容,在场的人却纷纷点头以示赞同,甚至还有人鼓掌,可见捧场之意大于一切。陈庭之笑成一朵花,和大家一样,他似乎也并不关注陈北讲的内容,只顾骄傲。全场大约只有宇文胜在认真思考陈北所说的话。陈北的考察结果,其实高度符合宇文胜的设想:速纳快递利用自身的物流优势发展电商,可谓是势在必行。这里面,他尤其看好跨境电商和冷链运输,想来自己的展望不会有错。毕竟在电商行业浸淫数年,他对电商业深爱,如果能把物流和电商结合起来,那简直是同时满足了他的多重梦想。

"大家大概都知道了,今天另一件喜事,就是我的儿媳尤琳琳怀孕了,我们陈家马上就要有第三代人了!"陈庭之喜不自禁地说,"我这两个儿子,一个是先成家后立业,一个是先立业后成家。不管哪个,都叫我高兴!"

陈庭之将杯中的红酒一饮而尽,一阵掌声和叫好声响起。尤琳琳笑得灿烂又拘谨,陈南坐在人群中,心里五味杂陈。父亲这意思,明显指的就是自己做事情不行,只会生孩子嘛！尽管他知道，父亲对他绝无贬损之意，但父亲越是说得无意，越是凸显在他心中自己的一无所成，陈南十分沮丧。

陈庭之的个人表演专场结束，饭局进入混乱敬酒阶段，你敬我，我敬你，敬个不亦乐乎。宇文胜被几个中层领着，集体向董事会敬酒示好。简薇没喝酒，也不喜参与这种场合，坐在座位上无聊地摆弄着手机。忽然，一个玲珑剔透的红酒杯凑过来，在她倒满茶水的搪瓷杯上轻轻碰了一下，简薇抬头，发现陈北端着半杯红酒，站在旁边，满是笑意地望着她。

"原来是你，好久不见。"简薇打趣道，"我说怎么从我来了速纳，你就整天不见人了。我还以为你是躲着我，原来是跑欧洲考察去了。"

"就是为了躲着你。"陈北认真地说，"我想试试，一段时间不见你，是不是就能把你忘了。"

简薇一怔，陈北低头啜了一口杯中的红酒，摇摇头，说："事实证明，忘不了。"

"你看你，何必呢，咱们那天不是都说得很清楚了？"简薇有些尴尬，不自然地摆弄着面前的擦手巾。

"说清楚了，不过我反悔了。那天我说要放手，是想你可以过得更好，但现在我知道你过得并不好，所以，我不想放手了。"陈北用力地盯着简薇,眼里包着一团火。

"我过得好与不好,我自己清楚,你不是我,又怎么能知道?"简薇无力地反驳。

"你过得不好,我知道。从我回来一看到你,我就知道。"陈北固执地说,"他并没能让你幸福,不管是什么原因,我都要继续追求你。他给不了的幸福,我来给。"

简薇一时语塞,良久,她悠悠地道:"你何苦要这样……"

"我心甘情愿。"陈北还想说些什么,陈庭之走了过来,招呼他去给董事会的人敬酒。陈北起身,简薇叹气,她环视四周,发现宇文胜目光幽幽地望着她。简薇登时把目光别到了一边。

时间一晃,又是一年年初。速纳的财务会议上,有几个部门提出了增加当年财务投入的申请,其中就包括许百昌负责的电商部。他的电商部在去年一整年的表现都可以用惨不忍睹来形容,按照惯例,没有哪个一直亏损的部门敢于提出增加预算,但碍于他和陈庭之的亲戚关系,在场的中层领导们一派沉默,没有人敢提反对意见。

"那么请许总自己说说,你对申请增加的这些预算,有什么计划？"陈庭之按捺着脾气问道。

"我打算大干一场。"许百昌大言不惭地说，"如果公司能批给我这些预算，从产品品类，到销售渠道，我们都会有所拓宽……"

"也就是说，你所谓的大干一场，也仅仅是增加产品品类和销售渠道，并没有什么新鲜东西，是吧？"陈庭之问道，"问题是，公司给所有部门的预算总共就这么多，给了你，别的部门就相应少了，你拿什么来保证，给你会比给其他部门创造更多的收益？"

许百昌被问住了。他站在原地，半晌不语，场面颇为尴尬。陈庭之见状，转向在场的各位中层，问："今年的预算是在去年底之前就拟好的。只不过根据历年的经验，会有部门预算不够，因此公司计划新增预算两个亿。谁能保证自己的部门可以创造更多的收益，就尽管来申请预算。如果自己对本部门的经营都没有信心，我们又怎么能相信，你的部门可以创造更多的价值呢？"

许百昌满面通红，站也不是，坐也不是。几个原本刚刚提出增加预算申请的部门也集体沉默了。忽然，宇文胜站了起来，说道："我要申请。"

"来，胜总，说说你的计划。"陈庭之鼓励道。

"我要申请预算，但不是为了我的部门，我只是提建议。我建议公司可以用这笔预算,多购入几架货机。"宇文胜举起自己手中的笔记本,"我刚才记了,几个要预算的部门,都没有提出购买货机的计划。我们速纳,是全国最早推出货机的快递公司之一,以此带来的高效率送货,确实让我们广受好评。但我注意到,最近风驰快递等快递企业也纷纷购入货机,我们和他们之间的比较优势正在逐渐减少。"

"和他们比干吗?他们都是廉价快递,和我们不是一个路子!和他们比,那是自降身价!"许百昌自认为逮到一个机会,立刻翻出来对宇文胜痛击。

"如果廉价快递都用上了和我们一样的货机,我们还以什么立足高端快递呢?"宇文胜反驳道,"如果一直这样下去,我们在物流速度领域的优势下降,我们又和廉价快递有什么区别呢?仅仅在于我们贵吗?"

"我们服务好啊!"许百昌大声嚷嚷,"我看你就是在那些小快递站干的时间太长了,就知道拼价格,不知道高端快递的特色在于服务吧?"

"我当然知道。那么如果别人的服务水平也提升了呢?我们凭什么收着高端快递的价格,提供着和别人差不多的服务?"

"服务不可能差不多!他们是加盟制,一盘散沙;我们是直营,规规矩矩!"许百昌叫嚣。

宇文胜无奈地望了一眼许百昌,他决定终止和许百昌鸡同鸭讲的争吵。不过从另一个角度说,许百昌的企业自豪感倒是非常值得称道。

"许总,你先坐下,平静平静。"陈庭之冲许百昌挥挥手,做了一个"下压"的手势,许百昌乖巧地即时收声。

"胜总说的这个问题,确实是摆在我们眼前亟待解决的。大家不要被我们历年来利润增长的漂亮数据蒙蔽了眼睛。其实从去年开始,我们的利润增长率已经下滑了,净利润的增长,只是因为国内快递业务量的增大而已。这意味着,我们的市场份额已经被蚕食了,而蚕食我们的,就是那些我们看不上的低端快递。"陈庭之忧心忡忡地说。

"就快递业来看,长久的发展趋势,要么是产业升级,要么是提速降价。在其他快递公司提速降价的背景下,我们的优势的确一直被冲淡。长久下去,被别的快递公司超过,甚至吞并,也并非没有可能。"陈庭之的语气愈发沉重起来。

"所以,胜总的提议,我认为值得考虑。不得不承认,时效性是快递业的根本,而这本来就是我们最擅长的领域，我们不能丢掉这块阵地，一定要加以巩固。大家认为呢？"陈庭之环视四周，发问。

"我同意。"李询站起身，"就运营来看，我们推广的基础，也在于时效性三个字，如果这个不能保证，那么好的服务也就无从谈起。"

陈南一声轻哼，轻声嘟囔道："还玩夫唱妇随那一套，真有意思。"

"我也同意。"陈北起立，朗声道，"从我这次去欧洲来看，日后不论我们发展跨境物流，还是跨境电商，货运机、无人机都是必要的储备，是时候考虑购入了。"

"张嘴就是欧洲欧洲，生怕别人不知道你去过欧洲，欧洲比你家都亲，瞎嘚瑟什么啊。"陈南继续小声吐槽。

"既然大家都同意，那么就采纳胜总的建议，下半年的预算，以购置货机为主。"陈庭之总结道，"具体的预算金额，由采购部出了采购意向后，再上报财务部。这样一来，新增的预算所剩不多，需要追加预算的部门，拿着详细的计划表来申请。至于那些没有准备好，跟风申请预算的部门，就算了吧！"

陈庭之示意散会，许百昌的脸红一阵白一阵，坐在座位上抬不起头来。他平日里最爱面子，如今五次三番地被公然驳了面子，这叫他如何不恨？一想到这回的始作俑者宇文胜，他简直恨得牙痒痒。他恨铁不成钢地瞥了一眼陈南，心想这个不求上进的外甥，就会私底下吐个槽，实际上什么有用的都干不了。自己怎么就这么命苦，摊上这么个猪队友呢？再一想到自己那个缠绵病榻的姐姐许小青，风头正劲的大公子陈北，许百昌又急又恼，不禁仰天长叹。

## 第十五章　猜来猜去

　　陈北这番考察归来后，在公司逗留的时间甚少，每天来公司露个脸，很快就匆匆出门。因为他低调务实的行事风格，所有人都认为他出门也是为了工作，而不像陈南，就算他在认真工作，也会被认为不务正业。实则陈北这几日忙的确实都是私事。这次欧洲行，他总算认清了一个事实，那就是他离不开简薇。因此他打算尽力一搏，把简薇搏到手。他的行事风格向来稳健，受他母亲教诲，遇事不争不抢，唯有这次，他告诉自己，宁可狠辣一把，一定要争，不胜不归。凭着情敌之间的高度敏感性，宇文胜猜到了陈北对简薇再次发动了情感攻势，但是他没想到的是陈北此次出手如此快准狠。自从尤琳琳再次怀孕后,他和简薇的关系又笼上了一片白雾,扑朔迷离,叫人看不清楚。理智告诉他,应该把简薇追回来,大声告诉她,他爱她,且他爱的仅仅是她,没有其他任何的闲杂人等。但怯懦如宇文胜,要把爱表达出来,实在太难,难于上青天。

　　简薇坐在速纳大厦的大堂里,等陈北。陈北一早就告诉她,晚上有《海贼王》的首映和周边展,就在距离公司不远的一处休闲艺术区,想邀她一起去看。简薇是《海贼王》的忠粉,这等好事,她自然不愿错过,赶忙点头应允。傍晚时分,员工陆陆续续走出大厦,只有陈北逆着人群,从大楼外走进来,一脸笑容地冲简薇走来。

　　"你出外勤了?"简薇问,"这样的话,不如我们现场见,何必劳烦你特意回来接我一趟。"

　　"没有没有,不算外勤,办了些私事而已,接你也是顺路。"陈北语焉不详地说道,继而殷勤地接过简薇的背包,向门外走去。

　　事实上,当简薇随陈北一起到了艺术区,就已隐隐觉得不对劲:播放《海贼王》的屏幕豪华得过分,相对于一个小型的私人观影现场来说,颇有杀鸡用牛刀的感觉;而所谓的周边展虽然足够精致,规模却小,说是个私人展览还差不多。就现场来看,这着实不像企业活动风格,倒颇有些像私人举办的小型Party。简薇揣着疑虑,坐在观众席。不得不说,超大屏幕的观影效果的确可圈可点,直到影片结束,简薇仍旧意犹未尽地盯着屏幕,丝毫没有注意到周围的观众已经悄悄转移。直到她看见大屏幕上突然出现自己的照片,方才觉得异样,她惊慌地望向四周,发现全场的人已经全数走空,观众席上只有她一人。

当陈北和她的合影出现在大屏幕上时,简薇心里已然明了。她强作镇定地看完了一组组照片,紧张得手心里都是汗。等到照片轮播结束,大屏幕上出现了几个字:"简薇,你能嫁给我吗?"紧跟着,灯光渐次打开,陈北抱着一个超大的海贼王公仔,在一群人的簇拥下,从屏幕一侧,走到了屏幕正中。

"简薇,嫁给我,可以吗?"陈北深情款款的声音响起,"我知道今天的求婚让你很意外。可在我的生命里,遇见你、爱上你,关于你的每一件事,都是我最珍惜的意外。我特意制造了这场意外,想让你知道,意外本身不只意味着措手不及,更意味着幸福和美好。"

陈北说的话,引发了在场一片热烈的掌声和口哨声,但简薇其实一个字都没听进去,唯有"求婚"二字,令她如坐针毡。她实在太紧张了。作为一名律师,在法庭上唇枪舌剑、众人瞩目,她都不紧张,但除去工作之外的任何场合,她都害怕成为众人瞩目的焦点,一旦身上汇集了太多的目光,就会让她浑身难受,坐立不安。

见简薇坐着不动,有两个姑娘从台上跑下来,走进观众席,一左一右地架起她,连拉带拽地将她扯上了舞台。简薇刚刚站稳,只见陈北单膝跪地,手里举着一个精致的首饰盒子,目光灼灼地望着她。灯光下,盒子里的大钻戒闪着熠熠的光,刺得人目眩神迷。

"我们在大学里就相识相知,从见到你的第一眼,直到现在,我对你的爱始终如一,区别是,每天都更深一点。"从陈北嘴里说出来的情话,都带着别样的真诚,"我知道,你之前有过不愉快的感情经历,伤了你的心,使你这些年对感情都很慎重。所以我能做到的就是加倍对你好,给你确定的爱,和确定的未来。你愿意和我携手走过一生,做我的妻子吗?"

简薇迟疑了。此刻,她满心想到的并不是大学时代那段失败的恋情,而是宇文胜。两人的默契有加,两人的嬉笑怒骂,此刻就像放电影一样,一幕幕呈现在她的眼前。美好吗?美好。但美好里又有多少心酸呢?她忍不住又想到了他的模棱两可,他和尤琳琳的藕断丝连,即便她如此主动,他也始终不肯向前迈出哪怕一步。他是在等她主动说出来吗?她累了,这份感情里,她不知道自己该坚持,还是该选择放手。

一股流泪的冲动袭来,简薇的视线模糊了。泪眼迷蒙中,陈北的身影被无限虚化,只有那颗大钻戒的光芒熠熠生辉,愈发闪耀。一旁已经有女生跟着哭了。"她流泪了!好感人啊,还不快答应他!"

"答应他!""答应他吧!"一时间呼喊声此起彼伏,简薇的眼泪给了陈北的亲友团们胜利的信号,在他们的鼓舞下,陈北从首饰盒里取出那枚钻戒,小心翼翼地戴在了简薇的无名指上。现场的呼喊声登时演变为欢呼声,有人拿出事先准备好的彩喷和金箔片,现场飞花满天,一片热闹凌乱。陈北激动地一把拥住简薇,而此时此刻,简薇动作木然,大脑亦一片空白,周遭的欢呼雀跃于她来说全部化为寂静无声,只是在心里一遍遍问自己:我在做什么?我答应他了吗?这竟然是真的?

自然没有人听见简薇内心的呼喊,现场人人喜不自禁,俨然一片欢乐的海洋。这里面最欢乐的人当属陈北,他把简薇高高抱起,幸福地转起了圈圈。许多年了,他从没有这样放肆地欢笑过。他自小从母亲那里接受的教育就是"谨言慎行",为此他几十年来都竭力维持着优雅和沉稳,甚至忽略了自己内心真正的情感诉求。现在的他，真正感受到了快乐，他从身体到内心，从来没有这样放松过。

陈北成功求婚简薇的事很快传遍了速纳。身为速纳集团的大公子，陈北的一举一动向来颇受外界关注，更何况此次求婚，是他近年来难得的高调之举。速纳公司内部有不少女员工暗自倾心于陈北，却无一得到回应。就在所有人都在想，到底是哪家的名媛闺秀入得了陈北的法眼时，没想到最后赢家竟是瘦瘦小小、毫不起眼的简薇。而自简薇加入速纳，她和宇文胜之间似是而非的感情也被很多人看在眼里，没想到她竟一举拿下陈北，不由得让很多人感叹她手段不凡、驭男有术，对她的各种议论和腹诽也渐渐多了起来。

宇文胜是从同事口中得知的此事。当下，他尽管着力控制着情绪，还是被巨大的难过轻而易举地俘虏了。他走到楼梯间，两手发颤地点燃一支烟，用了好久才平复了心情。他忍不住开始怀疑此事的真假，但他又明明知道，人人都在说的事，不可能有错。他很想当面去问她一句"为什么"，为什么就这么轻率地答应别人的求婚，她的心里，明明也有他的啊。

宇文胜到底没敢亲自去质问简薇。他没有这个胆量，就像他当初鼓足了勇气，也没有胆量向简薇表白一样。正好他负责的小栈正在进行店面统一升级换代,他主动申请出差去杭州,监督店面升级工作。宇文胜知道自己是懦弱的,他一直在逃避,先前是逃避爱情,现在是逃避心伤,他甚至开始鄙视怯懦的自己。

几经挑选,尤琳琳家的保姆终于到位,而她则因为胎像不稳,时常出现腹痛和出血,医生建议她在家保胎。这就意味着,她不能继续上班了,尤琳琳对此颇为犹豫。

"这样的话,你就离职吧,专心在家里养着。反正是咱们自己的公司,去不去就是一句话的事,那还不好说!"陈南一边玩着游戏,一边劝妻子离职。自从尤琳琳再次怀孕后,陈庭之下了死命令,让陈南务必在每晚九点之前回家。陈南从一开始的抗拒,到后来觉得这样也不错,只不过在家里也是手机电脑不离手,各种游戏玩个不停,好在和之前相比,已经能够在家见到人,算是巨大的进步。

"要是不上班,我怕……我怕咱俩又回到之前那样。"尤琳琳对之前怀孕那段寂寞的日子心有余悸,怏怏地说,"我不想再过那种生活,太无趣了……"

"说什么呢?我现在不是天天下班就回家吗?说得就好像我不着家一样,你就那么委屈?"陈南大声道。

"你嚷嚷什么呀你!就烦你有话不能好好说的这个样

儿！我一个孕妇，你对我态度应该好点！"尤琳琳委屈地喊道。

"哎呀，行了！我就是不爱听你这么说话。"陈南放下手机，走过来，把手搭在妻子肩头，"你就踏踏实实回来，我保证不跟之前一样！话说回来了，你这么想上班，是不是还惦记着那个宇文胜呢？"

"你瞎说什么呢！"尤琳琳生气了，"我要是惦记着他，还能给你生孩子？你要是不想要这孩子，就趁早说话！"

"要要要，我的孩子，我哪能不要。"陈南露出一脸谄媚的笑，"我这不是太爱你，怕你跑了嘛！你放心，你乖乖回家来，我保证对你能有多好，就有多好。"

尤琳琳嘟嘴望着陈南，过了好久，才放心地笑了。这段时间以来，她对陈南的进步看在眼里，亦了解了他对成为父亲的渴望，只觉得心中的冰峰一点点在瓦解，对婚姻的温情也一点一点在回归。虽然陈南大部分时间仍旧毛毛躁躁，两人还是吵吵嚷嚷，可毕竟现在，他俩有了共同的期盼，在这个期待中，似乎所有这些不快都可以被抚平。而对于宇文胜，她那种强烈的偏执，在这几天的经历中，迅速地被冲淡了。

"那行吧，我就不上班了，下周一，我就去办离职手续。"尤琳琳郑重其事地说。

"离职手续还用你亲自办？这可是咱们自己的公司，我去就行了，一句话的事。"陈南说道。

"我自己去吧，工位上还有些东西要拿，你一个大男人，去了也收不利索。"尤琳琳若有所思地说。

"行吧，依你。"陈南又开始了新一轮游戏的厮杀，他望着手机，喃喃道，"你说了算。以后你就是我儿子的妈，我们家的太后，啥都依你。"

尤琳琳瞪了一眼丈夫，嘴角却扬起了止不住的笑意。新来的保姆在屋里走来走去地收拾家务，时不时听一句俩人的对话，小声嘀咕着："这对儿吵吵嚷嚷的小冤家哟！"

周一，尤琳琳来到速纳，正式办理了离职手续。她坐在工位上，一面收拾东西，一面迎来送往地应付着相熟同事的告别和不舍——虽然她一贯娇滴滴，完全不是朋友众多的性格，但她毕竟是速纳的少奶奶，来工作又只为消遣，和同事并无利益冲突，因此在同事中的人缘还算不错。时间快到中午，尤琳琳以孕期胃口不佳为名，婉拒了同事为她举行离职宴的邀请，起身向简薇的办公室走去。

简薇正在办公室埋头看材料，她抬眼望到尤琳琳，微微一怔。

"怎么，不欢迎我？"尤琳琳自顾自地坐在了一旁的沙发上，"我要回家养胎了，找你道个别。"

"我听说了。"尤琳琳的工位一上午像过节一样热闹，简薇不可能不知情，"你要做妈妈了，祝福你。"

"估计我很快就要叫你一声大嫂了，弄不好我这孩子还没生，你已经进了陈家的门。"尤琳琳看着简薇的眼睛，"他们都羡慕你可以嫁入豪门，可只有我知道，这好像并不是你想要的……"

简薇的心事被说中，她的手微微一颤，正准备签的一个合同，作废了。她懊恼地放下笔。

"我来找你，并没有什么别的意思。"尤琳琳自顾自说道，"我知道你心里有宇文胜，他心里也有你。之前是我放不下他，想尽办法想引他回心转意，自然也包括想尽办法让你死心。"

尽管尤琳琳所言，简薇心中早有预料，但亲口听她说出来，简薇仍忍不住心里一动。

"我承认我做的这些，不光彩。但当时我一门心思地想让他回来，也就什么都顾不得了。他真的是个特别好的人，错过他，我很后悔。只是我没想到，你最后也错过了他……"尤琳琳幽幽地望着简薇的眼睛，眼神复杂。

"没什么，都是过去的事了。你说的这些，我都知道。过去的，就让它过去吧。"简薇故作轻松地说。

"我了解他，知道他爱一个人是什么样子，他一定是真的很爱你。他的心里一旦有了人，别人就再也走不进去了。我现在要当妈妈了，以后和他，真的回不去了。我原本以为你俩可以走到一起，没想到你这么快就答应了陈北……"

"我们俩，不合适。"简薇叹了口气，"没办法走到一起，也是天意。"

"但愿不是我拆散了你们，否则，我会愧疚……"尤琳琳轻抚小腹，目光中流露出母亲的慈爱，"我先走了。再见的时候，我们应该已经是一家人了。"

尤琳琳转身离去，简薇坐在椅子上，有些恍惚。她不明白，为什么事情会慢慢发展到今天的地步，她和宇文胜，终究是彼此错过了。仔细想想，她何尝不相信宇文胜心里有她呢？打败她的，并非尤琳琳的从中作梗，可两个人偏就在一次次猜心中永久地错过了。陈北已经在着手准备两人的婚礼，母亲得知自己要结婚的消息，开心得几乎要飞起来。两家人都在热火朝天地准备着，只待她和陈北敲定婚期，一切便真正提上日程。而婚期一事，则是她左右拖延，不给回话，才得以拖到现在。可是她还能拖到什么时候呢？

时值正午,外面烈日昭昭。热烈的阳光下,简薇头一次感到噬心蚀骨的孤独。

宇文胜这些日子时常回快递站转转,有时候甚至每天都回去报到,只要一下班,立时逃也似的跑出速纳公司,直奔快递站而去。相较于他之前动辄一个月不露面,频率简直高出了太多。文斌打趣道:"你是不是在新公司干不下去了,准备吃回头草啊?"

宇文胜笑笑,说:"说得太对了。我这不是看你们做得好,眼热吗?所以常回来看看。"

"我们随时欢迎你,不过可得说好了,你要是回来了,我得当你领导。"文斌变本加厉。

"行了你,嘴边总是缺个把门的。"小苑白了文斌一眼,"快递站是胜总的,他要是回来,还轮得到你当领导?"

"我这不就是随口一说,开个玩笑嘛!我和大胜啥关系?甭管到了哪里,就算他一辈子领导我,我也乐意。"文斌讨好地冲着小苑说。

"这还差不多。以后说话别这么张狂,老说你,你就记不住。"小苑嗔怪道,伸出一根手指,轻点了一下文斌的额头。

文斌嘿嘿一笑,不住地搓着手。宇文胜看着这俩人,有点懵。待小苑离开,他拽住文斌,小声问道:"你俩现在,啥情况?"

"我俩处对象了。"文斌倒不藏着掖着,一张黑脸浮现幸福的红晕,"我主动追的她。费了好大劲,她才同意跟我处。"

"可以啊你!"宇文胜惊讶,"捂得这么严实,也不告诉我一声!什么时候开始的?"

"刚开始没多久。没告诉你,是因为我怕小苑不乐意。大胜,我知道小苑她一直喜欢你,也知道我这条件和你没法比。所以我就拼命对她好,让她慢慢喜欢我,接受我。我相信事在人为,既然她现在已经答应我了,以后也能一门心思跟我过日子。"

文斌的坦诚,让宇文胜目瞪口呆。他原以为小苑对他的喜欢,是一种私密的、卑微的喜欢,微小到可以毫不在意,可以被忽略,可以不表态。没想到粗枝大叶的文斌竟也察觉到了这种喜欢,并且能勇敢地直面它、挑战它,希望可以用自己的努力去消除它。他何其勇敢呀!

"文斌,我真的不知道小苑她对我的感情,会成为你俩之间的阻碍。我先前应该早和她说清楚的,对不起。"宇文胜诚恳地道。

"其实这并没成为我俩的阻碍，谁还没点儿过去？我喜欢她，就得啥都帮她扛着，她心里有你，我也不妒忌。反正我早晚能住进她心里不就得了！"文斌乐呵呵地说道。

先前在宇文胜眼中大大咧咧、不甚细致的文斌，此刻形象陡然高大，就像一个思想家。宇文胜的思绪乱了。他之所以频繁来快递站，只因他不愿回到公司面对简薇，因此能躲就躲。自他出差归来后，和简薇在公司见面的次数尚且屈指可数，遑论私下见面，这一切全靠他的主动回避。有时候他也问自己，为什么要躲呢？情况已然如此，躲避又能解决什么问题吗？事实上他自己也无法给出答案。就像当初，他不明白自己为何无法向简薇表达爱意一样，如今，他仍旧无法对自己的行为做出解答。

然而，在和文斌聊过之后，他却突然释怀了。他明白了自己错在哪里——一切都因为，他做不到像文斌那样勇敢地、不计后果地去爱。他之前一直认为，对小苑的暗恋，自己的不表态算是一种冷处理的方式，现在他才知道，自己的行为是懦弱、是逃避，他为自己感到羞愧。对小苑，对简薇，他都犯了同样的错误。他以为这样可以减少对对方的伤害，而实际上，这样只是减少了对他自己的伤害而已。

小苑一声呼唤，文斌乐颠颠地随着她去搬快件了。这样熟悉的场景，如今因为两人的恩爱，别有一番妇唱夫随的恩爱滋味。据说宇文广和小鹿之间也是进展神速，如今宇文广宁可放弃高收入，每天也要帮小鹿盯着店铺。这样看来，距离两人喜结连理，指日可待。每个人都收获着属于自己的幸福，如今形单影只的，只有宇文胜自己。这大约是老天对自己的惩罚吧，宇文胜苦笑。

　　老话都说情场失意，职场得意，此言果然不虚。谁都没有想到，"速纳优品"在成立两个月后，部分地区就已经迅速实现了盈利，简直令陈庭之大喜过望。这些年速纳试水的新商业业态不在少数，大多数尚处于亏损状态，令人心焦。陈庭之绝对算业内敢闯敢干的第一人了，即便如此，看到这些新项目的哀鸿遍野，还是难免动摇信心。而宇文胜试水的社区类专业化经营大获成功，他们提供的生鲜售卖不仅在社区居民中广受欢迎，在线上销售中也表现卓越。陈庭之看着宇文胜拿来的销售报表，几乎有些难以置信，他抬头问宇文胜："先前生鲜运输也是我们的优势，可没想到，社区的生鲜售卖竟然这么受欢迎？"

　　"严格说来，并不是社区的生鲜售卖受欢迎，而是我们的线上售卖+社区自提的模式受欢迎。"宇文胜一本正经地说，"如果仅仅是社区售卖，失败的前车之鉴不在少数,我们十有八九也是其中之一。"

"说的有道理。当初他们都在质疑你,单一售卖生鲜会不会太单一,没想到这么快就做出了成绩。"陈庭之若有所思地说。

"当初我们每个小栈基本上就相当于一个便利店的规模,想要覆盖太多品类,基本上不可能,与其这样,不如专攻一个品类,做到专业化。这就是我最初的想法。"宇文胜说。

"那你当初定位生鲜领域,是早有预谋,还是突然的想法?"陈庭之笑道。

"早有预谋。"宇文胜诚恳地道,"我们不能打无准备之仗,生鲜配送是我之前就看好的领域,我们能充分发挥我们物流的先天优势。另外,生鲜配送后续需要大规模冷链和仓储设备的投入,需要大量资金,而这些优势,都是我们具备的。事实上,现在各大电商网站都在生鲜电商领域布局,就说明这是个极好的机会。"

"我们速纳在电商领域发力也有好几年了,仍旧不得要领。想要发挥的物流优势没有发挥出来,又没有创造出新的优势点。希望这次能够突围。"

"从我个人来看,发展电商,绝不能把宝都押在物流优势上,精细化运营才是关键,我们要打出差异化。比如我们的优选,不管在线上还是线下,都不乏和我们的生鲜品质一样好、价格一样优的产品出现。为什么有相当数量的顾客选择了我们?一是因为速纳的品牌力量,最重要的是,我们把物流体系和供应链体系结合起来,辅助以门店的自提系统,全方位地满足了受众需求。"宇文胜分析。

"如此说来,那速纳的电商发展完全可以定位在生鲜领域。我们之前的皮具电商,现在看起来完全是鸡肋,必要时,甚至可以完全舍弃。"陈庭之一向行事果决,这段时间,他目睹了终端部将生鲜电商做得有声有色,已经萌生了不惜重金将其做大做强的想法。而半死不活的电商部,则是第一个要开刀的部门。

"这个需要再议。"宇文胜尴尬地笑笑,没直接回应。在速纳,除了陈庭之,无人敢动许百昌。聪明如宇文胜,自然也不愿意蹚这趟浑水。

一晃就是速纳的年会。因为陈庭之早年间一直任职于外企的缘故,速纳快递在成立之初,就沿袭了各大外企的传统,将每年的四月份定为集团例行召开年会的时间。由于彼时新年已过,年会的喜庆氛围便不再那么浓郁,除了既定的抽奖和表演节目等娱乐环节,重头戏则放在各个部门的年终总结上。按照惯例,每个部门的负责人都要正装出席,将本年度部门的成绩与发展、对未来的规划与展望一一道来,既是对员工们的交代,更是对董事会成员的交代。

在往年,这都是许百昌最为期待的环节。他会早早地将自己粉饰一新,理发焗油刮胡须,新衣服都要备上几身,拾掇得油光水滑,准备上台享受员工们目光的礼遇,感受至高无上的荣耀。而今年电商部的颓败,让他早就没了这样的心境,反倒是如坐针毡,不知如何是好。自然,很快他就想好了退路,用他最擅长的一招,把他亲爱的外甥陈南推出来,挡枪。

"让我上台讲话?"听闻舅舅来意,陈南不禁脸色一变,"我会讲什么啊我?我这几个月才按时坐班,我媳妇又怀孕了,我对业务根本不熟,我上去闹了笑话怎么办?"

"怎么会?讲话稿都是现成的,你上去照着念就可以了,根本就没有难度嘛!"许百昌给陈南宽心,实际上他心想,我要的就是你闹笑话。你要是不去,那闹笑话的就是我了。

"没有难度的话,那你就自己去呗!你非让我去干吗?"陈南还是不想去。

"这话说的,我都去了这么多年了,我再去又有什么意义？反倒是你，这些年，没有一次在速纳的公共场合露过脸吧？你看看陈北，大场面小场面的，代表速纳都出席多少回了？人家都代表速纳出国了！公司上上下下谁不知道他是速纳的大公子，连保洁阿姨都对他毕恭毕敬，可你呢？认识你的人有几个？你就一点都不着急？"许百昌苦口婆心地劝。

"我着急又怎么样！我是干着急，使不上劲。"陈南被许百昌说得心焦，他反反复复地摆弄着手指头，问："这个讲话稿，真没难度？"

"那能有什么难度！我跟你说，要是狗识字，这活儿狗都能干。"许百昌见陈南心动，喜笑颜开，不惜将陈南和自己一道贬低，"讲话稿部门里已经有人给你写好了，你提前熟悉几遍，到时候上台一念，给大伙儿留个印象，这就齐活。"

"那行吧。这样的话，我去就我去。"陈南答应了。他到底还是个思想单纯的富二代，丝毫没怀疑舅舅的居心叵测。尽管他嘴上说话不中听，但在心里一直将许百昌当作可信赖的长辈。

作为去年刚刚入职的中层，简薇和宇文胜都是头一次参加速纳的年会，不禁感叹场面之大。偌大的礼堂内，坐了千人有余，除了总公司的几百号人，来自全国各分公司的人亦是浩浩荡荡。礼堂内,第一排是董事会专席,各部门领导则被齐齐安置在第二排的位置上。两人循着姓名牌寻找各自的座位,不知是巧合还是有人有意为之,两人的姓名牌被摆在相邻的两个座位上,简薇和宇文胜惊诧地对视一眼,各自尴尬地笑笑,就座。

世上尴尬的重逢,莫过于一对有情人,在一方已有婚约之后再度相逢。宇文胜坐在座位上,低头看着手里的讲话稿,实则心猿意马。能看出来,一旁的简薇亦是心不在焉,她把手里的部门总结翻得哗哗响,不时抬头望着四周。偏巧,两人四周的部门经理们迟迟未到,周围的空旷仿佛都在尽力成全两人的尴尬。

"听说你要结婚了,恭喜啊。"宇文胜选择了用哪壶不开提哪壶的方式来打破两人之间的沉默。

"谢谢你,到时候一定请你上座,喝喜酒。"简薇内心的伤感成功被宇文胜驱赶,心里升腾起一片愠怒,利落地回怼。

属于他们俩的熟悉氛围似乎回来了。宇文胜不禁咧着嘴角轻声笑了。"我也不想恭喜你,但我总不能说,听说你要结婚了,我很难过。那就像我在人家婚礼上送花圈一样,不合时宜。"

"你难过?你倒是把你的笑容收一收,再来说难过这俩字好吗？否则谁信？"简薇抬眼望了望宇文胜，余怒未消。

"行了，我也是强颜欢笑。"宇文胜讷讷地说，"婚期定在什么时候？"

"婚期……还没定。"这个问题问到了简薇的烦心处。她一再寻找借口往后推迟婚期，目前用的借口是等速纳的年会结束后再说。眼下速纳的年会马上就开始，开始之后便要结束了，届时她还能再找什么理由呢？

"等定了婚期，记得通知我。"宇文胜用一句毫无意义的废话结束了两人的对话。老实说，当他一听到简薇称"婚期未定"时，内心忍不住一阵窃喜。然而他再仔细想想，即便是婚期未定，和他又有何相干呢？他已经把最好的机会错过了，而今又能改变什么？一阵沮丧袭来，正巧此刻一群部门领导鱼贯而入，简薇和宇文胜各自恢复到正襟危坐的姿势，仿佛刚才那场对话并没有发生过。

年会开始了。和许多公司的年会一样，以员工表演作为开场节目，来活跃气氛，等到气氛热络了，再辅之以抽奖，将气氛推至高潮。速纳集团员工众多，自然是人才济济，有些节目的观赏性甚至不输专业演出。里面最为可圈可点的就是终端部的舞蹈节目，气势宏大，技法专业，一出场便引来阵阵惊叹，简薇亦不由叹道："跳得真好，就像专业的舞蹈演员一样!"

"你知道为什么吗?"宇文胜忽然把脑袋凑过来,神神秘秘地说,"因为她们就是专业的舞蹈演员。"

"真的假的?"简薇大惊小怪,"这些表演节目的,不都是你们部门的员工吗?怎么会……"

"我们部门的员工,满打满算能有几个女的?就算她们都来,谁知道又能跳成什么鬼样?"宇文胜笑笑,"这都是我们花钱请的,一个人五百块钱,怎么样,效果不错吧?"

"真有你的。"简薇撇撇嘴,"早知这样,我们也花钱请演员了。这段时间为了排练节目,一部门的人都快打起来了,比上班还累。"

"那是你们没想到。"宇文胜得意地笑了,"要想做第一个吃螃蟹的人,就要敢想敢干才行。"

"敢想敢干?这四个字,似乎和你无缘吧。"简薇的声音忽然冷了。宇文胜心虚地望了她一眼,紧张地低下了头。两人心照不宣地又一次陷入了沉默。宇文胜忽然觉得一阵悲伤,为简薇,也为自己。她在怨自己啊。而他又何尝不在怨自己呢?

## 第十六章　年会闹剧

　　节目表演结束，到了各部门经理上台讲话的环节。今年最受关注的几个部门，分别是终端部、电商部，以及业务部。终端部受到关注，因为它是新成立的部门，并且成立不足半年就开始盈利，可谓罕见；电商部则因为年年亏损而声名远播，大家都想看看部门经理该如何解释；业务部受到关注，则纯粹是因为陈北的个人魅力。历年的速纳年会上，陈北都是众人瞩目的焦点，今年虽然因为他已有婚约，让一众女粉伤透了心，但伤心归伤心，因为陈北对简薇的痴情人设，迷妹们对陈北的爱意则是丝毫未减。

　　这个环节的主持人是李询，每年速纳的年会中，她均以主持人的身份现身,可谓驾轻就熟。和她搭档的男主持是她新来的助理、宇文胜的继任者,高大帅气的一枚"小鲜肉",在李询的引领下,两人你来我往,男帅女靓,一唱一和当中饱含着默契和情意,主持的效果自然大方,相当不错。宇文胜不由得默默感叹,心想李询为了掩盖她和陈庭之的关系,想来也是费尽了心力,先不说一个个鲜肉助理走马灯一样换个不停,单说她和每个助理都要演出来暧昧关系,已经着实不易。

除了身兼主持人一职,作为运营部的老大,李询还要进行本部门的年度报告。她所负责的运营部虽是速纳规模最为庞大的部门,但因李询个人的超强领导能力,部门每年的业绩都在毫无悬念地稳步上升,因此每次年会的部门报告倒显得多余。李询波澜不惊地阐述完运营部去年的业绩发展,紧跟着就请出了宇文胜,由他来阐述终端部的年度发展概况。

公开演讲对宇文胜来说绝非难事,他在经营艾里克里公司的几年中,经历过大大小小的演讲无数次,靠着舌灿莲花和超高颜值,为自己俘获了一众粉丝。眼下他对于终端部的年度介绍,虽是照着稿子念,但他语调生动活泼,时不时还加入些相当潮的网络用语和动作手势,看得一众女性眉开眼笑,甚至有陈北的粉丝当场倒戈,欲转投到宇文胜门下。

宇文胜的报告在一阵掌声中收尾。就在他准备走下台之际,忽然有人举手,示意主持人,他要提问。根据速纳快递多年来的规矩,任何人对部门年度报告有异议,都可以当场提问。工作人员迅速地递了话筒给提问人,宇文胜亦站在原地,留神听着提问人的问题。

"宇文胜先生,"提问人字正腔圆地问道,"听了刚才你的报告,我了解到你在速纳小栈的改造中付出很多,效果我们有目共睹。不过我听说,你在之前经营自己的企业时,曾因涉嫌一起抄袭官司,导致最后公司破产。从自己当老板,到现在做高管,请问你的诚信意识是否有了提高?"

提问人放下话筒,得意扬扬地望着宇文胜。他的方向带得很成功,毕竟大部分人都对宇文胜的过去一无所知,经此一问,不少人以为宇文胜先前犯了多大的诚信错误,现场一片哗然,不少人不明就里地望着宇文胜,还有人对他指指点点。

聪明如宇文胜,登时就明白了此人必定是受人指使,故意来抹黑自己。而这个幕后指使人,不消说,十有八九是许百昌。先不说他对背后使坏的热爱,许百昌的段位一向以低劣粗鄙而闻名,属于杀敌两次,自己暴露三回的水平，想猜不到他都难。宇文胜心里清楚，自己三番五次得罪许百昌，在他内心的刺杀榜中，已然位居首位，许百昌有意找这个场合来翻旧账，他完全理解。

"身为速纳的一员，我和大家一样，都坚信，诚信是做人的首位。"宇文胜缓缓道，"至于我先前的创业失败，已成过去，不值一提。但有一点必须说明，当年那场抄袭案，是一场误判。我从过去到现在，一直坚守诚信，这是底线。"

"凭你一家之言，又怎么能确定是误判呢？据我了解，当年的抄袭案已经是证据确凿，板上钉钉的事，你说误判，那是不是质疑人家断案不公？"那人不依不饶，继续追问。

"你说的没错，确实是证据确凿。"宇文胜点点头，"因为此事是有人故意为之，计划周密，栽赃陷害。他们准备充分，不足为奇。而我之所以选择不去追究，是因为替对方的主使人考虑，不想因小失大。但如果对方持续就此事对我抹黑，我也只好奉陪到底，不得已的时候，我会用法律武器来维权。"

提问人蔫了。他没想到宇文胜已对内情了如指掌，并且不卑不亢，一副誓要斗争到底的架势。他将目光投向观众席，似乎想要在当中找寻精神支援，但他很快意识到自己这一行为的不妥,匆忙将目光收回,低下头左右乱看,不知应作何回应。

"当年这件事,我多少听说过一些,知道胜总在内的一批电商,都是被不正当竞争打垮的。胜总的为人我了解,他诚信果敢,有勇有谋,引领着终端部创造了奇迹,是值得速纳珍惜的人才。"陈庭之站起身,侃侃而谈,"对这样的人才,我们应该保护,而不能用流言蜚语来伤害他。"

宇文胜抬眼望了望陈庭之,心情有些复杂。他明白,陈庭之对当年许百昌陷害自己一事应该心知肚明,眼下他的这番举动,看似给宇文胜台阶下,实则是在给自己台阶下。毕竟,万一此事被深挖,受到冲击的必然是速纳。陈庭之维护许百昌,也是在维护速纳集团,由他出面给宇文胜个面子,这件事差不多就算是压下去了。

而此刻心情最为复杂的则非许百昌莫属。他万万没想到,自己为了让宇文胜丢个大丑,精心设计,甚至不惜雇了个人来翻旧账,竟然被宇文胜轻飘飘的几句话反杀,还险些惹祸上身。若不是陈庭之出来打圆场,自己这次兴许就栽了。他懊恼万分,试图运用自己极其有限的智商想明白这究竟是怎么一回事,瞄见陈南拿着两篇纸走上了发言台。许百昌赶忙收回思路,祈祷着陈南千万不要掉链子。

陈南不负舅舅重托,这几天他把这份报告翻来覆去地看,里里外外地看,念得滚瓜烂熟,有些地方甚至背了下来。这份报告是电商部的资深笔杆子在许百昌的授意下完成的,内容上相当避重就轻、扬长避短,尽管如此,仍然无法掩饰电商部绩效的寒酸。对于陈南来进行电商部的报告,所有人都颇感意外,因此人人翘首以盼,陈南沐浴在众人的目光中,受宠若惊,只觉得自己此生头一回,散发出了比陈北还要大的魅力。他站在台上,顺顺利利地念完了整个报告,听到底下掌声不断,不禁有点飘。

"这作报告根本也没多难嘛,看来他们也没仔细听。早知道这样,之前的报告就应该让我来。"陈南小声地自言自语,一脸骄傲地准备下台。不料此时一个男子的声音忽然响起,"电商部连续三年的亏损原因都是市场竞争激烈、初创品牌需要时间适应市场。是不是应该从别的方面找一下原因?"

陈南心里一惊,心想这下糟了。千不该万不该,自己不该忘了还有提问这一环节,他心知自己对业务一窍不通,就那点照猫画虎的本事,该如何应付?待他看清提问人是霍赛,更是大惊失色。

霍赛是速纳集团董事会成员之一,平日里露面甚少,一年到头也来不了几次。许是性格内敛的原因，他素来话极少，有一说一，遇到问题自然也是不留情面。像是这样的公开场合，顾及陈南和陈庭之的父子关系，纵使心里有疑虑，一般人也不会当面说出来。许百昌怂恿陈南来发言，也正是因为考虑到这一点。能这样直言不讳公然质疑的，想来也只有霍赛了。

"霍总，是这样。"陈南艰难地咽了下唾沫，"我们也找了别的原因，但是找来找去，发现最主要的原因，还是市场的大环境不好。电商难做啊，我们又是新进入的，那更是难上加难，所以……"

陈南一边翻来覆去地说着车轱辘话，一边用乞求的目光望着霍赛，只求他念在自己可怜的份儿上，可以适时收手，不要再问了。

"这些道理我都知道，第一年亏损的时候，说是这个原因，我没有任何异议。现在已经第三年了，除了外部原因，你们就没考虑过自身的产品结构和营销体系的问题吗？"霍赛显然没注意到陈南恳求的眼神，面无表情地继续发问。

"考虑了，考虑了。"陈南连连点头，"我们是初创品牌，市场影响力不够，需要时间来积累知名度。这个慢慢就会好的，需要时间，需要时间……"

"刚刚我一直都没有讲,你提到的初创品牌,我认为这完全是个悖论。速纳的电商目前一直采用主副品牌的形式,从始至终都没有脱离速纳的品牌效应。速纳的影响力可以说是人尽皆知,借着这样的东风,又一直是主副品牌的路线,怎么能和毫无背景的初创品牌同日而语?"霍赛一针见血。

"主妇品牌?"陈南一头雾水地说道,"我们做的是皮具电商,主营各种箱包,男包女包都有,不能完全算是主妇品牌……"

陈南的这句话声音不大,却借着话筒的扩音效果,被前面几排的人听了个清清楚楚。有人实在忍不住,扑哧一下笑出了声。不时有一声声窃笑传来,霍赛见状,自知什么也问不出来,叹了口气,终止了发问,一屁股坐回了座位上。陈庭之面色阴沉,不发一言。会场陷入了难言的尴尬,李询急忙拿起话筒,走到舞台正中,开始圆场。陈南如蒙大赦,逃也似的从舞台上跑了下来。

许百昌没想到,外甥的年会首秀,尽管开了个还算不错的头,却仍然没能逃脱铩羽而归的结局。他望着身旁萎靡不振的陈南,摇摇头,暗自感叹他的不争气。陈南面无表情地坐在座位上,无视舅舅传来的嫌弃眼神。他的心里满是失落。此刻,陈北正站在台上,拿着激光笔,侃侃而谈，声音里尽是从容和自信。不消说，业务部去年一定业绩喜人。陈南抬起头，偷偷瞄了瞄左前方正襟危坐的父亲，看见了他侧脸微笑的弧度，和刚刚阴沉的表情大相径庭。陈南的心里狠狠地疼了一下。先前他一直唯恐父亲偏爱大哥，如今看来，就算陈庭之果真偏爱陈北，那也是情有可原。他和陈北的表现，高下立见，几乎没有任何可比性。眼下他唯独庆幸尤琳琳因为在家保胎，没有莅临现场，保全了他作为丈夫的脸面和尊严。

业绩汇报结束后，年会正式流程基本结束，与会各位进入吃吃喝喝环节。没过多时，各个部门领导员工开始轮番敬酒，场面乱作一团。许百昌举着酒杯，在两位小助理的跟随下，四处打了一圈，红光满面地打着酒嗝回到座位上，一眼瞥到陈南独自坐着，一巴掌拍到陈南肩膀，大声道："也不去敬个酒，就在这儿干坐着！傻了吗？"

陈南侧身一躲，嫌恶地望了一眼许百昌，没说话。许百昌觉得面上无光，借着酒劲儿，嘟囔道："还跟我瞪眼！有本事，谁得罪了你，找谁算账去！"

"你说什么呢你？"陈南忽然爆发，"说我没本事？我没本事不也是让你带的？你有本事，你倒是自己上去作报告啊，你敢吗？有事情永远甩锅给我，自己落个好名声。你就是这么当长辈的吗？你还好意思自称长辈？"

许百昌没想到陈南的反应如此强烈，他惊愕地望着外甥，哆哆嗦嗦地指着他，说："你！你就这么和长辈说话！我告诉你，除了是长辈，我还是你的领导！你这样说话，你是又不忠，又不敬！"

"我不忠不敬？你觉得自己做得很好是吗？别以为我不知道你心里想的是什么！你不就是在利用我，利用我妈，让你在速纳站稳脚跟吗？你答应我妈，要好好教我，你做到了吗？你把电商部赔得一塌糊涂，对我妈，你是不敬。对我爸，你是不忠！"

陈南的声音一浪高过一浪，已经有人偷偷地向这边看。许百昌的酒醒了一半，他唯恐别人撞见他和陈南在相互揭短，故意压低音量，说："就算电商部做得再不好，我对你妈妈怎么样，你心里应该有数！这些年是谁一直在照顾她？为什么她发病后谁都不认，只认我？不光是因为我是她亲弟弟，还因为我对她好！她是我亲姐姐，我必须对她好！你们谁能做到？"

许百昌的招数果然奏效，一提到母亲许小青，陈南的气势立刻被压倒了。他讷讷地闭上嘴，跌坐回座位，使劲儿灌了一杯红酒，重重地垂下了头。许百昌见外甥的气焰被打压了，一颗心放下来，也坐回座位，一面吃着菜，一面观察着陈南,唯恐他再次炸刺。

这边,宇文胜喝得有点多。作为速纳崛起的新秀,他受到了来自同事和董事会的全方位关注,一杯一杯地敬,一杯一杯地干,喝到后来,已经有些站不住脚。他利用最后一丝残存的理智,走到楼顶的露台上,倚着栏杆吹着风,试图让自己清醒些。正值春夏之交,微风中透着一丝凉意,宇文胜解开领带,夜风吹进胸口,使他瞬间清醒了许多。

"胜总,你也在这儿?"一个娇媚的女声响起,宇文胜转头望去,看见李询斜斜地走了过来,一看便知,她也没少喝。宇文胜起身,往一旁挪了挪,给李询让出了一个位置。李询几乎是扑到了栏杆上,她侧过头望着宇文胜,露出迷醉一笑。

"恭喜你啊,胜总。"李询拍了拍宇文胜的胳膊,"你现在是速纳新秀,美好未来,指日可待。"

"不敢不敢,混口饭吃而已。承蒙领导赏识,那是咱的运气。"酒精作祟,宇文胜说话也比平时轻松许多。

"你放心,今天的事,陈总一定会有动作。他知道当年抄袭案那事是许百昌干的,但不知道你是受害者之一。现在既然他已经知道了,以他的性格,一定会补偿你。许百昌不过是搬起石头砸自己的脚,在他干的蠢事上又加了一桩而已。"李询慢慢说着,神情变得严肃起来。

"那就多谢陈总。"宇文胜嘻嘻哈哈地说,"其实那件事,我之前是真准备让它烂到肚子里的。没想到又被人翻出来,实属意外。"

"其实这件事现在被捅出来,也算帮了陈总一个忙,给了他重整电商部又一个理由,堵住姓许的那张嘴。这个许百昌,他就是个毒瘤,不得不除。"李询的目光渐渐迷离,"除掉他,我也就放心了……"

"这件事,我的处境比较尴尬,不好说太多,相信陈总自有办法。"宇文胜笑笑,"陈总一向雷厉风行,估计不会等太久。他是个好领导,真心话。"

"是啊,他是好领导,雷厉风行,说一不二。可是好领导,也未必哪里都好。"李询的声音变得忧郁,"他的雷厉风行,也都给了工作罢了。"

宇文胜奇怪地望向李询,明白她话里有话。原本他对同事的私人感情讳莫如深,但酒劲和夜色让他无端放松,他大胆地问道:"你指的是……你和他?"

"对。"李询长叹一声,"感情这东西,最没办法说清。直到今天,我也不明白,为什么会爱上这样一个人。可是越是想不明白,就越是走不出来……我一向做事理智,有条不紊,唯独这件事上,却不受自己控制。"

"我理解。"宇文胜同情地点点头,"不过你们俩之间,似乎也并不存在什么障碍。就算是陈南,也应该对你们表示理解吧?"

"障碍不是别人,是他自己。说白了,他就是没那么爱罢了。有时候,一厢情愿的付出,换不来相应的回报。因此相比之下,我更爱工作,付出多少,得到的回报就有多少。"李询哀叹,眼中有微微的泪光。

宇文胜不知该作何回应,只好默不作声,抬头望向夜空。这个话题令他有些尴尬,他希望自己的沉默可以使李询打消倾诉欲。他们身处的这家会所位于中海市郊,空气明显较市区更为清新,夜空也更为明澈。时值初夏,夜空中繁星点缀,一闪一闪,极美。

"这些年,我苦心孤诣,维持着这段见不得光的关系,我累了。"显然,李询并没意识到宇文胜沉默背后的意义,她沉浸在自己的世界里,像是自言自语一般喃喃道,"为了迷惑外界的视线,我找了那么多男助理,宁可被人说我是集邮,我都无所谓。他明明知道我的付出,可就是视若无睹。我真不知道坚持下去还有什么意义。"

李询轻声呜咽起来,凝白的肩膀轻轻地颤抖着,透出一种哀婉的美。宇文胜不知所措地望着她,轻轻抚了抚她的肩,作为安慰。

"我为他鞍前马后这些年,是我心甘情愿,没什么好说的。"李询止住了眼泪,"他既然给不了我一个家,那最好也不要再拆了他自己的家。这样放开手,算是彼此成全吧……"

宇文胜听得云里雾里,他追问道:"李总,你这是什么意思?难道你和他要分开?"

李询避而不谈,似是没听见宇文胜的追问。良久,她转过头,目光深深地望向宇文胜,说:"说实话,我不明白你和简薇为什么会错过对方。我一个局外人,都能看出来,你喜欢她,她也喜欢你。可现在她却成了别人的未婚妻……"

"缘分不够吧,我失去了她。"宇文胜淡淡地说。他没想到李询会将话题转移到他身上。简薇以不胜酒力为由,早早地离开了会场。宇文胜心里明白,她草草退场的真正原因,大约是怕面对自己太过尴尬。

"我和你相处时间不长,但毕竟虚长你几岁,算是比你有经验。"李询认真地说,"如果喜欢她,为什么不去追?现在的你,并非完全没有机会。"

"不追了。"宇文胜神色黯然,"怪我先前没把握住机会。现在她找到了幸福,我更不应该再去打扰她。"

"你这个说辞冠冕堂皇,乍一听甚至让人感动,可仔细一想，完全站不住脚。"李询轻声笑笑，"你可知陈北追简薇，追了多少年？从我刚来速纳，就知道他一直单恋简薇，到现在至少七八年，甚至更长。简薇一直没回应他，你认为这说明什么？"

"是啊，这说明什么呢？"宇文胜机械地重复着李询的问话，只觉得脑子有点懵。

"说明简薇根本不爱陈北。而现在却突然传出来，她答应了他的求婚，你不觉得很奇怪？"李询正视着宇文胜，"陈北求婚后，一心想尽早把婚事办了，可因为简薇的原因，婚期迟迟定不下来。你就没有想过为什么吗？"

"为什么？"宇文胜讶异，"我并不知道是简薇一直在推迟婚期，我以为……"

"你以为什么？你以为简薇是心甘情愿答应嫁给陈北的？你就没想过，会不会是你让她迟迟看不到希望，让她对你死心，才同意了陈北的求婚？而她现在显然是后悔了，她在给自己找退路，你难道就没看到，这是她给你的机会？"

李询的话，让宇文胜的心不由得动了一下。他脸上现出了醍醐灌顶的表情，略带迟疑地说道："这么说，我真的还有机会……"

"话我就说到这里，你要是想抓住机会，看你自己怎么做。"李询淡淡一笑,"胜总,你是个聪明人,你应该知道,随缘这种说法不过是毫无意义的托辞,只有努力争取才是有意义的。"

此刻,宇文胜的心很乱。然而在这份纷乱中,他又感到了一股昂扬的振奋。他清清楚楚地看见了自己的内心,他不想失去简薇,一点都不想。他明白自己势必要做点什么了。夜色茫茫,宇文胜望着天空,陷入了沉思。

而李询亦抬眼望向天空,若有所思。平静的夜空下,无人知晓他们两人的心中,各自有着怎样的跌宕起伏。

年会过后,适逢周末。休整两天后,宇文胜一到公司,就得知了一个令人震惊的消息,李询辞职了。据说她辞得毫无征兆,并没有安排交接,甚至什么都没带走,就连她的助理也是刚刚才得知的消息。群龙无首的运营部登时陷入一派混乱当中。一早的例会,几个部门副总集体坐在会议室,个个一脸迷茫。此种情况着实太过罕见,速纳公司上上下下都在盯着运营部的动静,翘首以盼,想知道个中端倪。

据说陈庭之为此大为光火,先是训斥了身边的几个助理,然后将自己关进办公室,谁都不见。知道他和李询关系的人只有那么几个,大部分人都认为陈总情绪不佳,是因为损失了一员得力干将的缘故。直到下午三点，陈庭之的办公室大门缓缓打开，他有气无力地告诉下属，让运营部派人来取交接材料，便大步离开了公司。助理在陈庭之的电脑上看见了李询发来的详细的交接名目，还有一张她飞往美国的机票照片。

李询移居美国的消息不胫而走，宇文胜恍然明白了年会当晚，李询那番话的用意。原来从那一刻起，她已经打定主意要离开，不光是离开陈庭之，也要离开速纳。这些年来她跟随陈庭之一道创业，可谓是立下了汗马功劳。速纳这些年经历过不少波折，有很多次全靠李询才化险为夷。只是爱能成就她，亦能击垮她，这些年艰难困苦没有将她难倒，只是陈庭之的不理解寒了她的心，让她毅然选择放手。

宇文胜已经按捺不住自己的心情，起身去找简薇。他很想见到她，立刻、马上，告诉她，他爱她，希望能牵着她的手走过余生，不知自己是否还有机会。然而简薇的办公室空无一人，宇文胜拨了她的手机号，却提示对方手机已关机。

"什么情况？"宇文胜心慌了。头一次，他感觉自己是这么害怕失去简薇，他整个人都被惶恐牢牢地攫住了。简薇的助理见宇文胜直愣愣地站在一旁，好心走过来，问:"胜总,你是要找简总吗?"

宇文胜点点头,像个委屈的孩子一样,问道:"她去哪儿了?"

"她去北京进修了,昨天走的,要去一个月呢。"

"要去这么久?之前也没听她说起过……"宇文胜心里满是疑惑。

"谁说不是呢。"小助理八卦的热情燃起,"简总自己申请的去进修,昨天才通知的我。为这事儿,她都和她未婚夫吵起来了,本来陈总计划下个月结婚,这样一来啊,他们的婚期又要往后拖……"

"拖得好,拖得好!"宇文胜高兴得几乎要跳起来,"进修是非常有必要的,尤其是学法律这方面,法条啊法规之类的,经常更新,必须一直学习,才能不被淘汰。"

"您说得非常有道理。"小助理望着兴高采烈的宇文胜,有点懵,"简总也是这么说的……"

"所以说,我和简总,是英雄所见略同。"宇文胜冲小助理挥挥手,得意扬扬地走了。他的心里满是喜悦,简薇的这一行为,给他传递了一个积极的信号,他像是吃了一颗定心丸,对他和简薇的未来,再度充满了企盼。

此次年会的铩羽而归,对陈南的打击是巨大的。那日年会归来,他拥着尤琳琳,竟然掉了眼泪,把尤琳琳吓得不轻。在她心里,陈南一直是个天不怕地不怕的狠角色,又何曾流露出这么柔软的一面过?她赶忙问他,是不是在外面受了欺负。尽管她知道,陈南这横着走的性格,在外被欺负的概率几乎为零,但她着实想不到还有什么原因,能让陈南掉眼泪。

陈南把头贴在尤琳琳尚未隆起的肚子上,摇摇头,说道:"没人欺负我。我也不知怎的,忽然就伤感了。"

紧接着,他抬起头,望着尤琳琳,恳切地说道:"明天和我一起去看看咱妈吧。"

许小青所住的疗养院位于中海市南郊,堪称疗养院中的贵族,远远看去,就像一座欧式庄园,从设施到装潢都可圈可点。尽管这里条件优越,几年来,陈庭之和陈南父子还是绝少踏入,只是不断地续费给疗养院和护工。许小青发病这十几年来,虽然昂贵的药不间断地用着,可病情虽未恶化,也未减轻,一再反复。许小青状态好的时候,能够认出陈南,甚至还能记起从前的邻居和亲戚;状态不好的时候,唯一能认出的人,就是她弟弟许百昌,这也是许百昌这些年一直骄傲的原因所在。

另外,无论她状态好坏,都记不起自己的丈夫陈庭之。对此，医生的解释是，或许因他伤她太深，身体启动了自我保护机制，自动过滤掉了让她不愉快的回忆和不愉快的人。这反倒给了陈庭之机会，他本来就不情愿隔三岔五来探望病恹恹的妻子，如今她根本记不得他，他更是有了不来探视的借口。而陈南来探望母亲的频率也不高，或许因为母亲的病，给他的童年阴影太深，使他本能地抵触疗养院阴仄仄的环境和同样阴仄仄的母亲。

尤琳琳随着丈夫走进病房，心里满是忐忑。这是她婚后第二次来探望婆婆，她完全不知该说些什么，情绪颇为紧张。许小青刚刚吃过早饭，看上去情绪不错，她愉快地向陈南挥挥手，说道："来了？吃过饭没？"

"妈，我来了。"母亲久违的微笑，让陈南心里激起一片温暖，他握起尤琳琳的手，向母亲挥了一挥，"妈，看看这是谁？这是您儿媳妇，琳琳。她怀孕了。"

"琳琳？我儿媳妇？"许小青脸上流露出困惑的神情，"我见过她？"

"见过，去年结婚的时候，我带她来看过您。您不记得了吗？"陈南走上前，拉住母亲的手，示意尤琳琳过来。

尤琳琳有些害怕，但她又不愿拂了丈夫的意愿，犹犹豫豫地走上前，伸出一只手，握住了婆婆的手。

许小青忽然脸色大变,大叫:"狐狸精!你这个狐狸精!你别碰我!"接着她狠狠地甩开尤琳琳的手,同时不忘在她身上用力拍打了好几下。

尤琳琳吓得大叫一声,惊惧地跑到墙角。护工赶忙抱住许小青的头,安抚她的情绪。陈南也吓了一跳,他急忙跑到墙角,关切地询问妻子的情况。尤琳琳摇摇头,说:"我没事。我就是害怕……"

"你先出去等我吧,我再和妈说会儿话就走。"陈南无奈道。尤琳琳点点头,顺从地走了出去。对于这个阴晴不定的婆婆,她实在是想离得越远越好。

许小青的情绪渐渐和缓,护工见她已无大碍,识趣地走了出去,将空间留给这对母子。陈南坐到母亲身旁,再度握住她的两只手。

"妈,我最近很不好,真的很不好。我不知道该和谁说,我就想和你说说……

"你知道吗,我又给你丢人了。幸好你不在现场,否则你一定会为我蒙羞。我也想把事情做好,可我怎么也做不好。舅舅他说会帮我,可是好像他越帮,我就越差劲。我现在觉得我一无是处。小时候你告诉我,要让我成为爸爸的骄傲。但我觉得我这辈子都成不了他的骄傲了……

"他们都说,不能再把舅舅留在公司了。之前我一直不听。但是现在,我想听了。有他在,我这辈子都只能当个傀儡,当个窝囊废。我不想再这样了,所以我想和你商量一下,我可不可以让舅舅离开公司?你会不会怪我?"

陈南伏在母亲腿上,抬起头,双眼渴求地望着母亲。

"你舅舅,百昌。你舅舅是百昌……"许小青目光呆滞,不断重复着这几句话。

"是,妈,是他,是我舅舅。妈,你说可以吗?我不想再跟着舅舅了,我想让他离开……"

"不,不能让他离开。他是百昌!不能让百昌离开,不能!"许小青的情绪再度激动起来,她拍打着扶手,前后晃动着身体,"不让他走!不行!"

"妈!妈,你别激动!我只是在和你商量而已,你别激动啊妈!"陈南急了。

护工闻声跑了进来,再度将许小青拥进怀里,好言安抚。待许小青稍稍平静下来后,护工向陈南下了逐客令:"病人一天内不能情绪起伏次数太多。我看你们还是先走吧!"

陈南起身,怏怏地离开。尤琳琳见陈南出来,走上前去挽住他,问:"你和妈都说什么了?"

"没什么。"陈南随口应道。他的心里满是悲伤。他原本想从母亲这里汲取到决心和勇气,结果事与愿违。这么多年,他头一次想要自己做一个决定,却发现这似乎太难。年近三十的他,像十几岁的他一样,似乎仍然无法摆脱母亲的羁绊。

李询的离开,使陈庭之受到了巨大的打击。李询在离开后,除了给他发来了交接材料,还给他发了一条长长的微信,细数她这些年的心酸与委屈。陈庭之不禁反思自己,是不是真的做错了?平心而论,他这些年,身边莺莺燕燕不断,自从和李询开始交往,他主动断了和其他女人乱七八糟的联系。他以为,自己这样忠诚,李询应该知足了。可现在看,似乎她并不知足。她在微信中说的那个人,真的是自己吗?自己竟然那般凉薄和不近人情?

反思归反思,他知道,想要挽回李询,已是再无可能。多年的相处,他对李询的孤高和决然很是了解。她一旦下了决心,任谁也无法挽回,正是这样的性格,才使得她能驾驭偌大的一个运营部,所向披靡,无人能及。直到失去了李询,陈庭之才发现,自己忽然间成了孤家寡人。陈北性情温和,但骨子里是和他母亲一脉相承的清冷孤傲,两父子在工作之余,甚少联系;而陈南忙于经营自己的小家,自然也顾不上和他这个父亲有什么交流。天色将晚,结束了一天的工作,陈庭之发现,除了那幢高级别墅，自己竟然无处可去。思来想去，他决定去陈南家探望一下儿媳妇，顺便为自己找一点家庭的温暖。

保姆正在忙着做菜，陈南歪在沙发上玩游戏，尤琳琳闻声去开门，见陈庭之站在门口，很是诧异，说："爸，您怎么来了？"

"我来看看你们。"陈庭之早已预料到儿媳的惊讶，他将手里拎着的两个礼盒高高举起，自顾自地走了进来。

正窝在沙发上的陈南见到父亲大驾光临，惊得像只虾一样一跃而起，说："爸，你这是……"

"来找你喝点。"陈庭之显露出平日里难得一见的慈祥，"怎么，不欢迎？"

"欢迎，当然欢迎。"陈南频频点头，招呼尤琳琳去酒柜里拿酒。

饭已上桌，两父子各执一杯红酒，你来我往地喝了起来。酒越喝越多，陈南逐渐卸下了身上的拘谨，他举着杯，望着父亲，轻声一笑，说："爸，别以为我不知道你为什么来找我喝酒。"

"为什么？"陈庭之明知故问。微醺之际，他也卸下了严父的架子，对儿子多了几分耐心。

"李询走了，你心里难过，没人陪了，这才来找你儿子我。我说的对不对？"陈南微笑着望向父亲，目光中满是狡黠。

"你说的对,但也不完全对。"陈庭之给自己倒了点酒,笑眯眯地望着陈南,"我想我儿子了,找他喝点酒,还需要理由吗?"

"不需要理由,不需要理由。"陈南没想到父亲会用如此直接的表达方式,他慌忙摆手,竟感觉到一丝羞涩,"我只是没想到,你还会有想我的时候……"

"这是什么话。"陈庭之正色道,"我可是你爸爸。我经常会想你,也想你大哥。虽然不说,可你俩一直在我心里,从没忘过。"

"你想大哥是应该的,他这么优秀。又何必想我呢?我总是给你丢人。"许是借着酒劲的缘故,陈南莫名感到一阵伤悲,"这些年,我一直怕你只喜欢大哥,瞧不上我。可大哥他太优秀了,我就算骑着马,开着飞机,坐着火箭,我也赶不上他。我也着急,可我确实做不到啊!"

"你是我儿子,就算什么都做不好,你也依然是我儿子。我对你的心,和对你大哥的一样,不会差半点分毫。"

"爸,其实这些年,我挺恨你的。我恨你总是不顾家,恨你让我妈成了那样。"陈南哭了,"我怕我会和我妈一样的下场,我就一直变着法地和你作对,想吸引你注意。可直到现在，我吸引你注意的方式，也只是给你丢人。我什么都做不好……"

"儿子，爸这些年也有做得不对的地方。是我愧对咱们这个家，导致你妈成那样。家散了，你的成长也受到了影响。你今天的样子，我至少要负一半的责任。我对不起你。"陈庭之将杯中的酒一饮而尽。他用力放下酒杯，眼眶有些湿。

"爸，你别跟我说对不起。是我对不起你……都是我不好。我以后，争取不给你丢人了。我不多说什么。今后，你看我表现！"

"爸看好你。等有空，和你一起去看看你妈妈。"陈庭之看着儿子，老怀安慰。这是两父子多少年来第一次掏心掏肺地交流，陈庭之甚至不知道，他到底是不是应该感谢李询的离开——他虽然失去了爱情，却似乎再次收获了儿子。父子俩的心，从没有这样贴近过。一旁，尤琳琳望着父子俩，露出了会心的微笑。

## 第十七章　成王败寇

　　时间一晃，已过去半月有余。这段时间，宇文胜对简薇可以说是翘首以盼，日日夜夜盼她归来。自然，他也没闲着，在微信上对她早请示、晚汇报，殷勤程度超乎想象。而简薇的回复，从之前的惜字如金，很快就发展为谈笑风生，隔着屏幕，宇文胜甚至都能感觉到简薇的脸庞熠熠生辉。他在心里告诫自己要加油，这是他最后的一次机会，他决不能失手。

　　"五一"前夕，宇文胜接到了文斌和小苑的结婚请柬。两人的婚礼定在五一当天，地点竟然定在了快递站。对于两人的进展神速，宇文胜颇感惊讶，他特地回到快递站,欲找文斌问个清楚。

"这不家里催得急嘛。"文斌乐不可支地说,"反正我俩是早晚都要结婚的,晚结不如早结,早结早踏实,早结早抱娃。"

小苑红着脸,狠狠地捅了文斌一指头。一旁的宇文广瞥见这一幕,不禁笑出了声。

"为什么不找个酒店,要在快递站结婚呢?是不是有点寒酸?需不需要我帮你们订个酒店?"宇文胜问小苑。

"那寒酸什么,多有纪念意义呀!"小苑说道,"我俩因快递站结缘,如今在快递站结婚,婚后一起继续经营快递站,你不觉得这是一件很美好的事吗?"

"美好,真美好。"宇文胜冲小苑竖起大拇指,"有创意,没毛病!"

"我也觉着这样好。妇唱夫随,一起上班、一起下班,多好。也不知道我和小鹿啥时候能这样。"宇文广闷闷不乐地说,"现在我只有下午派件的时候,能和她见一面。其余的时候,只能靠微信联系。我想多和她待一会儿,可是又没办法。"

"相思灼人啊。"宇文胜调侃着哥哥,"都说一日不见如隔三秋,你现在每天都能见到她,还不知足?"

"不知足。"宇文广摇摇头,"要是让我一天二十四小时见到她，我就知足。"

宇文胜刚想继续奚落大哥，忽然想起了一件事。他问道："对了，如果让你和小鹿去同一个地方上班，你愿意吗？"

"有这么好的事吗？那当然愿意了。"宇文广忙不迭地说，但很快，他又沮丧起来，"我俩的情况，各自能有地方上班就不错了，想在同一个地方上班，太难了……"

"倒也不难。你俩都愿意的话，就来我们公司现在做的'速纳优品'。"宇文胜认真地说，"这是我们重点推的一个项目，类似于快递驿站，但内涵不太一样。之前一直采用加盟的形式，最近才改为直营，里面的工作人员都是速纳自己的员工，现在正在招聘新人。你俩就以速纳员工的名义，直接到一个驿站里上班，那不是一举两得？"

"我俩都当速纳的员工吗？"宇文广有点局促地搓了搓手，"人家速纳可是大公司，我俩的身体条件都不太好，人家能要我们吗？"

"你说的'人家'，此刻就站在你面前。"宇文胜不无骄傲地说，"这个'速纳优品'，是我部门负责的项目，在招聘人员这方面，我说了算。另外，'速纳优品'直接面对社区居民，对员工的技能要求并不是很高，你俩完全可以胜任。当然了，前提是人家小鹿同意和你一起上班。你确定她中意你?"

"那是当然!"宇文广被弟弟调侃,情绪有点激动,"她中意我,我也中意她。我都想好了,等条件成熟了,我和小鹿就结婚!而且,我已经和爸妈说了,他俩都同意!"

"行了行了,我就顺嘴一问,看把你给激动的。"宇文胜笑笑,"要是这样的话,我回去安排一个就近的驿站,你和小鹿下周就可以去上班。你俩的结婚,也可以提上日程了。"

"那不如跟我俩一起办了得了!"文斌一拍巴掌,"咱两对儿一起结婚,那就是喜上加喜!眼下五一是最好的日子,错过了这日子,再想找好日子,可就得等十一了!"

"对呀,大哥。咱快递站门口这么大地方,一起办也盛得下。咱两家费用均摊,还能省钱。"小苑夫唱妇随,"这是多好的事儿啊!"

"这就办?会不会太仓促了?"宇文广一时间有些反应不过来,"离五一满打满算也就半个月了,现在操办,来得及吗?"

"来得及。"宇文胜继续采用激将法,"只要小鹿同意,别说半个月,半天都来得及。怕就怕人家不同意……"

"你等着,我这就找她去!"宇文广登时向门外大步走去,边走边大声道,"这回我非得让你叫了嫂子不行!你就瞧好吧!"

五一当日,文斌和小苑、宇文广和小鹿的婚礼,在中海市电商园如约举行。快递站门前的空地,被用作了婚礼的主场地,现场支着大红的拱门,飘着浪漫的彩色气球,喜气洋洋,热闹非凡。几台货运三轮车亦被装饰一新,车身上都被贴了大大的喜字,看上去别有一番喜庆滋味。附近的快递站纷纷送来花篮以示祝福,一排花篮整整齐齐地一字排开,飘带上尽是"某某快递站祝福新人喜结良缘"字样,乍一看颇像新店开张庆典,喜气洋洋中透着些许滑稽。

尽管宇文胜一再推辞做伴郎,唯恐自己的风采抢了两位新郎的风头,但仍然没能回避这个似乎命中注定就该属于他的身份。他身着一身合体黑色西装,贵气低调,正是他在艾里克里公司时期最钟爱的那身阿玛尼。和这身阿玛尼比较违和的是,宇文胜的出场方式是驾驶着一辆派件车。这个别出心裁的设计出自小苑,她坚信这样比较原汁原味,彰显快递人特色。

宇文胜胸前佩着硕大的伴郎花,手握车把,听着铁皮车厢的咣当声,只觉得恍如隔世,带着一种仿佛来自上世纪的亲切感。和他一同前行的是另外九十八辆快递车,凑成"天长地久"的美好寓意,各自带着别具一格的哐啷声,在电商园的大路上徐徐前进。

车队的目的地是五公里外的一家酒店。因为文斌、小苑,宇文广、小鹿两对新人的婚礼放在一起办,索性就在距离电商园不远的这家酒店里定了一间大套房,让两个新娘子共同在这里整装待嫁。

宇文胜率领着两位新郎和迎亲团来到酒店套房,毫不意外地被伴娘团挡在门外。而更加意外的是,伴娘团中的一员,竟然是一袭白裙的简薇。

"你……你怎么在这儿?"宇文胜大张着嘴,惊讶地问道。

"我怎么就不能在这儿?"简薇反问,脸上带着得意的笑。

"我以为你还在北京,没回来呢……"宇文胜喃喃道。

"我的行踪要是都被你掌握了,那我还怎么混?"简薇更加得意。

"好了好了!"文斌凑过来喊了一嗓子,"今天是我和广哥结婚!各位伴郎伴娘,快快就位了!"

宇文胜这才回过神来,说:"我们是来迎亲的,麻烦几位女士让一让。"他说着话就要往前挤，但马上被简薇身旁的几个姑娘推了回来。

"我们如花似玉的新娘子，而且是两个如花似玉的新娘子，能这么容易就让你们接走？想什么呢？"简薇趾高气扬地说。

"来吧，说说你们想怎么样？"宇文胜问。

"明人不说暗话，必定要有些考验。太容易抱得美人归，你们又怎么懂得珍惜？"简薇说。

"我知道珍惜，"宇文广立刻表白，紧张得额头上见了汗，"小鹿在我心里，比我的命都金贵。"

他话音未落，伴娘团就响起集体哄笑，小鹿也"吃吃"笑得直颤。

"那也不行，"简薇笑说，"我们的考验都制订好了，不能取消。"

"来吧！有什么考验，都放马过来。"文斌自信满满，"我俩情比金坚，不怕考验！"

"好，先出一道智力测试题，考验一下智商，以防新娘误嫁智障。"简薇问道，"话说，浴缸里有十条鱼，死了一条，还剩几条？"

宇文胜刚要说话，却被身旁的文斌以近乎光速的速度抢答："九条。"

宇文胜急得推了文斌一把，把他推了个趔趄，"说你傻，你还拼命嘚瑟。死鱼不是鱼吗？十条！"

文斌恍然大悟，说："对，十条，还剩十条。"

简薇俏皮一笑，说："晚了。这么简单的题都答错了，证明你智商不及格，门不能开。"

"别呀，咱们这儿可有两个新郎呢，不能让老实人吃亏啊！"宇文胜赶忙出面斡旋。

"对对对，广哥是无辜的，开门吧。"文斌跟上。

简薇说："好吧，公平起见，加试一道真心测试题。新娘的生日是几号？"

宇文广生怕这回再被文斌搅和了，急忙一声大吼："1996年7月28号晚上8点10分，爱吃甜食！喜欢白色和大晴天。"

他的这一嗓子把所有人都镇住了，一时不知做何反应。

宇文胜趁机招呼大伙："兄弟们，冲啊！"

伴郎团反应过来，一拥而上，冲进了套房。伴娘团的姑娘们追了进去。异常热闹的套房门口，一时间就只剩了宇文胜和简薇。两人对视，笑容渐渐变得不自然。

"没想到你能来。"宇文胜率先打破了沉默。

"四个人都是我的朋友，我来有什么奇怪的？"简薇回应道。

"是，不奇怪……"宇文胜努力想说点什么，可嗓子里像是进了个软木塞子，什么也说不出来。

这时，伴娘、伴郎们簇拥着两对新人走了出来，宇文胜和简薇就被人群冲散了。

一同往外走的时候小苑悄悄地对宇文胜说："哥，你要加油啊，别辜负了我和小鹿的一番心思。"说罢，不等宇文胜回答，她就笑着走开了。

婚车车队回程，伴娘团和女方的亲戚，被分别安排在了九十九辆快递车里。不知是巧合还是有意安排，简薇恰恰上的是宇文胜的车。一对身着正装的俊男美女，坐在快递车里，比置身敞篷跑车还要惹眼，迎风飞驰。

"用快递车做婚车是你的主意吧？"简薇大声问道。

"你真瞧得起我。这是小苑的创意，我最多不过是启发了她一下下。"

"话说回来了，这么抠门儿的主意，换了别人也不好意思提起。"简薇怼他。

宇文胜说："这么长时间不见，你还是理解不了我的才华。"

简薇说："这么长时间不见，你自恋的毛病还是没改。"

两人不约而同地笑了。熟悉的感觉回来了，或许这就是他们的相处方式,表面针锋相对,内心轻松惬意。然而,笑过之后,两人不约而同地感受到了一丝忧伤。宇文胜刚刚开始送快递时,简薇曾坐过他的快递车,那时候的他们,每一次争吵都是认真的,却越吵越熟悉,越吵越亲近。而现在,吵架不会再认真了,反而越吵越客气,越吵越疏远了。

"你,最近好吗?"宇文胜小心翼翼地问。

"你希望我过得好吗?"简薇反问。

"我……我当然是希望你好了。"宇文胜被她问得有点不自然,但很快就稳住阵脚,笑说,"陈北才貌双全,上得厅堂,下得厨房,你恐怕想过得不好都难。"

"你既然这么肯定,为什么还要问我好不好?"简薇语气低落,表情黯然,已经分明不是在斗嘴了。宇文胜刚要再问,车队已经到了电商园的婚礼现场,两人下车。

小苑扣题严谨,婚礼现场的布置同样突出了快递主题。一群快递小哥、小妹忙前忙后,端茶倒水;台上的大屏幕滚动播放着两对新人的婚纱照和两张"快递单",寄件人分别是宇文广和文斌,寄出的物品是"一辈子",收件地址是"爱情",收件人则分别是小鹿和小苑。

随着悠扬的婚礼进行曲,两对新人缓缓入场。台上司仪有条不紊地铺陈开婚礼进行的程序。

司仪说:"缘分妙不可言,在我们的生活中悄然滋长,经常被忽略,但绝不会被错过。幸福妙不可言,在我们的生命中若隐若现,经常会迟到,但绝不会缺席。今天这两对新人,也都是经历了大大小小各种波折,兜兜转转,才意识到,自己才是对方这辈子不可或缺的人。爱情的美好与可贵,莫过于在茫茫人海之中,找到彼此,牵着彼此的手,许定终生……"

看得出来,这番话司仪已经烂熟于心,大概公开演说过千百遍,说得滚瓜烂熟,虽然情深意切,却仍像机械作业,少了那么些真情实感。只是在现场氛围的烘托下,仍让人感动万分,有的女客甚至热泪盈眶。连宇文胜也莫名触动,他环顾现场,在人群中和简薇的目光相接,心里不由一动。

司仪讲话之后,进行到新人讲话环节。宇文广拿过话筒,嘴唇轻颤。

宇文广说:"我今天能站在这,要感谢的人太多了,可我最想谢的人,是我弟弟。大胜,谢谢你!哥有你这么个弟弟,哥特别骄傲。我知道,因为小时候的事,你一直对哥心里有愧,哥要跟你说,你不欠哥的,哥这条腿就是好的,也过不了这么好,也得不着现在的幸福。能成为速纳公司的一员,能找到这么好的老婆,哥打心眼儿里高兴！今天之后，咱把过去都放下，记住，咱们是一家人，一家人，就是一个人。"

宇文广说得几度哽咽，在场的宾客里也有不少人在默默拭泪。宇文胜擦了擦自己的脸，发现手中一片濡湿。

"真奇怪，我今天这是怎么了？"宇文胜自我解嘲地说道。

"你这是哭了？"不知何时，简薇凑到了宇文胜身边，她故意大惊小怪，"头一回啊，见到你的钻石泪。"

"别取笑我。你眼妆晕了，现在好歹还像烟熏妆，再哭下去，一会儿就变熊猫了。"宇文胜还击。简薇"哼"了一声，不再言语。宇文胜得意地笑了起来。

接下来是文斌讲话。他从接过话筒开始，手便以肉眼可见的频率抖了起来，一开口，更是"惊艳"全场："各，各位亲朋好友，大、大……"

文斌一连说了十几个"大"，引得全场大笑。他在自己婚礼上的讲话，也到此为止。

台上，话筒最后传到了小苑手里。她脸上挂着标志性的温暖笑容，说道："感谢大家参加我们的婚礼。我从好多年前，就开始做关于这一天的梦，可当这一天真的来了，还是超乎我的想象，超乎想象的美好。另一半，是生命里最重要的人之一，我们以为这个人是能选择的，可我们有意选择的，最后证明都不属于我们，而跟我们命中注定的那个人，总是突然出现，让我们惊讶又惊喜。你出现之前，我是飞在天上寻找家园的鸟，你出现之后，我是扎根土壤安然生长的树。最后，我想对我们共同的亲人，胜总，说一句：幸福就在你身边，抓住，别再错过了……"

小苑看看宇文胜，又看看简薇，用意昭然若揭。其他宾客亦随着小苑的目光，意味深长地望向宇文胜和简薇。众人瞩目中，简薇勇敢地望着宇文胜。她的勇气使得原本想错开眼神的宇文胜心虚了，他只好坚持着和简薇四目相对。

"你就没有什么想和我说的？"简薇轻声问道。

"我……我要说什么你还不知道吗？"宇文胜本能地用反问来掩饰自己。

"我不知道，你说。"简薇有些微微的恼怒。

"你怎么可能不知道？难为人就没意思了。"宇文胜说道。

简薇不悦，说："谁难为你了？"

宇文胜也不爽了，说："心知肚明的事，非逼着人说出来，幼稚。"

简薇毫不示弱，说："一个大男人，该说的话不敢说，到底谁幼稚？"

宇文胜不屑，说："笑话，我不敢说？嘴长我身上，我想说就说，不想说就不说，别这么高估自己好吗？"

简薇瞪了他一眼，说："你最好别说，脏了我耳朵。"

宇文胜冷笑，说："激将法这种小儿科就别用了，不是你低估了我的智商，就是我高估了你的智商。"

简薇怒火中烧，说："我低估了自己忍耐极限，也低估了你白痴的底线。我最大的错就是还理你！"简薇说完，转身就走。

宇文胜追着她喊："离我远点，我谢谢你！"

台上的小苑察觉到了宇文胜和简薇之间的矛盾。她无法理解刚刚还一派温馨的两个人，为何一转身就开始掐架。台下，宇文胜垂头丧气地望着简薇的背影，像个战败的公鸡，方才打嘴仗时的嚣张荡然无存。

许百昌虽然知道自己会有麻烦，但没想到麻烦来得这么快。年会之后，关于公司要整顿电商部的传闻愈演愈烈。速纳公司早有规定，对于连续三年及以上亏损的部门，要么对主要领导进行人事变更，要么对整个部门进行裁撤。无论哪个结果，都不是许百昌想要看到的，他对于传闻无比焦虑，几次跑到陈庭之面前欲打听个究竟，然而竟没得到半分确定的消息，让他心头冒火。

多年的相处，许百昌了解陈庭之。陈庭之沉得住气，越是大事，他越是不动声色，出其不意。许百昌对这个姐夫，三分怕，七分敬，除了因为陈庭之的知名企业家身份，也是因为他让人猜不透的性格。眼下，陈庭之越是什么都不肯透露，许百昌心里就越慌。他明白，这回陈庭之是一定要有动作了。

果不其然，没过几天，陈庭之以速纳总公司的名义，向全体员工发了通知函。通知函的内容的确事关电商部，然而让人意外的是，所涉内容既非人事变更，亦非部门裁撤，而是勒令电商部进行改革，停止皮具电商的发展方向，将生鲜电商定为今后的发展领域。

陈庭之的这封通知函可谓是颇有深意。在以往，也有部门改革的先例，但即便是领导授意，也都是由本部门正式提出改革计划，再知会全体员工。然而此次电商部改革，竟然是由总公司公开下令，以通知的形势告知，不由得让人浮想联翩。结合电商部近几年的表现，有人推知，陈庭之此举是公开表示对许百昌的不满，并且欲架空许百昌。如果不出所料，第二步就是对于许百昌个人的处理意见。实际上的确如此，陈庭之只是碍于面子，没有立即罢免许百昌，而选择了从电商部的业务改革做起。实际上对于许百昌的职位变更，势在必行。

老油条许百昌自然猜到了这一点。他不允许自己坐等挨打，决定自己势必要做出些什么来扭转颓势。不过，与他高度的形势敏感性不匹配的是他不够高超的智商，他在办公室苦思冥想了两天后，做出了一个决定：他打算故技重施，像当初干掉那些皮具电商一样，把中海市目前初具规模的几家电商干掉，为速纳扫除障碍。在这件事上，许百昌已经是熟门熟路，经验颇多。他特地找到先前合作的那家律所，开出不菲的价格，直言不讳地表明了他的意图。

常言道，常在河边走，哪有不湿鞋。如果许百昌能够预料到他此番举动产生的影响，估计打死他，都不会迈出这一步。许是因为他操之过急，抑或是这两年，各大企业的法律意识有了普遍提高，在他刚刚对五家生鲜电商提起诉讼之后，未想到，这几家电商迅速联合起来，一方面对速纳提起反诉讼，另一方面，每个公司都派出几个人，声称速纳快递涉嫌不正当竞争，围攻了速纳快递大厦。消息很快传开，陈庭之暴怒。

"来，告诉我，你到底要搞什么？"陈庭之冲许百昌吼道，"现在一楼大堂里，坐的都是这几家公司的人，还有人举着横幅，找我们讨个说法！下一步就是捅给媒体！你想干什么？要把我们速纳搞垮搞臭吗？"

"我,我也不知道会这样。"许百昌汗如雨下,"当年,我也这么弄的,后来没出事啊!"

"当年!你还有脸提当年!"陈庭之更加生气,"宇文胜的公司就是这样让你搞垮的!现在你倒好,故技重施!可实际上,就算你成功了又怎么样?你那皮具电商,这三年有发展吗?没有!你费尽心力坑别人,到头来自己也落不了好,这就是下场!"

陈庭之的暴怒使许百昌无比心慌,他急忙道:"陈总,你别生气!我一人做事一人当,我现在下楼,去和他们说明情况。让他们不要怪罪公司!"

"你有病啊?现在逞这个英雄主义有用吗?你是速纳的人,你做出的错误决定,势必会连累公司。你以为这事儿像上回小栈的事一样,你道个歉就算完事了?我跟你说,这事儿没完!"陈庭之吼道。

许百昌吓坏了。他明白,自己这回捅了大娄子了。方才他提出,自己出面道歉,只不过是想向陈庭之表明一下自己的责任心罢了,然而,在严峻的事实面前,他所谓的责任心,其实一文不值。

这时简薇快步走进来,拿着一份材料让陈庭之过目。她步履匆匆,眉眼低垂,一看情况就不乐观。许百昌的心揪得更紧了。

"赔偿,赔偿,很好。"陈庭之把那份材料"啪"地扔到桌子上,"这就是最终的方法?"

"是的,陈总。"简薇的声音沉稳有力,"经过权衡,这已经是对我们最有利的办法了。如果我们拒不赔偿,会两败俱伤,而伤得重的那一方,势必是我们。眼下除了破财消灾,我们别无选择。"

"行,你去办吧。"陈庭之叹口气,"前提是把舆论影响降到最低,千万要赶在媒体来之前办好,让一楼的那些人赶紧走。"

"我明白。"简薇点点头,快步走了出去。

办公室剩下陈庭之和许百昌两人,许百昌胆战心惊地望着陈庭之,等着他的大爆发。然而,过了许久,预想中的雷霆怒火并未到来,陈庭之叹了一口气,说:"百昌啊,我也不想再冲你吼了。我做的是企业,上的是商场,不是真刀真枪的战场,大吼大叫解决不了问题。咱们平心静气地说吧。"

许百昌顺从地点点头,不知为何,陈庭之平静的语气下似乎暗藏波澜,只让他觉得大事不好。

"刚才你也看到了,对方提出让我们赔偿二百万现金,这件事就算过去了。我同意了。"

"凭什么给他们二百万呀!他们这是狮子大开口!是

敲诈!"许百昌不忘炸刺。

"行了!牵一发而动全身,这二百万,我们是掏也得掏,不掏也得掏。"陈庭之悠悠道,"这次就算了,掏了钱,把他们请走就行了。但我是商人,要讲究及时止损,所以这种事,不能有下回。"他坐在老板椅上,缓缓地转向许百昌,"所以,百昌啊,你离开电商部吧。正好综合部的老聂刚刚退休,你去接替他的职位,当个副总。电商部的事,以后你就不要插手了。"

"我?离开电商部,去综合部?"许百昌大惊失色。他万万没想到,陈庭之的话锋偏转如此之快,前一秒钟还在耐心地开导他,转身就要架空他。综合部是集行政部、后勤部于一体的部门,老聂之前是分管后勤的副总,说是副总,其实就相当于一个管家,是个不甚重要的闲职。

"对。不能再这样下去了,再这样下去,完的不只是电商部,完的是整个速纳公司。"陈庭之语调平和,却带着不容置疑的力量,"这些年,你也应该清楚,你的能力和职位并不匹配,去综合部,已经算是个最好的去处。"

"我,我……我一定要去吗?"许百昌望着陈庭之,语带恳求,"我年纪还不大,就这么去做个闲职,我不甘心啊。再说了,我走了,陈南怎么办?谁来带他?"

"你还好意思提陈南?许总,这些年你到底做了些什么,没人比你心里更清楚!你把陈南教成这副样子,我没说你什么,因为养不教,父之过,归根结底在于我对他的关心太少。"陈庭之正色道,"陈南也老大不小了,过几年,我要考虑接班的事情。他现在这个样子,什么都担不起来。你去了综合部,陈南继续留在电商部,做他的副总。我会安排别人来带他,希望还来得及。"

许百昌难过地望着陈庭之,一句话也说不出来。他知道自己这几年做得不地道,亦没脸反驳。但是他不想去综合部。到了那里,意味着他完全脱离了速纳的权力中心,就像妃子被打入冷宫,从此再无兴盛之可能。陈庭之都说了,会考虑让陈南接班,那到时候,他就是外戚,荣耀、金钱和地位,哪一样少得了?他想坚守在电商部,等到外甥接管速纳大权的重要时刻。

"你要是喜欢我这办公室,就继续在这儿待着。但我马上要出门,助理们会来清理内务,所以我建议你尽快回去。"陈庭之面无表情地望着许百昌,"交接的时间,中层一般是十天到十五天,我这几天放你假,公司的一切事情你都不必管,专心交接就好。七天内务必交接完毕,去综合部报到。"

"姐夫!"许百昌见形势扭转无望,伤心之至,"谁来接管电商部?是不是宇文胜?"

"本来这是公司的决议，你等公司的通知函就好。不过既然你猜到了，那也不妨告诉你，就是他。"陈庭之重新坐回老板椅上，"论能力和经验，他很适合这个职位。"

"凭什么是他？他来速纳才几天？他对速纳有多少了解？这么大个部门交给他，你真的能放心？"许百昌不甘心地说道。

"我不放心他，难道放心你？"陈庭之正色道，"论经验，他改革了小栈，用发展生鲜电商的路子，把'速纳优品'经营得有声有色。另外，谁让你在年会上雇人搞了那么一出？如果他真的为此事起诉了速纳，那我们就损失大了！我只能用升职来堵住他的嘴，而这一切的一切，都和你脱不了干系！"

"我，我……"许百昌语塞了。自己苦心孤诣地想要让宇文胜出丑，却为自己挖了一个大坑。这不是典型的偷鸡不着蚀把米吗？许百昌悔不当初，狠狠地扇了自己两巴掌。

陈庭之冷眼看着这一切，不为所动。随后，他带着秘书，走了。留下许百昌自己独自凌乱。陈庭之心里清楚，就算没有许百昌搞的那一出，电商部经理的位子，也会是宇文胜的。眼下，速纳没有比他更合适的人选。但他感谢许百昌独自作死，让许百昌自觉理亏，从而名正言顺地让宇文胜接手电商部。从这点来说，他甚至要感谢许百昌。

许百昌在一万个心不甘情不愿中，开始了工作交接。他心里委实不服，又无处发泄。宇文胜自然明白他心中不爽，但他只当这是对许百昌这些年所作所为的报应。他许百昌，仗着和陈庭之的亲戚关系，即便屡屡捅娄子，最坏的下场也不过是被调到闲职部门而已；而宇文胜，还有和他一样的那些没有背景，亦没有后台的那些创业者，却要因为许百昌的一己私利，付出惨痛的代价。公司倒闭后的艰难处境，让他永生难忘，然而此刻，他只想向往事郑重告别，轻装简行。速纳电商部，才是他接下来要发力的领域。

陈南没想到，自己有朝一日会成为宇文胜的手下。然而当此事真的发生了，他发现自己心里并不抵触，相反，他还有一丝隐隐的期待。这段时间以来，宇文胜做出的成绩有目共睹，他陈南没理由不服。服气归服气，陈南并未对宇文胜表现出丝毫热情，他坐在工位上，冷眼看着新官上任的宇文胜忙成一团，不为所动。

"陈副总，电商部接下来有一系列的采购计划，在采购名录和渠道这方面，你最好派人跟进一下。"宇文胜对陈南发号施令。老实讲,他也不确定陈南会有什么反应,一边说,一边观察着陈南的反应。

"跟进可以,采购计划呢,从哪里看?"陈南问,语气里满是慵懒和不屑。

"稍后我们会召开第一次部门全体会议,会上将对采购计划有详细的说明。到时候……"

"到时候我肯定参会,你不用唠叨,尽管放心。"陈南还是一副无所谓的神情。

"你不光到时候要参会。我想说的是,你负责采购和渠道方面,对于这两部分的进展汇报,你最好提前准备,省得到时候耽误大家的进度。"

"……你早怎么不说?"陈南急了,"马上要开会了,你现在告诉我要做汇报?你是在开玩笑吗?"

"这部分本来就是副总的工作范畴,每次开会之前还需要我提醒?你担任电商部副总也有年头了,不会一直都是别人拨一下才转一下吧?那你和普通员工还有什么区别?"宇文胜振振有词地教育陈南。

陈南没话了。他没好气地白了一眼宇文胜,过了半天,终于不情不愿地承认:"我以前就是拨一下转一下。该怎么做汇报,我心里根本没底。"

"承认了就好。"宇文胜在心里笑了,"如果陈副总不介意，我可以派一个采购老人来带带你。不知可否？"

"那好，那太好了！"陈南眼里发出激动的光，态度瞬间来了个180度大转弯，"让他现在就来，马上就来！"

"马上安排。"宇文胜潇洒转身，心想情况还不错。至少陈南本身是乐于上进的，这就是个好的开始。他已经答应陈庭之，要把陈南带上道，让他先做好一名员工的本分，对得起一个副总的名头。他不能负了陈庭之的托付，他愿意配合改造陈南，共同为速纳电商部添砖加瓦。

# 第十八章　冷库遇险

宇文胜走马上任后的第一件事,就是对速纳冷链物流的搭建和完善。速纳一直有自己的冷链系统,满足日常生鲜运输基础需要不成问题,然而一旦要应对全品类生鲜运输,则有些力不从心。按照宇文胜的规划,速纳要打造的生鲜电商,是涵盖全品类的综合电商平台。这就要求他们势必要有专业的冷链物流团队,从生鲜食品销售、供应链、冷运仓储、冷运干线、冷运宅配等方面,搭建全方位的自有体系。

尽管陈庭之已经算得上物流业数一数二的大人物,一向敢想敢干,但一听说宇文胜的宏伟计划,还是有些惊讶。

"胜总,我原先以为,我们已经做过生鲜物流,对于生鲜电商来说,只需要再打通供应链就行。没想到在冷链物流上,需要这么大的投入?"陈庭之手握宇文胜提供的预算表,心有些颤。

"陈总,我明白你的顾虑。但如果我们要做自己的生鲜电商,这些钱,非花不可。"宇文胜直言不讳,"我们要做的是专业的全品类生鲜。不同的生鲜品种,对温度的要求不尽相同,有时候只是细微的温度差异,都会影响生鲜产品的口感。从供应链温层来看,不仅要包括常温、冷冻、冷藏三个温层,还分为多个温区,不同商品的冷藏温度和湿度也都需要区别对待。除了运输环节的投入,我们还要自建冷库,这些投入,都不是小数,却也都不能不投。"

"我明白。"陈庭之放下预算表,"该投入的,我们决不会少,速纳有这个财力基础。只不过,现在市场上生鲜电商企业层出不穷,我们已经投入了这么多,却不知我们的核心竞争力在哪里?"

闻听此言,宇文胜不禁笑了。他明白陈庭之的担忧,完全是拜许百昌所赐。当时许百昌花言巧语,哄骗陈庭之自建生产线,投身皮具电商,然而产品从质量到设计,都表现平平，市场竞争力全无，销售情况一直萎靡不振，最终才落得个血本无归的下场。

"我们的核心就在于配送优势，正因此，我们要不惜成本，巩固这个优势。对于生鲜行业来讲，及时高效的配送，至少起到了 80% 的作用。目前的生鲜电商，要么是从线下生鲜供应商转型而来，要么是其他电商经营品类扩张的结果，或者和我们一样，由物流企业发展而来。不管哪种情况，物流配送都是重中之重。而配送正是我们的优势，一定要强化。"

"你说的有道理。"陈庭之陷入沉思，"我们的生鲜电商，和我们的物流一样，要坚持自己做，各个环节实行严密控制，以保证服务质量。要爱惜羽翼，决不能一开始就坏了招牌。"

"那是必然，请陈总放心。"宇文胜点头，"速纳的招牌越是响亮，我们越是要爱惜。在完善冷链系统的同时，我们已经在联系产地直供，日后计划根据用户的需求去产地直采食品，再利用我们的快速配送能力和冷链管理能力，在最短时间内送到用户餐桌上。我们有最多的货机数量，在生鲜商品的配送方面，假以时日，我们可以做到无人能敌。"

一听到"无人能敌"几个字，陈庭之骄傲地笑了。

他对速纳的货运能力相当自信，自然相信宇文胜所言不虚。宇文胜拿着签好字的预算表走出陈庭之的办公室，刚走到拐角处，陈南忽然冒了出来，说道："批了这么大一笔预算，你就不怕亏了本？"

"怕，当然怕。"宇文胜直言，"但我知道，亏不了。"

"你盲目自信的样子，和许百昌几乎一样。"陈南小声道，"你可别怪我没提醒你，到时候万一亏了本，你可吃不了兜着走！别忘了你亏的都是我家的钱！"

"你能不能乐观一点？我赚的钱还都是给你家的呢。"宇文胜丝毫不以为意，"再说了，我不是盲目自信，我心里有底。不要以为人人都是许百昌好吗？"

"要是这样说，那我无话可说。"陈南讷讷地闭上了嘴，"记住，你要为你今天说过的话负责任！"

"我百分百负责任。另外，陈副总，你最好为你今天的工作负责任，不要没事就站在外面偷听，你还有正经事要做。"

陈南瞪了宇文胜一眼，走了。宇文胜望着他的背影，心里暗笑。他和陈南之前接触不多，也谈不上什么了解。而今一起共事后，他方知道，陈南这人，除了嘴不饶人之外，其实最是单纯，幼稚得可怕。譬如方才，尽管他说的话不中听，但其实他是在好意提醒宇文胜不要冒进，绝无坏心。宇文胜忽然相信,或许之前的种种坏事,都是许百昌暗中筹谋而已。他认为陈南本性不坏,更不可能阴暗到那种程度。

许百昌因为自己的无能,将电商部经营得一团糟,经理的位置被宇文胜顶替了。这完全是他自己的问题,但在他的认知里,这个结果却是因为宇文胜陷害,他着了道。这样一来,宇文胜几乎成了他不共戴天的仇人,恨不得一下把宇文胜生吞活剥,置于死地。自从做了综合部副总这个闲职,加之工作态度消极,所以每天都无所事事,于是他就把省下来的精力,全部用在了找宇文胜的把柄上。

所谓功夫不负有心人,在许百昌孜孜不倦的打听下,他终于得知了半个月前,宇文胜曾策划了一场员工的婚礼。他第一时间想到的是宇文胜有没有在这场婚礼上捞油水,然而待他深入查下来,没发现宇文胜贪污的迹象,但发现了那场婚礼里有他的哥哥,并且他的哥嫂都是残疾人,竟然都在速纳优品上班。这个重大发现让许百昌欣喜若狂。在他的认知里,快递行业,一个讲究速度、效率的行业,宇文胜竟然让跛脚哥哥和哑巴嫂子来上班,这不是假公济私,又是什么?

许百昌先去人事部查到了宇文广夫妻就职的驿站名称，然后开始了他守株待兔式的偷拍。两天下来，许百昌拍到了宇文广在装卸货时动作缓慢笨拙，甚至不小心将快递摔到地上，还拍到了小鹿用手语跟客户沟通，造成沟通障碍。掌握了这些"铁证"之后，许百昌剪辑了拍摄的视频，等到公司开会的时候，闯进了会议室。

他的不请自来扰乱了会议，此时宇文胜正在向陈庭之汇报电商部改革的初步成效。众人的目光齐齐投向许百昌，但他却泰然自若。

"百昌，别的不说，你还是公司的老员工，怎么连起码的规矩都忘了？"陈庭之皱了皱眉，压着心里的火气说。

"姐夫，不是，陈总，陈总一向大公无私，整天把为了公司好挂嘴上，动不动就拿自家人开刀……"

"你到底要干吗？"陈庭之不耐烦地问，"你要是存心来捣乱，我是不会对你客气的。"

"我知道，您的不客气我早就领教了。"许百昌讽刺地笑笑，"可我对速纳忠心耿耿，这是永远都不会变的。姐夫你一直强调，企业要做大，就不能做成家族企业，可现在有人，要把速纳变成他家的生意。"

"你有话直说，这不是你逗闷子的地方。"陈庭之态度依然冷漠，但明显透露出想知道下文的意思。

"那我可就直说了。这人就是宇文胜。"许百昌指着宇文胜。

之前一直像局外人一样摆弄手机的简薇听见这一句，立即投来了关注的目光，坐在对面的陈北注意到了简薇的变化，便也对这场闹剧有了兴趣。

"许总，咱们都是成年人，理智一点，您有情绪正常，恼羞成怒也能理解，可这样狗急跳墙就不好了。"宇文胜非常镇定，微笑着嘲讽许百昌。

"再让你过一回嘴瘾，"许百昌无所谓地笑笑，"你以为没有实锤，我敢在这样的场合搅局？"

"快拿出来吧，"宇文胜说，"再捂一会，证据都馊了。会还没开完呢，你那电商部的烂摊子，真的不好收拾。"

"好，我就让你死个明白。"许百昌掏出一个U盘，用电脑同会议室里的大屏幕连接，播放了他剪辑好的视频。在视频里，小鹿同客户交流，她飞快地打着手语，脸上是殷切而焦急，但客户一脸茫然，频繁摇头。接着是宇文广艰难地抱着大件的快递包裹，两次因为脚步踉跄，把邮件扔到地上……

视频还没播完，宇文胜已经按捺不住愤怒的情绪。他冷笑道："许总，你拍这视频是什么用意？我是不是可以说你是恶意剪辑?"

"我是什么用意?你先说说你弄这么俩人来速纳上班是什么用意?再说了,我拍的都是真实的,你凭什么说我是恶意剪辑?"许百昌振振有词地反驳。

"许百昌,你就是个人渣。"宇文胜说道。

"我人渣?我看你才是人渣呢!陈总,咱们速纳是高端快递的表率,速纳优品又是直接面向客户的岗位,他弄这么俩人来败坏形象,我看就是其心可诛!"许百昌给宇文胜乱扣帽子。

"注意你的用词,当心我告你诽谤!"宇文胜气极,用手指着许百昌,恨不得将他活剥了。

陈庭之一脸怒容,回头问许百昌:"这到底是怎么回事?百昌,你给我说清楚。"

许百昌说:"陈总,视频里这两个人,就是宇文胜的哥哥嫂子,一个跛子,一个哑巴。他假公济私,把自家人安排到公司的快递站点上吃空饷。您也看见了,让这样的人在速纳干,不是砸咱们的招牌吗?他连这样的人都能安排进公司,指不定把什么七大姑八大姨都塞到公司里吃空饷。时间一长,速纳都成了他们家的了。"

听完许百昌的话,陈庭之沉思片刻,转而对宇文胜说:"胜总,我想听听你的解释。"

宇文胜紧攥着拳头，强压怒火，说："我没什么好解释的，为这种事解释，是对我的侮辱，更是对我家人的侮辱。"

许百昌见缝插针，说："姐夫你看，他承认了，这就是他家人。"

简薇在这时站了出来，说道："陈总，我可以解释。"

陈庭之说："哦？你也知道这件事？"

宇文胜拽简薇，说："简薇，这是我的事，跟你没关系，你别掺和。"

简薇甩开他的手。"这是你一个人的事吗？广哥和小鹿也是我的朋友，我不能看着他们受这样的不白之冤。"她转过身，面对陈庭之，"陈总，视频里这两个人确实是胜总的哥哥嫂子，他们也确实在速纳优品上班，但绝对不是许总说的吃空饷。视频是剪辑过的，就凭这段剪辑过的视频，也能看到这对夫妻对于他们工作的认真。认识胜总的人都知道他和哥哥的感情非常好，他怎么会为了这区区两份工资，让他哥哥吃苦受累？"

陈庭之连连点头。许百昌担心陈庭之被简薇说服，抢着说："陈总，别听她的，她和宇文胜老早以前就不清不楚的。"

"许总，不要乱说话。"陈北提醒道。

许百昌意识到自己失言，赶忙赔笑解释："口误，口误,你别介意。"

宇文胜又忍不住叫起来:"许百昌,你就是条疯狗。"

许百昌说:"耳听为虚,眼见为实。我已经把视频给你们看了,你们要是还不信,那咱就一块去确认一下,当面对质!"他嚣张地问宇文胜和简薇:"你们敢吗?"

简薇拦住了宇文胜。她感受到了自己脸上的烘热,躲避着陈北的目光,强作镇定,说:"可以。但我们有言在先,如果真相和你所说的不一样,你要公开向胜总道歉。"

许百昌一口答应:"假如我冤枉了宇文胜,不要说公开道歉,磕头赔罪都没问题。"

陈庭之有些犹豫,说:"大家都是同事,说开就好,不必闹得这么僵吧。"

陈北却出人意料地开了口:"我觉得正因为大家都是同事,我们才有必要把事情搞清楚,不应该心存芥蒂。"

"好吧,今天的会先开到这,我和许总、胜总去站点核实一下情况。"陈庭之说道。

"还有我。"简薇说道。

陈北说:"我也一起去吧。"

宇文胜一行人来到宇文广夫妇所在的速纳优品,正赶上快递运输车到站,站点的快递员忙着卸货,宇文广和小鹿都在其中帮忙。陈庭之挥了挥手,示意众人不要过去，站在街对面看着他们忙碌。

陈庭之说："陈北，在后台把胜总哥嫂的业绩调出来。"

陈北打了个电话，让下属调出后台数据。很快，后台数据传到他的手机上，陈北看了看，直接说道："速纳优品是实施的整体考核，尚没有员工的个人考核标准。宇文广和岳小鹿所在的速纳优品业绩不错，上个月的产品销量和好评率，在中海市三十二家优品驿站里排名均为第一。"

许百昌说："那也和他们俩没关系！两个残疾人，还能翻了天？"

陈庭之瞥了一眼许百昌，没说话，缓步走进了驿站。众人齐齐跟在后面，驿站的员工们都在速纳的内刊上见过陈庭之的照片，如今见活的老总来了，受宠若惊，一时间都有些不知所措。

陈庭之笑道："影响大家工作了。"又对站点经理说："公司后台数据显示，你这个驿站上个月成绩居于第一，不知道你这个经理有什么特殊的管理方法？"

经理说："哪有什么特殊的管理方法，是员工好。"

陈庭之说："你给我们介绍一下，好在哪儿。"

经理先向众人介绍忙得汗流浃背的宇文广："先说宇文广吧，他刚来没俩月，可上手特别快，零投诉，全是好评。在驿站内部排名里，他个人的好评率位居第一。虽然因个人身体原因，他活动稍有不便，可是他能干、肯干，不分上下班时间，有的收件人说没时间过来拿件，他甚至主动送到人家里。对了，他还是个热心肠，有一回送件碰上人家水管漏水，他主动帮人修好了水管，好评第一，就是这么积累下来的。"

陈庭之冲宇文广点点头，说："了不起。"

宇文广搓着手，憨笑道："应该的，应该的。"

经理接着介绍小鹿："小鹿也是个热心肠，她手脚麻利，记忆力特别好，找起快件来几乎是秒速。到目前为止，还没见谁的速度可以超过她的。"

陈庭之又对小鹿点点头，说："了不起。"

小鹿羞得低下头，藏到了宇文广身后。

经理笑说："对了，他们还是夫妻。同事们开玩笑，都叫他们神雕侠侣。"

简薇不失时机地说道："陈总，事实胜于雄辩，不用胜总再解释什么了吧？"

宇文广急忙问："解释什么？出什么事了？"

简薇说："有人在董事长面前告状，说他占用公司资源，把亲戚招进公司吃空饷，董事长是亲自来核实的。"

宇文广顿时急了，说："董事长，这可是没有的事啊,我们俩起早贪黑,从来没偷过懒啊。我俩现在不干了,董事长千万别怪大胜。"宇文广说着摘下了自己的胸牌,小鹿也跟着摘下了胸牌,两个人急得好像随时都能哭出来。

陈庭之握住了宇文广的手,说:"你不要激动,我不但不会怪他,还要奖励他,能有你们这样的员工,是速纳的福气。"

经理说:"现在我们速纳在中海市的每个速纳优品,都有残疾人。胜总上个月响应市残联的'开拓新生活'计划,帮助残疾人解决就业问题。每个驿站的一到两名残疾人,虽然都有各自的困难,但工作都特别努力,性格也特别乐观,给我们这些健全人很多激励。这些人都是由宇文广和小鹿两个人负责培训的,他们俩每天除了本职工作,还要在群里给大家指导。"

陈庭之连连点头,说:"这是好事,我们速纳能有机会为社会做贡献,当然是义不容辞的。胜总,这么好的事为什么瞒着我?这就是你的不对了。"

宇文胜叹了口气,说:"这是个全新的尝试,结果很不确定。而且残障人士大都敏感,我希望能为他们营造一个稳定的环境,让他们慢慢适应,关注太多,反而让他们有压力。"

陈庭之说:"还是你想得周到。今天我立个规矩,残疾人就业这件事,公司上下不准宣传,不准造势,我们要做事实,不是作秀。"他又握着宇文广的手问:"你和残疾人工友们在工作上有什么问题,尽管说,我给你们解决。"

宇文广信心满满,说:"没问题,能工作,能自食其力,大伙儿高兴还来不及。"

陈庭之问:"我想知道,你弟弟这么有出息,兄弟感情又这么好,他完全可以养你,你为什么还要做这么辛苦的工作呢?"

宇文广说:"大胜有出息,我这当哥的高兴。他对我好,愿意养我,我也领情。可我一个大活人,能走能动的,不能靠人养。我现在自食其力,就是辛苦点,心里高兴,我吃得香,睡得好。做人就得有自己的价值,别人能瞧不起咱,咱不能瞧不起自己。"

"说得好!"陈庭之激动地拍着宇文胜的手背,"你今天给我上了一课呀!"他又对着身后这些下属扬扬手,说:"好啦,咱们回去吧,不要叨扰人家工作,做好自己的事,创造自己的价值。许总,你准备好道歉信和检讨信,明天在公司给胜总道歉,向全体员工检讨。"说完便上了他的车,返回公司。

许百昌颜面扫地,又怕宇文胜找他算账,灰溜溜地跑了。

简薇走到陈北身边,突然问:"这个结果让你失望了吧?"

陈北猝不及防,支支吾吾地说:"你……为什么这么说?"

简薇说:"你一向不关心这些钩心斗角,尤其是许百昌挑起的钩心斗角,今天却这么积极,你是希望许百昌说的是真的吧?"

陈北说:"我只是想知道真相。"

简薇意味深长地笑了笑,说:"晚上一起吃饭吧,我有话想跟你说。"

陈北说:"好,那我送你回公司。"

简薇说:"不用了,小鹿很敏感,我跟她聊聊再回去,你先走吧。"

宇文胜堵在心里的石头,就这样被简薇卸下去了。他对她有着说不完的感激,见她留下来,心里更是莫名温暖,便走上去,笑道:"今天多谢简大律师仗义相助!"

简薇说:"好说。路见不平,拔刀相助,不过并不是为了你,别会错意。"

宇文胜说:"你今天说什么都对。晚上能不能赏个脸,请你吃饭?"

## 第十八章 冷库遇险

简薇说:"我晚上有约了。"

两个人都意识到了此刻的尴尬,简薇主动去找小鹿。宇文胜呆立在当场,一种强烈的失落感袭上心头。也许,真的是他自作多情了吧。

在宇文胜为首的新电商部强力推进下,冷链建设进展得相当顺利。当然,这和速纳集团的巨大财力脱不了干系,使得宇文胜无须为融资发愁,只管一心推动工作。为了保证冷库建设的时效性,收购现成的冷库,再加以改造,就成了速纳的上佳之选。相较于平地起高楼、一切都要重新搭建,这种方法可谓省时省力省钱,一举多得。

作为集团总部所在地,速纳在中海市已经拥有了三家冷库,经电商部的评估,再收购两三家冷库,势在必行。位于市北郊的一个废弃冷库成为备选,此处原是中海市肉联厂的冷藏基地,因为肉联厂倒闭,冷库多年闲置,一直无法创造收益。如果此时能收购过来,可谓双赢。拿到了助理给的地址和联系方式后,宇文胜决定找个时间,亲自走一趟,去了解一下情况。

"胜总,根据我们了解到的最新情况,在肉联厂倒闭时,因为负债太多,这个冷库曾有过抵押情况,而后来没有查到任何解抵押的信息。"助理拿着资料过来,"但肉联厂的联系人一直没有提到这件事，还坚称冷库的所有权属于肉联厂。"

"你的意思是，这个冷库，本身存在法律纠纷？"宇文胜接过材料，问。

"是的。毕竟它年头太多，中间又经历了肉联厂两次破产和一次重组，谁也不确定它的所有权到底变更过几次。我们一定要慎重，必要时，要请法务部的人帮忙把关。"助理谨小慎微地说。

"你的顾虑有道理。"宇文胜点点头，"既然这样，我干脆就找一个法务部的人一起去，当面和那个联系人把事情问清楚。"说罢，他走进楼梯间，下楼。楼下就是法务部所在的办公区，宇文胜信步走过去，看到坐在办公室的简薇，敲了敲门。

"胜总找我有什么事？"简薇问道。语气里满是刻意营造出来的冷淡和疏离。

"不瞒你说，我还真有事找你帮忙。"宇文胜把收购冷库的事项简单说明，"简总，要不要派个人和我一起去一趟？"

"既然是工作上的事，那我当然全力配合。"简薇站起身，用目光搜罗着身边工位上的各个下属，表情渐渐凝重，"今天有两个招标会，他们都在现场，一时半会儿都回不来……"

"那要不麻烦简总和我跑一趟？"宇文胜觍着脸说，"简总业务水平最高，你跟我去，我也放心。"

简薇白了宇文胜一眼，轻声道："油嘴滑舌。"但能看出来，她似乎并不排斥和宇文胜一起出门，她仔细看了看时间表，捋了捋头发，站起身，说："正好我今天上午没什么安排。那走着？"

"多谢简总。"目的达到，宇文胜笑逐颜开地载着简薇，直奔市北郊而去。他们两人似乎很久没有在车厢这种狭窄的环境中独处过，猛然同在这样逼仄的环境，顿觉尴尬。一路上，宇文胜很努力地在寻找着谈资，却最终未果。两人在一片沉默中前往市郊，等看到"冷库基地"几个大字时，不约而同都松了一口气。

负责接待他们的是一个六十多岁的老人，精瘦，周身满是操劳过度的痕迹。老人自我介绍道，他姓伍，是肉联厂的老职工，自从肉联厂倒闭后，他就一直守在冷库，平日里打扫卫生、处理一些杂物，对肉联厂的前世今生都有着充分的了解。老人带着宇文胜和简薇，一边查看着冷库的各个配套设施，一边含糊地回答着简薇的提问。冷库面积不小，三人边走边聊，用了将近半个小时才从一侧走到另一侧。

"基本情况就是这样，我们的冷库储存能力上万吨，虽然年头长了，但当时用的都是进口机组，皮实得很，现在大部分都还能用，只是偶尔有一些小打小闹的毛病，不碍事。"老伍做总结。

"当初你们的冷库应该都是按照存放肉类加工品的要求建的吧？按照我们的要求，如果我们接手，其实能利用的不多，大部分都需要推倒重建。"宇文胜望着周围一座座大型冷库设备，感叹道。

"我们肉联厂的冷库质量好着呢，比起现在那些偷工减料的冷库，质量不知要好多少倍！刚才咱们也进了几个冷库看了看，那制冷效果还是杠杠的！正常使用的话，再下去三十年也没问题，为啥非要推倒重建？"显然，老伍并没领会宇文胜的意思，误认为他不顾及成本，一味地铺张浪费。

"我不是这意思……"宇文胜欲给老伍解释清楚，转念一想，又觉得没有这个必要。他笑了笑，话锋一转，"你们的冷库质量我们都有目共睹，确实不错。只不过，我们回去要商议一下，才能决定到底收购与否。"

老伍连连点头，说："明白明白。毕竟收购冷库这么大的事儿，得上头的领导拍板之后才能决定。那咱们就先这样？我那边还有一堆建筑垃圾要联系处理，等你们有了消息，随时通知我。"

说罢，老伍冲宇文胜和简薇点点头，先行一步离开。宇文胜望了望简薇，问："你这边了解到的情况怎么样？"

"我了解到的情况，你刚才不也都听到了吗？这个老伍，对冷库的设备了解还挺多。但是一谈到所有权纠纷，基本上就是一头雾水，鸡同鸭讲。"简薇摇摇头，"如果真的要收购，恐怕我们还有大量的调研工作要做。并且……"

"并且什么？"宇文胜追问。

"并且刚才你也说了，他们的冷库品类太单一化，就是很传统的食品冷库。而我们既然要做全品类的生鲜电商，需要蔬菜、水果、水产各种品类的冷库，具体的参数也有很多要求。如果后续需要我们投入太多，那还不如租个厂房完全自建冷库要合算。"

"你对这一块了解得还挺多。"宇文胜感兴趣地望向简薇，"我还以为简大律师一向两耳不闻窗外事，没想到谈到这部分，你还挺专业。"

"只要是公司的业务范畴，我都有必要了解得全面透彻。"简薇淡淡地说。她没有说明的是，正因为这是宇文胜负责的业务，她才一直密切关注，甚至比对于自己的事情还要上心。

"你说得是。"宇文胜抬眼环视四周,"我现在有必要再去冷库内看一眼,他们的温控设备是什么样的。刚才我只顾进去看了个大概,如果温控设备太过于老化,那么即便是储存普通食品,也满足不了我们的需求。一起去吧?"

"好。"简薇点头,随着宇文胜,一同走进了最近的一个冷库。虽然冷库基地闲置多年,但时不时仍会接一些七零八碎的冷库租赁业务,因此部分冷库一直在工作,而碰巧他两人走进的这个冷库,则因储存了大批冷冻水产,一直未曾断电。夏日炎炎,两人刚刚走进冷库,只觉得沁凉舒适,周身舒爽,宇文胜打开灯,入神地研究着温控设备,简薇则投入地看着墙上厚厚的一层冰霜,就连冷库大门关上了都浑然不觉。

"别的不说,这制冷效果是真不错。"过了半天,宇文胜停止了对温控设备的研究,"刚开始进来觉得挺爽,现在觉得可真冷,有点冰冷刺骨的感觉。你有吗?"

"我还好。不过确实比刚进来的时候觉得冷,还能忍受。"简薇回应,"你那温控设备研究出个一二三了没?"

"这个温控设备确实有点老,和我们现在接触的不太一样。我需要做做功课,再来好好研究。"宇文胜不好意思承认他压根儿没看懂。他对冷库的研究尚处于一知半解

## 第十八章 冷库遇险

的阶段，温控设备对他来讲属于高阶知识，以他现在的水平，还完全够不着。

"行了，那你快点回去做功课吧。我看你也冷得够呛了，咱们先出去？"简薇问。

"行，咱们走吧。"宇文胜已经冻得上牙打下牙，但当他伸手试图推开冷库大门时，登时心慌了，任他怎么用力，那大门都是纹丝不动。

"不至于吧，里面又不是什么金银财宝，这大门有必要用料这么足吗？"宇文胜一面嘀咕着，一面再次按动大门开关，并用力推门。冷库门不为所动，简薇瞥了宇文胜一眼，自己上手去推门。然而那扇大门并不给面子，仍然坚挺地立在那里。

"怎么回事？是大门出故障了，还是断电了？"宇文胜依稀记起老伍曾骄傲地提过，肉联厂的冷库门都是电动设计，在当时的中海市数一数二。他回头望望，温控设备那里星星点点，尽数是亮起的灯光，分明还有电。

在两人几次三番地尝试打开门失败后，他们终于认清了一个事实：这门打不开。随后简薇悲哀地发现，两人手机都没有信号，这意味着求援的路遇阻了。随着时间一分一秒地流逝，只觉得周遭温度越来越低，宇文胜被冻得龇牙咧嘴，心都凉了。

"怎么办，怎么办？你冷不冷？我觉得今天我迟早要被冻死在这儿。"宇文胜双臂环抱，在冷库内四处寻觅一番，试图找到可以御寒的东西，却发现此番举动是徒劳——他能找到的不过是一些水产包装的硬纸壳而已。

"我也冷。"简薇也忍不住环起双臂，"而且我觉得，好像越来越冷，身体的热量都要流失光了。"

"这该死的门，怎么突然就打不开了？这该死的老伍，他怎么不把我们轰出去，自己就走了呢？他就这么放心？"宇文胜咬牙切齿地咒骂着，"这下好了，我看咱俩要是被冻死在这里，他这冷库还卖给谁去！"

"就先别说这些没用的了。"简薇一边蹦一边搓着手，试图给身体制造一些热量，"想想我们现在该怎么办，照这样下去，没吃没喝，还冷气袭人，用不了多久，我俩就没有温度了。"

"难道咱们两个就命该如此吗？"宇文胜哀叹，"大夏天的，就这么被冻死了，这是多蹊跷的死法啊！我还没活够呢！"

"好像谁活够了一样。"简薇白了一眼宇文胜，"咱这都属于英年早逝，满怀遗憾，谁都不服。"

"怪我，都怪我。我要是不把你叫来，你也就不会遇到这种事了。"宇文胜一屁股坐在地上，望着面前瑟瑟发抖的简薇，愧疚地说，"是我对不起你……"

"你不要自责。这是突发情况，谁也怪不得谁。其实就算现在走了，我也没有什么遗憾。我不怪你……"简薇说道。她已经冻得脸色发白，说起话来也一直打战。

宇文胜望着简薇，一股别样的情愫在他心中升腾起来，堵得他喉头发酸。此刻，寒冷使他陷入了深深的绝望，而面前的简薇又像是这绝望中唯一的一点希望，像暗夜中的一点烛火。他觉得自己很有必要表示点什么了。一股冲动袭来，宇文胜终于忍不住，伸出手去抱住了简薇。而简薇很明显被吓了一跳，不过她瘦小又倔强的身体，只是在宇文胜的怀里微微地挣扎了一下，很快就顺从地偎在了他的胸前，并伸手回抱住他。

"这样总算是暖和一点。"宇文胜轻声说，"抱团取暖，还真是有道理。"

"仅仅是抱团取暖的原理吗？"简薇问道，声音有些发颤，"你有没有听见我的心跳？我的心，我的心都快炸了……"

"听到了，听到了。"宇文胜赶忙说道，"我的心跳也是，跳得好快，好像要跳出来了一样。我不光不冷了，我还觉得挺热……"

宇文胜感觉到怀里的简薇轻轻地笑了，但紧跟着，却有几滴温热的液体,滴落到了宇文胜手上,那温热很快变得冰凉。宇文胜心里一惊,他抚了抚简薇的脸,笨拙地替她擦着眼泪,说:"你为什么哭了?不哭,不哭!咱们会活着走出去的,你相信我!"

"我不是害怕。我,我是高兴……"简薇小声说道。

宇文胜再一次感到自己的心被攫住了。他用力地搂紧了简薇,喃喃道:"对不起,对不起。其实我们早就应该这样……只怪我始终勇气不够,开不了口。直到现在,我才敢伸出手来抱抱你……"

"都怪你,让我等太久了……"简薇叹道。

"都是我不好……我爱你,我是真的爱你。这三个字,我每天都在心里说很多遍,可就是没勇气在你面前说出来。要是,要是咱俩能走出这冷库,我一定每天都对你说'我爱你',叫你听到厌为止。"

"傻样,谁要听你天天说?怪烦人的。"简薇幸福地说着。

"我就说,我偏要说,我每天都要说。我还要说,简薇,嫁给我吧,这样我就可以天天和你斗嘴了……"宇文胜幸福满满地反驳。两个人就这样互诉衷肠,靠着彼此间奇妙的化学反应制造着热量,抵御着冷库内刺骨的寒冷。很快,寒冷似乎又加重了力道,纵使两人紧紧相拥,仍然觉得冷得透心,各自打着寒战。

"大胜,大胜?"简薇感觉到宇文胜的声音越来越小,唯恐他体力不支而睡着,"我想起来了。那个温控设备,是不是可以调节温度?我们把温度调高一些,是不是就能暖和一些?"

"是,是,能调。但是我不会……"宇文胜答道。他的声音微弱,像一只苍蝇。

"咱俩一起研究一下,好不好?"简薇鼓励道,"我觉得所有温控设备,原理都是相通的。你会弄新式的,老式的一定也可以!"

"我可以试试。可是我好冷啊……"宇文胜喃喃道。

"把温度调高了,我们就不冷了。"简薇扶着宇文胜站起来,一步步走向温控箱,"我记得刚才你说过,要连着按三下'set',这里没有'set',我们每个键都按三下,看到底哪个可以进入设置界面……"

就这样,两人在冷库内围绕着温控设备研究了起来,最终竟然真的弄明白了温度的设置方法,把温度抬高了近十度。简薇搀着宇文胜,共同坐在地上,为他描绘着温度慢慢回升之后,冷库里温暖的蓝图,就这样,也不知是温度果真回升了,还是这股心理支撑的力量是巨大的,等到冷库大门缓缓打开时,一脸惊诧的老伍发现,在冷库内度过了一夜的两个人,不仅没死,精神竟然还不错。

"对不起,对不起二位!"老伍一脸懊恼,不住地道歉,"怪我,都怪我!我临走之前,把电闸给拉了,没想到你们二位会正巧在冷库里头!"

"你拉了电闸?那为什么冷库内还有电?"宇文胜声音微弱地问道。

"那是备用电。我们每个冷库的制冷设备,都有备用电。因为当年的电力系统不像现在这么完善,总是意外停电,我们怕把物资放坏了,就设计了备用电系统,停电情况下,靠备用电也能坚持至少七个小时。我就说我们冷库设计得很超前吧?"老伍哭笑不得地说。

"所以你拉了电闸,只是把电动门的电断了,而冷库照常制冷。你是怕我们死得不透吗?"宇文胜问道。

"我,我可没有这个意思啊!"老伍万分愧疚地说,"平时大部分冷库都是不通电的,昨天因为你们来考察,我特地把电闸都打开,为的就是让你们每个冷库都能实地感受一下。结果我走的时候着急,就把所有电闸都关了,心想反正有备用电,也不怕东西坏掉。结果没想到你二位在冷库里头,这就把你们给锁上了……"

"不管怎么样,伍师傅,谢谢你一大早来给开门,否则我俩是真的坚持不住了。"简薇不忘礼貌地向伍师傅道谢。

"我也是一早来了,看见你们的车还在外头,这才知道大事不妙。"老伍充满歉意地说,"真是对不住了两位了!在收购的事上,还请二位大人大量,昨晚的事就翻篇吧,毕竟你们也体会到了,我们的冷库,质量真是特别好……"

"翻篇?"宇文胜望望简薇,"翻篇是不可能的。昨晚上我说的那些话都算数,你还记得吗?"

"我当然记得。"简薇羞涩地说道。

老伍不明就里地望着他俩。

"我去和陈北谈。"宇文胜郑重其事地说,"我知道你俩有婚约在身,这种事,让你一个女孩子单独出面,太不容易。我去找他把事情说清楚,我相信他会同意解除你俩的婚约。"

"不用了。"简薇摇摇头,"这件事已经翻篇了……"

"翻篇了?"宇文胜大惊,"你刚才不是说你都记得吗?昨晚我那些话都是真心的!你怎么能不认账呢?"

"我不是说你。我是说,我和陈北的婚约已经翻篇了。"简薇直视着宇文胜,认真地说道,"就在半个月前,我主动找到他,提了取消婚礼的事情。我做不到嫁给一个我不爱的人,那样对我,对他,都是不负责任。"

"你！我！这么大的事，我才知道！"宇文胜激动得语无伦次，"那万一，万一我一直死不开窍，一直不好意思和你表白呢？你就这么一直等下去吗？"

"我不知道。"简薇摇摇头，"不过，现在不用再假设了。你不是终于开窍了吗？"

宇文胜点点头，说："这么说，我还真得感谢这冷库质量好了。"

他和简薇对视，齐齐大笑起来。老伍不明就里地望着他俩，大声道："看吧，我就说我们的冷库质量好吧……"

## 第十九章 穷途末路

宇文胜和简薇正式确立了恋爱关系。所谓正式，倒也并没有大张旗鼓地昭告天下，只是不隐瞒，亦不声张，大大方方、简简单单地相爱。自然，对于他们二人来说，舆论压力在所难免，毕竟简薇前脚刚刚答应了陈北的高调求婚，后脚又和电商部新贵走到一起，坊间各种猜测不绝于耳。对于来自同事的质疑，简薇的处理方式简单明快，那就是一笑带过。都说谣言止于智者，其实谣言通常止于当事人的沉默。不去理会、不去浇灌，谣言的野草便没有空间放肆生长。

对于宇文胜来说，这次的恋爱不同于他之前的任何一次恋爱，显得格外正式，让他异常珍惜。情感的盒子一旦打开，仿佛触动了宇文胜表情达意的机关，他一扫先前的内敛羞涩，变得特别主动。他和简薇甚至开始讨论结婚，看得出来，对于这场迟来的爱恋，两人都有努力把它延伸至婚姻的决心。

而对于那个险些让他们丧命、最终又促成他们走到一起的肉联厂冷库，收购计划最终以失败告终。经过简薇一番周密的追溯调研，发现这个冷库基地的债务关系纷繁复杂，收购难度太大，不得已只好忍痛割弃。宇文胜和简薇为此特地登门拜访了老伍，感谢他间接促成两人的恋爱关系，并对无法完成此次收购表达歉意。回来的路上，简薇望着郊外的蓝天，不由得感叹命运之神奇。她在前几天已经对宇文胜心灰意冷，不再对她和他的关系抱以任何期望，没想到阴差阳错的冷库事件，虽然险些冻坏了他们的身体，却复苏了他们的关系，温暖了她的心。

同样感叹命运神奇的，还有许百昌。所谓闲人生事，自从他来到综合部，做起了无所事事的大管家，内心却愈发蠢蠢欲动起来。他发现这个岗位其实暗藏玄机。虽然看起来不起眼，但正因为受到的关注少，暗箱操作起来，实则油水颇多。就好比低买高卖的商人，单是采购文具这一项，一出一进，就能赚不少差价。许百昌从中感受到了快乐,他小试牛刀,就轻轻松松有几万块进账。许是被轻而易举得到的胜利所鼓舞,许百昌昏了头,在一项采购中,直接把总价虚标了二百万。他原本以为万无一失的计划,却在采购计划刚刚提出几个小时内,就被陈庭之觉察到了异样。作为刚从电商部"贬黜"到综合部的老员工,许百昌可谓是罪上加罪,陈庭之一怒之下,提出将他罢免,让他从此彻底离开速纳。

这下许百昌彻底慌了。他在速纳兴风作浪这些年,被勒令离开还是头一回。他本以为陈庭之还是像从前一样吓唬他而已,但陈庭之这回坚持公事公办,让他明白,陈庭之是动真格的了。如果公事公办,给他定个"贪污公款"的罪名,那他就全完了。若是有人回头再把这些资料交给公司的法务简薇定性,而那个女人和宇文胜不清不楚,上次也一并叫他得罪了,那一定会给他罗织个大罪,非判上个十年八年不可。

这么一想,许百昌就更慌了。他想找人求情。他把能求的人筛了一遍:姐夫陈庭之这会正在气头上,找他求情无异于撞枪口;外甥陈南是个窝囊废,本来找他就没什么用,何况最近跟他也疏远了,不太可能对他施以援手。思来想去,唯一的希望就是他的姐姐许小青。这是他在速纳立足的根本,不到万不得已,他不会搬出这尊大佛。

打定主意之后,许百昌来到了许小青所在的疗养院。许小青和许百昌姐弟俩相依为命,共同长大,许小青出事前,姐弟之间情感甚笃。在许小青患病后,许百昌隔三岔五就来看姐姐,成了疗养院的常客,上至医生护士,下至病人患者,对他的印象都非常好。并且,基于他多年来对姐姐的照顾,熟能生巧,许百昌已经摸清了精神障碍患者的行为特征,找到了和他们最舒服的相处方式,俨然已是半个精神科专家。

许百昌只跟护士简单打了个招呼就进了病房。在走廊时,他被一个因为破产精神失常的男病人拦住,不得已,许百昌临时扮演秘书汇报了一会儿工作才得以脱身。

看得出来,许小青的精神状态相当不错,见到许百昌,她很高兴,招手让他坐在自己身边。许百昌坐下,给姐姐殷勤地剥橘子,削苹果。许小青温柔地看着他。

"百昌啊,你又闯什么祸了?"许小青忽然问道。

许百昌手一抖,手里的苹果险些掉地上。他心想,姐姐怎么会知道他出事了?

"姐,是谁跟你说的?"许百昌问。他在心里嘀咕,到底是陈庭之来了还是陈南来过了?不管谁说的,倒让他不用再绕来绕去,费心去想该怎么说了。

"还用谁告诉吗?老师都找到家来了,说你在学校打架……"许小青叹了口气，愁眉不展。

得，许百昌心知，他姐这是又不清醒了。许小青精神失常后，出于潜意识的自我保护和自我逃避，对近年的婚姻生活全无印象，但她的意识经常会"穿越"到过去，停留在她记忆中美好的岁月。由于父母早逝，姐弟俩相依为命，吃了不少苦头，直到许百昌上高中的那年，许小青参加了工作，有了收入，生活环境得到了改善，苦尽甘来。在她心里，那段日子是一段充满希望的时光，所以她的意识经常"回到"那几年。

许百昌说："是他们先动手的。"

许小青叹息，抚着他的背，说："百昌啊，咱们姐弟熬出来不容易，你不能闯祸，不能闯祸。"

平日里，许百昌都是拿姐姐的这些话当疯话听，今天却听得他眼红鼻酸。他真的很后悔，自己明明握着一手好牌，怎么就偏偏打得稀烂呢？

许百昌说："姐，我知道错了，我再也不闯祸了，你能不能帮我跟老师求个情，让他原谅我？"

许小青点头，说："好，好，我给你求情，一定要给你求情。"

许百昌就势拨通了陈庭之的电话："姐夫……"

电话那端，响起陈庭之的咆哮："你还有脸打电话给我?"

许百昌说:"姐夫,你听我说。我错了,我知道错了,你看在我姐姐面子上,原谅我这一回,就这一回,行吗?我以后什么都听你的。"

陈庭之说:"你还有脸提你姐姐?你还嫌你给她丢脸丢得少吗?"

许百昌按下免提键,示意姐姐说话。

许小青凑到电话跟前,带着哭腔说:"老师,求您原谅我们家百昌吧,我代他跟您道歉,我们错了,我们错了。"说着,她大声哭了起来。

电话那端,陈庭之大怒,说:"许百昌,你个混蛋!谁让你去打扰你姐的?你都多大的人了,出点事还让你姐来给你擦屁股?她是个病人啊,你就忍心去刺激她?我跟你说,你不要痴心妄想,这次不管谁求情,我都不会对你客气。"

许百昌虽然从不知爱惜羽毛,但极好脸面,此番让姐姐给他求情,已经是突破了他的底线,没想到还是得到了陈庭之这样的反应。他忍不住爆发了,他喊道:"陈庭之,你闭嘴!你没资格说我姐姐!她落到今天这个地步,还不都是因为你?陈庭之,我告诉你,你欠我姐姐的,欠我们许家的,你有什么脸跟我装大义凛然?既然你对我无情,就别怪我对你不义!"

许百昌愤愤地挂了电话。他方才讲话的声音太大,把许小青吓得不轻,她抱着头大叫:"陈庭之,你为了那个狐狸精竟然这么对我!你怎么能这么对我……"

许百昌赶紧抱住姐姐,轻声安慰了半天,许小青才稳定下来。

"姐,你不用害怕,有我在,谁也不敢欺负你。没事了,我带你回家。"许百昌轻声说道。

许百昌找到了许小青的主管医生,说许小青吵着想回家,他接姐姐回家住几天。疗养院毕竟不是正规医院,对病人的管制相对宽松,并且像许小青这类病人,院方也鼓励家属多和他们相处。大夫也没多想,让许百昌签了一份责任告知书,就让他把许小青接走了。

第二天早上,网上出现了一篇文章,标题为"速纳快递董事长妻子流落街头"。文章内容细数了陈庭之多年来的风流韵事,声称他长期虐待折磨妻子许小青,致使许小青精神失常。陈庭之更是在许小青生病之后,将其赶出家门,导致许小青流落街头,处境悲凉。文章还配了多张许小青的照片,有她生病前风情万种的,还有她现在的。照片里许小青衣着褴褛,披头散发,目光呆滞地坐在街边。

鉴于速纳快递的巨大影响力,这篇文章发出后很快被各大门户网站转载,影响迅速蔓延开来。很快,陈庭办公室的电话,就被各路记者打爆。陈庭之本能地觉得此事和许百昌有关,他立刻让陈南去查清楚,到底是怎么回事。临近中午,陈南慌慌张张跑进陈庭之的办公室。

陈南说:"爸,疗养院那边说,舅舅昨天把妈接走了!我去舅舅家,舅妈说舅舅昨天出去就再没回来,她也联系不上。"

"果然是这个王八蛋!"陈庭之暗骂。他正在思考对策,这时,许百昌给陈南发来了视频聊天申请。陈南按了接听键后,看不见人,只能看见一片浓密的树林。

陈南说:"你在哪呢?你把我妈带哪儿去了?"

许百昌的声音从视频里传出来:"我不带她走,难道让她在疯人院里受罪吗?医生说了多少回,她的病适合跟家人在一起,你们听了吗?陈家有人管她的死活吗?"

陈庭之一把夺过陈南的手机,说道:"许百昌,你到底想怎么样?"

许百昌说:"你在更好,省得让陈南那个废物传话。你马上把综合部这次的采购账务,和我有关的全部删除!再给我两百万的遣散费,我就把我姐带回去。"

陈庭之冷笑道："凭什么？"

许百昌说："凭什么？就凭你害惨了我姐姐！她为你生儿育女，你却那么对她，她现在这个样子，你是罪魁祸首！我这么多年跟着你，忠心耿耿，给你当牛做马，要是没我跟着你创业，你能有今天？你欠我们许家太多了！早就该还了！"

陈庭之说："我要是不答应呢？"

许百昌说："好啊，你要是存心把我往绝路上逼，我就成全你！反正我现在什么都没了，你就等着给我们姐弟俩收尸吧！"说罢，他便挂断了视频。

陈南赶忙再给许百昌发视频，可连续几次，全都被他拒接。随后，许百昌发来了几张照片。照片上，许小青呆呆地站着，身后是一望无际的水面。

陈南焦急地问陈庭之："爸，现在怎么办？"

陈庭之倒是泰然自若，说："等。等着他带着你妈回来求我。"

陈南说："他已经把话说到这个份儿上了，怎么会回来求你？"

陈庭之说："会。我太了解他了，他不光没脑子，也没胆子。他什么也不敢做，闹一闹，没人理他，自然就回来了。"

看着父亲这副满不在乎的样子,陈南胸中升起一股怒气,说:"他要是真的做了呢?"

父子俩对视,陈庭之先挪开了视线,没说话。

陈南倒退两步,冷冷地说:"你不找,我找!你不在乎你妻子,我不能不在乎我妈!"说罢,他转身向外走,走到门口,他背对着陈庭之,说道:"舅舅说的那些话,有一句是对的。你确实对不起我妈。"

身后,陈庭之大喝道:"什么时候轮到你和我这么说话!"

宇文胜自从掌管两个部门以来,每天忙得不可开交,尤其当电商部的改革开始之后,几乎废寝忘食。他正在办公室为新的冷库建设方案苦思冥想,突然听见有人叫他:"胜总。"

宇文胜抬头,见陈南站在他办公室门口。

"找我什么事?"宇文胜问道。

陈南艰难启齿:"你看见关于我们家的新闻了吧?"

宇文胜说:"看到了。不过那是你们的家事,我不感兴趣。"

"那新闻不是真的。我妈一直在郊区的疗养院,是我舅舅偷偷把我妈接走了,以此来要挟我爸……"陈南道。

宇文胜问:"你为什么要跟我说这些?"

陈南说:"我爸不答应我舅舅的要求,然后我舅舅就威胁说,他要带着我妈一块去死。我想求你帮我找到他们……"

"找人你找公安局啊,找我干吗?我是警察吗?"宇文胜无奈摊手。

"我不知道,我也不知道你是不是愿意帮我。可我现在除了你,真的不知道还能找谁帮忙……"陈南控制不住情绪,哭了起来。

宇文胜叹了口气。他最是心软,平日里最受不得女人哭,今天发现,男人哭起来更令他肝肠寸断。

"你有什么线索吗?"宇文胜问道。

他们唯一的线索,就是网上那篇文章的配图,以及许百昌发给陈南的照片。从文章配图的拍摄背景里,可以看到低矮的建筑物,目测应该是郊区某处;而陈南收到的照片的拍摄背景,应该是座水库,可中海市水资源丰盈,大大小小的水库有十几座,根本辨别不出是哪一座。

宇文胜灵机一动,把照片和图片的背景 P 出来,分发到速纳快递在中海市的各个站点,组织快递员一起来辨认。这些快递员平日里奔走在大街小巷,几乎可以算作是这座城市的活地图。不出半个小时,就收到了回馈:据市区北郊的一个站点反映,网络图片的背景就在他们负责的片区,而照片背景里的水库,距离图片的背景地,只有二十多公里。

事不宜迟,两人立即出发,驱车赶往那座郊区水库。路上,陈南思来想去,还是给陈庭之发了一条微信,通知他事情经过。

"虽然你不关心我妈的死活,但你们毕竟是合法夫妻,我觉得有必要告知你事情的经过。"微信末尾,陈南负气写道。

从导航来看,他们距水库大约有十五公里。陈南看着认真开车的宇文胜,一股负疚的情绪涌上心头。

"胜总……"陈南小声说。

"叫我大胜就行。现在就咱们俩,你总是这么正式,我不习惯。"宇文胜目不斜视,道。

"有件事,我想请求你的原谅。"陈南叹了口气,"之前你开电商公司的时候,丢的那批货,是我安排人弄的。我眼气你事业做得好,又有琳琳那样的女朋友,就和崔北望一起,想给你点教训。"

宇文胜不发一言,只是轻轻一笑。

"还有……后来你骑三轮车去送件,也是我鼓动崔北望安排的。我还把这消息散布得到处都是,为了让琳琳对你死心。"陈南低着头,做出忏悔的样子,"这些事藏在我心里很久了,不说出来,我心里不好受。现在我都说出来了,要杀要剐,悉听尊便。"

"要杀要剐?你当我杀猪的呢?再说了,要杀要剐,也看不上你这样的。浑身片不下二两肉。"宇文胜瞥了眼陈南。

"那……那你是原谅我了吗?"陈南心中升起希望,"你不记恨我了?"

"我问你,当初说我公司抄袭的案子,和你有没有关系?"宇文胜问道。

"没有。我发誓,真的没有……那件事从头到尾,都是我舅舅一人所为。我也是事后才知道的,但那时候,为时已晚。"陈南说得一脸诚恳。

"果然是这样。"宇文胜叹了口气,"我猜得没错。"

"什么没错?"陈南一脸迷茫地问道。

"我原谅你了,陈南。你做的那些事吧,充其量算是使坏,没坏透,还能挽救。"宇文胜认真地说,"你也不用一直有心理负担。我始终拿你当朋友。"

陈南感动得都要哭了。"大胜,谢谢你……"

"行了,别煽情了。"宇文胜作出嫌弃状,"水库马上就到了,打起精神来吧。"

二人抵达水库，登时感受到了一种挫败感。面前的这个水库，虽然不是供应城市用水的大型水库，只是一座负责农田灌溉的中型水库，但整体面积也很大，非常大，巨大——它两面环山，紧邻一座村庄，周边有不下十家度假山庄。要想在这么大的一片地方找到两个人，难度无异于大海捞针。正当两人一筹莫展的时候，竟然看到陈庭之的车自远处驶来，停到了他们身边。

陈庭之从车上走下来，不太自然地瞟他们一眼，问："不去找人，在这愣着干什么？"

陈南说："这里实在太大了，一时间不知道从哪儿找起。"

陈庭之点点头，说："跟我走吧。"

陈庭之走在前面，他选择的路线是水库北面挨近村庄的那条路。宇文胜、陈南赶忙跟了上去。

"爸，你好像对这边很熟悉？"陈南不解地问道。

"我和你妈就是在这认识的。"走了一段路后，陈庭之微微有些气喘，"当年我刚开始创业，请客户来这钓鱼，吃住都在一家山庄，那家山庄就是你妈开的，我们就那么认识了。我再带人来玩，都住她那，后来就在一起了。她知道我缺资金，就把她一手创办的山庄卖了，把卖山庄的钱给我创业，那就是速纳的雏形。山庄卖了之后我们还会时不时过来玩，当时我向她许诺，等赚了钱，再把山庄买回来。速纳越做越大，很快就有钱了，我也忙起来，没空来这，也把这事忘了。再后来，你妈就病了……"陈庭之说到这里，声音里有了哽咽。他快走几步，尽量不引人注意地用手揩了下眼睛。

"前面这个就是。"走了几分钟，陈庭之指着二三十米外的几幢外墙用原木木板装饰的二层楼说。这时，陈南一眼看见了坐在楼前摇椅里的人，正是他母亲，不禁叫了起来："我妈在那！"

陈南的声音太大，山庄里也能听到。他话音未落，只见从摇椅后站起一个人，正是许百昌。看到他们三个，许百昌抓起许小青的手，撒腿就跑。三人赶紧追上去，跑了不到一百米，在水库的岸边，他们追上了许百昌姐弟。

"你们别过来！"许百昌已是无路可走，转过身，对他们大喊。

"百昌，有话好好说，你别冲动，好吗？"陈庭之尽力安抚许百昌。许百昌姐弟二人距离水库距离不到一米，他怕出什么岔子。

"你把我和我姐欺负到这个份上，还有什么好说的。你到底答不答应我的条件？你要是不答应，我就带着我姐跳下去，让你内疚一辈子。"

"百昌,我怕,我怕!"许小青在他身后瑟瑟发抖。

"好,我答应,我都答应,你冷静点,别吓着小青。"陈庭之说。

"你少在这装好人!你过去怎么不替我姐想想?"许百昌越说越气,愤怒地大叫。许小青被他吓得情绪失控,挣脱了他的手,因为用力过猛,她身体失去平衡,倒退两步,一脚不慎踩空,跌进了水库里。

"姐!"许百昌大喊,紧跟着也随之跳进了水里。他内心里从无丝毫伤害姐姐之意,一时救姐心切,甚至忘了自己根本不会水,跳下去后立即沉了下去。紧跟着他就呛了水,在水面上拼命地挣扎。

宇文胜见状,三步并作两步,跳进水里。陈南也紧随其后跳了下去。两个人水性都不错,不消一会儿,各自将许百昌姐弟捞了起来。岸边陆续有人闻声赶来,大伙儿齐心协力把人抬到了岸上,做了简单的急救措施后,陈庭之当即派人将二人送到了医院。

突如其来的变故,把宇文胜看得目瞪口呆,只觉方才的精彩程度,较美国大片有过之而无不及。陈庭之父子都驱车赶去了医院,宇文胜站在水库边,望着绵延的远山,心里说不上是什么滋味。待心境稍稍平复,他才起身开车回了家。到了晚上,他接到了陈南的信息,告知他许百昌姐弟俩都无大碍，只是许小青受到惊吓，情绪极度不稳，不得已，父子俩只得将她紧急送回疗养院。

一场闹剧告一段落，几天后，许百昌出现在陈庭之办公室前。一见到他，几个助理登时高度紧张，有人跑来请示陈庭之，问是否需要通知保安把他请出去。

陈庭之挥挥手，说："不必。让他进来，我看看他有什么话说。"

许百昌缓缓走了进来，神情委顿，全然不复先前的趾高气扬。

"陈总，我是来找你道歉的……"许百昌喃喃道，"我做了损害公司利益的事，也伤害了我姐姐，我知道我罪无可恕，可我还是想请求你的原谅……"

"你之前犯的错误，可以求得我的原谅。可你千不该万不该，不该去伤害你姐姐！"陈庭之语气严厉起来，"你可知道，她因为受到巨大刺激，已经采用了电击治疗？你怎么忍心让她经受这样的痛苦？"

"姐姐是我最亲的人，没想到，到最后竟然是我伤她最深。从她掉下水的那一刻，我就知道，我再也没办法原谅我自己了。"许百昌心如死灰，"我只想用我后半生的时间，尽我所能地弥补她……"

"你不去打扰她就好。"陈庭之淡淡地说,"她在疗养院的生活,我会安排好,不需你再费心。你贪污的事情,我不会追究,并且还会按照你的要求,给你二百万。只希望你今后可以远离我们的生活。你走吧。"

"我会弥补她,我会弥补她。请相信我……"许百昌机械地重复着这句话,直到被陈庭之的两个助理请出了办公室。

几天后,陈庭之接到了疗养院的电话。对方告知他,许百昌为疗养院捐款二百万元人民币,并且主动要求去疗养院做长期义工。在他的参与下,几天下来,许小青的精神状态有了极大的改善,亲情的力量是巨大的,想来他的加入,对许小青的康复意义重大。

"他说了,他既是为了陪着姐姐康复,也是为了帮助疗养院的其他病人。别看他是外行,可他这些年通过照顾他姐姐,确实积累了不少有用的经验。"院长说。

"那就随他去吧。"陈庭之叹气,"没有了那些利益和诱惑,这样的生活也挺好。这么看来,他还真是弥补了他姐姐,也算说话算话。"

挂掉电话,陈庭之望向窗外,陷入了沉思。许百昌纵使再贪得无厌,至少他对姐姐是真情实意。而自己这些年,究竟又收获了几分真情实意呢?他想起了原配吴美安，想起了李询，想起了曾经在他身边出现又离开的许许多多的女人，或许到了最后，能留在他身边的，只有许小青吧。

"他说得对，这些年，是我对不起你。"陈庭之幽幽地道，"下半生，也让我尽力弥补你吧……"

宇文胜利用三个月时间，基本上实现了速纳的冷库项目遍地开花，同时上百台冷藏运输车也已到位，专门从全国各地网罗的冷运方面的技术人员也全部到岗，一切欣欣向荣，整装待发。但同时，宇文胜发现了一个严重的问题，那就是拨给电商部的预算，几乎已经用尽了。

"胜总，按说电商部现在处于起步阶段，资金不够的情况下，公司需要随时拨款以表支持，可是……"陈庭之言语里带着犹豫，不复往日的洒脱决然。

"您就直接说吧，为什么不能拨款，是怕董事会有人反对？"一看陈庭之的表情，宇文胜心知没有好事，直言问道。

"正是。电商部这几年巨亏，如果此时再补加预算，董事会的人势必不会同意。别人不说，就那个霍赛，在年会上，因为陈南表现不佳，现在他对电商部的印象可谓是差到了极点。"陈庭之叹气。

"可他们不知道电商部大改革,现在正处在冲刺阶段吗?现在正是爬坡期,不能有一点闪失。"宇文胜有些懊恼。

"他们不直接参与公司经营,并不在意一个部门的发展规划,他们在意的只是部门收益和年底分红。你还是想想怎样尽快提高电商部的盈利能力,这才是正经事。"陈庭之规劝道。

"行了,我知道了。"宇文胜有些不悦。他心知,近期怕是没办法从公司批到一分钱预算了。那怎么办?也只有像陈庭之说的,提高自己的盈利能力才是王道。好在速纳在一二线城市的冷链设备基础尚佳,并且网站的购物界面基本搭建完毕,原本他计划网站在全国范围内统一上线,既然现在面临着盈利压力,那姑且就在部分一二线城市上线好了。

不得不说,速纳的品牌号召力极为强劲,生鲜电商业务局部开启后仅两周,就已达到相当可观的订单量,尤其在中海市周边的几个南方二线城市,市场占有率一路飙升,甚至已经超越了几家成熟的生鲜电商。新鲜出炉的销售数据使得整个电商部备受鼓舞,陈庭之更是笑逐颜开。

不过,由于冷库并未完全到位,随着订单量大增,投诉问题逐渐凸显。最为严重的一天,投诉率竟然超过订单总量的 0.1%。两个助理拿着最新的投诉统计表，忧心忡忡地来找宇文胜，问他关于这件事的处理意见。

"对于生鲜电商，有投诉再正常不过了，不用紧张。目前来看，大部分的投诉都集中在哪些方面？"宇文胜问。

"有投诉正常，但是目前咱们的投诉率太高，远高于平均数据，这就比较麻烦。"一号助理文珊说，"投诉的问题非常集中，一是配送时效，二是生鲜质量。"

"远高于平均数据？"宇文胜略带不悦，"谁的平均数据？我们刚刚上线十几天，用这么短时间的数据来说话，不太科学吧？"

"平均数据指的是我们同类网站的退货率，这个数据具备相当程度的客观性。"文珊见宇文胜有较真儿的势头，便也用严肃认真的态度来回答他。

"严格来说，市场上并没有我们的同类网站。"宇文胜瞥了一眼文珊，"从供给品类，产品细分，到产品品质，我们都高了一个层次不止。"

"现在强调这个，没有意义啊胜总。"二号助理小蔡是个理性派，"我们现在正是被自己引以为傲的宣传点打脸。这些投诉订单里，有至少 50% 是在投诉我们配送的生鲜品质不够新鲜、储存不到位，而这些问题，是生鲜电商最核心的问题,并且还是我们的主打亮点。"

"赔!谁投诉,就赔。只要我们赔到位了,就能堵住他们的嘴。"宇文胜大手一挥,"要让他们看到我们的企业责任和担当,让客户从根本上满意。"

文珊和小蔡面面相觑,过了半天,文珊问:"胜总,你是认真的?我觉得我们还是要从根本上做出调整,现在我们的运力和冷库质量跟不上发展需求,光靠赔偿,那是治标不治本啊。"

"我当然知道我们的运力和冷库数还达不到,但是这个问题不是一朝一夕就能解决的,既需要时间,也需要钱!"宇文胜伸出手指,做了个数钱的手势,"现在我们部门要完全自负盈亏,没有钱,拿什么增强运力?所以眼下,我们只能向前走,一步都不能慢。知道了吗?"

"可是我觉得……"小蔡似乎还想说什么,被文珊一把扯走。她做宇文胜助理的时间比小蔡更长,对他的脾性更加了解,深知在他一意孤行的时候,什么话都听不进。毕竟他是领导,对领导的意思,只有执行,别无他法。

电商部的发展呈现如火如荼的态势,"坏就赔"成了速纳电商的招牌口号,一时间吸引了大量关注,甚至引发了媒体争相报道。在宇文胜的高调解读下,陈庭之也认为,此举是速纳践行企业责任中的重要一步,在公开场合也对"坏就赔"的承诺进行了解读和推广。坦白讲,宇文胜近来感觉极好,仿佛又回到了他在艾里克里时期那段说一不二、呼风唤雨的日子。而电商部在他的带领下披荆斩棘、一路高歌,更是让他觉得,自己的辉煌时期,再度归来了。

实际上,最明显察觉到宇文胜变化的人,是简薇。就在电商部发展得风风火火之时,简薇已经注意到电商部居高不下的投诉率。她留心了一下投诉详情,便意识到了电商部当前问题之所在。简薇是个直脾气,向来藏不住话,当天晚上她和宇文胜相约共进晚餐,还没坐稳,她立刻将疑虑向宇文胜和盘托出。

"你说的没错,确实现在生鲜电商的发展速度和基础设施配套不匹配。所以我们的'坏就赔',其实也是无奈之举。"宇文胜自知没有什么可以瞒过简薇,索性直截了当地承认。

"你可知道,即便你们承诺了'坏就赔',为什么还是有消费者选择投诉呢?因为赔钱并不能让所有消费者都满意。比如今天上午的一个投诉,有人在你们网站买了一箱时令水果,结果因为保存不当且投递延时,有些水果烂掉了。当然,你们赔钱了,但为什么对方拒不接受,还要投诉呢？因为这箱水果是给父亲过生日用的。水果坏了，就算赔钱，也影响了客户的心情，这个损失该怎么计算呢？"简薇愤愤不平地质问道。

"我们的'坏就赔'本身是弹性的补偿机制，说是会哭的孩子有奶吃，那过分了些，但实际上，对特别不满意的客户，我们可以按照商品价值的1.5倍，甚至最高可以按照3倍来进行赔偿，就是为了堵住他们的嘴。"宇文胜说道。

"你们这个赔偿机制，乍一看倒是大手笔，但实际上，这并不是走心的服务形式，我也不认为这种方式和你们一直宣扬的企业责任感、企业担当有什么关系。"简薇对宇文胜的意见毫不认同，一口否认。

"那我倒想问问你，什么是走心的服务形式？就因为客户不满意，我们就要负荆请罪、下跪认错？我们的网站现在只是部分运营，如果网站整体都上线了，订单量多了，我们岂不是要雇几千个人来专门道歉？"对简薇的指责，宇文胜莫名不爽，说话的声音也大了些。

"你能不能不要混淆重点？我只是觉得你这种形式太盲目、太激进，本末倒置，没有从根本上解决问题而已。你何必要归谬到那么极端的程度？"简薇也有些生气，亦抬高了音调。

"你别生气嘛！这不是因为你把我们的政策一口否认了，我就随口瞎猜的……"见简薇真生气了，宇文胜立时换了一副表情，语带谄媚地说。

"你不必这样。我要的不是你盲目妥协，而是希望你认真考虑一下我的意见。"简薇不为所动，她盯着宇文胜的眼睛，认真地说。

"行，我知道了。"宇文胜轻轻拥了拥简薇的肩，"亲爱的，你放心吧，对你的意见，我一定认真考虑。"

简薇奇怪地望了一眼宇文胜。凭借她对他的了解，她很明白他此刻的表面服从、心中敷衍。简薇在心里默默地叹了口气。当年那个意气风发的宇文胜又回来了，一同回来的还有他的不可一世和油盐不进。或许，只有再栽一个跟头——就像当年艾里克里遭遇的破产危机那样——才能让他有所醒悟。

# 第二十章　不忘初心

让简薇没想到的是，没过几天，电商部就出了事。让她尤为意外的是，这件事直接影响到了她最爱的流浪狗。这天简薇刚刚到公司，就接到流浪狗基地王阿姨的电话。电话那端，王阿姨带着哭腔说道："不好了，不好了，基地里发生狗瘟了，现在有十几条狗都感染了，有两条马上就不行了，简律师，你快过来看看吧……"

简薇只觉脑子"嗡"的一声，瞬间有些失去理智。她对这些流浪狗的感情不一般，对她而言，基地的每一条狗，无论是丑是俊，无论名贵与否，都像她的孩子一样，令人百般珍视。简薇强迫自己冷静下来，继而和助理简单交代了一下工作事项，就急匆匆地开着车，向流浪狗基地驶去。

情况比王阿姨描绘的还要糟糕。作为犬类传染病里最严重的一种，这场狗瘟来势汹汹，起初只是有一条狗表现出症状，而仅仅一两天的工夫，就波及犬舍里几乎一半的狗。王阿姨所说的有十几条狗被感染，只是表现出明显被感染症状的而已，经简薇和另外两名志愿者的仔细筛查，她们崩溃地发现，被感染的流浪狗数量至少有四十条，并且这个数量还在不停地增长。

"这下怎么办？"一名志愿者六神无主地问简薇。在他们几个人里面，简薇任志愿者的时间最长，且她因为办事沉稳有条理，被公认为志愿者里的"主心骨"，大事小情，人们都爱找她。

"第一，马上隔离。分几个区域，未感染区，初级感染区，重度感染区。第二，我们几个人，每一人负责一个区，用药治疗。如果我们有哪种药物缺失，再联系爱心宠物医院的医生来送药。"简薇临危不乱地指挥道。平日里，因为动物看病太贵，为了节省成本，志愿者们都学会了给狗打针、配药，只要不是太罕见的病症，志愿者都可以自己治疗。

"另外，最重要的一点，我想知道，为什么会爆发狗瘟？"在几名志愿者为自己负责的区进行基本治疗后，简薇提出了心底的疑虑，"我们所有的犬只，都已经注射了犬瘟疫苗。即便偶尔有几条狗免疫失败，也绝不可能出现大规模感染犬瘟的情况。现在的这个情形，太蹊跷！"

"是啊，疫苗都是打过了的。"王阿姨说道，"这次也是凑巧，有十几条狗原本应该上个月注射疫苗，但当时我们听说有爱心人士会在这个月统一捐献一批疫苗，所以就让这十几条狗延期了一个月，等爱心疫苗到了之后，和其他的狗一起注射。谁知道这刚过了没几天，就发生犬瘟了……"

"爱心人士捐的爱心疫苗？"简薇警觉道，"你是说，这次的狗注射的疫苗，都是由爱心人士捐赠的？"

"是啊，这个爱心人士捐献了不少疫苗呢，给这几十条狗注射之后，还有富余。"王阿姨答道。

"考虑过疫苗失效没有？"简薇言简意赅地问道。

"似乎只有这个理由说得通。王阿姨，你说你那里还有多出来的疫苗？给我拿两支，我拿回实验室化验一下。"志愿者小张是中海市农大动物医学系的在读研究生，检验疫苗活性对他来说，属于举手之劳。

下午，小张带回了检验结果，正如简薇所料，这批犬瘟疫苗活性完全丧失,直接接受疫苗注射的狗免疫失败,这是导致狗瘟大规模爆发的根本原因。得知消息后,简薇愕然。良久,她问道:"是不是要调查一下这位爱狗人士的动机?"

"薇姐,你的用意我理解,可这样的话,容易寒了爱狗人士的心啊……"小张规劝道。

"这个爱狗人士不需要怀疑,他之前给我们捐过很多次东西,没有哪次出过问题。"王阿姨插嘴,"可能这次的疫苗失效,纯属偶然……"

"对,这次的犬瘟热疫苗是进口疫苗,原则上来说,应该在 2~8℃冷藏,对存储条件的要求相当高,运输过程中需要全程冷藏,但凡有哪个环节出现纰漏,都会直接导致疫苗失活。所以,想要判定是谁的责任,非常困难……"小张分析。

"那我也要查。"简薇悠悠道,"否则,我心里永远也放不下这件事。放心,我会注意问询方式,不会伤害爱狗人士感情。"

调查结果令简薇大吃一惊。爱狗人士表示,他是在速纳电商下单购买的这批疫苗,然后通过速纳的冷链运输,直接将疫苗运到流浪狗基地。现在这批疫苗失效,那么几乎可以确定,始作俑者正是速纳不合格的冷链运输。

速纳电商的官网，以生鲜品类齐全作为宣传口号，水果、海产品、食品等一应俱全，并且创新性地设计了特色药品专区，顾客可以在官网上选择需要冷藏运输的药品，一键下单。药品专区在上线之初就吸引了媒体注意，当时宇文胜还就速纳独有的药品冷链运输，在某媒体的采访上做了详尽介绍。然而这一负载了众人希望的创新服务，如今却造成这样的后果……简薇痛心地闭上眼睛，双手都在微微颤抖。

"不好了！"另一名志愿者慌慌张张地跑过来，忧心地望着简薇，轻声道，"薇姐，黑爷……黑爷不行了。你去看它一眼吧！"志愿者们了解简薇和黑爷的感情，知道黑爷是由简薇一手带到基地的，如今黑爷有难，他们赶忙第一时间来告诉简薇，又唯恐她承受不了。

简薇撒腿往黑爷所在的重度感染区跑去。面前的黑爷躺倒在地，四肢僵直，眼神黯淡，一声声的鼻息沉重又急促。出气长，进气短，这昭示着它即将走向生命的尾声。它努力抬眼望了望简薇，尾巴晃了几晃，暗淡的眼神闪过一点光，但很快，这道光熄灭了。黑爷走了。它无神的眼睛直愣愣地望向天空，简薇见状，忍不住失声痛哭。

简薇在流浪狗基地逗留了一天，直到深夜，才失魂落魄地回到家里。手机里有四五个宇文胜的未接来电，还有好几条微信留言,她不想看,也不想回。她满脑子都是黑爷临死前的那副场景,搅得她无比心痛。她没办法原谅宇文胜,在她看来,宇文胜无异于凶手,是他害了黑爷,以及其他几条狗的生命,罪无可赦。

简单洗漱后,简薇疲惫不堪地倒在床上,手机响起,提示她有新的短消息。她只当是宇文胜发来的消息,刚准备按成"已读",却发现消息并非来自宇文胜,而是来自那名爱心人士。短信上显示:"我已得知疫苗失效是由于速纳冷运的不当操作,准备起诉速纳,替死去的狗狗鸣冤!"

简薇抱着手机,一时陷入两难。她不知道自己是否该阻止这名爱心人士的起诉,又或者说,她究竟该站在什么立场上,来应对这场危机。此刻的她,既是流浪狗基地的资深志愿者,又是速纳快递的法务部经理,同时还是宇文胜的女朋友。这几个身份搅得她坐立难安,思来想去,她索性关掉手机,强迫自己什么都不去想,立刻睡觉。

第二天,简薇刚到公司,助理立刻围过来,轻声道:"简总,麻烦了。刚刚得到的消息,有人起诉我们,声称我们冷链运输不合格,导致犬瘟蔓延,以至于大批狗死亡。现在该怎么办?"

简薇定定神,说:"这件事太突然了,容我想一想吧。一会儿我再叫你。"

助理点点头，奇怪地望了一眼简薇，转身走了出去。这太反常了，平时的简薇，思维清晰、反应敏捷，不论多大的事情，总能在第一时间给出处理方法，何曾见她这样优柔寡断过？小助理不知道的是，简薇在等待宇文胜的态度，她知道他会来找她，而这将决定她如何处理这件事情。

果不其然，没过多久，宇文胜就信步走了过来。他走进简薇的办公室，轻轻带上门，语带焦虑地问道："你昨天怎么回事？为什么不接我电话，也不回我短信？你知道联系不上你，我有多着急吗？"

"公司被起诉了，因为你们电商的原因。冷运不合格，导致一批疫苗失活，死了四条狗，还有大批狗尚在感染中，生死不明。"简薇答非所问，语气冷淡地说道。

"我刚才听他们说了这件事。没关系，我们赔。对于造成的损失，三倍赔偿，不会让他们吃亏。"宇文胜敷衍地答道，紧跟着又关切地问，"你还没回答我呢，昨天为什么不理我？"

"不会让他们吃亏？他们是谁，是流浪狗吗？狗是不会花钱的，你赔的钱对它们来说，一文不值。另外，有的狗已经没命了，你跟我说不会让它吃亏？你还想让它怎样吃亏？"简薇紧紧盯着宇文胜，愤怒地质问道。

宇文胜被简薇过激的反应吓了一跳，他费力地辩解道："我不是这个意思。我是想说，我们会尽量补偿狗主人，表达我们的歉意。对狗来说，我们也会尽量想办法来补偿……"

"那我来告诉你。这次狗瘟，爆发地点是我们的流浪狗基地。这次死的狗里面，有黑爷！黑爷死了，它昨天下午死了！而这一切，都是因为你们的冷链运输不过关！所以是你杀死了黑爷！你亲手把它救回来，现在你又亲手杀了它！"简薇情绪激动，几乎是在咆哮。

"这次的狗瘟，是在郊区的那个流浪狗基地？黑爷，黑爷它死了？"宇文胜喃喃地重复着简薇的话，"怎么会？怎么会？我上周刚去看过它，怎么会？"

"为什么不会？这都是因为你！你和你的电商部干的好事！并且我告诉你，对方不是投诉，是起诉！起诉速纳！不是你用三倍赔偿可以解决的！你不是一心为公司着想吗？现在你却用实际行动，在给公司抹黑！"

"我错了，是我错了。"宇文胜颓唐地跌进办公室的会客沙发，双手抱住了头，"我没想到会这样。这次真的是我错了……"

"你错在哪儿了？错在没有分清投诉和起诉吗？"简薇语带嘲讽地问，"如果是这样，那你大可不必检讨自己。你只需要求求我，然后我把这件事帮你摆平，你继续带领你的电商部一路领跑，挣大钱！只要挣到钱，你就永远是对的，你永远是战无不胜的胜总！"

"不，简薇，你听我说，我不是这个意思。"宇文胜站起身，语无伦次地说，"是我错了，我错在不该一门心思地挣钱，不管什么都用赔钱来解决。我现在很后悔，特别后悔，但我不知道该怎样弥补。你能不能帮我指一条路？能不能帮帮我？"

"我帮不了你。我只能提醒你，还记得你做快递员的时候吗？还记得你对快递这个行业的期盼吗？如果不能把货物保质保量地送到客户手上，快递业的存在还有何意义？你不觉得你现在，已经把当年的理想全都忘个精光了吗？"简薇痛心疾首地望着宇文胜，"如果你还能听进我的话，那就拜托你好好想想吧！"

宇文胜失魂落魄地离开了简薇的办公室，回到电商部。上午的电商部，永远是一片人声鼎沸，可见发展势头一片大好。然而这一片人声鼎沸，此刻却似乎和他没有半分关系。宇文胜掏出手机，按亮了屏幕。屏幕上，是黑爷咧着嘴吐舌头的照片，一直被宇文胜用来做屏幕背景。每当看到黑爷开怀的样子,总会让人心情大好。

"可惜你走了,可惜你走了啊……"宇文胜喃喃道,两行眼泪忍不住流了下来。

两天后,宇文胜出现在陈庭之的办公室。他拿着最新草拟的电商部改革方案,欲向陈庭之汇报。陈庭之草草地看完了他的改革方案,不由得大惊。

"胜总,你的意思是,撤掉现有部分城市的业务?可我们已经开始了,而且做得不错,我已经打算让你们继续扩张了,为什么放着现成的钱不赚,关掉它?说真的,我不理解,也不赞同。"陈庭之直言不讳地问。

"陈总,我们现在表面上看着是不错,可那只是表面而已。实际上,我们的运力现在支撑不了这么大的摊子,现在投诉率居高不下,如果再一味扩张,情况只能会更糟。所以,不如稳扎稳打,我们现在在几个一线城市的布局已经成熟,专门把这块市场和口碑做好,再去攻下别的城市,是最好的选择。"宇文胜耐心解释道。

"之前你可不是这么说的。"陈庭之紧紧盯着宇文胜,想从他的脸上看出什么端倪,"你说高投诉率是业务铺开阶段的必经之路,还说'坏就赔'可以解决所有顾虑。现在我把你的理念已经传播出去了,结果你又和我说这个?"

"对不起,陈总,就算是我出尔反尔吧,但是我已经想好了,电商部的改革,必须稳扎稳打,不能盲目扩张。先前我是因为资金压力,决定大踏步往前走,现在一看,任何不管不顾的大步发展,都会带来隐患。我们做快递也好,做电商也好,都是要长期发展的,不能短视,也不能操之过急。"宇文胜诚恳地说道。

"你是电商部的负责人,你决定了就好。"陈庭之淡淡地说,"不过这样一来,你电商部的收益势必要受影响。你们部门往后都要自负盈亏,到底该怎么权衡,你自己看着办。"

"这个我自然考虑到了。即便是放慢发展速度,电商部也能实现自负盈亏,不给总公司添负担。并且,我们计划用两到三年的时间,将之前的总投入全都赚回来。相信我们会做到。"宇文胜说得斩钉截铁,言语间满是令人信服的力量。陈庭之点点头,不再言语。能看出来,他对宇文胜的决策不甚满意,但见宇文胜如此执拗,又无法拒绝。宇文胜见自己已成功说服陈庭之,亦不再多说什么,转身离开。

宇文胜的决策毫无疑问地在电商部掀起轩然大波。对于一个蒸蒸日上的部门来说,任何一个加速发展的决策都不足为奇,而每个放慢发展的论调,都足以引发一场舆论地震。然而宇文胜对此丝毫不以为意,他明白,此刻的他,虽然看上去和先前一样固执己见、油盐不进,实则他的想法,完全拜简薇所赐——他感谢简薇,让他警醒,让他反思,让他在一味向前猛冲的时候,适时停下来,正视自己的问题,调整步调。

一晃又到周末。简薇一早就来到流浪狗基地,和等在那里的宇文胜不期而遇。经过近一周的救治,基地的犬瘟疫情已经得到基本控制,除了死掉的四条狗之外,其余感染疫情的狗都已确保没有生命危险。就在前几天,包括黑爷在内的几条死去的狗已被志愿者做了填埋处理,之所以没让简薇参与,是怕她控制不好情绪,过于伤心。而这几日,志愿者们仍然繁忙,除了要继续救治患病的狗,对基地消毒杀菌,彻底消灭犬瘟病毒,才是重中之重。

"你来干什么?"简薇语气冷淡地问,"是不是找我谈爱心人士起诉的事?如果是的话,咱们周一回公司再谈吧,今天周末,不谈公事。"

"看你这话说的。我找你,是想来基地帮帮忙,身体力行,来弥补一下我的错误。"宇文胜真诚地说,"那个起诉的事,我已经知道了。谢谢你又一次帮我解决了一件大事……"

"是谁嘴巴这么快？都说了这件事低调处理，不要乱说。"简薇不悦地说。在这件事上，她最终还是决定站在宇文胜一边，于是她找到了那名爱心人士，亮出了自己速纳公司法务部经理以及流浪狗基地志愿者的双重身份，代替宇文胜坦承了错误，并表示衷心希望对方撤诉，接下来速纳快递会在专门的慈善基金里划拨出一部分，用于流浪狗救助工作。出于对流浪狗的真心喜爱，这名爱狗人士最终接受了简薇的道歉和赔偿，并且表达了他对宇文胜的谅解。

宇文胜说："这件事，谁说出来的，不重要，重要的是你帮了我一个大忙，而我，无以为报。"

宇文胜的话，让简薇心里偷笑，但嘴上仍旧不依不饶，她说："我是看你认错态度诚恳，所以决定再给你个机会。如有再犯，我决不插手。"

"好好好，我保证，今后决不再犯。其实今天来，我还有个目的。我想送送黑爷……"一提到黑爷，宇文胜有些难过，"我知道，可能黑爷已经下葬了。我想拿走个它的玩具之类的，留个念想，可以吗？"

"这恐怕不行。黑爷的一切用品，都已经填埋或者丢弃了。犬瘟的传染性非常强，病犬用过的东西一件都不能留,一律要做销毁或丢弃处理。眼下,唯一和黑爷有关的东西,就是这个狗笼子了。"简薇伸手指了指旁边的一个铸铁笼子,"光这个笼子,我们前前后后消毒了就有三四遍不止。"

"原来是这样……"宇文胜望着黑爷曾经住过的笼子,如今已是空空如也,一股难过在心中弥漫开来。他轻声对简薇说,"这几天我认真想了那天你说的话。我承认,这段时间以来,我和自己刚来速纳时的'初心'已经背离了很远。当时我看不上其他快递一味打价格战,忽视品牌和服务的行为。我看好速纳的发展理念和前景,一心想在这个平台上有所作为。没想到后来,竟然是我自己,为了快速扩张,把品牌和服务忘了个精光……当我意识到这一点后,我甚至惊出了一身冷汗,我才意识到,这个急功近利的自己,早就不是当年的自己了。幸好你把我拉了回来,可惜这却让黑爷付出了生命的代价……"

"你现在能意识到这一点,为时不晚。"简薇轻声说,"我学习法律以来,时刻谨记着老师曾告诫我的话,不忘初心。现在希望你也记住这一点。我已经听说了你在电商部进行的改革,我相信,你不会让黑爷白死。"

"你放心……"宇文胜喃喃道,"这次,我不会再犯错。"

陈北坐在办公桌前,四处张望。作为工作狂人,他一年到头出差无数次,却没有在哪次出差前,对周遭的一切如此留恋。审视完四周后,他的目光落在了电脑旁边的一个相框上。相框里,是十几岁的他和母亲吴美安的合影。陈北拿起相框,从相框背后费力取出另外一张小照片,轻轻地笑了。照片上,是二十出头的陈北,和同样二十出头的简薇。两人站在大学校园里,满脸稚气,都笑望着镜头。

陈北正看得出神,听见有人在敲门。他慌忙把小照片塞回相框,抬头一看,来人是宇文胜。陈北掩饰着内心的诧异,微笑着招呼他进来坐。

"我知道你在纳闷,我为什么会过来找你。"宇文胜坐在陈北对面的办公椅上,开门见山,"我是替简薇来的。她知道你要去欧洲两年,本想来送送你,但是她出差了,就让我替她跑一趟。"

"她自己不来,大概是因为不想见我吧。"陈北落寞地说,"其实她完全不必这样。就算婚约取消了,我也从没怪过她,一丝一毫都没有。我倒是后悔自己贸然向她求婚了……与其这样别扭地相处,还不如之前那样,坦坦荡荡地做朋友。"

"她不是这意思。"宇文胜试图安抚陈北,"她是真的出差了,昨天去的。走得急,在路上给我打了电话,让我今天务必替她来送送你。"

"真是这样的话,那我倒是很高兴,这说明她还把我当朋友。"陈北笑了笑。

"那是自然。不只她拿你当朋友,我也把你当朋友,不知你介不介意。"宇文胜说道。

"当然不介意。"陈北愣了一下,很快又笑了,"能和胜总这样优秀的人做朋友,我求之不得。"

"坦白说,我对你个人非常欣赏。我知道,因为简薇,我和你之间的关系有些尴尬,但我是真的希望,我们之间可以抛掉这些个人恩怨,建立真正的友情。"宇文胜将身体向前贴了贴,真诚地说道。

"如果你觉得,我会因为私人感情对你有偏见,那你就错了。"陈北朗声道,"每个人都有追求自己幸福的权利,我决不会将它上升到个人恩怨,那不符合我做人的原则。在这点上,我和陈南,不一样。"

宇文胜不禁笑了。陈北的为人,果然与他想象中并无二致:正直、自律、清高,几乎可以说是难得一见的一股清流。有这么一瞬间,他甚至有些替简薇惋惜,惋惜她错过了这样一个人正直而有原则的人,但当他一想到简薇错过陈北,是为了收获他时,又不禁自负地感叹简薇是真识货,有眼光。

"这次去欧洲,要去整两年吗?"宇文胜把话题拉回到送别上,关切地问,"其实我不太理解你为什么要亲自驻外,这种事完全可以让新来的年轻人去做,太辛苦。"

"这是速纳第一次真正意义上的开拓远端市场,又是和当地最大的物流业巨头合作,意义非凡。如果这次做好了,将成为速纳跨境物流发展的样本,所以我想亲自去做。"陈北蹙眉说道,稍后,又轻声说,"当然,我必须承认,我这样做,也是为了躲避你和简薇。"

宇文胜再一次被陈北的直率所击中,他有些难堪地摸着头,不知该如何回应。陈北觉察出宇文胜的尴尬,笑笑说:"当然,这是我自己的事,由我自己来调节。我说了,我不会将它上升为个人恩怨,对于你们两个,我只有祝福,绝无其他。"

宇文胜笑了笑,伸出一只手。陈北犹豫了一下,也伸出了一只手。两只手紧紧地握在了一起,两人不约而同地笑了。这次握手的含义复杂,既包含着理解,敬佩,亦包含着彼此间的祝福和惺惺相惜。

"这次我们加紧布局海外,也是为了抢先占领市场。"陈北抽回手,走到窗户旁边,望向窗外,"一带一路倡议的提出，让很多物流企业看到了机遇，我们必须加快动作，才能在物流网络联通占据一席之地。另外，除了在欧洲设立海外仓，在东南亚方向，我们也已经有安排，将在当地设立分支机构，加速布局海外物流。"

"这么看来，我们在跨境物流领域，真的是要遍地开花。"宇文胜一面啧啧感叹，一面走向窗边，"我听说，除了跨境物流，这次速纳也打算在当地布局跨境电商？实话讲，因为我是做电商出身的，我对这方面非常感兴趣，想好好了解下公司的发展计划。"

"公司确有打算发力跨境电商。不过因为我们在电商方面算是刚刚起步，发展跨境电商非常保守谨慎。目前的计划是，我们会找一个欧洲国家作为试点，和本土的电商公司进行合作，上线出口电商平台，通过我们的物流优势，为出口商家端提供仓储物流服务。如果发展势头不错，再考虑自建电商平台，到时候这部分业务，势必会转移到你的电商部来做。"陈北说道。

"这样好，"宇文胜点点头，"这是速纳发展的一大步，如此好的发展势头，我们电商部势必要参与进来，才算不负使命。我等着你带回来好消息！相信过不了多久，我们之间就会展开合作。"

陈北点点头，两人相视一笑。阳光透过窗户照进来，办公室内一片亮亮堂堂。窗外,"速纳集团"几个鎏金大字,在金灿灿的阳光中,熠熠生辉。

一个月后,2019年度物流业大会,在中海市如期召开。陈庭之和宇文胜作为演讲嘉宾应邀出席,简薇、陈南等企业中层亦到场参加。在会前,宇文胜就演讲主题陷入了很长一段时间的纠结,没想好究竟将主题定为"快递业最后一公里问题的解决方案"还是"物流企业如何跨界生鲜电商"。然而在大会开始前两天,他却忽然改变计划,决定将演讲主题定为"快递行业的初心"。陈庭之对此表示不解,陈南更是丈二和尚摸不着头脑,只有简薇,在听闻之后微微一笑。

宇文胜信步走上演讲台。他在参加工作后的几年中,曾有过无数次登台演讲的经验,然而从没有哪一次,像这次一样,内心笃定、自信满满。

"作为从基层快递员开始,一步步做到管理层的快递人,我既见到了快递行业蕴藏的巨大希望,同时也见到了根植于行业内的种种弊端和问题。和任何一个行业一样,这些弊端和问题,会随着快递业长久的发展日趋显露,同时也只能在发展的过程中得到解决。

"正因如此,在目睹了大量快递公司深陷价格战泥潭之后，我选择了速纳快递作为我的雇主。在速纳的这两年，我参与了社区驿站的落地生根，也参与了公司向电子商务的跨界发展，有过力挽狂澜，也有过激进和盲从。快递业在我国乃至世界范围内，仍然属于新兴产业，我感受到了各家快递公司对于行业的热情澎湃，它们是整个行业进步的希望。

"每家快递公司，都有不同的发展路线，来应对行业的大发展。但我今天想说的，是如何在发展中保有初心。何为快递行业的初心？在我看来，初心就是坚持品质，立足服务。不因为价格问题和利润问题，忽略掉原本该做的。任凭外界环境如何变化，坚持把核心工作做好，这就是所谓的不忘初心。

"当我在挨家挨户送快递时，鼓励我的动力就是把一车快件尽快送到客户手上。当我做到了速纳快递的管理层，鼓励我前行的，仍然是让每一个客户都满意。我们为每家每户送去希望，送去牵挂，满足他们心中的热切期待。他们的每一个微笑，每一句肯定的言语，每一个鼓励的手势，都是我们继续前行的动力来源。我曾陷在追求利润的误区里，忘记过初心，结果现实给了我重重的一击。今天我把我曾经的失败分享给大家，希望各位在今后的发展中，无论顺境逆境，发展好坏，都能记得我们最初的理想,不忘初心,牢记使命。"

　　宇文胜演讲完毕,鞠躬致谢。台下响起阵阵掌声。他站在演讲台上向台下望去,看到了简薇鼓励的目光,还有陈南竖起来的大拇指。窗外阳光灿烂,此刻正巧有一架货机飞过。宇文胜抬眼望向那架货机,只觉得它不仅承载了货物,还承载着属于整个快递行业的光荣和梦想……

(终)